UG NX CAD/CAM 丛书

UG NX 6.0 中文版

产品建模

UG NX 6.0
ZHONGWENBAN
CHANPIN JIANMU

吴明友 编著

化学工业出版社

·北京·

本书主要介绍了 UG NX 6.0 建模基础、草图、曲线、特征建模、曲面造型、产品建模 6 部分内容，通过将大量的特征和功能综合应用于 10 个典型实例中来一步一步地详细讲解 UG NX 6.0 常用的建模方法和操作技巧。突出了实用性和可操作性。本书在讲解有关特征和功能过程中提供了大量的图例，以便使读者能够轻松地明白并掌握有关特征和功能的含义和操作方法。每章后附有习题，共提供了 26 道操作应用题。

在本书配套光盘中提供了本书的所有实例的题目和答案以及习题题目的电子文件，另外还配有部分例题操作过程的视频录像，以方便读者理解和掌握相关建模方法和操作技巧。

本书适合企业中有志于用 UG NX 6.0 软件进行产品建模的人员使用，同时可作为大中专院校相关专业和社会相关培训班的教材或参考书。

图书在版编目(CIP)数据

UG NX 6.0 中文版产品建模 / 吴明友编著. —北京：
化学工业出版社，2010.3
（UG NX CAD/CAM 丛书）
ISBN 978-7-122-07743-1

Ⅰ. U… Ⅱ. 吴… Ⅲ. 模具-计算机辅助设计-
应用软件，UG NX 6.0 Ⅳ. TG76-39

中国版本图书馆 CIP 数据核字（2010）第 023381 号

责任编辑：高　钰　　　　　　文字编辑：张绪瑞
责任校对：郑　捷　　　　　　装帧设计：王晓宇

出版发行：化学工业出版社（北京市东城区青年湖南街 13 号　邮政编码 100011）
印　　装：三河市延风印装厂
787mm×1092mm　1/16　印张 22¾　字数 591 千字　2010 年 5 月北京第 1 版第 1 次印刷

购书咨询：010-64518888（传真：010-64519686）　　售后服务：010-64518899
网　　址：http://www.cip.com.cn
凡购买本书，如有缺损质量问题，本社销售中心负责调换。

定　　价：48.00 元（含光盘）　　　　　　　　　　　　版权所有　违者必究

前　言

　　本书以目前广泛使用的最新的 UG NX 6.0 版本为介绍对象。Unigraphics（简称 UG）是当前世界上最先进和最紧密集成的、面向制造业的 CAX 高端软件，是知识驱动自动化技术领域中的领先者，在全球拥有 46000 家客户，全球装机量近 400 万台。2008 年发布的 UG NX 6.0 版本包含强大的 CAD/CAM/CAE（计算机辅助设计/辅助制造/辅助工程）功能，在当今主流高端的 CAD/CAM/CAE 软件中处于领先地位，广泛应用于机械、航空、航天、汽车、造船、消费产品、医疗仪器、模具和电子等工业领域。UG 自 1990 年进入中国市场以来发展迅速，已经成为中国航空航天、汽车、摩托车、机械、计算机、家用电器等行业首选软件。UG NX 6.0 软件在我国珠三角和长三角地区使用十分广泛，特别在模具行业有很高的市场占有率。熟练掌握 UG NX 6.0 产品建模的工程师深受企业欢迎。

　　全书共 6 章，主要介绍了 UG NX 6.0 建模基础、草图、曲线、特征建模、曲面造型、产品建模 6 部分内容。通过将大量的特征和功能综合应用于 10 个典型实例中来一步一步地详细讲解 UG NX 6.0 常用的建模方法和操作技巧，突出了实用性和可操作性。本书在讲解有关特征和功能过程中提供了大量的图例，以便读者能够轻松愉快地明白并掌握有关特征和功能的含义和操作方法。每章后附有习题，共提供了 26 道操作应用题。

　　在本书配套光盘中提供了本书所有综合实例的题目和答案以及讲解过程中的部分实例的电子文件，另外还配有部分例题操作过程的视频录像，以方便读者理解和掌握相关建模方法和操作技巧。本书配套光盘中的实例所使用的版本是 UG NX 6.0，请使用 UG NX 6.0 及以上的版本打开光盘中的文件。

　　建议读者先通过模仿操作例题来熟悉软件界面和相关操作步骤，如果根据本书介绍的操作步骤操作起来还有困难，可以在看过例题操作过程的视频录像后再进行操作，然后再熟悉本书中所介绍的各个例题所涉及的特征和功能的含义，再不看书独立操作例题，最后练习一下本书每章后所附的习题，逐步能够达到独立操作 UG NX 6.0 软件的目标。

　　本书适合企业中有志于用 UG NX 6.0 软件进行产品建模人员使用，同时也可作为应用型本科、高职高专等院校相关专业和社会相关培训班的教材或参考书。

　　在编写过程中得到王玉萍的大力支持和帮助，在此表示衷心感谢。

　　因编者水平有限，书中存在不妥之处敬请广大读者和同行原谅，并提出宝贵意见。编者联系方式：<u>wumy20090101@163.com</u>。

编者

2010 年 1 月

目　录

第1章 UG NX 6.0 建模基础

1.1 UG NX 6.0 的建模模块用户界面

1.1.1 启动并进入 UG NX 6.0 建模模块

（1）启动 UG NX 6.0

启动 UG NX 6.0 有以下 3 种方法。

① 从桌面快捷方式启动 UG NX 6.0。安装 UG NX 6.0 软件时，系统将自动在桌面上建立一个快捷方式，如图 1-1 所示。双击该桌面快捷方式，可以打开 UG NX 6.0。启动 UG NX 6.0 时，首先出现一个如图 1-2 所示的欢迎界面。系统完成加载程序后进入如图 1-3 所示的 UG NX 6.0 的初始工作界面。在这里，可以浏览 UG NX 6.0 的新增功能介绍，可以新建 UG NX 6.0 文件和打开已有的 UG NX 6.0 文件。

图 1-1 UG NX 6.0 的桌面快捷方式   图 1-2 UG NX 6.0 的启动界面

② 从开始菜单中启动 UG NX 6.0。用鼠标依次选择【开始】→【所有程序（**P**）】→【UGS NX 6.0】→【NX 6.0】命令，如图 1-4 所示，并单击鼠标左键，可以打开 UG NX 6.0。启动 UG NX 6.0 时，首先出现一个如图 1-2 所示的欢迎界面。系统完成加载程序后进入如图 1-3 所示的 UG NX 6.0 的初始工作界面。

③ 直接双击 UG Part File 文件打开 UG NX 6.0 文件。通过双击 UG Part File 的文件打开 UG NX 6.0 文件，显示一个如图 1-2 所示的欢迎界面，可以打开 UG NX 6.0，并且将直接打开该文件。

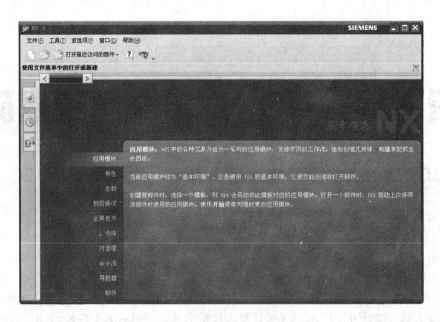

图 1-3　UG NX 6.0 的初始工作界面

（2）进入 UG NX 6.0 建模模块

执行菜单中【文件】→【新建】命令或单击标准工具条图标，打开如图 1-5 所示的"新建"对话框。系统默认单位为"毫米"，在该对话框中选择"模型"类型，在"名称"输入栏中设定文件的名称，例如 Part1.prt，在"文件夹"输入栏中，单击后面的按钮，设定一个存放的文件夹，如图 1-5 所示。设置好后，单击"确定"按钮，系统创建文件，并进入如图 1-6 所示的 UG NX 6.0 建模模块界面。

图 1-4　启动 UG NX 6.0 主菜单　　　　　　　图 1-5　"新建"对话框

1.1.2　UG NX 6.0 建模模块的用户界面

在如图 1-6 所示的 UG NX 6.0 建模模块界面中，各栏目介绍如下。

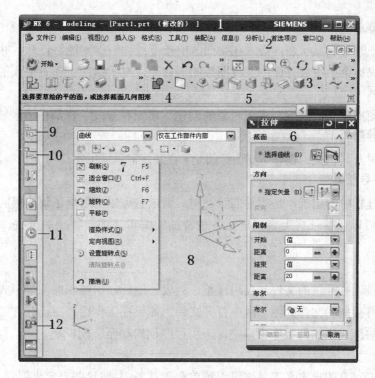

图 1-6　UG NX 6.0 建模模块界面

（1）标题栏

在 UG NX 6.0 建模模块界面中，标题栏与一般窗口的标题栏的用途大致相同。标题栏主要用来显示软件与用户应用的模组名称；此外，单击标题栏的左上角，系统就会显示该窗口的控制按钮，单击这些控制按钮，可以控制此窗口的显示方式，例如"还原"、"移动"、"最小化"、"最大化"、"关闭"等。

（2）主菜单

主菜单包含软件的所有主要功能，UG NX 6.0 系统将所有的命令或是设置选项予以分类，分别放置在不同的菜单中，方便用户的查询及使用。主菜单包含有"文件（F）"、"编辑（E）"、"视图（V）"、"插入（S）"、"格式（R）"、"工具（T）"、"装配（A）"、"信息（I）"、"分析（L）"、"首选项（P）"、"窗口（O）"、"帮助（H）"。

（3）工具条

显示一组可视化操作的命令按钮，每个命令都用形象化的图标表示该命令的功能。在屏幕布局中，工具条可根据需要灵活设置，方便地拖动定位至屏幕四周，或者浮动显示在工作窗口内。

（4）提示栏

用于提示用户的操作步骤。实施每个动作之后，提示栏提示用户下一步应进行的操作。

（5）状态栏

用于显示系统或图形的状态，提示当前执行操作的结果、鼠标的位置、图形的类型或名称等特性。

（6）对话框

UG NX 6.0 操作时进行参数输入或进行选项设置的窗口。对话框中的元素包含选项标签、按钮、单选框或复选框等。

（7）快捷菜单

快捷菜单平时为隐藏状态，必须在绘图区中按下鼠标右键才能够打开，并且在任何时候均可打开。在快捷菜单中含有命令及视图控制等命令，对于绘图工作有很大的帮助。

（8）图形区

是进行绘图或建模的区域，模型对象的创建、装配和修改工作都在该区域内完成。

（9）装配导航器

显示装配树及其相关的操作。应注意的是，在装配时，显示零件与工作零件可以不一致。

（10）部件导航器

显示建模过程中的记录，是零件的特征树。通过它可以清晰地了解建模的顺序和特征之间的关系，还可以在特征树上直接进行各种特征的编辑，便于特征的查找、修改、编辑参数等。

（11）历史

可以选择最近打开过的文件。使用预览、列表、图标、平铺和缩图等形式，在列表栏中用鼠标单击或直接拖动文件到图形区中打开文件。如果在工作窗口中已存在工作零件，则该零件将以组件的形式添加到工作窗口中，应用程序也启动至装配模块。

（12）角色

可用 UG NX 6.0 的自定义工具来组织菜单和工具条，并将这些自定义保存在个人角色中。系统也提供一些角色模板，相当于自定义的工具模板。

新的用户界面允许用户指定用户默认值，并替换旧的 ug_metric.def 和 ug_English.def。选择【文件（F）】→【实用工具（U）】→【用户默认设置（D）】命令，在随后弹出如图 1-7 所示的"用户默认设置"对话框中更改设置，单击"确定"按钮后重启 UG NX 6.0 即可查看所做的更改。参数设置既直观又方便。

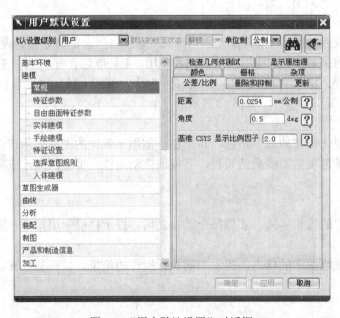

图 1-7　"用户默认设置"对话框

1.2　基本操作

1.2.1　鼠标的使用方法

在 UG NX 6.0 软件中，熟练掌握鼠标的操作，对建模或相关操作非常有效，它可以实现平移、缩放旋转、调用快捷菜单等功能。

UG NX 6.0 软件支持 3 键滚轮鼠标，在操作中要尽量使用。鼠标中的 3 键，即左键、中键（滚轮）、右键分别对应 NX 6.0 系统的 MB1、MB2 和 MB3，下面分别介绍这 3 个键。

（1）左键（MB1）

单击鼠标左键用于选择菜单和屏幕上的对象，双击鼠标左键可以实现选定特征功能参数编辑。在草绘模块中，使用"配置文件"按钮进行草图对象绘制时，单击鼠标左键并拖动，可以实现构造一条直线与构造一条圆弧之间的功能转换。

（2）中键（MB2）

主要用于平移、缩放、旋转特征等操作。

① 滚动鼠标中键滚轮，可以缩放模型：向前滚，模型缩小；向后滚，模型变大。此外，按组合键"Ctrl＋MB2"或"MB1＋MB2"，也可以缩放视图。

② 按住中键不放并移动鼠标，可旋转模型。

③ 按组合键"Shift＋MB2"，移动鼠标可移动模型。

（3）右键（MB3）

① 在不同的位置，单击鼠标右键，弹出不同的快捷菜单，在快捷菜单中可执行相关的操作。在绘图区，单击鼠标右键，弹出的快捷菜单如图 1-8 所示。

② 在绘图区或选定某个特征后按住鼠标右键不放可调用如图 1-9 所示的"推断式快捷菜单"，可用于着色、隐藏对象、编辑参数等操作。

图 1-8　快捷菜单

（a）未选定特征弹出的快捷菜单

（b）选定特征弹出的快捷菜单

图 1-9　推断式快捷菜单

1.2.2　快捷键

在 UG NX 6.0 中，用工具条上的图标按钮操作非常方便，但是，如果熟记系统提供的快捷键，则同样可以达到提高工作效率的目的。由于快捷键没有图标按钮那么直观，所以需要用户大量的练习来帮助记忆，本书提供一些常用操作的快捷键命令。

（1）【文件】菜单快捷键

①【文件】→【新建】　　　　　　　　　　　　　Ctrl + N

②【文件】→【打开】　　　　　　　　　　　　　Ctrl + O

③【文件】→【保存】　　　　　　　　　　　　　Ctrl +S

④【文件】→【另存为】　　　　　　　　　　　　Ctrl + Shift+A

⑤【文件】→【绘图】　　　　　　　　　　　　　Ctrl +P

⑥【文件】→【执行】→【Grip...】　　　　　　　Ctrl +G

⑦【文件】→【执行】→【Grip 调试】　　　　　　Ctrl +Shift+G

⑧【文件】→【执行】→【NX Open】　　　　　　Ctrl +U

（2）【编辑】菜单快捷键

①【编辑】→【撤消列表】（取消当前操作）　　　Ctrl +Z

②【编辑】→【剪切】　　　　　　　　　　　　　Ctrl +X

③【编辑】→【复制】　　　　　　　　　　　　　Ctrl +C

④【编辑】→【粘贴】　　　　　　　　　　　　　Ctrl +V

⑤【编辑】→【删除】　　　　　　　　　　　　　Ctrl +D

⑥【编辑】→【变换】　　　　　　　　　　　　　Ctrl +T

⑦【编辑】→【对象显示】　　　　　　　　　　　Ctrl +J

⑧【编辑】→【移动对象】　　　　　　　　　　　Ctrl + Shift+M

⑨【编辑】→【显示和隐藏】→【显示和隐藏】　　Ctrl +W

⑩【编辑】→【显示和隐藏】→【隐藏】　　　　　Ctrl +B

⑪【编辑】→【显示和隐藏】→【颠倒显示和隐藏】　Ctrl + Shift+B

⑫【编辑】→【显示和隐藏】→【立即隐藏】　　　Ctrl + Shift+I

⑬【编辑】→【显示和隐藏】→【显示】　　　　　Ctrl + Shift+K

⑭【编辑】→【显示和隐藏】→【全部显示】　　　Ctrl + Shift+U

（3）【视图】菜单快捷键

①【视图】→【刷新】　　　　　　　　　　　　　F5

②【视图】→【操作】→【适合窗口】　　　　　　Ctrl +F

③【视图】→【操作】→【缩放】　　　　　　　　Ctrl + Shift+Z 或 F6

④【视图】→【操作】→【旋转】　　　　　　　　Ctrl + R 或 F7

⑤【视图】→【操作】→【编辑工作截面】　　　　Ctrl + H

⑥【视图】→【可视化】→【高质量图像】　　　　Ctrl + Shift+H

⑦【视图】→【信息窗口】　　　　　　　　　　　F4

⑧【视图】→【当前对话框】　　　　　　　　　　F3

⑨【视图】→【布局】→【新建】　　　　　　　　Ctrl + Shift+N

⑩【视图】→【布局】→【打开】　　　　　　　　Ctrl + Shift+O

⑪【视图】→【布局】→【适合所有视图】　　　　Ctrl + Shift+F

⑫【视图】→【全屏】　　　　　　　　　　　　　Alt + Enter

（4）【格式】菜单快捷键

①【格式】→【图层】　　　　　　　　　　　　　Ctrl + L

②【格式】→【在视图中可见】　　　　　　　　　Ctrl + Shift+V

（5）【工具】菜单快捷键

①【工具】→【表达式】　　　　　　　　　　　　Ctrl +E

②【工具】→【宏】→【开始录制】　　　　　　Ctrl + Shift+R

③【工具】→【宏】→【回放】　　　　　　　　Ctrl + Shift+P

④【工具】→【宏】→【步进】　　　　　　　　Ctrl + Shift+S

（6）【信息】菜单快捷键

【信息】→【对象】　　　　　　　　　　　　Ctrl +I

（7）【首选项】菜单快捷键

①【首选项】→【对象】　　　　　　　　　　Ctrl + Shift+J

②【首选项】→【选择】　　　　　　　　　　Ctrl + Shift+T

（8）【开始】模块快捷键

①【开始】→【建模】　　　　　　　　　　　Ctrl +M 或 M

②【开始】→【NX 钣金】　　　　　　　　　　Ctrl + Alt+N

③【开始】→【外观造型设计】　　　　　　　Ctrl + Alt+S

④【开始】→【制图】　　　　　　　　　　　Ctrl + Alt+D

⑤【开始】→【加工】　　　　　　　　　　　Ctrl + Alt+M

（9）【定向视图】快捷键

①【正二测视图】　　　　　　　　　　　　　Home

②【正等测视图】　　　　　　　　　　　　　End

③【俯视图】　　　　　　　　　　　　　　　Ctrl + Alt+T

④【前视图】　　　　　　　　　　　　　　　Ctrl + Alt+F

⑤【右视图】　　　　　　　　　　　　　　　Ctrl + Alt+R

⑥【左视图】　　　　　　　　　　　　　　　Ctrl + Alt+L

⑦【捕捉基本视图】　　　　　　　　　　　　F8

1.3　文件管理

文件的操作主要包括建立新的文件、打开文件、保存文件、关闭文件、文件的导入/导出和文件单位的转换等，这些操作可以通过文件菜单中的选项或者"标准"工具条来完成。

1.3.1　新建文件

新建文件时注意要指定文件的路径与文件名及指定单位。文件的命名可按计算机操作系统建立的命名约定，UG NX 6.0 不支持中文名称，包括路径中也不能有中文。此外，UG NX 6.0 的扩展名（如.prt）是自动添加的，用于定义文件类型。

按下快捷键"Ctrl+N"，或者选择【文件（F）】→【新建（N）】命令，或者单击"标准"工具条中的"新建"图标 🗋，系统弹出如图 1-5 所示的"新建"对话框。

系统默认单位为"毫米"，在该对话框中选择"模型"类型，在"名称"输入栏中设定文件的名称，例如 Part1.prt，在"文件夹"输入栏中，单击后面的按钮 📂，设定一个存放的文件夹，如图 1-5 所示。设置好后，单击"确定"按钮，系统创建文件，并进入如图 1-6 所示的 UG NX 6.0 建模模块界面。

1.3.2　打开文件

按下快捷键"Ctrl+O"，或者选择【文件（F）】→【打开（O）】命令，或者单击"标准"工具条中的"打开"图标 📂，系统弹出如图 1-10 所示的"打开"对话框。对话框中的文件列表框中列出了当前工作目录下存在的部件文件，可利用鼠标左键单击选择的部件文件，或在"文件名"文本框中输入要打开的部件名称。必要时可查找文件所在的路径，选择打开的部件文件。

图 1-10 "打开"对话框

选定"不加载组件"选项，则在打开一个装配部件的时候，不用调用其中的组件，这样对于大的部件可以快速打开。

单击该对话框左下角的 选项... 按钮，系统弹出如图 1-11 所示的"装配加载选项"对话框，可对载入方式和组件进行设置。

还可以利用【文件（F）】→【最近打开的部件（Y）】命令打开最近使用过的文件，如图 1-12 所示；也可以用窗口右侧"资源条"上的"历史记录" 命令打开，系统会列出最近打开过的文件，选择需要打开的文件就可以了。

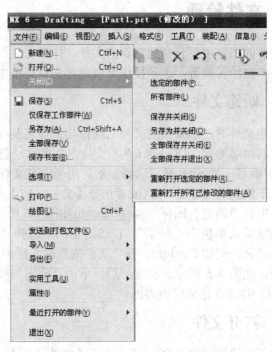

图 1-11 "装配加载选项"对话框   图 1-12 重新打开文件菜单

也可以选择【文件（F）】→【关闭（C）】→【重新打开选定的部件（R）】命令，或者选择【文件（F）】→【关闭（C）】→【重新打开所有已修改的部件（A）】命令，打开之前操作过的文件。

1.3.3　保存文件

如果要保存文件，可以选择【文件（F）】→【保存（S）】命令，或者按快捷键"Ctrl+S"，或者单击"标准"工具条上的"保存"图标，直接对文件进行保存。UG NX 6.0 在保存文件时，部件文件所处的模块信息也被存储下来，下次重新打开文件时可以进入上一次保存的界面。

按快捷键"Ctrl+Shift+A"，或选择【文件（F）】→【另存为（A）】命令，则会打开如图 1-13 所示的"另存为"对话框，在对话框中选择保存路径、文件名再单击 OK（确定）按钮就可以生成该文件的副本。

图 1-13　"另存为"对话框

保存文件时，可保存当前文件，也可生成文件的副本，还可对文件实体数据进行压缩。当然，在这之前应该对保存选项进行设置。选择【文件（F）】→【选项（T）】→【保存选项（S）】命令，系统弹出如图 1-14 所示的"保存选项"对话框。

1.3.4　关闭文件

关闭文件可以通过选择【文件（F）】→【关闭（C）】命令来完成。执行不同的关闭命令，所对应的操作也不同，如果关闭某个部件文件时，选择【文件（F）】→【关闭（C）】→【选定的部件（P）】命令，系统弹出如图 1-15 所示的"关闭部件"对话框，在文件列表中选择需要关闭的文件，单击"确定"按钮即可。对话框中的选项说明如下。

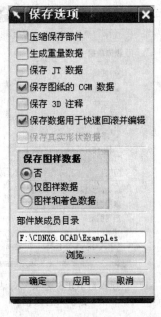

图 1-14　"保存选项"对话框

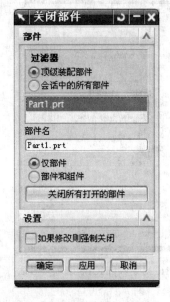

图 1-15　"关闭部件"对话框

① 顶级装配部件：文件列表中只列出顶层装配文件，不列出装配中包含的组件。

② 会话中的所有部件：文件列表中列出当前进程中的所有文件。

③ 仅部件：仅关闭所选择的文件。

④ 部件和组件：如果所选择的文件为装配文件，则关闭属于该装配文件的所有文件。

⑤ 如果修改则强制关闭：如果文件在关闭前并没有保存，强行关闭。

1.3.5 部件文件的导入和导出

"导入"与"导出"操作方便了 UG NX 6.0 软件与其他 CAD 软件进行 CAD 文件的交流和转换。

3D 数据转换过程中有时会出现破面，主要原因是软件之间的算法和精度不同所致。通常把 UG NX 6.0 文档转到其他 CAD 软件中时采用的格式是 STP 或 Parasolid，这两种格式是针对实体，而 IGES 则是针对曲面。

Pro/E 转 UG NX 6.0 可以首先使用专业的 3D 转化软件（如 TransMagic）把 Pro/E 文件打开，然后另存为 UG NX 6.0 格式。UG NX 6.0 在进行导入时选择 Parasolid 格式即可。

TransMagic 提供通用的 3D CAD 协同工作解决方案。TransMagic 是一套完整独立的 3D 文件转化、几何修复、模型观看、交换 3D CAD 数据等功能的应用程序。它能读取 CATIA、UG、Pro/E 等众多的工业标准格式文件。

在转换过程中，如果模型很小，存在小圆角、倒角等小特征时，最好把模型放大数倍，在 UG NX 6.0 中以 STP 的格式将模型导出。如果存在破面，可以再把精度调到系统的最大值 0.01。如果 STP 格式导出的模型不理想，可以试试 CATIA 格式。

（1）文件导入

以导入 IGES 格式文件为例说明文件导入的操作步骤。

① 选择【文件（F）】→【导入（M）】命令，调出如图 1-16 所示的"导入自 IGES 选项"对话框，显示"文件"选项，"要导入的数据"选项如图 1-17 所示，"高级"选项如图 1-18 所示，根据需要进行参数的设置。

图 1-16 "导入自 IGES 选项"对话
框——文件

图 1-17 "导入自 IGES 选项"对话框——
要导入的数据

②　在"导入自"选项下，单击"IGES 文件"右边的"浏览"按钮 ，此时可打开"IGES 文件"对话框，选择需要转换成 prt 文件的 IGES 文件，单击 OK 按钮，关闭"IGES 文件"对话框。

③　在"导入至"选项下，选择"新部件"，单击"部件文件"右边的"浏览"按钮，此时可打开"部件文件"对话框，输入需要将 IGES 文件转换成 prt 的文件的文件名，选择文件类型，并设置 prt 文件存放目录，单击 OK 按钮，关闭"部件文件"对话框。

④　单击"导入自 IGES 选项"对话框中的"确定"按钮，则系统弹出 DOS 对话框，显示文件转换的过程。

（2）文件导出

以导出 IGES 格式文件为例说明文件导出的操作步骤。

①　打开需要导出的部件文件，进入建模模块。选择【文件（F）】→【导出（E）】→【Iges…】命令，调出如图 1-19 所示的"导出至 IGES 选项"对话框，显示"文件"选项，"要导出的数据"选项如图 1-20 所示，"高级"选项如图 1-21 所示，根据需要进行参数的设置。

图 1-18　"导入自 IGES 选项"对话框——高级

图 1-19　"导出至 IGES 选项"对话框——文件

②　在"导出自"选项下，选择"现有部件"，单击"部件文件"右边的"浏览"按钮，此时可打开"部件文件"对话框，选择需要转换成 IGES 文件的 prt 文件，单击 OK 按钮，关闭"部件文件"对话框。

③　在"导出至"选项下，单击"IGES 文件"右边的"浏览"按钮，此时可打开"IGES 文件"对话框，选择需要将 prt 文件转换成的 IGES 文件的文件名，选择文件类型，并设置 IGES 文件存放目录，单击 OK 按钮，关闭"IGES 文件"对话框。

④　单击"导出至 IGES 选项"对话框中的"确定"按钮，则系统弹出 DOS 对话框，显示文件转换的过程。

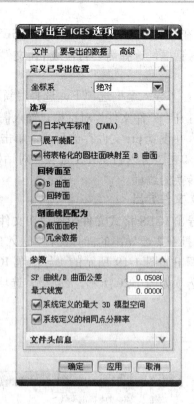

图 1-20　"导出至 IGES 选项"对话
框——要导出的数据

图 1-21　"导出至 IGES 选项"对话框——高级

1.3.6　文件单位的转换

　　文件的单位是在建立 CAD 模型部件时决定的，建立好以后，如果需要进行单位转换，可使用 UG NX 6.0 软件安装目录下的 Ug_convert_part 将所选的部件文件由公制转换为英制，或者由英制转换为公制。具体的操作步骤如下。

　　① 用鼠标依次选择【开始】→【所有程序（P）】→【UGS NX 6.0】→【NX 工具】→【C：\命令提示符】命令，并单击鼠标左键，系统打开"C：\命令提示符"界面。

　　② 如图 1-22 所示，在命令提示符（C：\Documents and Settings\Administrator>）后输入 path 命令，回车（按 Enter 键），查看 path 设置中是否包含 UG NX 6.0 的安装路径。若包含，则跳过此步；若不包含，则输入 Cd d：\Program Files\UGS\NX 6.0\UGII，此处假设 UG NX 6.0 安装在 D 盘下。

```
C:\Documents and Settings\Administrator>path
PATH=D:\Program Files\UGS\NX 6.0\\ugii;C:\WINDOWS\system32;C:\WINDOWS;C:\WINDOWS
\System32\Wbem;C:\Program Files\StormII\Codec;C:\Program Files\StormII
```

图 1-22　UG NX 6.0 的安装路径

　　③ 假设需要转换单位的部件文件及文件存放路径为：F:\CDNX6.0CAD\Examples\Part1.prt，在命令提示符（C：\Documents and Settings\Administrator>）后输入：

　　a. Ug_convert_part –in　F：\CDNX6.0CAD\Examples\Part1.prt　（由公制转换为英制）

　　b. Ug_convert_part –mm　F：\CDNX6.0CAD\Examples\Part1.prt　（由英制转换为公制）

在进行以上操作时，不要使用 UG NX 6.0 打开 Part1.prt 文件，操作完成后再打开，用【分析（L）】→【测量距离（D）】命令可以看到该部件文件的单位已经被转换成功。

1.4 工具条的定制

在 UG NX 6.0 软件中为了方便操作，除了下拉菜单和快捷键以外，还提供了大量的工具条按钮，其主要作用是加快菜单项的选择操作。每个工具条的按钮都对应着菜单中的一个命令。工具条分为固定的和浮动的两种状态。将鼠标放置在工具条的把手处，会显示工具条的名称，将它拖动至图形区，就变成了浮动工具条。

1.4.1 工具条

下面介绍几种常用的工具条。

① "标准"工具条。如图 1-23 所示。

a. 文件管理：新建 、打开 、保存 、打印 。

b. 对象编辑：剪切（切削）、复制 、粘贴 、删除 。

c. 模型的信息：撤消 、重做 、属性 、对象信息 和显示信息窗口 等。

图 1-23 "标准"工具条

② "实用工具"工具条。如图 1-24 所示。提供图层及属性的设置、坐标系的操作、对象的显示与隐藏等。

③ "视图"工具条。如图 1-25 所示。提供改变模型的显示方式（比如放大/缩小模型、模型显示模式）和视图方位切换等。

图 1-24 "实用工具"工具条   图 1-25 "视图"工具条

④ "应用"工具条。提供启动模块以及模块之间的切换。如图 1-26 所示。

图 1-26 "应用"工具条

系统显示的工具条中的按钮都是系统所默认的。添加或者移除工具条上的命令按钮，其操作非常简便，如图 1-27 所示。只需要按下工具条右侧的 （添加或移除）图标，然后在弹出的列表栏中勾选或取消相应的选项命令即可。

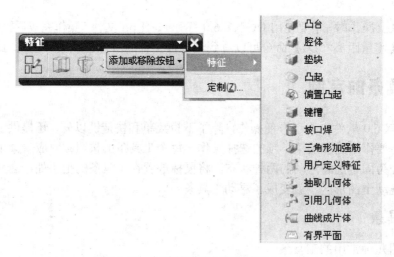

图 1-27　勾选或取消相应的选项命令

1.4.2　工具条的定制

（1）工具条的显示与隐藏

在用户界面工具条区域的任何位置单击鼠标右键，系统弹出如图 1-28 所示的工具条设置快捷菜单，在快捷菜单中列出了当前应用模块可用的工具条。工具条中标记有"√"符号的表示该工具条目前处于显示状态，其他没有标记"√"符号的表示该工具条目前处于隐藏状态。设置时在需要显示的工具条选项上单击，将其勾选上即可；若要取消显示，则再次单击该选项，去掉选项前面的"√"即可。

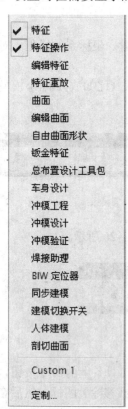

图 1-28　工具条设置快捷菜单

（2）添加和删除工具条按钮

添加和删除工具条按钮在建模的过程中有着非常重要的作用，对提高建模的效率很有帮助。下面介绍两种添加和删除工具条按钮的操作方法。

① 级联菜单法。在任何一个工具条最右侧（或下端）处单击箭头按钮 ，再在弹出的菜单中单击"添加或移除按钮"，然后便可以在级联菜单中添加或删除工具条按钮了，如图 1-29 所示。通过级联菜单法添加工具条按钮只能在当前模块提供的工具条中选择，具有一定的局限性。

② 自定义法。在用户界面工具条区域的任何位置单击鼠标右键，系统弹出如图 1-28 所示的工具条设置快捷菜单，选择"定制"命令，便可弹出如图 1-30 所示的"定制"对话框。

用户可以根据自己的需要，在"工具条"选项卡中，配以移动面板中的滑动条，选择所需的相关内容，便可添加工具条，反之，则去掉勾选记号。利用自定义法定制的工具栏是全局工具栏，并非都是当前模块的工具栏。

（3）"定制"对话框中各选项介绍

UG NX 6.0 提供自定义工具条，所以使用者可以交互式地定制适合自己的个性化工具条。可设置哪些工具条在界面中显示，哪些工具条不显示，工具条上显示哪些常用命令按钮以方便操作并让工作窗口尽可能大。除此之外，还可指定在工具条上的位图下面是否显示文本、更改菜单和工具条上的位图大小，或将工具条移动至合适位置、移除暂不使用的工具条等。

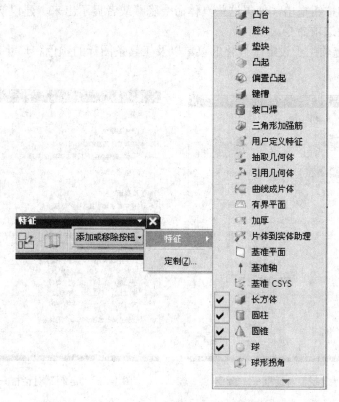

图 1-29　级联菜单法添加删除工具条上的按钮

单击工具条设置快捷菜单中的"定制"选项，或者选择主菜单上的【工具（T）】→|【定制（Z）】命令，系统弹出如图 1-30 所示的"定制"对话框。

在定制模式中，还可以将菜单项拖至工具条中，或在命令列表中添加新菜单。还可以在"工具条"选项卡上选择"新建"，添加新的工具条。

选择对话框中不同的选项，可以进行相应工具条的定制。下面具体介绍对话框中的选项。

① 工具条。该选项用来显示或隐藏某些工具条，如图 1-30 所示。"新建"选项可自行命名并定义一个空的工具条，然后将常用的工具命令放在其中；"加载"选项用来装入工具条定制文件（*.tbr），单击"重置"按钮可按工具条定制文件中的初始定义来重置工具条。

② 命令。该选项用来显示或隐藏菜单栏或工具条中所包含的命令，如图 1-31 所示。在命

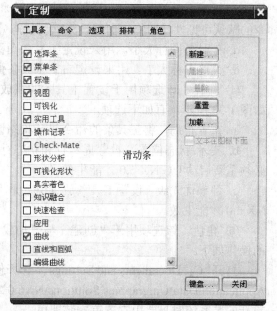

图 1-30　"定制"对话框——工具条

令选项下，在对话框的左侧"类别"中选择菜单，则右侧的"命令"列表框中列出相应的菜单或命令，选择所需的内容，直接拖放其至菜单或工具条中合适的位置即可；也可将菜单或工具条上的命令和按钮拖出，使得这些具体命令隐藏或者显示出来。建议初学者不要随意改动菜单或工具条的选项命令。

③ 选项。该选项用于设定个性化的菜单以及工具条图标的颜色和尺寸，如图 1-32 所示，具有如下选项。

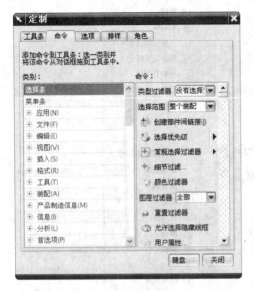

图 1-31 "定制"对话框——命令　　　　图 1-32 "定制"对话框——选项

　　a. 始终显示完整的菜单。即显示下拉菜单中所有的命令。

　　b. 在短暂的延迟后显示完整的菜单。折叠不常用的菜单命令（即将它们隐藏起来），而只显示常用的命令。将鼠标放置在下拉菜单的 ⌄ 图标上，短暂延迟后会显示完整的菜单。

　　c. 重置折叠的菜单。使用了该选项，会将系统中使用的命令记录清除掉，恢复菜单中命令的默认可见性（即将它们重设为默认状态）。

　　d. 工具条图标大小。用来设定工具条图标的尺寸。

　　e. 菜单图标大小。用来设定右击工具条弹出的快捷菜单图标和下拉菜单图标的尺寸。

④ 排样。该选项用于设置工具条的摆放方式以及主界面中提示行和状态行的位置等，如图 1-33 所示，有如下选项。

　　a. 重置布局。将工具条的命令显示状态恢复为初始设置。

　　b. 提示/状态位置。设置提示行和状态行位于工作窗口的顶部还是底部。更改该设置后必须重新启动 UG NX 6.0 才能生效。

　　c. 停靠优先级。设置工具条放置位置是"水平"还是"竖直"。更改设置后重新启动 UG NX 6.0 才能生效。

⑤ 角色。该选项用于"创建"与"加载"用户定义的 mtx 文件，如图 1-34 所示。具体的操作如下。

打开"C：\Documents and Settings"，选择使用的用户，比如"USER"，选择"Local Settings\Application Data\Unigraphics Solutions\NX6.0"文件夹，对其中的 user.mtx 文件做备份，以后重新安装系统时只要用它覆盖安装即可。

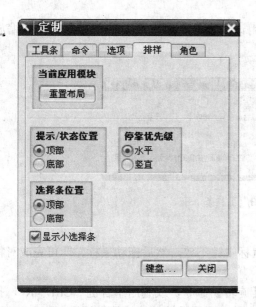

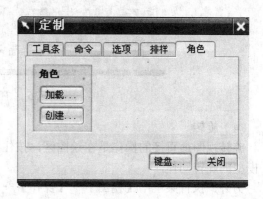

图 1-33 "定制"对话框——排样　　　　图 1-34 "定制"对话框——角色

1.5 视图控制

1.5.1 视图控制选项

在 UG NX 6.0 的建模过程中，灵活掌握操作视图和调整模型的显示方式可以提高工作效率。可以利用如图 1-35 所示的【视图】→【操作】菜单的级联菜单或如图 1-36 所示的"视图"工具条实现对视图和模型显示控制的操作。"视图"工具条的几个重要按钮含义及操作介绍如下。

（1）适合窗口

可以设定拟合比例，自动调整当前工作视图中几何对象，使所有对象都显示在绘图区中。

（2）缩放

该按钮为局部缩放，只是对特征模型进行局部放大的一种处理方式。具体操作是：在绘图区按住鼠标左键拖出一对角矩形框，该矩形框即为确定的局部缩放的区域大小。局部缩放的快捷键为 F6。

（3）放大/缩小

用鼠标左键单击"视图"工具条上的"放大/缩小"按钮后，需在绘图区移动鼠标左键或滚动鼠标中键，即可对选择的特征模型进行放大或缩小。

另外，执行菜单中【视图】→【操作】→【缩放】命令，或利用组合键"Ctrl + Shift + Z"，打

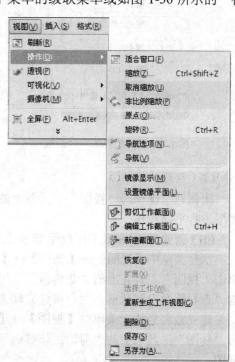

图 1-35 【视图】→【操作】菜单的级联菜单

开如图 1-37 所示的"缩放视图"对话框。利用该对话框可以实现对特征模型的特殊缩放操作。

图 1-36 "视图"工具条

（4）旋转

旋转视图最直接的操作是在绘图区，按住鼠标中键不放，然后拖动鼠标，即可完成对特征模型的旋转动作。

另外，执行菜单中【视图】→【操作】→【旋转】命令，或利用组合键"Ctrl + R"，打开如图 1-38 所示的"旋转视图"对话框，利用该对话框可以较精确地旋转视图。

图 1-37 "缩放视图"对话框

图 1-38 "旋转视图"对话框

（5）平移

用鼠标左键单击"视图"工具条上的"平移"按钮后，在绘图区移动鼠标可直接对特征模型进行平移操作。

（6）新建截面/编辑工作截面/剪切工作截面

执行菜单中【视图】→【操作】→【新建截面】/【编辑工作截面】命令，或用鼠标左键单击"视图"工具条上的"新建截面"/"编辑工作截面"按钮后，系统弹出如图 1-39 所示的"查看截面"对话框，用户可建立动态截面视图，观察模型内部的情况。

建立截面后执行菜单中【视图】→【操作】→【剪切工作截面】命令，或用鼠标左键单击"视图"工具条上的"剪切工作截面"按钮，在绘图区中已创建截面的特征模型将显示剖视图。

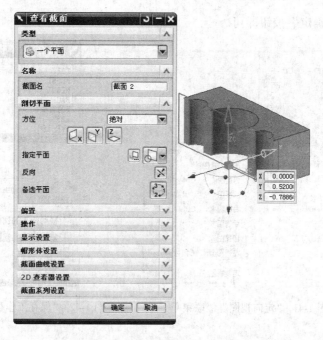

图 1-39 "查看截面"对话框

1.5.2 快速视图弹出菜单

用户在建模或绘图过程中，有时需要多方位、以不同的视角来观察。沿着某个方向去观察模型，得到的一幅平行投影的平面图像称为视图。视图的观察方位只与绝对坐标系有关，与工作坐标系无关。UG NX 6.0 系统提供了 8 种定向视图的类型：左视图 、俯视图（顶部） 、主视图（前视图） 、右视图 、后视图（背景色） 、仰视图（底部） 、正二测视图 和正等测视图 。定向视图的操作方法有如下两种。

① 方法一：单击"视图"工具条上的 图标右侧的小三角 ，系统弹出如图 1-40 所示的"视图方位"下拉命令按钮，利用这些命令按钮，用户可根据需要将视图切换到系统提供的几种标准的方位。

图 1-40 "视图方位"下拉命令按钮

② 方法二：在绘图区中单击鼠标右键，在弹出的快捷菜单中单击"定向视图"右边的符号按钮 ，如图 1-41 所示的"定向视图"级联菜单。利用该菜单命令可以选择定向视图的类型。

用户还可自定义视图，和标准视图拼凑起来观察不规则模型多个指定的方位。如果在查看模型时，将视图旋转成用户所需要的方位（即用户自定义的方位），可以选择【视图】→【操作】→【另存为】命令，在系统弹出的如图 1-42 所示的"保存工作视图"对话框内输入新视图的名称，单击"确定"按钮即可。

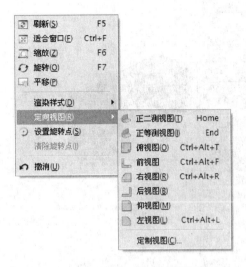
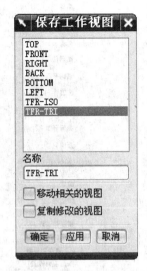

图 1-41　"定向视图"级联菜单　　　　图 1-42　"保存工作视图"对话框

1.6　零件格式设定

1.6.1　图层

图层是 UG NX 6.0 建模时对所绘对象进行管理的重要方式。图层就像透明的图纸一样，使用多图层就相当于在多个透明的图纸纸上把不同图层上的图形叠加起来形成一个整体的视觉效果。一个 UG NX 6.0 部件中可以包含 1～256 个层，每个图层可以包含任意数量的对象，因此一个图层上可以包含部件中所有的对象，而部件中的对象可以分布在一个或多个图层上。使用多图层可以对不同图层的对象进行不同方式的编辑，以期达到设计的目的和效果。

不同公司对图层的使用习惯不同，在 UG NX 6.0 中有 5 个预定义层组，包括 Solids（实体层）1～10 层、Sheets（曲面层）11～20 层、Sketches（草图层）21～40 层、Curves（曲线层）41～60 层、Datums（基准层）61～80 层。81～256 层为未定义层。

"格式"的下拉菜单如图 1-43 所示，下面介绍下拉菜单中列举的进行图层操作的相关指令。

（1）图层设置

选择"格式"下拉菜单中的"图层设置"命令时，系统弹出如图 1-44 所示的"图层设置"对话框。利用该对话框可以进行工作层、可选性、可见性等设置，并可以进行信息的查询，同时也可以对层所属的类别进行编辑。

（2）在视图中可见

选择"格式"下拉菜单中的"在视图中可见"命令时，系统弹出如图 1-45 所示的"视图中的可见图层"对话框。利用该对话框可以进行可见性设置。

（3）图层类别

选择"格式"下拉菜单中的"图层类别"命令时，系统弹出如图 1-46 所示的"图层类别"对话框。利用该对话框可以将多个图层设置为集合（即层组），也可以加入一些描述，但描述部分不能使用汉字，这样便于用户按照层组查找层。

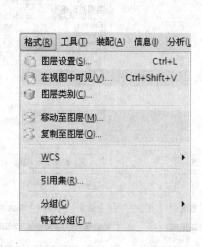

图1-43 "格式"的下拉菜单

图1-44 "图层设置"对话框

图1-45 "视图中的可见图层"对话框

图1-46 "图层类别"对话框

（4）移动至图层

选择"格式"下拉菜单中的"移动至图层"命令时，系统首先弹出如图1-47所示的"类选择"对话框，在绘图区选取对象特征，单击对话框中的"确定"按钮，然后系统弹出如图1-48所示的"图层移动"对话框。利用该对话框可以将选定对象特征移动到选定的图层当中，然后再根据需要对移动的图层进行编辑。

（5）复制至图层

选择"格式"下拉菜单中的"复制至图层"命令时，系统首先弹出如图1-47所示的"类选择"对话框，在绘图区选取对象特征，单击对话框中的"确定"按钮，然后系统弹出如图1-49所示的"图层复制"对话框。利用该对话框可以将选定对象特征复制到选定的图层当中，然后再根据需要对复制的图层进行编辑。

图 1-47 "类选择"对话框

图 1-48 "图层移动"对话框

图 1-49 "图层复制"对话框

1.6.2 视图布局

将多个绘图窗口分解成多个视图来观察对象的管理方式就是视图布局。视图布局是将屏幕划分为若干个视区，在每个视区中显示指定的视图。在绘图过程中，从多角度同时观察绘图对象有利于用户对绘图的对象有更好的理解和把握。用户可以在多个视图间进行切换，并进行相应的操作。系统默认在单个视图布局的工作环境中。为了建模过程中便于观察和操作，往往要进行创建多个视图布局。

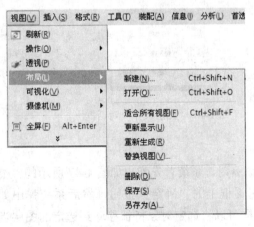
图 1-50 "布局"级联菜单

（1）新建布局

① 执行主菜单中【视图】→【布局】→【新建】命令，如图 1-50 所示，系统弹出如图 1-51 所示的"新建布局"对话框。

② 在"名称"文本框内可以填写所建布局的名称，然后单击"布置"下拉列表框内的选项，选择布局格式。系统提供了 6 种供选择的格式，分别为 L1（单个视图）、L2（两个视图、横向分布）、L3（两个视图、竖向分布）、L4（四个视图）、L6（六个视图）、L9（九个视图），最多的一种 L9 可以布置 9 个视图，如图 1-51 所示。

③ 根据需要选择相应的布局后，单击"新建布局"对话框中的"确定"或"应用"按钮，完成新布局的创建。

（2）打开布局

执行主菜单中【视图】→【布局】→【打开】命令，如图 1-50 所示，系统弹出如图 1-52 所示的"打开布局"对话框，其中包括系统提供的 6 种布局和用户新建的布局。选择其中一种布局，单击对话框中的"确定"或"应用"按钮，完成布局的打开。

图 1-51 "新建布局"对话框　　　图 1-52 "打开布局"对话框

（3）替换视图

① 方法一：执行主菜单中【视图】→【布局】→【替换视图】命令，系统弹出如图 1-53 所示的"要替换的视图"对话框。选择要更换的视图名称，单击"确定"按钮，弹出如图 1-54 所示的"替换视图用…"对话框，选择替换视图的名称，单击"确定"按钮，完成视图的替换。

图 1-53 "要替换的视图"对话框　　　图 1-54 "替换视图用…"对话框

② 方法二：在多个视图布局的环境下，在需要替换的视图窗口内单击鼠标右键，弹出如图 1-41 所示的"视图"快捷菜单，"定向视图"选项，在"定向视图"级联菜单中直接选择视图，就可以替换成其他的视图。

（4）删除布局

执行主菜单中【视图】→【布局】→【删除】）命令，在系统弹出如图 1-55 所示的"删除布局"对话框中选择要删除的布局，单击"应用"按钮，即可完成布局的删除。

（5）保存布局

创建新的布局后，用户可以将其保存，需要时重新调用。保存布局的方法有两种。一种是按照新建的名称保存，直接在【视图】→【布局】→【保存】命令中进行。另一种是采用其他名称另存，选择【视图】→【布局】→【另存为】命令，系统弹出如图 1-56 所示的"保存布局为"对话框，用户可以采用新的名称保存。

图 1-55　"删除布局"对话框

图 1-56　"保存布局为"对话框

1.7　常用工具

1.7.1　点构造器

点构造器为用户在三维空间创建点对象和确定点位置提供了标准方式。点构造器一种情况是单独使用，用于创建独立的点对象；另一种情况就是根据建模需要自动出现，用于建立一个临时的点标记。

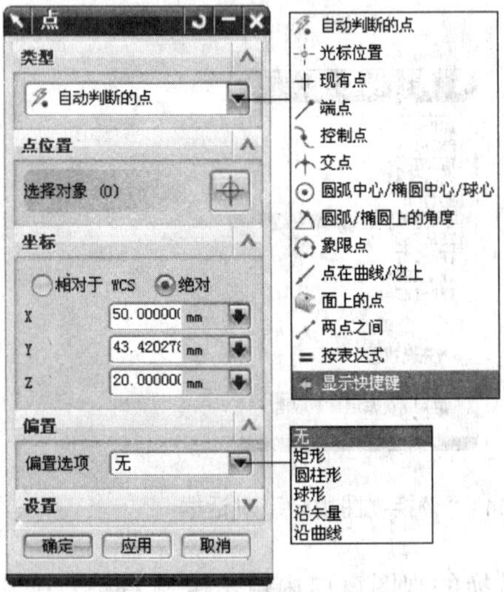

执行主菜单中【插入】→【基准/点】→【点】命令，系统弹出如图 1-57 所示"点"对话框，用户可以通过两种方式来创建点：在对话框的最上方通过"类型"选项组中的按钮捕捉点和在对话框中间输入坐标值精确创建点。

（1）捕捉点方法

① 自动判断的点：该选项允许系统根据用户选择的对象和光标的位置决定使用的点的方式。由于该选项是使用光标位置来指定点的位置，所以被局限于光标位置点、现有的点、端点、中点、控制点以及圆弧中心/椭圆中心等。

② 光标位置：通过定位十字光标，在屏幕上任意位置创建一个点。该方式所创建的点位于工作平面上。

图 1-57　"点"对话框

③ 现有点：在某个存在点上创建一个新点，或通过选择某个存在点指定一个新点的位置。该方式是将一个图层的点复制到另一个图层最方便的方法。

④ 端点：根据鼠标选择位置，在存在的直线、圆弧、二次曲线及其他曲线的端点上指定新点的位置。如果选择的对象是完整的圆，那么端点为零极限点。

⑤ 控制点：在几何对象的控制点上创建一个点。控制点与几何对象类型有关，它可以是存在点、直线的中点和端点、开口圆弧的端点和中点、圆的中心点、二次曲线的端点或其他曲线的端点。

⑥ 交点：在两段曲线的交点上或一曲线和一曲面或一平面的交点上创建一个点。若两者的交点多于一个，则系统在最靠近第二对象处创建一个点或规定新点的位置；若两段平行曲线并未实际相交，则系统会选取两者延长线上的相交点；若选取的两段空间曲线并未实际

相交，则系统在最靠近第一对象处创建一个点或规定新点的位置。

⑦ 圆弧中心/椭圆中心/球心：在选取圆弧、椭圆、球的中心处创建一个点。

⑧ 圆弧/椭圆上的角度：在与坐标轴 XC 正向成一定角度（沿逆时针方向测量）的圆弧、椭圆弧上创建一个点。

⑨ 象限点：在圆弧或椭圆弧的四分点处指定一个新点的位置。需要注意的是，所选取的四分点是离光标选择球最近的四分点。

⑩ 点在曲线/边上：通过设置"U 参数"值在曲线或者边上指定新点的位置。

⑪ 面上的点：通过设置"U 参数"和"V 参数"值在曲面上指定新点的位置。

⑫ 两点之间：通过选择两点，在两点的中点创建新点。

⑬ 按表达式：用输入的数学表达式来创建点。

（2）输入点的坐标值

根据坐标值确定点的位置有两种方法：一种为工作坐标（WCS）值，另一种为绝对坐标（ACS）值。当用户选择了"绝对"单选按钮时，输入的坐标值 X、Y 和 Z 是相对绝对坐标系原点而言的；当用户选择了"相对于 WCS" 单选按钮时，"点"对话框中的 X、Y 和 Z 变成 XC、YC 和 ZC，输入的坐标值是相对当前工作坐标系原点的。

1.7.2　平面构造器

在 UG NX 6.0 的建模过程中，经常需要构建一个平面作为特征创建或切割的参考面，它并不是一个基准平面，但在某种程度上与基准平面具有一定的相似性。

创建平面时，执行主菜单中【插入】→【基准/点】→【基准平面】命令，或单击"曲线"工具条中的"平面"按钮 ，系统弹出如图 1-58 所示"平面"对话框。"平面"对话框中的选项介绍如下。

① 自动判断。根据所选择对象不同，自动判断建立新平面。

② 成一角度。通过一条边线、轴线或草图线，并与一个面或基准面成一定角度。

③ 按某一距离。通过选择一个平面，设定一定的偏移距离创建一个新平面。

④ 平分。通过选择两个平面，在两平面的中间创建一个新平面。

⑤ 曲线和点。通过曲线和一个点创建一个新平面。

⑥ 两直线。通过选择两条现有直线来指定一个平面。如果两条直线共面，那么指定的平面就是包含这两条直线的平面，否则创建的平面包含一条直线且垂直于第二条曲线。

⑦ 相切。通过一个点或线或面并与一个实体面（圆锥或圆柱）来指定一个平面。

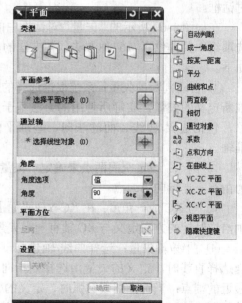

图 1-58　"平面"对话框

⑧ 通过对象。通过空间一个曲线来指定一个平面，注意不能选择直线。

⑨ 系数。通过指定系数 a、b、c 和 d 来定义一个平面，平面方程为 aX+bY+cZ=d 来确定。单击该选项按钮，"平面"对话框如图 1-59 所示。选择一组参数（系数不能全为 0）后，即可完成新平面的创建。

⑩ 点和方向。通过一点并沿指定方向来创建一个平面。

图1-59 "平面"对话框——系数

⑪ 在曲线上。通过选择一条曲线，并在设定的曲线位置处来创建一个平面。

⑫ YC-ZC平面。用于指定当前坐标系中XC坐标值为常量的一个平面，需要在XC文本框中输入固定距离值。

⑬ XC-ZC平面。用于指定当前坐标系中YC坐标值为常量的一个平面，需要在YC文本框中输入固定距离值。

⑭ XC-YC平面。用于指定当前坐标系中ZC坐标值为常量的一个平面，需要在ZC文本框中输入固定距离值。

⑮ 视图平面。由视图位置决定平面的位置。

1.7.3 矢量构造器

"矢量构造器"又称"向量构造器"，矢量构造器用于创建一个单位方向的矢量，用于确定特征或对象的方向。矢量定义的方式有很多种，可以直接输入各坐标分量来确定矢量方向，也可以用矢量定义方式来确定。比如特征的生成方向，旋转扫描特征时的旋转轴线、投影方向等。矢量各坐标值只是用于确定矢量的方向，其幅值和原点不被保存。定义一个矢量通常是从原点显示一个矢量符号，刷新后该符号自动消失。

建立一个矢量，不能单独使用"矢量构造器"来创建，而是在建模过程中系统根据需要弹出"矢量构造器"来创建的，例如，在创建圆柱（圆锥）、设置圆柱（圆锥）的轴线方向时，单击圆柱（圆锥）对话框中的"矢量构造器"按钮，系统弹出如图1-60所示的"矢量"对话框。

在如图1-60所示的"矢量"对话框中的"类型"选项组中共提供了16种方法，各方法的具体含义如下。

① 自动判断的矢量：系统根据选择的对象自动推断定义的矢量，实际所使用的方法基于所选的对象，包括边界/曲线、面的法向、基准平面以及基准轴。

② 两点：设定空间两点来确定一矢量，其方向为由第一点指向第二点。

③ 与XC成一角度：在XC-YC平面上，从XC轴沿逆时针的方向定义与XC轴有一定夹角的矢量。

④ 曲线/轴矢量：选择曲线/轴建立一个矢量。

图1-60 "矢量"对话框

当选择直线时，定义的矢量由选择点指向与其距离最近的端点；当选择圆或圆弧时，定义的矢量为通过圆或圆弧的中心且垂直于圆或圆弧所在的平面；当选择平面样条曲线或二次曲线时，定义的矢量为离选择点较远的端点指向另一端点。

⑤ 曲线上矢量：选择一条曲线，系统创建所选曲线的切向或法向矢量，"曲线上矢量"对话框如图1-61所示。通过该对话框中的"曲线上的位置"（即以圆弧长或圆弧长的百分比方式确定）来设置矢量位置，通过该对话框中的"矢量方位"的"备选解"和"反向"来确定矢量的方向。

⑥ 面/平面法向：选择一个平面或柱面，建立平行于平面或柱面法线的矢量。

⑦ XC 轴：创建与 XC 轴平行或与已存在坐标系 X 轴平行的矢量。

⑧ YC 轴：创建与 YC 轴平行或与已存在坐标系 Y 轴平行的矢量。

⑨ ZC 轴：创建与 ZC 轴平行或与已存在坐标系 Z 轴平行的矢量。

⑩ –XC 轴：创建与 XC 负向轴平行或与指定的已存坐标系 X 轴负向平行的矢量。

⑪ –YC 轴：创建与 YC 负向轴平行或与指定的已存坐标系 Y 轴负向平行的矢量。

⑫ –ZC 轴：创建与 ZC 负向轴平行或与指定的已存坐标系 Z 轴负向平行的矢量。

图 1-61　"曲线上矢量"对话框

⑬ 视图方向：由视图方向确定矢量方向。

⑭ 按系数：在 UG NX 6.0 中，可以选择笛卡尔直角坐标系和球坐标系，输入坐标分量来建立矢量。

a. 笛卡尔坐标系：即直角坐标系。在笛卡尔坐标系里，一个向量在 X、Y、Z 三坐标中，向 X、Y、Z 坐标轴上投影可以得到一个实数分量，同时用各个分量大小也可以确定一个向量方向。勾选如图 1-62 所示对话框"笛卡尔"选项，输入 I、J、K 的值即可确定矢量方向。I、J、K 分别是 X、Y、Z 各个坐标分量，如：I=1，J=0，K=0，则代表 X 轴的正方向。

b. 球坐标系：在球坐标系里也可以输入分量来确定矢量的方向。勾选如图 1-62 所示对话框"球形"选项，进入球坐标系，如图 1-63 所示，参数 Phi 和 Theta 值确定矢量的方向，Phi 值是 ZC 轴的正向角度，Theta 值是 XC-YC 平面旋转的角度，沿 XC 轴的正向。

图 1-62　"按系数"对话框——笛卡尔　　　图 1-63　"按系数"对话框——球坐标系

⑮ 按表达式：由用户输入的表达式确定的矢量。

⑯ 固定：固定所设定的矢量。

1.7.4　坐标系构造器

（1）坐标系

建模离不开坐标系，坐标系主要是用来确定特征或对象的方位。UG NX 6.0 系统中用到的坐标系主要有两种：绝对坐标系（Absolute Coordinate Syestem，ACS）和工作坐标系（Work Coordinate Syestem，WCS）。绝对坐标系是系统默认的坐标系，其原点和各坐标轴线的方向永远不变，从而确保实体在文件中的坐标是固定的并且是唯一的；而工作坐标系就是用户坐标系，也是系统提供的，用户可以根据需要任意移动、旋转，方便建模操作。

执行主菜单的【格式】→【WCS】命令，弹出如图 1-64 所示的坐标系级联菜单，利用该菜单可进行坐标系的相关编辑操作。工作坐标系菜单的选项介绍如下。

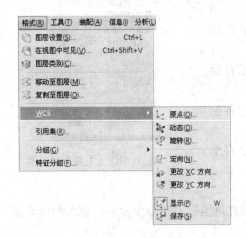

图 1-64　坐标系级联菜单

① 原点：单击该选项，弹出如图 1-57 所示的"点"对话框，提示构建一点，在绘图区指定一点后，当前坐标系的原点移动到指定点的位置。

② 动态：单击该选项，当前坐标系就变成如图 1-65 所示的样子。动态坐标系提供了 3 种改变坐标系状态的方法。若要退出动态坐标系的设定状态，按住鼠标中键即可。下面介绍坐标系的改变方法。

a. 原点：将光标移动到动态坐标系原点处，按住鼠标左键不放并拖动鼠标，坐标系可以在空间范围内随着鼠标的移动而移动。如图 1-65（a）所示。

b. 移动圆锥手柄：移动柄即为 3 根坐标轴，如图 1-65（b）所示。将光标选定某个移动柄，按住鼠标左键不放并拖动鼠标，坐标系将沿着选定坐标轴方向进行移动。为了便于精确定位，可以设置捕捉单位，如 4.0，这样每隔 4.0 个单位距离，系统自动捕捉一次。

c. 旋转球形手柄：旋转柄位于平面上，如图 1-65（c）所示。将光标置于旋转柄小球处，按住鼠标左键不放并拖动鼠标，坐标系将绕着与旋转柄所在平面垂直的坐标轴进行旋转。如：旋转柄在 XC-YC 上，则坐标系绕着 ZC 轴旋转。为了便于精确定位，可以设置捕捉单位，如 45°，这样每隔 45 个单位角度，系统自动捕捉一次。

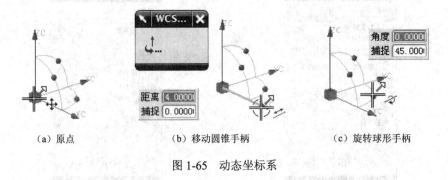

（a）原点　　　　　　　（b）移动圆锥手柄　　　　　　（c）旋转球形手柄

图 1-65　动态坐标系

③ 旋转：单击该选项，系统弹出如图 1-66 所示的"旋转 WCS 绕…"对话框。利用该对话框可以执行坐标系的旋转操作。

④ 定向：有关"定向"的操作将在"坐标系（CYCS）构造器"中详细介绍。

⑤ 更改 XC 方向：单击该选项，系统弹出如图 1-57 所示的"点"对话框，指示用户指定一点（不能是 ZC 轴上的点），则原点与指定点在 XC-YC 平面投影点的连线为新的 XC 轴。

⑥ 更改 YC 方向：单击该选项，系统弹出如图 1-57 所示的"点"对话框，指示用户指定一点（不能是 ZC 轴上的点），则原点与指定点在 XC-YC 平面投影点的连线为新的 YC 轴。

⑦ 显示：单击该选项，可以控制图形窗口中坐标系的显示与隐藏属性。这是一个切换开关，默认情况下是显示，按住快捷键"W"也可以直接在坐标系的显示与隐藏之间进行切换。

⑧ 保存：单击该选项，可以将当前坐标系保存下来，以后可以引用。

（2）坐标系（CSYS）构造器

利用坐标系构造器可以构造一个新的坐标系。执行主菜单中的【格式】→【WCS】→【定向】命令，系统弹出如图 1-67 所示的"CSYS"对话框。下面是"CSYS"对话框中的基本选项及含义。

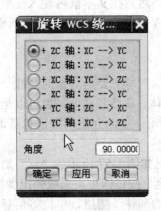

图 1-66　旋转 WCS 绕…"对话框　　　　图 1-67　"CSYS"对话框

① 动态：与前面介绍过的相同，此处略。

② 自动判断：通过选择的对象或输入坐标分量值来构造一个坐标系，一般很少用。

③ 原点，X 点，Y 点：依次指定三个点，第一个点作为坐标系的原点，从第一点到第二点的矢量作为新坐标系的 XC 轴，第一点到第三点的矢量作为新坐标系的 YC 轴。

④ X 轴，Y 轴：依次指定两条相交的直线或实体边缘线，把两条直线的交点作为坐标系原点，第一条直线作为 XC 轴，第二条直线作为 YC 轴。

⑤ X 轴，Y 轴，原点：依次指定第一条直线、第二条直线和一点，把构造的点作为坐标系的原点，第一直线作为 XC 轴，第二条直线作为 YC 轴。

⑥ Z 轴，X 轴，原点：依次指定第一条直线、第二条直线和一点，把构造的点作为坐标系的原点，第一直线作为 ZC 轴，第二条直线作为 XC 轴。

⑦ Z 轴，Y 轴，原点：依次指定第一条直线、第二条直线和一点，把构造的点作为坐标系的原点，第一条直线作为 ZC 轴，第二条直线作为 YC 轴。

⑧ Z 轴，X 点：依次指定一条直线和一点，把指定的直线作为 ZC 轴，通过指定的点与指定直线相垂直的直线作为新坐标系的 XC 轴，两轴交点为坐标原点。

⑨ 对象的 CSYS：指定一平面图形对象（如圆、圆弧、椭圆、二次曲线等），把该对象所在的平面作为新坐标系的 XC-YC 平面，该对象的关键特征点（如圆心、椭圆中心、二次曲线的顶点等）作为坐标系的原点。

⑩ 点，垂直于曲线：首先指定一条曲线，其次指定一点，过指定点与指定曲线相垂直的假想线则为坐标系的 YC 轴，垂足为坐标原点，曲线在该垂足处的切线为新坐标系的 ZC 轴，XC 轴根据右手法则来判别。

⑪ 平面和矢量：首先指定一个平面，再指定一矢量，过指定矢量与指定平面的交点作为

坐标系的原点，指定平面的法向量作为新坐标系的 XC 轴，指定矢量在指定的平面上的投影作为新坐标系的 YC 轴。

⑫　三平面：依次指定三平面，把三个平面的交点作为新坐标系的原点，第一个平面的法向量作为新坐标系的 XC 轴，第一个平面和第二个平面的交线作为新坐标系的 ZC 轴。

⑬　绝对 CSYS：在绝对坐标系的原点（0，0，0）处定义坐标系，坐标轴的方向与绝对坐标系的方向相同。

⑭　当前视图的 CSYS：以当前视图的中心为新坐标系的原点，图形窗口水平向右方向为新坐标系的 XC 轴，图形窗口向上为新坐标系的 YC 轴，

⑮　偏置 CSYS：首先指定一个已经存在的坐标系，然后在文本框内输入三坐标方向平移或旋转量（X-增量、Y-增量、Z-增量或角度 X、角度 Y、角度 Z），以此确定新坐标系。

1.7.5　信息查询

信息查询主要查询几何对象和零件的信息，查询的内容主要是对象的属性（包括名称、图层、颜色、线型和组名单位等）。对象可以是点、实体、曲线和曲面，也可以是基准面和坐标系，还可以是部件、装配和表达式等，如图 1-68 所示。下面介绍两种信息查询的方法。

（1）点信息查询

执行主菜单中的【信息】→【点】命令，系统弹出如图 1-57 所示的"点"对话框，在对象上选择所要查询的点，单击"点"对话框中的"确定"按钮即可，系统弹出如图 1-69 所示的点的"信息"窗口。点的信息查询可以得到点所属的部件、图层、单位等信息，还包括它在工作坐标系和绝对坐标系中的坐标信息。

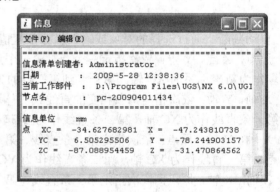

图 1-68　"信息"菜单　　　　　　　　图 1-69　"信息"窗口——点

（2）对象查询

执行主菜单中的【信息】→【对象】命令，系统弹出如图 1-70 所示的"类选择"对话框，选择所要查询的对象（可以是直线、曲线、样条曲线、特征、实体、曲面等），单击"类选择"对话框中的"确定"按钮即可，系统弹出如图 1-71 所示的对象的"信息"窗口。

1.7.6　几何分析

与信息查询获得部件中已存数据不同的是，对象分析功能是依赖于被分析的对象，通过临时计算获得所需的结果。UG NX 6.0 的分析工具，除了常规的几何参数分析外，还可以做光顺性分析、误差和拓扑分析、质量特性及装配分析等。在进行查询对象之前，应先查看单位的设置。在如图 1-72 所示的"分析"主菜单下选择"克-毫米"选项。图 1-72 列举了"外观造型设计"环境中所有的几何分析工具，下面对最常用的几个分析工具进行简要说明。

图 1-70 "类选择"对话框

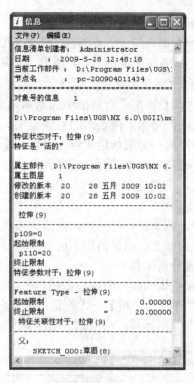

图 1-71 "信息"窗口——对象

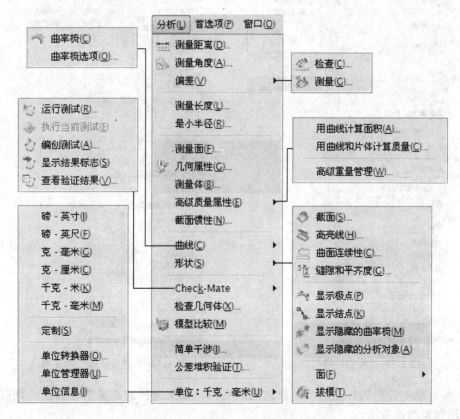

图 1-72 "分析"菜单及其子菜单

（1）**距离分析工具**

主要用于查询点与点、点与线、点与平面之间的距离。执行主菜单中【分析】→【测量距离】命令，或者单击如图 1-24 所示"实用"工具条中的"测量距离"图标 ，弹出如图 1-73 所示的"测量距离"对话框。

下面是"测量距离"对话框中的基本选项及含义。

① 距离：测量指定两点间的直线距离。

② 投影距离：测量指定两点在指定矢量方向上的距离，使用时要先定义矢量方向。

③ 屏幕距离：将指定两点投影到当前屏幕所在的观察平面上得到的距离。

④ 长度：测量整条曲线的长度。在指定模型中的边线后，自动测量其相切的整个串连图形的长度。

⑤ 半径：测量曲线的半径。在选定模型中的弧或圆后，自动测量其显示弧或圆的半径。

⑥ 点在曲线上：测量曲线上的一个点到曲线起点的距离，测量部分曲线的长度。

（2）**角度分析工具**

主要用来查询曲线与曲线、曲线与平面、平面与平面之间的角度。

执行主菜单中【分析】→【测量角度】命令，或者单击如图 1-24 所示"实用"工具条中的"测量角度"图标 ，弹出如图 1-74 所示的"测量角度"对话框。

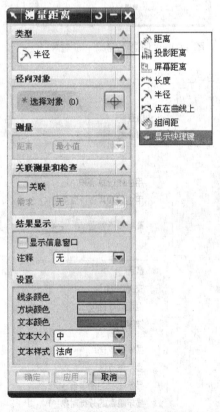

图 1-73　"测量距离"对话框

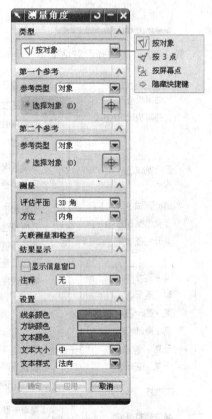

图 1-74　"测量角度"对话框

① 按对象：分析选择的两个对象之间的夹角，如果选择的对象中有曲线，则以曲线起点处的切向为测量依据。

② 按 3 点：使用 3 点方式分析角度，第一点为角的顶点，第二点为基线的终点，第三

点为量角器的终点。

③ 按屏幕点：根据模型在当前屏幕中的方向来定义角度，第一个点为测量角的顶点，第二点为基线的终点，第三点为量角器的终点。

（3）最小半径查询

用于曲面的最小半径查询，特别用于数控加工时，根据曲面的最小半径选择最小刀具。

执行主菜单中【分析】→【最小半径】命令，系统弹出如图 1-75 所示的"最小半径"对话框，进行最小半径查询，当勾选上 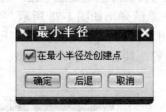 选项时，将在最小半径处生成一个点，并用实心锥形箭头标注。

（4）质量属性分析

对于实体除了进行几何尺寸分析外，还有面积、质量的分析功能。

通常在进行锻压或冲压下料前，为了节约材料，更好地利用材料，要对预锻件或冲压件毛坯的体积进行计算。

执行主菜单中【分析】→【高级质量属性】→【用曲线计算面积】命令，如图 1-72 所示，系统弹出如图 1-76 所示的"分析"对话框。下面对分析对话框内的 4 个选项作简要的说明。

图 1-75　"最小半径"对话框　　　　图 1-76　"分析"对话框

① 边界（永久的）：用来分析永久性边界。可以创建一个或多个永久性边界，然后分析由所有永久性边界决定的图形的几何特征。

② 边界（临时的）：用来分析临时边界。用于创建一个或多个临时边界，然后分析由所有临时边界构成的图形的几何特性。分析时将选取的对象投影到工作桌面的 XC-YC 平面上创建临时边界，然后对投影进行分析。

③ 面（永久的）：用来分析永久边界平面。注意选取的曲线必须构成一个封闭的图形并且平行于 XC-YC 平面。

④ 面（临时的）：用来分析临时边界平面。

1.8　对象的操作

对象是一个广义的概念，泛指 UG NX 6.0 环境中的各种元素，它包含几何对象和非几何对象。比如：点、线、面、片体、实体、特征等被称为几何对象，用于表示模型中的各种几何元素；而尺寸、文字标记等几何对象以外的元素统称为非几何对象；基于对象的基本操作，有对象的选择、对象的显示、对象的缩放等。

1.8.1　对象的选择

在执行某个命令的操作过程中，往往会碰到要求选择对象（曲线、面、体等），此时用户可使用鼠标直接选择，也可以借助"类选择"对话框进行选择。

（1）鼠标选择方式

当系统提示选择对象时，鼠标在绘图区中的形式变为选择球形式（✛）。它不但可以选择对象，而且还可以进行各种绘图操作。常用的鼠标选择对象的方式有以下几种。

① 单个对象选取：将鼠标移动到要选择的对象，该对象颜色将发生改变，在该对象上单击鼠标，该对象颜色还将发生变化，表明该对象已经被选中。

② 多个对象选取：在绘图区上任意一点单击鼠标左键，然后拖动形成一个矩形。当选择的对象都包括在内时，释放鼠标，将选中这些对象。如果要取消对象的选择，则按住 Shift 键，鼠标单击选择对象即可。

③ 快速拾取。选择对象是 UG NX 6.0 建模过程最常用的操作。将光标移动至某对象上并单击鼠标左键，即可选择一个指定的对象。按下 Shift 键的同时单击已经选中的对象，可取消当前的选择。若需要选择的对象位于多个对象中，可在选择的对象上按住光标不放，直至出现┴，调出如图 1-77 所示的"快速拾取"对话框，移动光标在列表中的某一对象上并单击左键即可。

（2）"类选择"方式

分类选择器提供了一种限制选择对象和设置过滤方式的方法，特别是在零部件比较多的情况下，以达到快速选择对象的目的。启动分类选择器方法主要集中在"编辑"菜单和"格式"菜单下，执行【编辑】→【对象显示】命令，系统弹出如图 1-78 所示"类选择"对话框。"类选择"对话框"过滤器"选项组中的相关选项含义如下："过滤器"用于限制对象的选择类型，即所选的对象必须符合过滤器中所做的设置，共有 5 个选项：类型、图层、颜色、属性和重置。

图 1-77 "快速拾取"对话框

图 1-78 "类选择"对话框

① 类型过滤器：根据类型选择对象。单击该按钮，打开如图 1-79 所示"根据类型选择"

对话框。在列表框中，按住 Ctrl 键可选择多个对象，然后单击"确定"按钮，返回"类选择"对话框。

② 图层过滤器：选定指定图层上的对象。单击该按钮，打开如图 1-80 所示"根据图层选择"对话框。选定某个图层后，然后单击"确定"按钮，返回"类选择"对话框。

图 1-79 "根据类型选择"对话框

图 1-80 "根据图层选择"对话框

③ 颜色过滤器：指通过指定对象的颜色来限制选择对象的范围。单击该按钮，弹出如图 1-81 所示的"颜色"对话框，选择某种颜色后，然后单击"确定"按钮，返回"类选择"对话框。

④ 属性过滤器：指通过对象的属性（包括线型、线宽以及自定义属性）来限制选择对象的范围。单击该按钮，弹出如图 1-82 所示"按属性选择"对话框。选择某种线型和线宽后，然后单击"确定"按钮，返回"类选择"对话框。

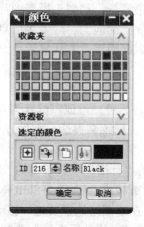
图 1-81 "颜色"对话框

图 1-82 "按属性选择"对话框

⑤ 重置过滤器：单击该按钮，可取消之前设置的所有过滤方式，恢复到系统的默认状态设置。

1.8.2 对象的显示

对象显示控制即对特征进行着色处理，其作用主要是用来控制模型的显示方式。它包括：带边着色、着色、带有淡化边的线框、带有隐藏边的线框、静态线框、艺术外观、面分析、局部着色共八种显示控制方式。对象显示控制方式有如下两种操作方式。

① 方法一：单击"视图"工具栏中的"渲染样式"按钮旁边的按钮，弹出对象显示控制下拉菜单，如图1-83所示。单击该菜单可以选择着色方式。

② 方法二：在绘图区任意处单击鼠标右键，在弹出的级联菜单中，单击"渲染样式"的级联菜单可以选择不同的着色方式，如图1-84所示。

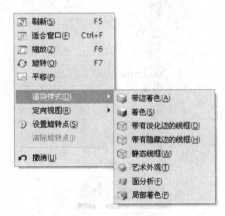

图1-83　对象显示下拉菜单　　　　图1-84　对象显示级联菜单

对象显示控制的相关选项如下。

① 带边着色：在三维模型着色的同时，边线也呈现不同的着色状态。

② 着色：三维模型的完全着色，模型的边缘线和轮廓线不可见。

③ 带有淡化边的线框：只显示模型的线框结构，外部线框着色，而内部线框变暗。

④ 带有隐藏边的线框：只显示模型的外部线框结构，内部线框隐藏。

⑤ 静态线框：完全显示模型的内、外部线框结构状态。

⑥ 艺术外观：在全面着色的基础上加上渲染背景，类似于摄影图片。

⑦ 面分析：用不同的颜色显示在指定的表面上的应力、应变等信息。

⑧ 局部着色：模型的部分表面着色，其他表面用线框方式显示。

1.8.3 对象的移动

对象的移动包括对曲线、草绘、实体和片体等各种二维或三维几何对象进行移动、复制、旋转等操作，是基本操作中非常重要的一项内容，熟练掌握这一操作方法，将极大提高建模的速度和效率。

创建对象的移动时，可单击如图1-85所示的"标准"工具条上的"移动对象"按钮，或执行主菜单中【编辑】→【移动对象】命令（或按组合键 Ctrl+Shift+M），如图1-86所示，系统弹出如图1-87所示的"移动对象"对话框，在绘图区选择要进行移动的对象，在"变换"选项下选择需要移动的类型，在"结果"选项下选择"移动原先的"或"复制原先的"，在"预览"选项下预览结果,满意后单击对话框中的"确定"按钮,完成对象的移动操作。

图 1-85 "标准"工具条

图 1-86 "编辑"菜单

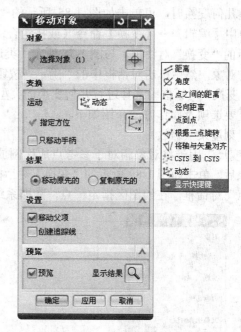

图 1-87 "移动对象"对话框

"移动对象"对话框中的几个重要选项及操作方法介绍如下。

① 距离。沿着"指定矢量"确定的方向移动在"距离"文本框中输入的数值位移。通过"反向"改变移动方向。

② 角度。"指定矢量"确定旋转轴,"指定轴点"确定旋转支点,在"角度"文本框中输入旋转的角度。通过"反向"改变旋转方向。

③ 点之间的距离。选择"指定原点"和"指定测量点"确定精确的移动距离,"指定矢量"确定移动方向,可以在"距离"文本框中重新输入需要移动的数值,通过"反向"改变移动方向。

④ 径向距离。"指定轴点"和"指定测量点"确定的移动方向垂直于"指定矢量"所确定的方向,在"距离"文本框中输入需要位移的数值,通过"反向"改变移动方向。

⑤ 点到点。将几何对象从"指定出发点"所确定的位置移动到"指定终止点"所确定的位置。

⑥ 根据三点旋转。"指定矢量"确定旋转轴,"指定枢轴点"确定旋转支点,将几何对象从"指定起点"所确定的位置旋转到"指定终点"所确定的位置。

⑦ 将轴与矢量对齐。"指定起始矢量"确定需要转换的几何对象轴线,"指定枢轴点"确定转换支点,"指定终止矢量"确定需要将几何对象轴线转换到的新位置。

⑧ CSYS 到 CSYS。将几何对象从"指定从 CSYS"所确定的坐标系移动到"指定到 CSYS"所确定的坐标系。

⑨ 动态。通过坐标系进行动态的移动和旋转，参见"1.6.4 坐标系构造器"一节中有关"动态"部分的内容。

1.8.4　对象的变换

对象的几何变换包括缩放、复制、镜像、阵列等操作，是基本操作中非常重要的一项内容，熟练掌握这一操作方法，将极大提高建模的速度和效率。

创建几何变换时，可单击如图 1-85 所示的"标准"工具条上的"变换"按钮 ，或执行主菜单中【编辑】→【变换】命令（或按组合键 Ctrl+T），如图 1-86 所示，系统弹出如图 1-88 所示的"变换"对话框，与图 1-78 所示"类选择"对话框相同，在绘图区选择要进行几何变换的对象，然后单击对话框中的"确定"按钮，系统弹出如图 1-89 所示的"变换"对话框。在"变换"对话框中选择进行几何变换的类型，即可执行变换的操作。"变换"对话框中的几个重要选项及操作方法介绍如下。

（1）刻度尺（缩放）

"刻度尺"用于将对象相对于参考点成比例放大或缩小。进行"刻度尺"操作时，首先选择对象后，单击如图 1-89 所示的"变换"对话框中的"刻度尺"按钮，系统弹出如图 1-57 所示"点"对话框，在绘图区指定一点，随即系统弹出如图 1-90 所示的"变换"对话框。

图 1-88　"变换"对话框一　　图 1-89　"变换"对话框二　　图 1-90　"变换"对话框三

"刻度尺"变换方式有两种。

① 等比缩放：直接输入缩放的比例数值。

② 非均等缩放：单击图 1-90 的"非均匀比例"按钮，弹出如图 1-91 所示的对话框，输入 XC、YC、ZC 方向上的比例值。

其次，选择一个比例的变换方式，单击对话框中的"确定"按钮，系统弹出如图 1-92 所示的"变换"操作选项对话框，选择某种类型后即可完成特征的刻度尺操作。刻度尺变换类型及含义如下。

① 重新选择对象：单击该按钮，系统将再次弹出如图 1-88 所示的"变换"对话框，提

示重新选择要变换的对象。

②　变换类型-刻度尺：在不重新选择对象的情况下，修改变换方法。单击该按钮后，再次弹出如图 1-89 所示"变换"对话框，提示选择变换方法。

③　目标图层-原点：单击该按钮后，系统弹出如图 1-93 所示的对话框，对话框有三个选项按钮，其含义如下。

a. 工作：单击该按钮，把变换后的对象放置到当前工作图层。

b. 原先的：单击该选项按钮，把变换后的对象放置到源对象所在的图层。

c. 指定：单击该选项按钮，把变换后的对象放置到指定的图层。

图 1-91　"变换"对话框四

图 1-92　"变换"对话框五

图 1-93　"变换"对话框六

④　分割-1：单击该按钮，系统弹出如图 1-94 所示的对话框，提示输入分割倍数。分割倍数把变换距离（角度或倍数）分割成相等的份数，实际变换距离（角度或倍数）只是其中的一份。

⑤　移动：单击该按钮，系统把选择的对象从一个位置移动到另外一个位点。

⑥　复制：单击该按钮，系统把选择的对象从一个位置复制到另外一个位点。

⑦　多个副本-可用：单击该按钮，系统弹出如图 1-95 所示的对话框，提示输入一次要变换的副本数。然后单击确定，可执行多个对象的复制操作。

⑧　撤消上一个-不可用：取消最后一次的变换，但继续保持早先的选定状态。

（2）通过一直线镜像

"通过一直线镜像"用于将对象相对于指定的参考线作镜像操作。选择对象后，单击如图 1-89 所示的"变换"对话框上的"通过一直线镜像"按钮，系统弹出如图 1-96 所示的对话框。"镜像"对话框有三个选项，其含义如下。

图 1-94　"变换"对话框七

图 1-95　"变换"对话框八

图 1-96　"变换"对话框九

①　两点：系统以指定的两点的连线为对称轴，镜像选定的对象。

②　现有的直线：系统以指定的直线为对称轴，镜像选定的对象。

③　点和矢量：单击该按钮，系统首先弹出如图 1-57 所示"点"对话框。在绘图区选择

一点后，系统又弹出如图 1-60 所示的"矢量"对话框。通过选定点并与选定矢量相平行的矢量为镜像轴线，之后的操作与前面的叙述相同，即可完成镜像操作。

（3）矩形阵列

"矩形阵列"是将对象从指定的参考点移动到目标点（阵列中心），再以指定的方向建立矩形阵列。选择对象后，单击如图 1-89 所示的"变换"对话框上的"矩形阵列"按钮，系统弹出如图 1-57 所示"点"对话框，提示指定两点；随后又弹出如图 1-97 所示的对话框，提示输入相应的参数。矩形阵列各参数及意义如下。

① DXC：XC 轴方向阵列等间距。

② DYC：YC 轴方向阵列等间距。

③ 阵列角度：阵列后对象绕 ZC 轴旋转的角度。

④ 列：阵列对象的列数。

⑤ 行：阵列对象的行数。

参数输入完成，单击对话框中的"确定"按钮，系统弹出如图 1-92 所示的对话框，之后的操作与前面的叙述相同，即可完成矩形阵列操作。

（4）圆形阵列

"圆形阵列"是将对象从指定的参考点移动到目标点（阵列中心），再以指定的半径绕目标点建立环形阵列。选择对象后，单击如图 1-89 所示的"变换"对话框上的"圆形阵列"按钮，系统弹出如图 1-57 所示"点"对话框，提示指定两点；随后又弹出如图 1-98 所示的对话框，提示输入相应的参数。

参数输入完成，单击对话框中的"确定"按钮，系统弹出如图 1-92 所示的对话框，之后的操作与前面的叙述相同，即可完成圆形阵列操作。

（5）通过一平面镜像

"通过一平面镜像"是将对象相对于指定的参考平面做镜像操作。选择对象后，单击如图 1-89 所示的"变换"对话框上的"通过一平面镜像"按钮，系统弹出如图 1-58 所示的"平面"对话框，提示在绘图区指定一平面，单击对话框中的"确定"按钮，系统弹出如图 1-92 所示的对话框，之后的操作与前面的叙述相同，即可完成"通过一平面镜像"的操作。

（6）点拟合

选定对象后，单击如图 1-89 所示的"变换"对话框上的"点拟合"按钮，系统弹出如图 1-99 所示的对话框。对话框中有两个选项，具体含义如下。

① 3-点拟合：单击"3-点拟合"按钮，系统弹出如图 1-57 所示"点"对话框，提示用户依次指定一个参考点组和一个目标点组，各由 3 点组成。选择好 6 个点后，系统弹出如图 1-92 所示的对话框，之后的操作与前面的叙述相同，即可完成"点拟合"的操作。

② 4-点拟合：该方式与"3-点拟合"方式不同之处仅在于每组由 4 点组成。

图 1-97 "变换"对话框十　　图 1-98 "变换"对话框十一　　图 1-99 "变换"对话框十二

1.8.5 对象的编辑

（1）编辑对象显示

对象显示的操作流程如下。

① 执行主主菜单中【编辑】→【对象显示】命令，或按组合键"Ctrl+J"，如图 1-86 所示。

② 在弹出的如图 1-78 所示"类选择"对话框中，设置选择对象类型并选择对象，单击"确定"按钮。

③ 系统弹出如图 1-100 所示的"编辑对象显示"对话框，利用该对话框的相关选项可以进行对象编辑。下面介绍编辑对象显示的相关选项。

a. 图层：在右侧的对话框中输入要放置的图层。

b. 颜色：单击颜色右侧的按钮，弹出如图 1-101 所示"颜色"对话框，在该对话框中选择需要的颜色。

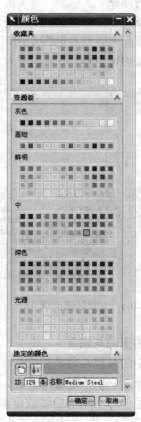

图 1-100 "编辑对象显示"对话框　　　　图 1-101 "颜色"对话框

c. 线型：单击线型右侧的下拉箭头，系统弹出如图 1-102 所示的下拉菜单，选择需要的线型即可。

d. 宽度：指的是线型宽度。单击"宽度"右侧的下拉箭头，系统弹出如图 1-103 所示的下拉菜单，选择需要的线型宽度即可。

e. 线框显示：设置实体或片体以线框显示时在 U 和 V 方向的栅格数量。

f. 透明度：通过滑动标尺，设置所选对象的透明度。

 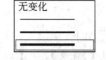

图 1-102 线型设置选项   图 1-103 线宽设置选项

g. 局部着色：用于对象局部着色设置。包括是、否、无变化三个选项。

h. 面分析：确定是否对面进行分析。包括是、否、无变化三个选项。

i. 继承：单击该按钮，弹出"继承"对话框，提示选择新对象，则新对象的显示设置应用在早先所选的对象上。

j. 重新高亮度显示对象：单击该按钮，重新高亮度显示所选的对象。

k. 选择新对象：单击该按钮，重新选择要编辑的对象。

（2）对象的隐藏

对象的隐藏是一个可逆过程，对于那些暂时不用或者与当前操作无关的对象，可根据需要将其暂时隐藏起来。与控制图层的可见性（控制该图层上所有对象是否可见）不同，用隐藏工具控制对象的可见性，可以不受对象所在图层的限制。对象的隐藏有以下 3 种操作方法。

① 进行对象隐藏时，执行主菜单中【编辑】→【显示和隐藏】→【隐藏】命令，如图 1-104 所示。利用提供的隐藏工具可以进行对象隐藏的操作。

② 在绘图区选中对象后，按住鼠标右键不放，在弹出的如图 1-9（b）所示"推断式快捷菜单"中单击"隐藏"按钮 ，便可完成隐藏对象的操作。

③ 单击如图 1-24 所示"实用"工具条上的"隐藏"按钮 ，系统弹出如图 1-78 所示"类选择"对话框，在该对话框中设置选择对象类型并选择对象，单击"确定"按钮，即可隐藏所选择的对象。

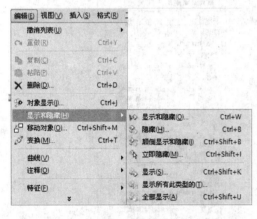

图 1-104 对象隐藏菜单

（3）对象的删除与恢复

删除模型中的对象必须是独立的，比如点、曲线、实体等。实体的棱、表面以及键槽、沟槽等成形特征，它们不能独立存在，故不能删除。被参考（或被引用）的元素也不能直接被删除，比如拉伸体引用的曲线或草绘，必须先删除实体，才能删除被参考元素。

① 对象的删除。删除对象的方法有以下两种。

a. 方法一：执行主菜单中【编辑】→【删除】命令，如图 1-104 所示，系统弹出如图 1-78 所示"类选择"对话框。系统提示："选择要删除的对象"，选择后，单击对话框中"确定"按钮，即可完成对象的删除。

b. 方法二：单击如图 1-23 所示"标准"工具条中的"删除"按钮 ，或按组合键"Ctrl+D"，后面操作同方法一。

② 对象的恢复。对象的恢复的操作方法也有如下两种。

a. 方法一：执行主菜单中【编辑】→【撤消列表】命令，如图 1-105 所示，在弹出的级联菜单中，选择任一选项均可完成对象的恢复操作。

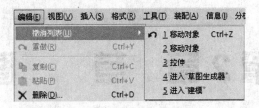

图 1-105　"撤消列表"级联菜单

b. 方法二：按组合键"Ctrl+Z"或单击如图 1-23 所示"标准"工具栏中的"撤消"按钮，均可进行对象恢复的操作。

应注意的是，如果执行了保存文件的操作，记录会重新开始，就不能撤销刚刚的操作了，即删除的对象无法被恢复。

习题

1-1　掌握进入 UG NX 6.0 建模模块的方法，并熟悉 UG NX 6.0 建模模块的用户界面。

1-2　熟悉鼠标的使用方法和常用快捷键。

1-3　熟悉常用文件的管理方法（包括文件的新建、打开、保存、关闭、导入、导出及单位转换）。

1-4　掌握工具条的定制方法。

1-5　熟悉视图的控制方法。

1-6　能够使用图层和进行视图布局。

1-7　了解常用工具（点、平面、矢量和坐标系构造器以及信息查询与几何分析）。

1-8　掌握对象的操作方法（选择、显示、移动、变换和编辑）。

第2章 草 图

2.1 草图概述

草图模块是 UG NX 6.0 软件中建立参数化模型的一个重要工具，用户可以利用草图模块来创建截面曲线，并由此生成实体或片体。草图对象与曲线对象的最大区别在于它可以实现参数化，创建草图是进行产品设计的必要基础。

2.1.1 草图的作用

草图由位于指定平面或基准面的点和曲线组成，用来表示实体或片体的二维轮廓。可以为草图对象指定几何约束和尺寸约束，精确地定义实体或片体的轮廓形状和尺寸，以准确表达设计意图。

草图可以用于生成各种不同的扫描特征，如拉伸体、回转体、扫掠体。草图与其生成的特征相关联，对草图的几何约束或尺寸约束的修改将影响模型的改变。由于草图从属一种特征，因此，草图在导航器中可见。

在建模过程中，可以通过拉伸、旋转或沿引导线串扫描作为截面几何体的曲线、草图、实体边缘等对象来生成实体。利用扫描特征可以方便地建立具有统一截面且截面形状较复杂的实体，也可以利用生成的扫描特征作为开始建模的基本形体。

利用草图功能可以在需要的任何一个平面内建立草图平面，进而绘制出所需要的草图曲线。用草图功能所绘制出的草图与用曲线功能所绘制出的图形最大的区别是：草图中添加了"草图约束"，通过修改"草图约束"即可改变草图曲线中的图形。系统提供了草图曲线工具，用户可以先绘制近似的曲线轮廓，再添加草图约束，即可达到设计的目的。当修改草图时，所关联的实体模型也会自动更新。

2.1.2 草图的预设置

在利用草图功能建立草图对象之前，用户可以事先对创建的草图对象进行初始的设置。草图环境的预设置可以更改标注尺寸的尺寸标签、文本高度、捕捉角，以及草图图素的颜色等。

在主菜单中执行【首选项（P）】→【草图（S）】命令，系统将打开如图 2-1 所示的"草图首选项"对话框，该对话框包括 3 个选项卡，如图 2-1 所示。对话框中的部分选项说明如下。

（1）"草图样式"选项卡

①"尺寸标签"下拉列表框。用于设置如何显示草图尺寸中的表达式，有以下 3 种方式，如图 2-2 所示。

a."表达式"：用于同时显示尺寸名称和尺寸数值。

b. "名称"：用于只显示尺寸名称。

c. "值"：用于只显示尺寸数值。

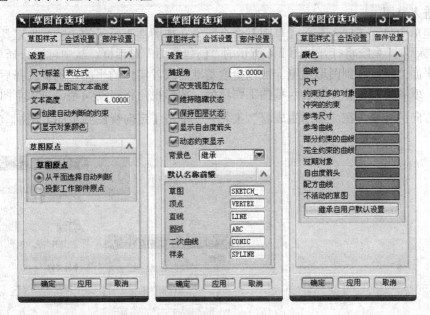

图 2-1　"草图首选项"对话框

②"文本高度"文本框。用于设置尺寸约束时文字的高度尺寸。输入合适的数值，系统会更改所有的尺寸标注的文本高度。

③"显示对象颜色"复选框。用于对象颜色的显示与否。

图 2-2　尺寸标签样式

④ 草图原点。指定草图原点的位置，包括以下两个选项。

a. 从平面选择自动判断：以用户创建草图时所选平面位置点作为草图原点。

b. 投影工作部件原点：以绝对坐标系的原点作为草图原点。

（2）"会话设置"选项卡

①"捕捉角"文本框。用于设置绘制直线时两线之间的夹角。小于捕捉角，会生成平行线；大于捕捉角，则保持两直线的原有关系。如果绘制的是水平方向或竖直方向的直线，则它设定的是一个误差范围，在这个范围内的直线被确定为水平线或垂直线。

②"改变视图方位"复选框。用于控制激活草图时视图方向是否改变。

③"保持图层状态"复选框。用于控制工作层在草图不被激活时保持不变或返回其先前的值。

④"显示自由箭头"复选框。用于控制草图自由度箭头的显示和隐藏。

⑤"动态约束显示"复选框。用于控制当几何体尺寸较小时是否显示约束标志。

⑥"默认名称前缀"选项组。该选项区用于为草图几何对象的名称指定前缀。

（3）"部件设置"选项卡

在"部件设置"选项卡中可以设置曲线、尺寸、参考尺寸、参考约束等颜色。设置所需的颜色后，单击"确定"按钮，即可完成颜色的设置。

2.1.3 草图的进入和退出

（1）进入草图

在主菜单中执行【插入】→【草图】命令或者在如图 2-3 所示的"特征"工具栏上单击【草图】图标，系统将打开如图 2-4 所示的"创建草图"对话框，从中可以选择草图平面，在选择的平面上将可看到图形预览。可以拾取基准面或者实体的平面。确认选择后单击"确定"按钮，或者单击鼠标中键进入草图工作环境，图形视角将自动调整。进入草图后，可以进行视角方向的转变，在"草图生成器"工具栏上单击【定向视图到草图】图标 即可。

（a） （b）

图 2-3 "特征"工具栏 　　　　　 图 2-4 "创建草图"对话框

进入草图环境后，菜单栏和工具栏将发生一些变化，只显示与草图绘制有关的菜单及工具栏。在草图中，常用的工具栏有如图 2-5 所示的"草图生成器"工具栏和如图 2-6 所示的"草图工具"工具栏。

图 2-5 "草图生成器"工具栏 　　　　 图 2-6 "草图工具"工具栏

（2）退出草图

草图绘制完成后，在如图 2-5 所示的"草图生成器"工具栏单击【完成草图】图标 ，

即可退出草图环境。完成草图后将显示为进入草图时的视角方向。

2.1.4 创建草图工作平面

利用如图 2-4 所示的"创建草图"对话框可在指定的面、工作坐标系平面、基准平面、实体表面或片体表面上建立新的草图工作平面。

在如图 2-4 所示的"创建草图"对话框中的"类型"选项组中提供了选择和创建草图平面的两种方法:"在平面上"和"在轨迹上"。

（1）在平面上

"在平面上"选项是系统的默认选项,包括"草图平面"和"草图方位"两个选项组,如图 2-4（a）所示。

① "草图平面"选项组。用于设置草图绘制平面。

a. 现有的平面。选择实体、片体表面、基准平面或当前基准坐标系的 X-Y 平面、Y-Z 平面、X-Z 平面作为草图工作平面。

b. 创建平面。利用如图 2-7 所示的"平面"对话框创建平面作为草图平面。

c. 创建基准坐标系。利用如图 2-8 所示的"基准 CSYS"对话框构造基准坐标系,然后根据构造的基准坐标系创建基准平面。

图 2-7 "平面"对话框

图 2-8 "基准 CSYS"对话框

② "草图方位"选项组。用于设置草图绘制平面坐标系的方向。

a. 参考。设置草图绘制平面坐标系 X 轴与参考对象的关系,包括"水平"和"竖直"两种,用户可单击"选择参考"按钮 选择参考对象。选择"水平"表示所选择的参考对象为草图的 X 轴,若选择"竖直"表示所选择参考对象为草图的 Y 轴。

b. 反向。单击"反向"按钮 ,可将草图绘制平面坐标系的 X、Y 轴同时反向。

（2）在轨迹上

使用"在轨迹上"功能创建基准平面,必须指定一个路径（曲线）,然后根据需要再指定路径的法线或矢量方向,系统会根据指定的曲线或矢量方向创建基准平面。在"创建草图"对话框中的"类型"选项组中提供了"在轨迹上"选项,此时"创建草图"对话框如图 2-4（b）所示。

① "路径"选项组。该选项组用于指定产生基准平面的有效曲线。与"平面方位"选项组中"方位"选项中的"垂直于轨迹"、"垂直于矢量"、"平行于矢量"和"通过轴"共同

使用。

②"平面位置"选项组。该选项组用于指定草图绘制平面所通过的位置点，包括以下两个选项。

a. 位置。指定位置点的方式，包括"圆弧长"、"%圆弧长"和"通过点"三种方式。

b.%圆弧长（圆弧长、指定点）。输入点的位置数值。

③"平面方位"选项组。用于确定平面的方向，该选项组中的"方位"下拉列表中包括以下 4 个选项。

a. ▱ 垂直于轨迹。根据指定的轨迹和位置点，产生经过位置点并与轨迹法向垂直的基准平面。

b. ▱ 垂直于矢量。根据指定的轨迹和位置点以及矢量方向，产生经过位置点并与矢量方向垂直的基准平面。

c. ▯ 平行于矢量。根据指定的轨迹和位置点以及矢量方向，产生经过位置点并与矢量方向平行的基准平面。

d. ▱ 通过轴。根据指定的轨迹和位置点以及参考轴，产生经过位置点并通过参考轴的基准平面。

确认选择后单击"创建草图"对话框中的"确定"按钮，系统就会按要求创建一个草图工作平面。

2.2　创建草图曲线

在创建草图工作平面后，将显示如图 2-5 所示的"草图生成器"工具栏和如图 2-6 所示的"草图工具"工具栏。利用如图 2-6 所示的"草图工具"工具栏上的图标或者在主菜单中执行"插入"下的命令可以在草图平面上绘制草图曲线或编辑已有的草图曲线。

2.2.1　配置文件

在创建草图工作平面后，系统自动弹出如图 2-9 所示的"配置文件"对话框，在"草图工具"工具栏上单击【配置文件】图标 ⌐ 也可以弹出如图 2-9 所示的"配置文件"对话框，该对话框中包括"对象类型"和"输入模式"两部分。系统默认为"直线"对象类型和"坐标"输入模式。

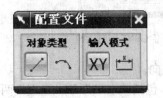

图 2-9　"配置文件"对话框

（1）对象类型

对象类型用于选择所绘制曲线的类型，包括"直线"和"圆弧"两种。

① 直线 ╱ 。绘制连续的直线。在草图平面中，任意选择一点作为直线的起点，单击鼠标左键，沿着某一方向拖动鼠标，再单击鼠标左键，以确定直线的转折点。依次类推，直到完成所有的直线，单击鼠标中键结束命令。

② 圆弧 ⌒ 。绘制圆弧（三点圆弧）。在绘图平面中选择任意一点，单击鼠标左键，确定圆弧的起点，拖动鼠标至一点，单击鼠标左键，确定圆弧的终点。再拖动鼠标，确定圆弧上的点，以定义圆弧的大小，单击鼠标左键结束。

在利用"配置文件"功能绘制轮廓线时，可以在对话框中选择类型或按住鼠标左键并拖动来改变类型，在直线与圆弧间切换。

（2）输入模式

① 坐标模式 **XY**。利用该功能可以很方便地定位草图平面中点的位置。如需要定位点（–30，20）的位置，只需要在如图 2-10 所示的 XC、YC 对话框中分别输入–30，20 后按 Enter 键即可。利用该点坐标可以绘制直线、圆弧等曲线。

② 参数模式。利用该模式可以很方便地定义曲线的长度、角度等参数。如果需要画长度 50mm、与 X 轴方向成 60°角的直线，则只需要在如图 2-11 所示文本框中分别输入 50，60 即可。

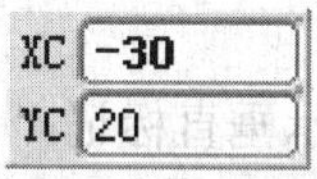

图 2-10　坐标模式 　　　　图 2-11　参数模式

2.2.2　直线

直线是一种常用的图素。在如图 2-6 所示的"草图工具"工具栏上单击【直线】图标，直线的绘制过程如图 2-12 所示，指定直线的起点和终点坐标即可完成直线的绘制。

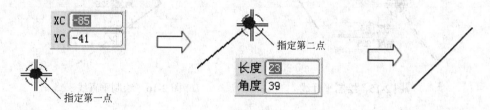

图 2-12　绘制直线的过程

绘制直线时，将显示如图 2-13 所示的"直线"对话框，可以选择坐标模式 XY 或参数模式。不管使用何种模式，如果没有设置值，都可以直接拾取特征点或者指定点，如端点、中点、圆心点等，也可以拾取对齐点。

在 UG NX 6.0 的草图中，将采用自动约束的方式。对于带有特征的常用直线，如水平线、竖直线、平行线、垂直线和切线等都可以使用自动约束的方式进行快捷的创建。

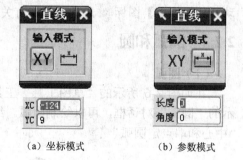

（a）坐标模式　　（b）参数模式

图 2-13　"直线"对话框

（1）水平/竖直线绘制

绘制直线时，经常需要绘制水平/竖直线。如图 2-14（a）所示，指定第二点时，在水平方向，光标与起点大致对齐时，系统将显示延长的虚线并显示对齐标记，表示创建的直线将是水平线，单击鼠标左键即可创建一条水平线，如图 2-14（b）所示。同样在竖直方向也可以自动约束为竖直线，如图 2-14（c）所示。

（2）平行线

光标到达创建平行直线位置附近，原有直线将高亮显示，而在绘制直线上显示延长的虚线并显示平行标记"∥"，表示创建平行约束，如图 2-15 所示。

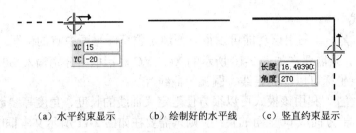

（a）水平约束显示　　　（b）绘制好的水平线　　　（c）竖直约束显示

图 2-14　绘制水平/竖直线

（3）垂直线

创建垂直线时与平行线相同，也会自动约束，显示垂直标记"┴"，如图 2-16 所示为垂直线的创建。

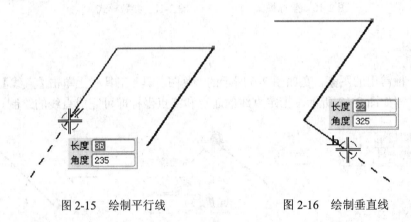

图 2-15　绘制平行线　　　　　　　　图 2-16　绘制垂直线

（4）切线

切线也可以使用自动约束，其标记显示为"↷"，如图 2-17 所示为切线的创建。在创建切线时，直线长度较短，系统将显示一条虚线连接到切点位置，如图 2-17 所示。

有关自动约束是否打开可以通过在如图 2-6 所示的"草图工具"工具栏上单击【创建自动判断的约束】图标 进行选择，有关约束条件可参看"2.5 几何约束"一节的相关内容。

2.2.3　圆弧和圆

（1）圆弧

在如图 2-6 所示的"草图工具"工具栏上单击【圆弧】图标 ，系统弹出如图 2-18 所示的"圆弧"对话框，可以绘制圆弧。绘制圆弧时可以选择使用"3 点定圆弧" 或者是"中心和端点定圆弧" 。

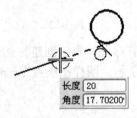

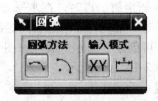

图 2-17　切线的标记和延伸的切线　　　　图 2-18　"圆弧"对话框

① 3 点定圆弧。指定起点、终点、圆弧上一点绘制一个圆弧，如图 2-19 所示。也可以指定半径值绘制圆弧，指定点选择通过这两点的 4 条可能圆弧中的一条，如图 2-20 所示。

当输入的半径值太小时，系统将自动以点的位置来判断半径值，如图 2-20（b）所示。

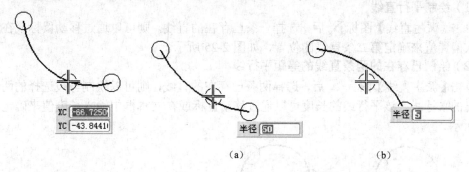

图 2-19　3 点定圆弧　　　　　　　图 2-20　指定半径值绘制圆弧

② 中心和端点定圆弧。指定点的顺序为中心点、起点、终点，如图 2-21（a）所示。也可以指定中心点后直接指定半径和扫描角度，如图 2-21（b）所示。

（2）圆

在如图 2-6 所示的"草图工具"工具栏上单击【圆】图标○，系统弹出如图 2-22 所示的"圆"对话框，可以绘制圆。绘制圆时可以选择使用"圆心和直径定圆"⊙或者是"3 点定圆" ○。

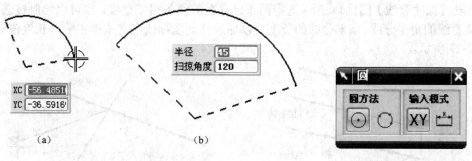

图 2-21　中心和端点定圆弧　　　　　　　图 2-22　"圆"对话框

① 圆心和直径定圆。指定第 1 点为中心，如图 2-23（a）所示，第 2 点为圆上一点绘制圆，如图 2-23（b）所示；也可以在"直径"文本框中输入直径值绘制一个圆，如图 2-23（c）所示。

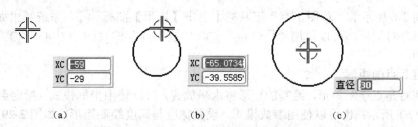

图 2-23　圆心和直径定圆

② 3 点定圆。既可以通过坐标模式指定 3 个点，如图 2-24（a）所示；也可以通过参数模式指定 2 个点和圆的直径绘制一个圆，如图 2-24（b）所示。

2.2.4 派生直线

在如图 2-6 所示的“草图工具”工具栏上单击【派生直线】图标，可以创建派生直线。

（1）绘制平行直线

单击【派生直线】图标后，选择一条已存在的直线，则可以通过移动鼠标或在文本框中输入偏置值来确定第二条直线的位置，如图 2-25 所示。

（2）绘制已存在的两条直线的等距平行线

单击【派生直线】图标后，选择两条已存在的直线，则可以绘制与被选择的两条直线等距离的平行线。该平行线的长度可以通过移动鼠标或在文本框中输入长度值来确定，如图 2-26 所示。

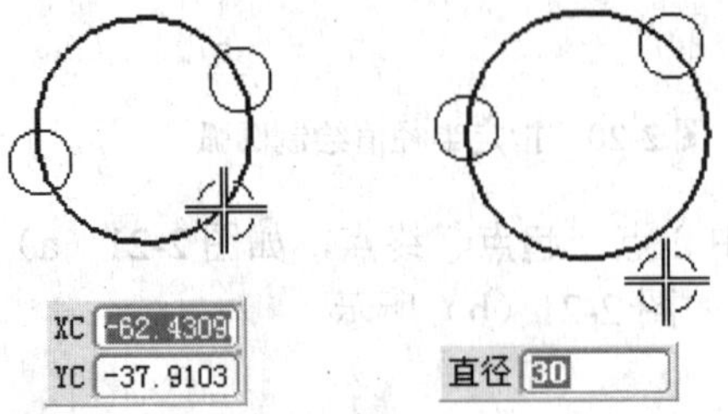

(a)　　(b)

图 2-24　3 点定圆

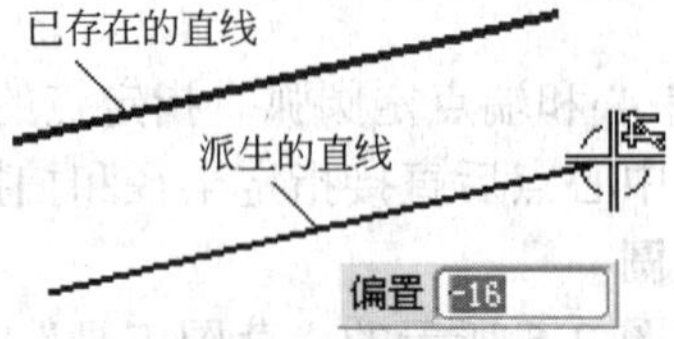

图 2-25　派生平行线

（3）绘制两条相交直线的角平分线

单击【派生直线】图标后，选择两条已存在的两条相交直线，则可以绘制被选择的两条相交直线的角平分线，该平分线的长度可以通过移动鼠标或在文本框中输入长度值来确定，如图 2-27 所示。

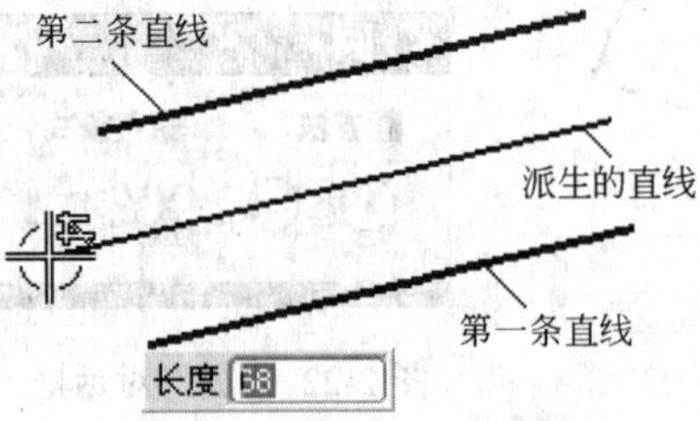

图 2-26　派生等距平行线

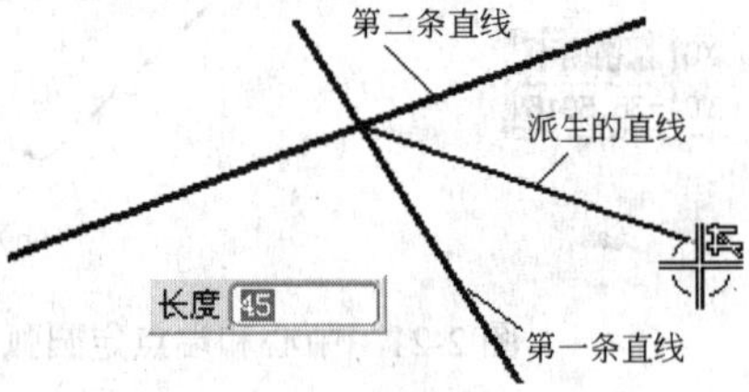

图 2-27　派生角平分线

2.2.5 矩形

在如图 2-6 所示的“草图工具”工具栏上单击【矩形】图标，系统弹出如图 2-28 所示的“矩形”对话框，可以使用“用 2 点”、“按 3 点”或“从中心”等方式进行矩形的绘制。

（1）用 2 点画矩形

指定两对角点绘制矩形，绘制的矩形将水平放置。可以使用坐标模式，指定点生成矩形，如图 2-29（a）所示；也可以使用参数模式，设置宽度与高度绘制矩形，如图 2-29（b）所示。

（2）按 3 点画矩形

使用 3 点画矩形时，指定第一点为角落点，第二点将用于指定宽度，并决定矩形的倾斜方向，第三点决定矩形的高度，如图 2-30 所示为 3 点画矩形的步骤。绘制矩形时也可以直接输入宽度、高度和角度值。

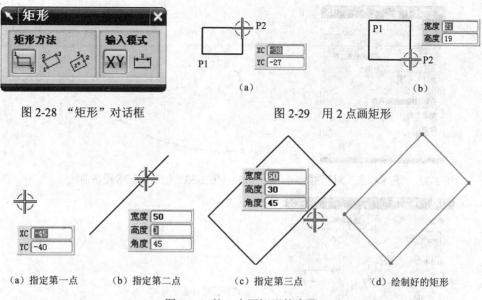

图 2-28 "矩形"对话框   图 2-29 用 2 点画矩形

（a）指定第一点   （b）指定第二点   （c）指定第三点   （d）绘制好的矩形

图 2-30 按 3 点画矩形的步骤

（3）从中心画矩形

"从中心"方式绘制矩形与"按 3 点"方式相似，但指定的点作为中心点使用。如图 2-31 所示为"从中心"方式画矩形步骤。

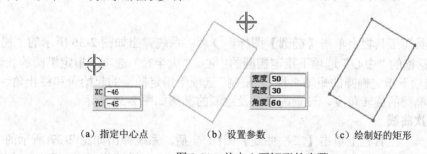

（a）指定中心点   （b）设置参数   （c）绘制好的矩形

图 2-31 从中心画矩形的步骤

矩形的 4 条边将作为独立的 4 条直线进行处理，可以独立进行各种操作，如删除、修剪等。

2.2.6 二次曲线

（1）艺术样条

"艺术样条"用于绘制艺术样条曲线，在"草图工具"工具栏上单击【艺术样条】图标 后，系统弹出如图 2-32 所示的"艺术样条"对话框，利用该对话框可以进行艺术样条曲线的绘制，有"通过点" 和"根据极点" 两种方式。在绘图区指定如图 2-33 所示的 1、2、3、4、5 点，单击鼠标中键完成艺术样条曲线的绘制。

（2）拟合样条

"拟合样条"用于绘制拟合样条曲线，在"草图工具"工具栏上单击【拟合样条】图标 后，系统弹出如图 2-34 所示的"拟合样条"对话框，利用该对话框可以进行拟合样条曲线的绘制，选择"类型" 选项，然后设定"拟合参数"选项组。在绘图区选择如图 2-35 所示的"已有的曲线"，再指定如图 2-35 所示的 1、2、3、4 点，单击鼠标中键完成拟合样条曲线的绘制。

图 2-32 "艺术样条"对话框

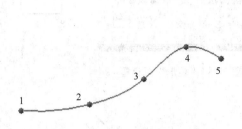

图 2-33 绘制的艺术样条曲线

图 2-34 "拟合样条"对话框

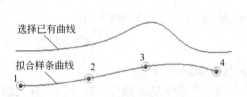

图 2-35 绘制的拟合样条曲线

（3）椭圆

在"草图工具"工具栏上单击【椭圆】图标 ⊙ 后，系统弹出如图 2-36 所示的"椭圆"对话框，在该对话框的"中心"选项下指定椭圆的中心、"大半径"选项下指定椭圆的长轴半径、"小半径"选项下指定椭圆的短轴半径、"限制"选项下指定椭圆的起始角和终止角、"旋转"选项下指定椭圆的旋转角度，设置的参数及绘制的椭圆如图 2-36 所示。

（4）一般二次曲线

在"草图工具"工具栏上单击【二次曲线】图标 ◌ 后，系统弹出如图 2-37 所示的"二次曲线"对话框，在图形区中按顺序指定起点、终点和控制点，设置好"RHo"值，创建的二次曲线如图 2-37 所示。

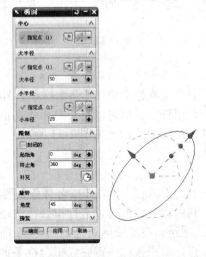

图 2-36 "椭圆"对话框及绘制的椭圆

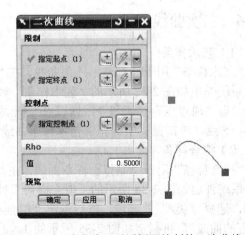

图 2-37 "二次曲线"对话框及绘制的二次曲线

2.3 草图编辑

2.3.1 修剪与延伸

在绘制图形时，经常需要创建一些线条，但是长度不能完全确定，而是与其他对象相交的，此时需要使用修剪或者延伸的方法以获得精确的长度。

（1）快速修剪

在"草图工具"工具栏上单击【快速修剪】图标 后，系统弹出如图 2-38 所示的"快速修剪"对话框，用鼠标直接点取需要修剪的曲线，系统自动判断边界，并高亮显示要修剪的部分，单击鼠标左键即修剪曲线，如图 2-39 所示。

图 2-38 "快速修剪"对话框

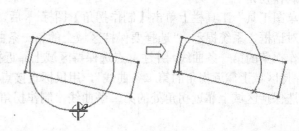

图 2-39 快速修剪一

当一个对象没有与其他对象相交的交点时，将会删除这一对象。当有多条曲线需要修剪时，可以按住鼠标左键并拖动徒手绘制出一个封闭曲线，则所有与绘制的曲线相交的对象都将被裁剪，如图 2-40 所示。

（2）快速延伸

在"草图工具"工具栏上单击【快速延伸】图标 后，系统弹出如图 2-41 所示的"快速延伸"对话框，用鼠标直接点取需要延伸的曲线，系统自动判断边界并执行延伸命令，快速延伸应用示例如图 2-42 所示。

延伸的一端将是靠近鼠标拾取的一端，如图 2-43 所示拾取对象时单击位置不同，则延伸

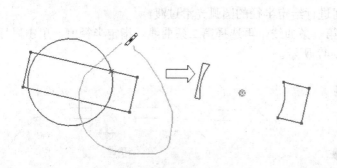

图 2-40 快速修剪二

图 2-41 "快速延伸"对话框

的方向不同。如果靠近鼠标拾取位置的一端延伸方向无边界，则将不能延伸。

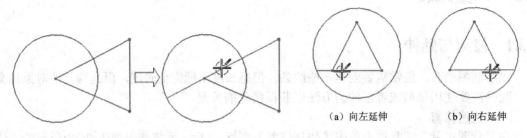

图 2-42 快速延伸 （a）向左延伸 （b）向右延伸

图 2-43 延伸方向

2.3.2 制作拐角与圆角

UG NX 6.0 软件提供了"制作拐角"和"圆角"的命令，以便创建拐角和圆角。

（1）制作拐角

在"草图工具"工具栏上单击【制作拐角】图标┼后，系统弹出如图 2-44 所示的"制作拐角"对话框，系统提示："选择要保持区域上的第一条曲线以制作拐角"，用鼠标直接点取需要制作拐角的第一条曲线，并注意点选保持区域上靠近拐角处的第一条曲线；系统提示："选择要保持区域上靠近拐角的第二条曲线"，用鼠标直接点取需要制作拐角的第二条曲线，并注意点选保持区域上靠近拐角处的第二条曲线，制作拐角应用示例如图 2-45 所示。

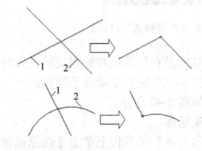

图 2-44 "制作拐角"对话框 图 2-45 制作拐角应用示例

（2）圆角

在"草图工具"工具栏上单击【圆角】图标┐后，系统弹出如图 2-46 所示的"创建圆角"对话框，在两条曲线之间进行给定半径的圆弧光滑过渡。

① 圆角创建步骤。选择第一条曲线，再选择第二条曲线，指定半径值，单击鼠标中键，完成倒圆角，操作过程如图 2-47 所示。

图 2-46 "创建圆角"对话框 图 2-47 圆角创建步骤

在拾取边时，也可以拾取交点，则同时选择两条线。

指定半径值时，要确定正确的光标位置，否则将生成其他位置的圆角。

倒圆角的圆弧将自动与两曲线约束为相切。

② 圆角方法。圆角有两种方法，其区别在于是否修剪曲线。选择 ⌐ 为修剪，角落部分曲线将被修剪，选择 ⌐ 为取消修剪。如图 2-48 所示为两者的对比。一个圆与其他曲线倒圆角时，圆将不能被修剪。

③ 删除第三条曲线 ⤬。进行两曲线倒圆角时，可以指定第三条曲线为相切线，此时第三条曲线可能为孤立的线段，可以将其删除，如图 2-49 所示。

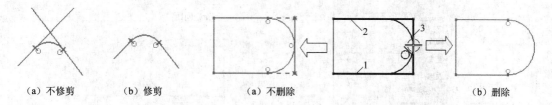

（a）不修剪　　　（b）修剪　　　　　　　　（a）不删除　　　　　　　　（b）删除

图 2-48　两种圆角方法的对比　　　　　　图 2-49　是否删除第三条曲线的对比

两平行直线倒圆角时，需要注意选择顺序，创建的圆角应该是逆时针方向，如果选择错误，则创建的圆角也将是错误的。

2.3.3　镜像曲线与偏置曲线

（1）镜像曲线

在"草图工具"工具栏上单击【镜像曲线】图标 ⧉ 后，系统弹出如图 2-50 所示的"镜像曲线"对话框。先选择对称线（镜像中心线），再选择需要镜像的图形，单击鼠标中键确定进行镜像，图形镜像的创建步骤如图 2-51 所示。

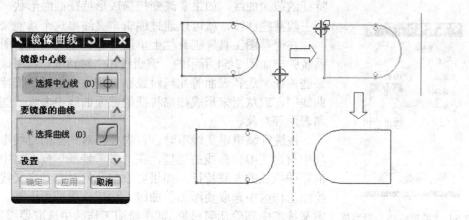

图 2-50　"镜像曲线"对话框　　　　图 2-51　图形镜像的创建步骤

镜像产生的图形将与原对象形成一个整体，并保持相关性。

（2）偏置曲线

"偏置曲线"功能用于创建等距曲线。在"草图工具"工具栏上单击【偏置曲线】图标 ⟲后，系统弹出如图 2-52 所示的"偏置曲线"对话框。在图形上选择曲线，再设置参数创建偏置曲线。可以设置不同的偏置选项，常用选项包括以下几项。

① 距离。按设定的间距进行偏移，如图 2-53（a）所示。可以输入负的距离值进行反方向的偏置。

② 副本数。指定偏置复制的数量，如图 2-53（b）所示。

③ 反向。反转方向，在图形上显示的箭头将反向，如图 2-53（c）所示。

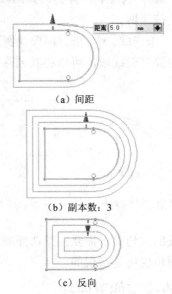

（a）间距

（b）副本数：3

（c）反向

图 2-52 "偏置曲线"对话框　　　图 2-53 偏置曲线举例

2.3.4 编辑定义线串

草图曲线一般用于拉伸、旋转等生成的特征，因此，大多数草图曲线都是作为扫描成形特征的截面曲线，如果要改变扫描成形特征截面形状，需要增加或去除某些曲线，就可以通过编辑定义线串这个功能来实现。

图 2-54 "编辑线串"对话框

在"草图工具"工具栏上单击【编辑定义线串】图标 后，系统弹出如图 2-54 所示的"编辑线串"对话框。利用该功能可将某些曲线、边和表面等几何对象添加到用来形成扫描特征的截面曲线中，或从用来形成扫描特征的截面曲线中去除一些曲线、边和表面等对象。

在进行编辑定义线串时，首先要在对话框的"线串类型"选项中设定要编辑曲线的类型，在"参考特征"列表框中选择与当前草图相关的关联特征。如果要添加几何对象到定义线串中，在绘图工作区中选取要添加的曲线、边或表面即可添加。如果要从定义线串中删除几何对象，则在绘图工作区中选取要添加的曲线、边或表面即可删除。

2.3.5 相交与投影

相交与投影功能常用在实体创建过程中，创建的一个草图与原有实体的边界有一点的相关性，可以保证一致。另外也常用于创建参考线。

（1）交点

在"草图工具"工具栏上单击【交点】图标后，系统弹出如图 2-55 所示的"交点"对话框，系统提示：选择曲线以与草图平面相交，在图形区选择曲线，单击鼠标中键确定，在当前草图平面上创建交点。

（2）相交曲线

在"草图工具"工具栏上单击【相交曲线】图标后，系统弹出如图 2-56 所示的"相交曲线"对话框，系统提示：选择相切面以与草图平面相交，在图形区选择面，单击鼠标中键确定，在当前草图平面上创建交线。

（3）投影曲线

在"草图工具"工具栏上单击【投影曲线】图标后，系统弹出如图 2-57 所示的"投影曲线"对话框，系统提示：选择要投影的曲线或点，在图形区选择曲线或点，单击鼠标中键确定，在当前草图平面上创建线或点的投影。

图 2-55 "交点"对话框　　　图 2-56 "相交曲线"对话框　　　图 2-57 "投影曲线"对话框

2.3.6 转换至/自参考对象

"转换至/自参考对象"功能可以将草图中的图形转换为参考图形，这些参考图形不能用于构建实体。在"草图工具"工具栏上单击【转换至/自参考对象】图标后，系统弹出如图 2-58 所示的"转换至/自参考对象"对话框，系统提示：选择要转换的曲线和尺寸，在对话框中选中⊙参考单选按钮，选择需要转换为参考图形的曲线，单击鼠标中键确定，完成图素的转换，如图 2-59 所示。

图 2-58 "转换至/自参考对象"对话框

如果需要将参考图形转换为构建图素，那么也是调用同样的功能，而只需在对话框中选中⊙活动的单选按钮，接着选择需要转换的图素，单击鼠标中键确定，完成图素的转换，如图 2-60 所示。

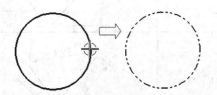

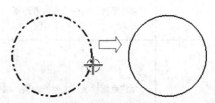

图 2-59 转换至/自参考对象一　　　　　图 2-60 转换至/自参考对象二

2.4 尺寸标注

2.4.1 尺寸标注概述

尺寸标注用于限制草图对象的长度、距离、角度、半径、直径等尺寸。在"草图工具"工具栏上单击【自动判断的尺寸】图标 ⟪⟫，可以智能地进行尺寸标注。也可以选择指定类型的尺寸标注，如图 2-61 所示，单击"草图工具"工具栏上的尺寸下拉按钮，将可以选择指定的尺寸标注，各种尺寸约束功能见表 2-1 所示。

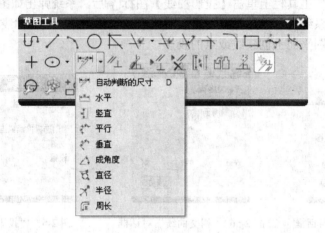

图 2-61 "草图工具"工具栏上的尺寸下拉按钮

表 2-1 各种尺寸约束功能

功 能 图 标	使 用 说 明	示 例
自动判断的尺寸 ⟪⟫	根据所选图形及鼠标位置，自动判断标注内容	18.0 / 14.0 / R6.6 / 8.0 / 28.0
水平 ⟪⟫	标注水平方向的长度或者距离	19.1 / 11.2
竖直 ⟪⟫	标注竖直方向的长度或者距离	12.8 / 8.8
平行 ⟪⟫	标注点或者端点之间的距离，通常是斜线	19.3 / 17.0 / 5.7

续表

功 能 图 标	使 用 说 明	示 例
垂直	标注点到直线之间的距离	12.4 5.6
成角度	标注两条直线之间的夹角	75.0°
直径	标注圆、圆弧的直径	$\phi 21.7$ $\phi 11.2$
半径	标注圆、圆弧的半径	R10.9 R5.6
周长	创建周长约束以控制选定直线和圆弧的集体长度	总周长限制120 R15.0 30.0

2.4.2 尺寸标注的步骤

在"草图工具"工具栏上单击【自动判断的尺寸】图标，可以进行连续的尺寸标注，尺寸标注的步骤如图2-62所示。

首先要选择一个图素（如有必要则拾取第二个图素），指定尺寸线位置标注尺寸，再在弹出的尺寸文本框中输入所需的尺寸；图形将按照所标注的尺寸进行驱动。

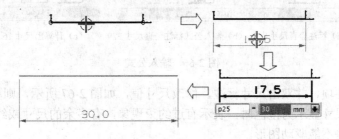

图 2-62 尺寸标注的步骤

2.4.3 尺寸约束类型

在"草图工具"工具栏上单击【自动判断的尺寸】图标进行尺寸标注时将采取智能标注的方法，即系统自动判断拾取的点位置确定标注样式，如果拾取的图形为直线，再次单击时不拾取其他图素，则标注直线长度，如图2-62所示；而如果拾取的图形为圆弧，则标注半径尺寸，如图2-63所示；如果拾取一个图素后，再拾取第二个图素，则可以标注两者之间的夹角或者距离，如图2-64所示。

使用自动判断的尺寸进行斜线的标注时，选择不同的位置将标注不同方向的尺寸，如图 2-65 所示。

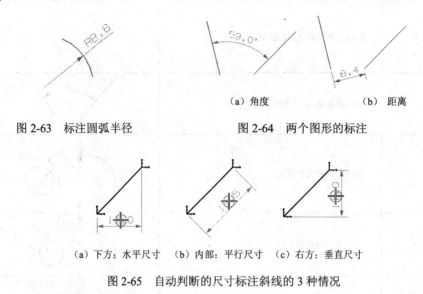

（a）角度　　　　　（b）距离

图 2-63　标注圆弧半径　　　　图 2-64　两个图形的标注

（a）下方：水平尺寸　（b）内部：平行尺寸　（c）右方：垂直尺寸

图 2-65　自动判断的尺寸标注斜线的 3 种情况

2.4.4　尺寸的输入与修改

尺寸输入时，可以直接输入数值，也可以使用计算式的方法进行。

如图 2-66 所示，图中 "8" 的名称为 P28。标注竖直尺寸时，在数值框中输入 "P28*2" 并按 Enter 键，则系统自动计算，并以函数表示。

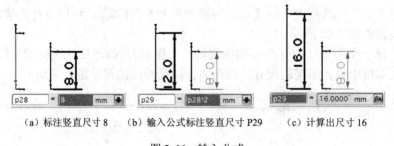

（a）标注竖直尺寸 8　　（b）输入公式标注竖直尺寸 P29　　（c）计算出尺寸 16

图 2-66　输入公式

选择尺寸标注项，并双击尺寸标注，修改尺寸值，如图 2-67 所示，则图形将自动变化。

当某一标注尺寸显示为橙色时，表示有过约束现象，有多余的尺寸或约束条件存在，并且后标注的尺寸将不能驱动图形。

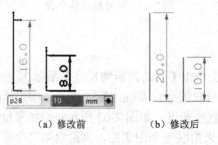

（a）修改前　　　　　（b）修改后

图 2-67　修改尺寸

2.5 约束

2.5.1 几何约束

在"草图工具"工具栏上单击【约束】图标 将可创建约束条件。在草图中选择图素后，可用的约束条件就会显示在如图 2-68 所示的工具栏上，按需要进行选择即可。常用的约束工具如表 2-2 所示。

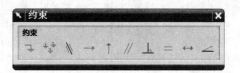

图 2-68 约束工具栏

表 2-2 约束工具栏上的图标

图 标	名 称	说 明	图 标	名 称	说 明
	固定	固定位置		恒定角度	固定两条直线之间的夹角
	共线	两条直线在同一线上		同心	两个或多个圆为同心圆
	水平	直线为水平直线		相切	曲线与曲线相切
	竖直	直线为竖直直线		等半径	多个圆弧有相同半径
	平行	两条直线相互平行		重合	两点或多点重合
	垂直	两条直线相互垂直		点在曲线上	点在曲线或其延长线上
	等长	多条直线有相同长度		中点	点与直线的中点对齐
	恒定长度	固定直线长度			

创建约束时，先选择需要约束的图素，再指定约束方式，则选择的对象将自动进行更新，如图 2-69 所示。

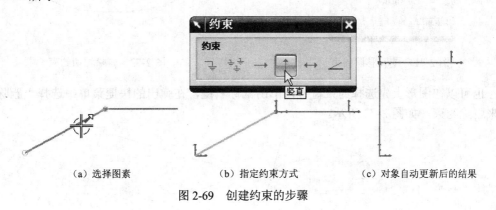

（a）选择图素　　　　　　　　（b）指定约束方式　　　　　　　（c）对象自动更新后的结果

图 2-69 创建约束的步骤

2.5.2 其他约束

（1）显示约束

在"草图工具"工具栏上单击【显示所有约束】图标 用于在图形显示约束条件。单击【不显示约束】图标 则关闭所有的约束条件显示。如图 2-70 所示为是否显示所有约束的对比。

当显示的范围比较小时，某些约束条件将不能显示。

（2）显示/移除约束

当图形在自动约束中或者创建约束时产生错误的不必要的约束条件，可以使用"草图工具"工具栏上的【显示/移除约束】功能进行查看和移动。选择对象,则选中的对象的所有约束都将在列表框中显示,如图 2-71 所示的 3 个约束条件。可以用"移除高亮显示的"或"移除所列的"删除约束条件。如图 2-72 所示删除了直线和椭圆相切的约束条件。

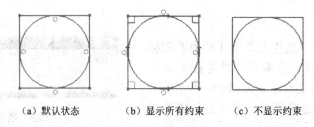

（a）默认状态　　（b）显示所有约束　　（c）不显示约束

图 2-70　是否显示所有约束的对比

图 2-71　显示/移除约束

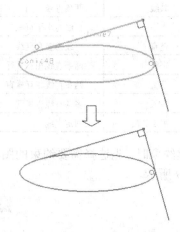

图 2-72　删除相切约束

也可以在图形上先选择约束符号再单击鼠标右键,在弹出的快捷菜单中选择"删除"命令来删除约束,如图 2-73 所示。

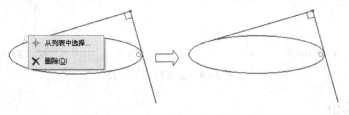

图 2-73　用单击鼠标右键删除约束

2.6　草图综合实例

2.6.1　草图综合实例一

绘制如图 2-74 所示的连接板轮廓平面图,条件如图中所示。该图形中的大部分尺寸是通过几何约束来确定的。绘制这个图形的时候,先绘制大概的图形,再通过几何约束确定图形参数。绘图步骤如下。

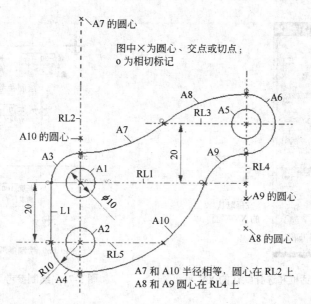

图中×为圆心、交点或切点；
o 为相切标记

A7 和 A10 半径相等，圆心在 RL2 上
A8 和 A9 圆心在 RL4 上

图 2-74 连接板轮廓平面图

（1）进入 UG NX 6.0 草图界面

① 启动 UG NX 6.0。单击"开始"中的 UG NX 6.0 的图标 🌀 NX 6.0（桌面上为双击该图标），进入 UG NX 6.0 界面。

② 新建文件。单击 UG NX 6.0 界面下的【新建】图标 🗋，打开如图 1-5 所示的"新建"对话框。系统默认单位为"毫米"，在该对话框中选择"模型"类型，在"名称"输入栏中输入文件的名称为 ZL2-1，在"文件夹"输入栏中，单击后面的按钮 🗁，设定一个存放的文件夹，如：F:\CDNX6.0CAD\Results\CH2\。设置好后，单击"确定"按钮，系统创建文件，并进入如图 1-6 所示的 UG NX 6.0 建模模块界面。

③ 选择【插入】→【草图】命令，系统打开如图 2-75 所示的"创建草图"对话框，并选择默认的 XY 平面作为草图平面，单击对话框中的"确定"按钮进入草图环境。

（2）绘制 5 条参考线

① 绘制参考直线 RL1。单击如图 2-6 所示的"草图工具"工具栏上的【直线】图标 ✏，调用"直线"功能，绘制一条与 XC 重合的参考直线 RL1，如图 2-76（a）所示。

② 绘制参考直线 RL2。再次调用"直线"功能，绘制一条与 YC 重合的参考直线 RL2，如图 2-76（b）所示。

③ 固定两条参考直线。单击如图 2-6 所示的"草图工具"工具栏上的【约束】图标 ⟋⊥，调用"约束"功能，选择两条参考直线，单击如图 2-68 所示"约束"工具栏上的【约束】图标 ⊥，将两条参考直线固定，如图 2-77 所示。

④ 将两条参考直线设置为参考线。在如图 2-6 所示的"草图工具"工具栏上单击【转换至/自参考对象】图标 ⟋ 后，系统弹出如图 2-58 所示的"转换至/自参考对象"对话框，系统提示：选择要转换的曲线和尺寸，在对话框中选中 ⦿参考 单选按钮，选择需要转换为参考图形的两条直线，单击鼠标中键确定，完成图素的转换，如图 2-78 所示。

⑤ 绘制参考直线 RL3。调用"直线"功能，绘制一条水平直线 RL3，并调用"自动判断的尺寸"功能标注该直线到参考线 RL1 的距离为 20mm，最后调用"转换至/自参考对象"

功能将该直线转换为参考线。如图 2-79 所示。

图 2-75 "创建草图"对话框和选择默认的 XY 平面

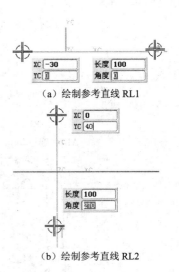

（a）绘制参考直线 RL1

（b）绘制参考直线 RL2

图 2-76 绘制参考直线 RL1 和 RL2

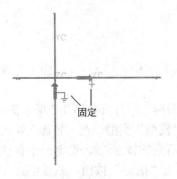

图 2-77 固定两条直线

图 2-78 将两条直线转换为参考线

⑥ 绘制参考直线 RL4。调用"直线"功能，绘制一条竖直直线 RL4，并最后调用"转换至/自参考对象"功能将该直线转换为参考线。如图 2-80 所示。

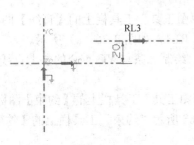

图 2-79 绘制水平参考直线 RL3

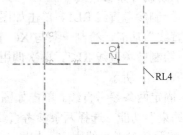

图 2-80 绘制竖直参考直线 RL4

⑦ 绘制参考直线 RL5。调用"直线"功能，绘制一条水平直线 RL5，并调用"自动判断的尺寸"功能标注该直线到参考线 RL1 的距离为 20mm，最后调用"转换至/自参考对象"功能将该直线转换为参考线。如图 2-81 所示。

（3）绘制 6 个圆

① 绘制 3 个直径为 φ10 的圆。单击如图 2-6 所示的"草图工具"工具栏上的【圆】图标

，调用"圆"功能，分别以参考直线 RL1 和 RL2 的交点、RL2 和 RL5 的交点、RL3 和 RL4 的交点为圆心绘制直径为 ϕ10 的圆，如图 2-82 所示。

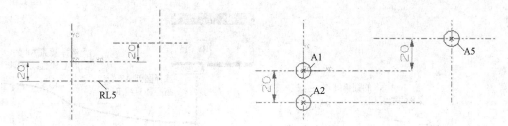

图 2-81 绘制水平参考直线 RL5   图 2-82 绘制 3 个直径为 ϕ10 的圆

② 绘制 3 个直径为 ϕ20 的圆。单击如图 2-6 所示的"草图工具"工具栏上的【圆】图标 ，调用"圆"功能，分别以参考直线 RL1 和 RL2 的交点、RL2 和 RL5 的交点、RL3 和 RL4 的交点为圆心绘制直径为 ϕ20 的圆，如图 2-83 所示。

（4）绘制 4 条圆弧

① 绘制圆弧 A7。单击如图 2-6 所示的"草图工具"工具栏上的【圆弧】图标 ，调用"圆弧"功能，选择"三点定圆弧" 类型，以圆 A3 和直线 RL2 的交点为圆弧的起点，终点在直线 RL3 上，圆弧中间一点的确定是通过移动鼠标使圆弧与圆 A3 相切，结果绘制出如图 2-84 所示的圆弧 A7。

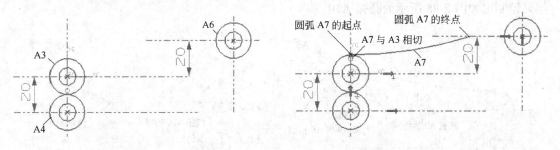

图 2-83 绘制 3 个直径为 ϕ20 的圆   图 2-84 绘制圆弧 A7

② 绘制圆弧 A8。单击如图 2-6 所示的"草图工具"工具栏上的【圆弧】图标 ，调用"圆弧"功能，选择"三点定圆弧" 类型，以圆弧 A7 的右端点为起点，以圆 A6 和直线 RL4 的交点为圆弧的终点，圆弧中间一点的确定是通过移动鼠标使圆弧与圆 A6 相切，结果绘制出如图 2-85 所示的圆弧 A8。

③ 约束圆弧 A7 和 A8 的圆心。

a. 将圆弧 A7 的圆心约束在参考直线 RL2 上。单击如图 2-6 所示的"草图工具"工具栏上的【约束】图标 ，调用"约束"功能，选择参考直线 RL2，再选择圆弧 A7 的圆心，在系统弹出的如图 2-86 所示"约束"工具栏上的单击【点在曲线上】图标 ，将圆弧 A7 的圆心约束在参考直线 RL2 上，如图 2-86 所示。

b. 将圆弧 A8 的圆心约束在参考直线 RL4 上。单击如图 2-6 所示的"草图工具"工具栏上的【约束】图标 ，调用"约束"功能，选择参考直线 RL4，再选择圆弧 A8 的圆心，在系统弹出的如图 2-86 所示"约束"工具栏上的单击【点在曲线上】图标 ，将圆弧 A8 的圆心约束在参考直线 RL4 上，如图 2-86 所示。

④ 绘制圆弧 A9。单击如图 2-6 所示的"草图工具"工具栏上的【圆弧】图标 ，调用"圆弧"功能，选择"三点定圆弧" 类型，以圆 A6 和直线 RL4 的交点为圆弧的起点，终

点落在直线 RL1 上，圆弧中间一点的确定是通过移动鼠标使圆弧与圆 A6 相切，结果绘制出如图 2-87 所示的圆弧 A9。

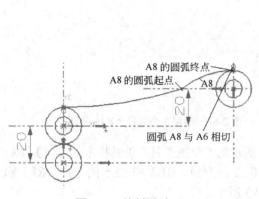

图 2-85　绘制圆弧 A8

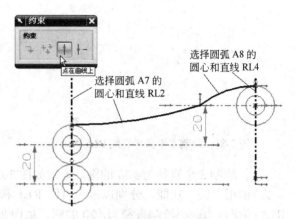

图 2-86　分别约束圆弧 A7 和 A8
的圆心在参考直线 RL2 和 RL4 上

⑤ 绘制圆弧 A10。单击如图 2-6 所示的"草图工具"工具栏上的【圆弧】图标，调用"圆弧"功能，选择"三点定圆弧"类型，以圆弧 A9 的左端点为圆弧起点，以圆 A4 和直线 RL2 的交点为圆弧的终点，圆弧中间一点的确定是通过移动鼠标使圆弧与圆 A4 相切，结果绘制出如图 2-88 所示的圆弧 A10。

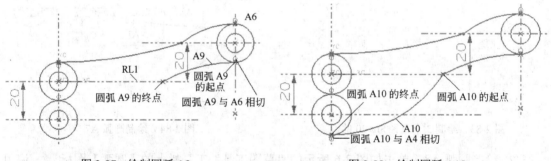

图 2-87　绘制圆弧 A9　　　　　　　　图 2-88　绘制圆弧 A10

⑥ 约束圆弧 A9 和 A10 的圆心。

a. 将圆弧 A9 的圆心约束在参考直线 RL4 上。单击如图 2-6 所示的"草图工具"工具栏上【约束】图标，调用"约束"功能，选择参考直线 RL4，再选择圆弧 A9 的圆心，在系统弹出的如图 2-86 所示"约束"工具栏上单击【点在曲线上】图标，将圆弧 A9 的圆心约束在参考直线 RL4 上。

b. 将圆弧 A10 的圆心约束在参考直线 RL2 上。单击如图 2-6 所示的"草图工具"工具栏上的【约束】图标，调用"约束"功能，选择参考直线 RL2，再选择圆弧 A10 的圆心，在系统弹出的如图 2-86 所示"约束"工具栏上单击【点在曲线上】图标，将圆弧 A10 的圆心约束在参考直线 RL2 上。

⑦ 约束圆弧 A7 和 A10 等半径。

a. 先标注圆 A3 和 A6 的直径尺寸，便于约束两个圆弧等半径，否则约束等半径时会使其他图形严重变形。调用"自动判断的尺寸"功能标注圆 A3 和 A6 的直径尺寸为 ϕ20mm。

b. 单击如图 2-6 所示的"草图工具"工具栏上的【约束】图标，调用"约束"功能，选择圆弧 A7 和 A10，在系统弹出的如图 2-89 所示的"约束"工具栏上单击【等半径】图标 ，将圆弧 A7 和 A10 约束等半径，如图 2-89 所示。

⑧ 分别约束圆弧 A7 和 A8、圆弧 A9 和 A10 相切。

a. 约束圆弧 A7 和 A8 相切。单击如图 2-6 所示的"草图工具"工具栏上的【约束】图标 ，调用"约束"功能，选择圆弧 A7 和 A8，在系统弹出的如图 2-90 所示的"约束"工具栏上单击【相切】图标 ，约束圆弧 A7 和 A10 相切，结果如图 2-90 所示。

b. 约束圆弧 A9 和 A10 相切。单击如图 2-6 所示的"草图工具"工具栏上的【约束】图标 ，调用"约束"功能，选择圆弧 A9 和 A10，在系统弹出的如图 2-90 所示的"约束"工具栏上单击【相切】图标 ，约束圆弧 A7 和 A10 相切，结果如图 2-90 所示。

通过以上约束限制，圆弧 A7、A8、A9、A10 的尺寸已经被确定。

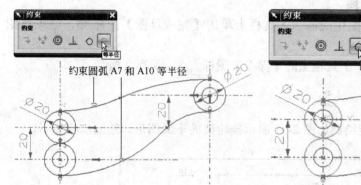

图 2-89　约束圆弧 A7 和 A10 等半径　　　图 2-90　分别约束圆弧 A7 和 A8、圆弧 A9 和 A10 相切

（5）绘制直线 L1

调用"直线"功能，在【捕捉点】工具栏上单击【点在曲线上】图标 ，激活该功能，接着在图形区选择圆 A3 和 A4，绘制两个圆的切线 L1，如图 2-91 所示。

（6）删除多余的圆弧和尺寸

① 删除多余的圆弧。单击如图 2-6 所示的"草图工具"工具栏上的【快速修剪】图标 ，调用"快速修剪"功能，系统弹出如图 2-38 所示的"快速修剪"对话框，用鼠标直接点取需要修剪的圆 A3、A4、A6 上多余的圆弧，系统自动判断边界，并高亮显示要修剪的部分，单击鼠标左键即修剪曲线，结果如图 2-92 所示。

② 删除圆 A3、A6 上多余的直径尺寸 φ20mm 以及多余的虚线圆弧。用鼠标左键选中两个圆 A3、A6 上多余的直径尺寸 φ20mm 以及多余的虚线圆弧，按键盘上的"Delete"键即可将多余的尺寸和虚线圆弧删除，结果如图 2-92 所示。

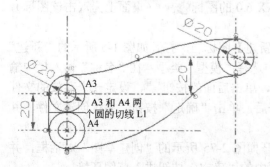

图 2-91　绘制直线 L1

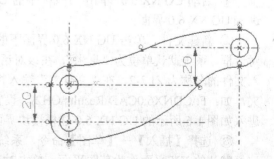

图 2-92　删除多余的圆弧和尺寸

（7）**分别约束圆弧 A3、A4、A6 等半径、圆 A1、A2、A5 等半径**

① 约束圆弧 A3、A4、A6 等半径。单击如图 2-6 所示的"草图工具"工具栏上的【约束】图标，调用"约束"功能，选择圆弧 A3、A4、A6，在系统弹出的如图 2-89 所示的"约束"工具栏上单击【等半径】图标，将圆弧 A3、A4、A6 约束等半径。

② 约束圆 A1、A2、A5 等半径。单击如图 2-6 所示的"草图工具"工具栏上的【约束】图标，调用"约束"功能，选择圆 A1、A2、A5，在系统弹出的如图 2-89 所示的"约束"工具栏上单击【等半径】图标，将圆 A1、A2、A5 约束等半径。

（8）**标注圆弧 A4 的半径和圆 A1 的直径**

调用"自动判断的尺寸"功能标注圆弧 A4 的半径 R10 和圆 A1 的直径 φ10，结果如图 2-74 所示。

（9）**完成草图绘制并保存文档**

① 完成草图绘制。在"草图生成器"工具栏上单击【完成草图】图标，结束草图绘制。

② 保存文档。单击"标准"工具栏上的【保存】图标，保存文档。

2.6.2 草图综合实例二

利用 UG NX 6.0 的草图功能绘制如图 2-93 所示挂轮架的平面图形。绘图步骤如下。

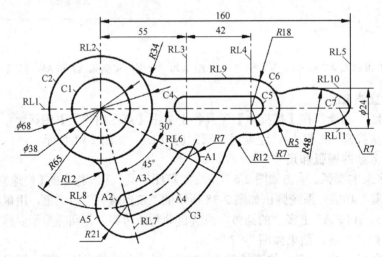

图 2-93 挂轮架的平面图形

（1）**进入 UG NX 6.0 草图界面**

① 启动 UG NX 6.0。单击"开始"中的 UG NX 6.0 的图标 NX 6.0（桌面上为双击该图标），进入 UG NX 6.0 界面。

② 新建文件。单击 UG NX 6.0 界面下的【新建】图标，打开如图 1-5 所示的"新建"对话框。系统默认单位为"毫米"，在该对话框中选择"模型"类型，在"名称"输入栏中输入文件的名称为 ZL2-2，在"文件夹"输入栏中，单击后面的按钮，设定一个存放的文件夹，如：F:\CDNX6.0CAD\Results\CH2\。设置好后，单击"确定"按钮，系统创建文件，并进入如图 1-6 所示的 UG NX 6.0 建模模块界面。

③ 选择【插入】→【草图】命令，系统打开如图 2-75 所示的"创建草图"对话框，并选择默认的 XY 平面作为草图平面，单击对话框中的"确定"按钮进入草图环境。

（2）绘制 8 条参考线

① 绘制一条与 XC 轴共线的直线。单击如图 2-6 所示的"草图工具"工具栏上的【直线】图标／，调用"直线"功能，绘制一条与 XC 重合的参考直线 RL1，起点坐标为（-40，0），鼠标向右拖拉，输入长度和角度分别为 205 和 0。结果如图 2-94 所示。

② 绘制一条与 YC 轴共线的直线。单击如图 2-6 所示的"草图工具"工具栏上的【直线】图标／，调用"直线"功能，绘制一条与 YC 重合的参考直线 RL2，起点坐标为（0，-40），鼠标向右拖拉，输入长度和角度分别为 80 和 90。结果如图 2-94 所示。

③ 派生 3 条直线 RL3、RL4 和 RL5。选择如图 2-6 所示的"草图工具"工具栏上的【派生直线】图标，选择竖直线 RL2 向右派生 3 条直线 RL3、RL4 和 RL5，"偏置"距离分别为-55、-42 和-63，结果如图 2-94 所示。

④ 绘制一条与 XC 轴成 330° 斜线。单击如图 2-6 所示的"草图工具"工具栏上的【直线】图标／，调用"直线"功能，绘制一条过原点、且与 XC 轴呈 330° 的斜线 RL6，捕捉端点坐标（0，0），鼠标向右下拖拉，输入长度和角度分别为 90 和 330，结果如图 2-94 所示。

⑤ 绘制一条与 XC 轴成 285° 斜线。单击如图 2-6 所示的"草图工具"工具栏上的【直线】图标／，调用"直线"功能，绘制一条过原点、且与 XC 轴呈 285° 的斜线 RL7，捕捉端点坐标（0，0），鼠标向右下拖拉，输入长度和角度分别为 90 和 285，结果如图 2-94 所示。

⑥ 绘制一条圆弧线 RL8。单击如图 2-6 所示的"草图工具"工具栏上的【圆弧】图标，调用"圆弧"功能，选择"中心和端点定圆弧"类型，捕捉直线 RL1 和直线 RL2 的交点（0，0）为圆弧的中心，在"半径"输入框内输入 65，在"扫掠角度"输入框内输入 120，在图形区选择适当的位置为圆弧端点，结果如图 2-94 所示。

⑦ 将 8 条实线转换为参考线。在如图 2-6 所示的"草图工具"工具栏上单击【转换至/自参考对象】图标后，系统弹出如图 2-58 所示的"转换至/自参考对象"对话框，系统提示：选择要转换的曲线和尺寸，在对话框中选中 ◉参考 单选按钮，选择需要转换为参考图形的 7 条直线和 1 条圆弧，单击鼠标中键确定，完成图素的转换，所有的 8 条实线都转换为参考线，结果如图 2-95 所示。

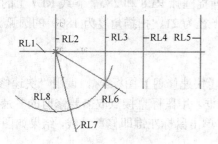

图 2-94　8 条实线　　　　图 2-95　8 条实线转换参考线

（3）绘制 6 个圆

① 绘制 3 个大圆。单击如图 2-6 所示的"草图工具"工具栏上的【圆】图标○，调用"圆"功能，选择"圆心和直径定圆"类型，在直线 RL1 和 RL2 的交点（0，0）处绘制直径分别为 $\phi38$、$\phi68$ 和 $\phi172$ 的圆 C1、C2 和 C3，结果如图 2-96 所示。

② 绘制 2 个小圆。单击如图 2-6 所示的"草图工具"工具栏上的【圆】图标○，调用"圆"功能，选择"圆心和直径定圆"类型，分别捕捉直线 RL1 与直线 RL3、直线 RL1 与直线 RL4 的交点，分别绘制直径为 $\phi14$ 的圆 C4 和 C5，结果如图 2-96 所示。

③ 绘制直径为 $\phi36$ 的圆，继续选择直线 RL1 与直线 RL4 的交点，绘制直径为 $\phi36$ 的圆

C6，结果如图 2-96 所示。

（4）绘制圆弧 C4 和 C5 的两条公切线

单击如图 2-6 所示的"草图工具"工具栏上的【直线】图标✐，调用"直线"功能，在【捕捉点】工具栏上单击【象限点】图标◯，激活该功能，去掉其他选项，接着在图形区分别选择圆弧 C4 和 C5 的上下象限点，绘制圆弧 C4 和 C5 的两条公切线，结果如图 2-97 所示。

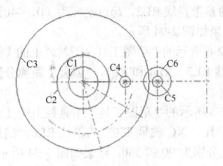

图 2-96　绘制 6 个圆

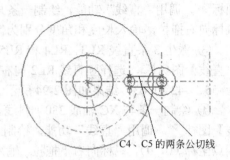

图 2-97　绘制圆弧 C4 和 C5 的两条公切线

（5）绘制 5 条圆弧

① 绘制 2 条小圆弧 A1 和 A2。单击如图 2-6 所示的"草图工具"工具栏上的【圆弧】图标◝，调用"圆弧"功能，选择"中心和端点定圆弧"◝类型，在【捕捉点】工具栏上单击【交点】图标↑，激活该功能，去掉其他选项，分别捕捉 330°斜线 RL6 和圆弧 RL8 的交点、285°斜线 RL7 和圆弧 RL8 的交点作为圆心，在"半径"输入框内输入 7，在"扫掠角度"输入框内输入 180，分别在 330°斜线 RL6 和 285°斜线 RL7 上选择相应点为圆弧端点，绘制出圆弧 A1 和 A2，结果如图 2-98 所示。

② 绘制 2 条大圆弧 A3 和 A4。继续以这种方式绘制圆弧，捕捉原点（0，0）为圆心，捕捉圆弧 A1 和 A2 的端点绘制圆弧 A3。同样操作，捕捉原点（0，0）为圆心，捕捉圆弧 A1 和 A2 的另一端点绘制圆弧 A4。结果如图 2-98 所示。

③ 绘制圆弧 A5。继续以这种方式绘制圆弧，捕捉圆弧 RL8 和 285°斜线 RL7 上的交点为圆心，捕捉圆 C3 和 285°斜线 RL7 的交点绘制半径为 21、扫描角度为 180°的圆弧 A5。结果如图 2-98 所示。

（6）修剪掉多余的线条

单击如图 2-6 所示的"草图工具"工具栏上的【快速修剪】图标✂，调用"快速修剪"功能，系统弹出如图 2-38 所示的"快速修剪"对话框，用鼠标直接点取需要修剪的多余的圆弧，系统自动判断边界，并高亮显示要修剪的部分，单击鼠标左键即修剪曲线，结果如图 2-99所示。

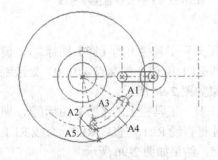

图 2-98　绘制 5 条圆弧

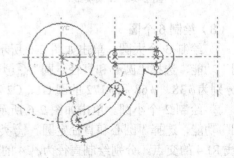

图 2-99　修剪掉多余的线条

（7）**派生 3 条水平直线**

派生 3 条直线 RL9、RL10 和 RL11。选择如图 2-6 所示的"草图工具"工具栏上的【派生直线】图标，选择水平线 RL1 向上派生 2 条直线 RL9、RL10，向下派生直线 RL11，"偏置"距离分别为－18、6 和 24，结果如图 2-100 所示。

（8）**倒圆角**

① 在圆 C3 和 C6 之间倒 R12 的圆角。选择如图 2-6 所示的"草图工具"工具栏上的【圆角】图标，选择圆 C3 和 C6，倒半径为 R12 的圆角。结果如图 2-101 所示。

② 在圆 C2 和 A5 之间倒 R12 的圆角。先选择圆弧 A5，再选择圆 C2，倒半径为 R12 的圆角。结果如图 2-101 所示。

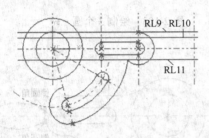

图 2-100　派生 3 条水平直线

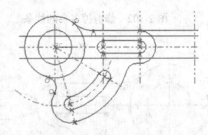

图 2-101　倒 3 个圆角

③ 在直线 RL9 和圆 C2 之间倒 R34 的圆角。选择圆弧 C2 和直线 RL9，倒半径为 R34 的圆角。结果如图 2-101 所示。

（9）**修剪掉多余的线条**

单击如图 2-6 所示的"草图工具"工具栏上的【快速修剪】图标，调用"快速修剪"功能，系统弹出如图 2-38 所示的"快速修剪"对话框，用鼠标直接点取需要修剪的多余的圆弧，系统自动判断边界，并高亮显示要修剪的部分，单击鼠标左键即修剪曲线，结果如图 2-102 所示。

（10）**绘制 3 个圆**

① 绘制直径为 $\phi14$ 的圆 C7。单击如图 2-6 所示的"草图工具"工具栏上的【圆】图标，调用"圆"功能，选择"圆心和直径定圆"类型，在【捕捉点】工具栏上单击【交点】图标，激活该功能，取消其他选项，捕捉直线 RL1 与直线 RL5 的交点，绘制直径为 $\phi14$ 的圆 C7，结果如图 2-103 所示。

② 继续绘制圆。选择"三点定圆"类型，在【捕捉点】工具栏上单击【点在曲线上】图标，激活该功能，取消其他选项，单击如图 2-18 所示的"圆弧"对话框中的【参数模式】图标，将绘制圆的参数模式打开，在"直径"文本输入框内输入直径为 96，使直径为 $\phi96$ 的圆与直线 RL10 和圆 C7 相切。同样的操作，生成另一个直径为 $\phi96$ 且与直线 RL11 和圆 C7 相切的圆，结果如图 2-103 所示。

（11）**修剪掉多余的线条**

单击如图 2-6 所示的"草图工具"工具栏上的【快速修剪】图标，调用"快速修剪"功能，系统弹出如图 2-38 所示的"快速修剪"对话框，用鼠标直接点取需要修剪的多余的圆弧，系统自动判断边界，并高亮显示要修剪的部分，单击鼠标左键即修剪曲线，结果如图 2-104 所示。

（12）**倒圆**

选择如图 2-6 所示的"草图工具"工具栏上的【圆角】图标，单击【取消修剪】图标，分别选择上一步创建的两圆弧与圆 C6，倒两个半径为 R5 的圆角。结果如图 2-105 所示。

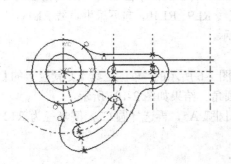

图 2-102　修剪掉多余的线条

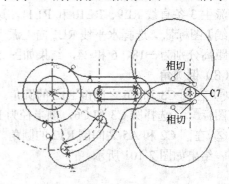

图 2-103　绘制 3 个圆

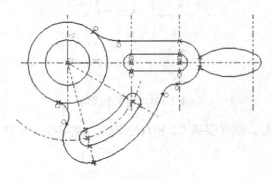

图 2-104　修剪掉多余的线条

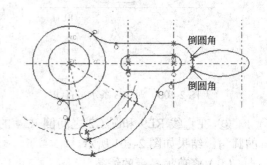

图 2-105　倒两个半径为 R5 的圆角

（13）修剪掉多余的圆弧

单击如图 2-6 所示的"草图工具"工具栏上的【快速修剪】图标，调用"快速修剪"功能，系统弹出如图 2-38 所示的"快速修剪"对话框，用鼠标直接点取上一步倒圆角产生的多余圆弧，系统自动判断边界，并高亮显示要修剪的部分，单击鼠标左键即修剪曲线，结果如图 2-106 所示。

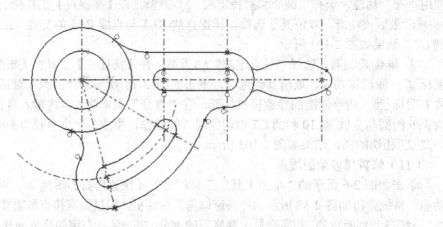

图 2-106　修剪掉多余的圆弧

（14）完成草图绘制并保存文档

① 完成草图绘制。在"草图生成器"工具栏上单击【完成草图】图标，结束草图

绘制。

　　② 保存文档。单击"标准"工具栏上的【保存】图标 ▣，保存文档。

习题

　　2-1　用 UG NX 60 的草图功能绘制如图 2-107～图 2-115 所示的平面图形。

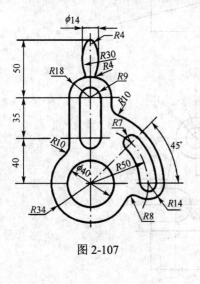

图 2-107

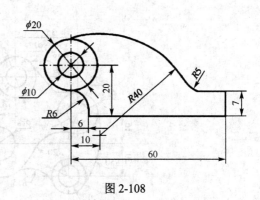

图 2-108

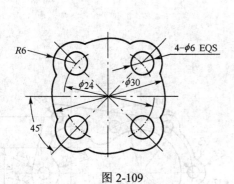

图 2-109

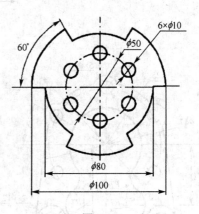

图 2-110

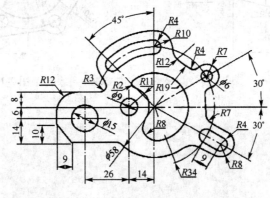

图 2-111

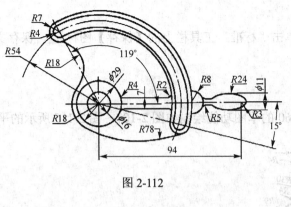

图 2-112

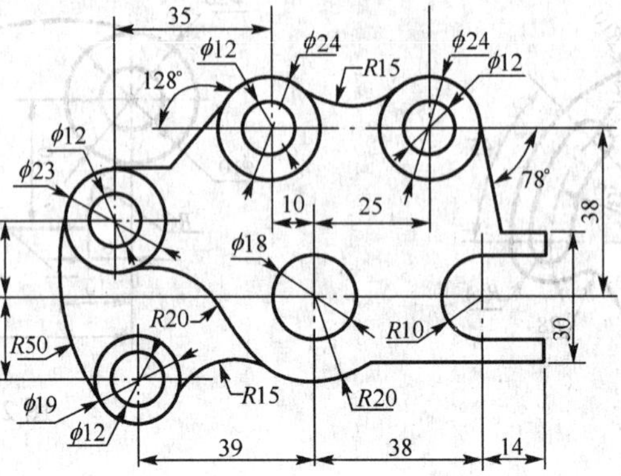

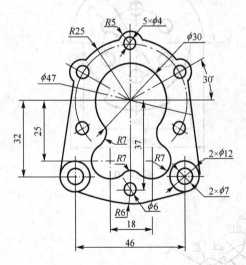

图 2-113

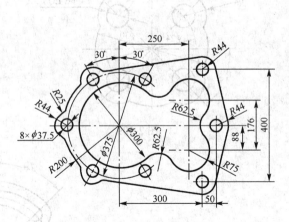

图 2-114

图 2-115

第3章 曲　线

UG NX 6.0 软件的曲线功能在其 CAD 模块中应用得非常广泛。有些实体需要通过曲线的拉伸、旋转、扫掠等操作构造特征；也可以用曲线创建曲面，进行复杂的实体造型；在特征建模过程中，曲线也常用作建模的辅助线，如拉伸方向、定位线等；另外，绘制的曲线可添加到草图中进行参数化设计。

UG NX 6.0 软件的曲线功能提供了常用的曲线多种创建方法，主要包含了曲线的生成、操作和编辑方法。在曲线的生成中有点和各类曲线的生成功能，包括直线、圆弧、矩形、多边形、椭圆、样条曲线、规律曲线和各种二次曲线等，如图 3-1【曲线】工具栏上部所示。在曲线操作功能中，用户可以进行曲线的偏置、连结、投影、简化、缠绕/展开和在面上偏置等操作方法，如图 3-1【曲线】工具栏下部所示。在曲线编辑功能中，用户可以通过它实现修剪曲线、编辑曲线参数、修剪拐角、分割曲线、编辑圆角和拉长曲线等多种编辑功能，如图 3-2【编辑曲线】工具栏所示。

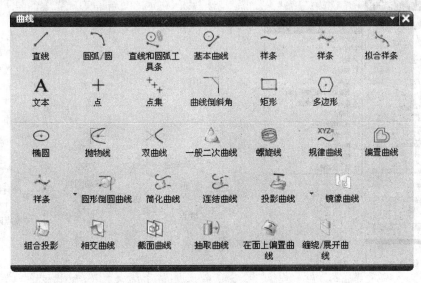

图 3-1 【曲线】工具栏

图 3-2 【编辑曲线】工具栏

3.1 绘制曲线

UG NX 6.0 软件提供了多种绘制曲线功能，包括常用的点、点集、直线、圆弧、圆、样条曲线、二次曲线等，这些功能在 UG NX 6.0 的特征建模、曲面造型中具有十分广泛的应用，本节将介绍这些功能的使用方法。

3.1.1 点和点集

（1）点

"点"功能是一个基础建模功能，几乎所有的曲线都需要直接或间接调用该功能。在如图 3-1 所示的【曲线】工具栏上单击【点】图标 十，系统弹出如图 3-3 所示的"点"对话框。

在所有的"点"对话框中，在"设置"栏中，都有"关联"复选框，如果选中 ☑关联，表示所建立的点与参考元素具有关联关系。所谓的关联点就是该点是建立在其他的几何元素（如直线、圆弧、曲线、曲面等）上，如果几何元素改变了（位置、参数等），那么所关联的点也随着改变。而不关联的点在建立之后与其他元素之间是独立的，不存在依赖关系。如图 3-4 所示，在圆弧的两端点建立两个点，左边的是关联点，右边的是不关联点，移动圆弧后，关联点随着移动，而不关联点则不移动。

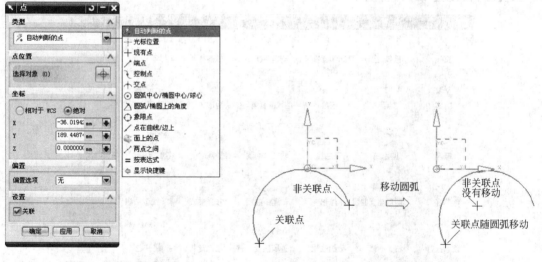

图 3-3 "点"对话框   图 3-4 关联点和非关联点

这里"点"的其余功能与第 1 章 "1.7.1 点构造器"处介绍的内容完全相同，参看第 1 章的相应内容，这里就不再赘述了。

（2）点集

"点集"功能可以在曲线、曲面上按照一定的规律建立一组点。在如图 3-1 所示的【曲线】工具栏上单击【点集】图标 ⁺₊，系统弹出如图 3-5 所示的"点集"对话框。下面简要介绍几种常用的点集建立方法。

① 曲线点。该方式主要用于在曲线上创建点集。有如图 3-5 所示的 7 种在曲线上建立点集的方式，用户可以在对话框中设置点集的间隔方式和点集中点的个数等参数选项。操作步骤如下。

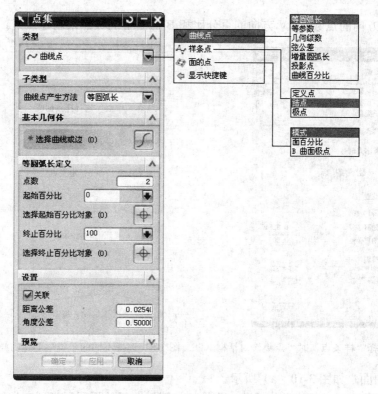

图 3-5 选择"曲线点"时"点集"对话框

a. 在"点集"对话框的"类型"选项下选择"曲线点"。

b. 在"点集"对话框的"子类型"选项下选择"等圆弧长"。

c. 选择曲线，如图 3-6（a）所示。

d. 在"点集"对话框中设置点数比如 7。

e. 在"点集"对话框中单击【确定】按钮，产生的点集结果如图 3-6（b）所示。

（a）　　　　　　　　　　　　　（b）

图 3-6　在曲线上创建点集举例

② 样条点。该功能可以在样条曲线上的极点、定义点、结点处创建点集。操作步骤如下。

a. 在"点集"对话框的"类型"选项下选择"样条点"，"点集"对话框变为如图 3-7 所示。

b. 在"点集"对话框的"子类型"选项下选择"定义点"、"结点"或"极点"。

c. 选择样条曲线，如图 3-8（a）所示。

d. 在"点集"对话框中单击【确定】按钮，根据选择的不同子类型产生的点集结果分别如图 3-8（b）、（c）、（d）所示。

③ 面的点。该功能可以在面上按"模式"、"面百分比"、"B 曲面极点"3 种方式创建点集。操作步骤如下。

a. 在"点集"对话框的"类型"选项下选择"面的点"，"点集"对话框变为如图 3-9 所示。

b. 在"点集"对话框的"子类型"选项下选择"模式"、"面百分比"、"B 曲面极点"，分别为按 UV 方向的点数、UV 方向的百分比和 B 曲面上的极点来创建点集。

图 3-7　选择"样条点"时"点集"对话框

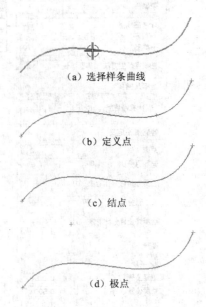

（a）选择样条曲线

（b）定义点

（c）结点

（d）极点

图 3-8　选择不同的子类型创建的样条点集

c. 选择曲面，如图 3-10（a）所示。

d. 在"点集"对话框中单击【确定】按钮，根据选择的不同子类型产生的点集结果分别如图 3-10（b）、（c）、（d）所示。

图 3-9　选择"面的点"时"点集"对话框

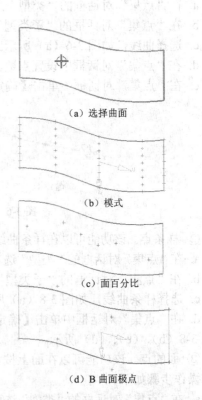

（a）选择曲面

（b）模式

（c）面百分比

（d）B 曲面极点

图 3-10　选择不同的子类型创建的面的点集

3.1.2 直线

直线功能是用于绘制两点间或以其他限定方式创建的空间连续线段。UG NX 6.0 提供了 3 种直线建立的模式，分别是通过【基本曲线】 ⚲ 对话框中的【直线】 ╱ 功能、【直线和圆弧】 ⚲ 工具栏中的各种直线功能以及【曲线】工具栏中的【直线】 ╱ 功能来建立直线。

（1）基本曲线

在如图 3-1 所示的【曲线】工具栏中单击【基本曲线】图标 ⚲，系统弹出如图 3-11 所示的"基本曲线"对话框，在该对话框中单击【直线】按钮 ╱，系统弹出如图 3-12 所示的"跟踪条"工具条，在其中可以设置直线起点和终点的坐标（XC、YC、ZC）从而确定一条直线，或者首先确定直线起点并设置直线的长度（ ╱ ）和角度（ △ ）等参数从而确定一条直线。

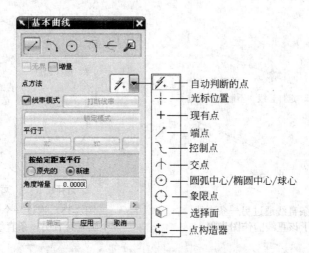

图 3-11 "基本曲线"对话框——直线

图 3-12 创建直线"跟踪条"工具条

以基本曲线的方法建立直线，可以在如图 3-11 所示的"基本曲线"对话框的"点方法"下拉列表框中选择一种"捕捉点"的类型，如图 3-11 所示，选择一个类型后，接着选择一个图形元素自动捕捉所需的点。如图 3-13 所示是从一条圆弧的圆心到另一条圆弧的一个象限点建立一条直线的过程。

这种创建直线的功能可以建立一条直线与其他图形（直线、圆弧等）相切、垂直等。建立这类直线的关键是在"点方法"下拉列表框中选择一种"自动判断的点" ⚡ 类型，并且在选择图形的时候不要在图形的关键点（端点、中点、象限点等）附近单击。

① 建立一条直线通过另一条直线的中点，并且垂直于该直线，作法如图 3-14 所示。

② 通过一个点建立一条直线与一个圆垂直，另一条直线与圆相切，作法如图 3-15 所示。

③ 建立一条直线垂直于另外一条直线，并且与一个圆相切，作法如图 3-16 所示。鼠标移动到不同位置将产生不同的解。可以通过单击按钮建立与 X、Y、Z 轴平行的直线。

④ 建立一条直线与已知直线成一定的角度，作法如图 3-17 所示。

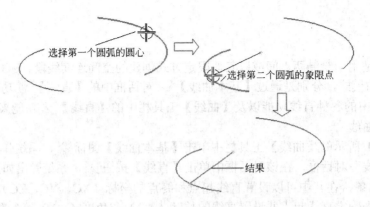

图 3-13　创建圆弧中心和象限点之间的直线

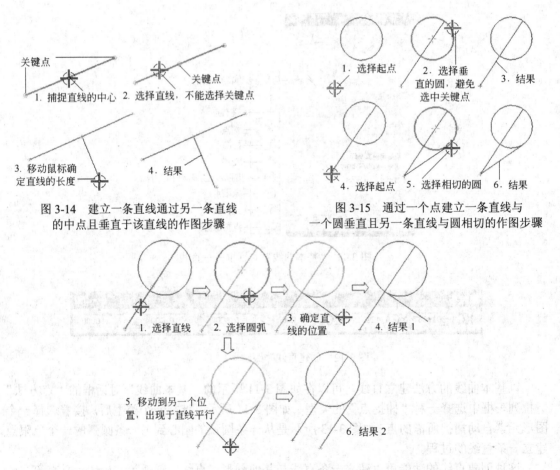

图 3-14　建立一条直线通过另一条直线
的中点且垂直于该直线的作图步骤

图 3-15　通过一个点建立一条直线与
一个圆垂直且另一条直线与圆相切的作图步骤

图 3-16　建立一条直线垂直于另一条直线且与圆相切的作图步骤

（2）直线和圆弧

在如图 3-1 所示的【曲线】工具栏中单击【直线和圆弧工具条】图标，系统弹出如图 3-18 所示的【直线和圆弧】工具栏，在该对话框中，给出了 7 种直线的绘制方法。

此处所提供的直线绘制方式，与"基本曲线"所提供的直线功能比较类似，但这里的功能比较明确，例如【直线（点-平行）】 功能，就需要选择一个点和一条直线来建立一条新的直线，不能用该功能以两个点来建立一条直线。

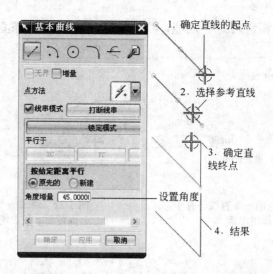

图 3-17 建立一条直线与已知直线成一定角度的作图步骤

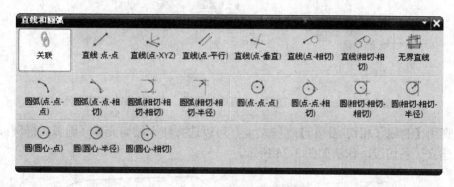

图 3-18 【直线和圆弧】工具栏

① 在【直线和圆弧】工具栏中调用【直线 点-点】 ╱ 功能，可以通过确定两个点建立一条直线，作法如图 3-19 所示。

② 调用【直线（点-XYZ）】 ⬈ 功能，可以从一个点建立一条直线平行于 X、Y、Z 轴，作法如图 3-20 所示。

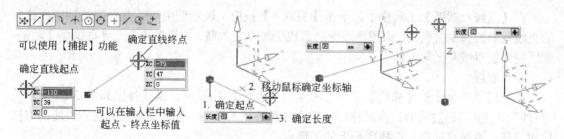

图 3-19 通过确定两个点建立　　图 3-20 从一个点建立一条直线平行于 X、Y、Z 轴的作图步骤
　　一条直线的作图步骤

③ 调用【直线（点-平行）】 ╱ 功能，可以通过一个点绘制一条直线平行于一条参考直线，作法如图 3-21 所示。

④ 调用【直线（点-垂直）】 ⬋ 功能，可以通过一个点绘制一条直线垂直于一条参考直线，作法如图 3-22 所示。

⑤ 调用【直线（点-相切）】 功能，可以通过一个点建立一条直线与圆弧、曲线相切，作法如图 3-23 所示。

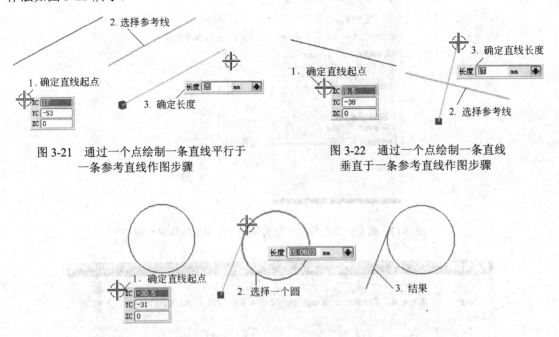

图 3-21 通过一个点绘制一条直线平行于　　图 3-22 通过一个点绘制一条直线
　　一条参考直线作图步骤　　　　　　　　垂直于一条参考直线作图步骤

图 3-23 通过一个点建立一条直线与圆弧、曲线相切的作图步骤

⑥ 调用【直线（相切-相切）】 功能，可以选择两个相切元素（圆弧、椭圆或者样条线等），建立一条切线，作法如图 3-24 所示。

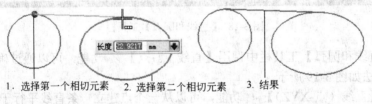

1. 选择第一个相切元素　　2. 选择第二个相切元素　　3. 结果

图 3-24 选择两个相切元素（圆弧、椭圆）建立一条切线的作图步骤

在【直线和圆弧】工具栏中，单击【关联 】按钮，表示使用该工具栏中的功能所建立的直线或者圆弧是关联的，原图形改变之后也仍然存在关联。如果单击【无界直线 】功能，则所建立的直线是无限长的。

（3）直线

在如图 3-1 所示的【曲线】工具栏中单击【直线】图标 ，系统弹出如图 3-25 所示的"直线"对话框，通过该对话框同样可以建立各种各样的直线，只是这个功能建立直线的方法比较灵活，系统可以自动选择图形上的关键点。

这种直线建立方式，可以直接在"起点选项"下拉列表中选择一种条件，例如选择"点"可以选择或者建立一个点作为起始条件，选择"相切"可以选择一个几何元素作为相切条件。同样地，在"终点选项"下拉列表框中，也可以相应选择一种约束条件。在"限制"栏中，也有几种限制方式："值"表示可以在约束端点处延伸一定的距离；"在点上"标识直线的端点就在所确定的点上，例如切点；"直至选定对象"，则可以选择一个几何元素，直线自动延伸到该元素上。

3.1.3 圆弧/圆

UG NX 6.0 提供了多种圆弧/圆绘制功能。圆弧/圆是一个平面图形，需要选择一个平面作为支持平面，默认情况是 XY 平面，如果需要在其他平面绘制圆弧/圆，需要调用主菜单中【格式】→【WCS】下拉菜单中的相关功能改变坐标系。

（1）基本曲线

① 圆弧。在如图 3-1 所示的【曲线】工具栏中单击【基本曲线】图标 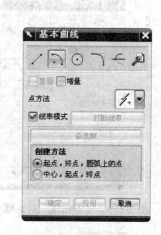，系统弹出如图 3-11 所示的"基本曲线"对话框，在该对话框中单击【圆弧】按钮 ，"基本曲线"对话框变为如图 3-26 所示。

a."起点，终点，圆弧上的点"。在"创建方法"选项组下选择"起点，终点，圆弧上的点"，系统弹出如图 3-27 所示的"跟踪条"工具条，在其中可以设置圆弧起点和终点的坐标（XC、YC、ZC）、输入圆弧的半径（ ）或直径（ ），或确定圆弧上的一点，就可以创建一条圆弧。创建流程如图 3-28 所示。

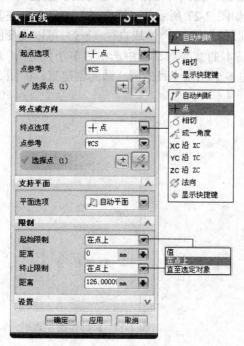

图 3-25 "直线"对话框

图 3-26 "基本曲线"对话框——圆弧

图 3-27 创建圆弧"跟踪条"工具条一

b."中心，起点，终点"。在"创建方法"选项组下选择"中心，起点，终点"，系统弹出如图 3-29 所示的"跟踪条"工具条，在其中可以设置圆弧中心、起点和终点的坐标（XC、YC、ZC），创建一条圆弧；通过输入圆弧的半径（ ）或直径（ ）可以改变圆弧的大小，也可以通过在起始角（ ）和终止角（ ）中输入圆弧的起始角或终止角在不同的位置创建圆弧。创建流程如图 3-30 所示。

图 3-29　创建圆弧"跟踪条"工具条二

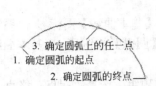

图 3-28　用"起点，终点，圆弧上
的点"功能创建圆弧的作图步骤

图 3-30　用"中心，起点，终点"
功能创建圆弧的作图步骤

② 圆。如图 3-11 所示的"基本曲线"对话框，在该对话框中单击【圆】按钮⊙，"基本曲线"对话框变为如图 3-31 所示。系统弹出如图 3-27 所示的"跟踪条"工具条，在其中可以设置圆心坐标（XC、YC、ZC），通过输入圆的半径（↗）或直径（↔）可以改变圆的大小，可以创建一个圆。在如图 3-31 所示"基本曲线"对话框中选中"多个位置"，则每确定一个圆心位置就创建一个圆，可以连续创建多个相同半径的圆。圆的创建流程如图 3-32 所示。

图 3-31　"基本曲线"对话框——圆

图 3-32　圆的作图步骤

（2）圆弧/圆

在如图 3-1 所示的【曲线】工具栏中单击【圆弧/圆】图标↗，系统弹出如图 3-33 所示的"圆弧/圆"对话框，该功能与【基本曲线】⊘中的【圆弧】↘和【圆】⊙功能类似，可以绘制圆弧或者圆。

首先需要在"类型"栏中选择一种建立圆弧的类型，分别有【↘ 三点画圆弧 （三点圆弧）】和【↗ 从中心开始的圆弧/圆 （基于中心的圆弧）】两种类型。在其他栏中，提供了几个下拉列表框，分别用于选择圆弧上的点及支持面的类型。

① 三点画圆弧。如图 3-33 所示的"圆弧/圆"对话框是选择了【↘ 三点画圆弧 】的参数情况，各参数情况介绍如下。

a. 自动判断：系统根据用户所选择的元素，自动判断采用何种类型。

b. 点：表示选择一个点作为圆弧上的点。

c. 相切：表示选择一个几何元素作为相切元素，例如直线、圆弧、曲线等。

d. 半径：表示可以设定圆弧的半径。

e. 值：表示可以在圆弧的两段再延伸设定的角度。

f. 在点上：表示圆弧的端点只是在所确定的点或者切点上。

g. 直至选定对象：表示可以选择几何元素作为边界，例如选择直线、圆弧、曲线等。如图 3-34 所示是根据【三点画圆弧】类型建立圆弧的过程。

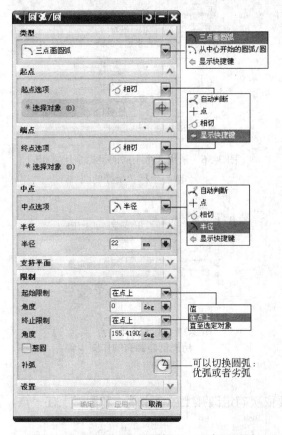

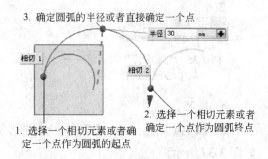

3. 确定圆弧的半径或者直接确定一个点

2. 选择一个相切元素或者确定一个点作为圆弧终点

1. 选择一个相切元素或者确定一个点作为圆弧的起点

图 3-33　"圆弧/圆"对话框——三点画圆弧

图 3-34　根据【三点画圆弧】类型建立圆弧的作图过程

② 如图 3-35 所示的"圆弧/圆"对话框是选择了【从中心开始的圆弧/圆】的参数情况，各参数与【三点画圆弧】类型类似，此处不再赘述，不同的参数介绍如下。

a. WCS：世界坐标系，坐标轴为 XC、YC、ZC，可以通过主菜单中【格式】→【WCS】下拉菜单中的相关功能改变坐标系。

b. 绝对：绝对坐标系，这个坐标系是固定的，坐标轴分别是 X、Y、Z。

c. CSYS：基准坐标系，可以通过主菜单中【插入】→【基准点】→【基准 CSYS】下拉菜单中的功能进行构建，如果选用这种方法，那么需要指定基准坐标系。

如图 3-36 所示是以上 3 种坐标系的对比，图中 3 个圆的参数都一样[圆心坐标为（15，15，0），半径为 10mm]，只是采用的坐标系不同而已，位置就不同。

（3）直线和圆弧

在如图 3-1 所示的【曲线】工具栏中单击【直线和圆弧】图标，系统弹出如图 3-18 所示的【直线和圆弧】工具栏，在该对话框中，给出了 4 种圆弧和 7 种整圆的绘制方法。这些功能都是单一的，例如【圆（相切-相切-半径）】功能，就需要依次选择两个相切元素，并设置圆的半径。

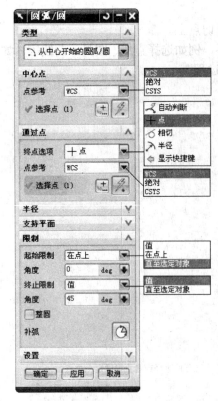

图 3-35 "圆弧/圆"对话框——
从中心开始的圆弧/圆

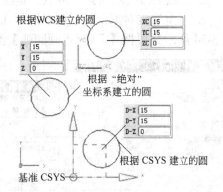

图 3-36 采用 3 个不同的坐标系建立相同
圆心坐标和半径的圆

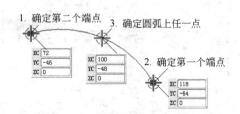

图 3-37 用【圆弧（点-点-点）】
功能创建圆弧的作图步骤

① 圆弧。

a.【圆弧（点-点-点）】。绘制圆弧需要依次确定圆弧上的 2 个端点和圆弧上任一点，如图 3-37 所示。

b.【圆弧（点-点-相切）】。可以通过确定圆弧的两个端点和选择一条相切线，确定一段圆弧，如图 3-38 所示。

c.【圆弧（相切-相切-相切）】。通过选择 3 条线（直线、圆弧、曲线等）作为相切元素来创建一条圆弧。如图 3-39 所示。

d.【圆弧（相切-相切-半径）】。通过选择 2 条线（直线、圆弧、曲线等）作为相切元素，并设置圆弧半径，创建一条圆弧。如图 3-40 所示。

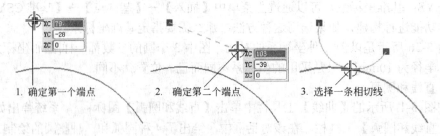

图 3-38 用【圆弧（点-点-相切）】功能创建圆弧的作图步骤

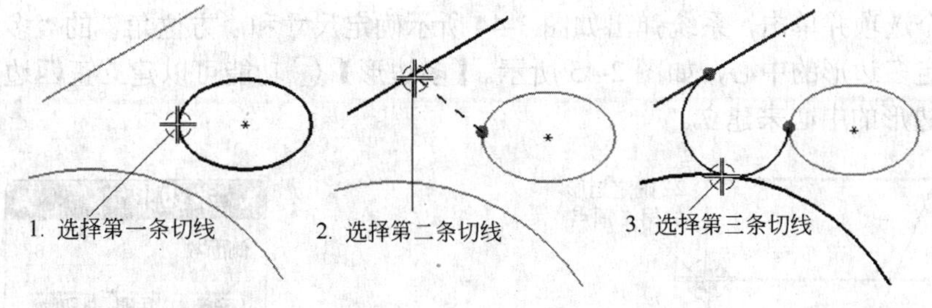

1. 选择第一条切线　　　2. 选择第二条切线　　　3. 选择第三条切线

图 3-39　用【圆弧（相切-相切-相切）】功能创建圆弧的作图步骤

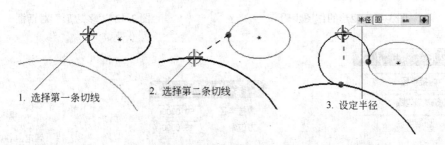

1. 选择第一条切线　　　2. 选择第二条切线　　　3. 设定半径

图 3-40　用【圆弧（相切-相切-半径）】功能创建圆弧的作图步骤

② 圆。

a.【圆（点-点-点）】⊙。通过确定圆上的 3 个点，创建一个整圆，操作方法与【圆弧（点-点-点）】＼相同。

b.【圆（点-点-相切）】⊙。通过确定圆上 2 个点和一条切线，创建一个整圆，操作方法与【圆弧（点-点-相切）】＼相同。

c.【圆（相切-相切-相切）】⊙。通过选择 3 条曲线作为圆的切线创建一个整圆，操作方法与【圆弧（相切-相切-相切）】＼相同。

d.【圆（相切-相切-半径）】⊘。通过选择两条圆的切线并设置圆的半径来创建一个整圆，操作方法与【圆弧（相切-相切-半径）】↗相同。

e.【圆（圆心-点）】⊙。通过确定圆心和圆上任一点来创建一个整圆。

f.【圆（圆心-半径）】⊘。通过确定圆心并设置圆的半径来创建一个整圆。

g.【圆（圆心-相切）】⊙。通过确定圆心和选择一条线作为切线来创建一个整圆。

3.1.4　矩形和多边形

（1）矩形

在如图 3-1 所示的【曲线】工具栏中单击【矩形】图标▢，系统弹出如图 3-3 所示的"点"对话框，在该对话框中设置确定点的方式，在绘图区确定矩形的第一个顶点，再确定矩形的第二个顶点，作图步骤如图 3-41 所示。比"草图工具"工具栏上提供的【矩形】功能简单。

（2）多边形

正多边形是一种常用的图形。UG NX 6.0 提供了【多边形】⬡功能，可以建立正三边形及以上的正多边形，需要确定正多边形的中心以及正多边形的内接半径、外切半径或者边长等三者之一。

在如图 3-1 所示的【曲线】工具栏中单击【多边形】图标⬡，系统弹出如图 3-42 所示的确定"多边形"边数的对话框，确定正多边形的边数后，单击"确定"按钮，系统弹出如图 3-43 所示按照什么方式确定多边形尺寸（内接半径、边数、外切圆半径）的"多边形"对话框，选中一个选项并单击，系统弹出如图 3-44 所示确定尺寸和"方位角"的"多边形"对话框，最后确定多边形的中心，如图 2-45 所示。【多边形】⬡ 功能可以建立正四边形，只能通过确定正四边形的中心来建立。

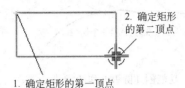

图 3-41 矩形的作图步骤

图 3-42 "多边形"对话框一

图 3-43 "多边形"对话框二

图 3-44 "多边形"对话框三

图 3-45 绘制正六边形

3.1.5 样条曲线

样条线就是通过多项式方程来生成曲线或根据设定的点来拟合曲线，是以多项式方程计算产生的，在 UG NX 6.0 系统中所建立的样条曲线都是 Nurbs 曲线，NURBS 是英文 Non-Uniform Rational B-Spline（非均匀有理 B 样条）的缩写，此类曲线拟合逼真、形状控制方便，使用非常广泛。

在如图 3-1 所示的【曲线】工具栏中单击【样条】图标～，在系统弹出的如图 3-46 所示"样条"对话框中，提供了多种建立模式。

（1）根据极点

单击如图 3-46 所示的"样条"对话框中的"根据极点"按钮，系统弹出如图 3-47 所示的"根据极点生成样条"对话框，在该对话框中选择"曲线类型"、设定曲线的阶次，选择完成后单击对话框中的"确定"按钮，系统弹出如图 3-3 所示的"点"对话框，输入点的坐标确定好一系列的点作为样条极点后，单击"点"对话框中的"确定"按钮，在系统弹出如图 3-48 所示的"指定点"对话框中单击"是"按钮，最后生成样条曲线，如图 3-49 所示。

① 曲线类型。样条"曲线类型"有两种：多段和单段样条。

a. 多段。生成的样条曲线与对话框中曲线次数相关。若曲线阶次为 N 时，则必须设定（N+1）个控制点，才可建立一个多段样条曲线。

b. 单段。产生的样条曲线，其阶次等于控制点的数量减 1。单段样条不能封闭，多段样条的应用较多并且可以封闭。

② 曲线的阶次。仅表明曲线的复杂程度，而非精确程度，并不是阶次愈高的曲线就愈好。一般说来，低阶次的曲线因为具有便于数据转换（因许多系统仅接受三次曲线）、灵活、便于后续处理（如加工和显示）并且运行速度更快等优势，故构造曲线时建议采用低阶次的曲线。

图 3-46 "样条"对话框　　　图 3-47 "根据极点生成样条"对话框　　　图 3-48 "指定点"对话框

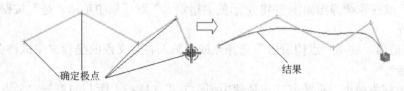

图 3-49 创建样条曲线的过程

③ 封闭曲线。用于设定随后生成的样条曲线是否封闭。选择此复选框后，创建的样条曲线起点和终点会在同一位置（起点和终点具有相同的曲率和斜率），生成一条封闭的样条曲线。

④ 文件中的点。用于从已有文件中读取控制点的数据。可以在"根据极点生成样条"对话框中单击"确定"按钮后，使用"点"对话框输入点的坐标来生成一个样条曲线。同样，在点的具体位置确定的情况下，也可以用文件将点的坐标输入到系统中生成样条曲线。

（2）通过点

该选项生成一条通过选定的每一个定义点的样条曲线。此种方法常用于逆向工程的仿形设计。在如图 3-46 所示的"样条"对话框中单击"通过点"按钮，系统弹出如图 3-50 所示的"通过点生成样条"对话框，其中多了两个选项——"赋斜率"和"赋曲率"。单击"确定"按钮后，系统弹出如图 3-51 所示的"样条"对话框。用"通过点"创建样条曲线的过程如图3-52 所示。共有 4 种定义点的创建方式，前 3 种方式均需在创建样条曲线之前，事先构建好定义点。下面分别介绍这 4 种通过点创建样条的方式：

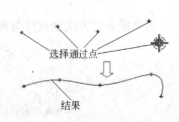

图 3-50 "通过点生成样条"对话框　　　图 3-51 "样条"对话框　　　图 3-52 用"通过点"创建样条曲线

① 全部成链。通过选择起点与终点之间的点集作为定义点来生成样条曲线。单击该按钮后，系统提示用户依次选择样条曲线的起点与终点，接着系统将自动辨别选择起点和终点之间的点集，并以此产生样条曲线。

② 在矩形内的对象成链。利用矩形框选定义点的范围，然后选择起点和终点来生成样条曲线。单击该按钮后，用户用鼠标定义矩形的两个角点，接着在矩形内确定样条曲线的起始点和终止点，系统自动识别矩形区域内的点集，并以此产生样条曲线。

③ 在多边形内的对象成链。是利用多边形框选定义点的范围，然后在多边形框内选择起点和终点来生成样条曲线。单击该按钮后，用鼠标定义多边形的各顶点，接着在多边形内确定样条曲线的起点与终点，系统自动识别多边形区域内的点集，并以此产生样条曲线。单击鼠标中键，或在系统弹出如图 3-48 所示的"指定点"对话框中单击"是"按钮，完成多边形区域的选择。

④ 点构造器。利用"点构造器"选择点或者输入各定义点的坐标来生成样条曲线。

（3）拟合

该方式也称为最小二乘法方式，是使用拟合方式（样条上所有的点与定义点之间距离的平方之和是最小的）生成样条曲线。此种方法有助于减少定义样条所需的点数并且确保样条的光顺。

在如图 3-46 所示的"样条"对话框中单击"拟合"按钮，系统弹出如图 3-53 所示的"样条"对话框，拟合方法生成样条曲线共计有 5 种方法选择定义点的点集，这些方法在"根据极点"以及"通过点"方式中已经介绍过，此处不再重述。该种方法，可以选择一组点串的起点和终点，系统自动选定点串，并以这些点串为通过点，"用拟合方法创建样条"对话框如图 3-54 所示，UG NX 6.0 提供了以下 3 种拟合方式。

图 3-53 "样条"对话框

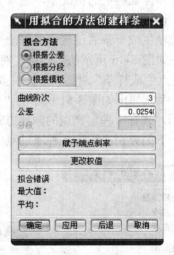

图 3-54 "用拟合方法创建样条"对话框

用"拟合"方法创建样条曲线的过程如图 3-55 所示。

图 3-55 用"拟合"方法创建样条曲线的过程

① 根据公差。该方式根据样条曲线与数据点的最大许可公差生成样条曲线。选择该选项，在对话框中间的在"曲线阶次"、"公差"文本框中分别输入曲线阶次及样条曲线与数据点的最大许可公差即可设置样条曲线。

② 根据分段。该方式根据样条曲线的分段数生成样条曲线。选择该选项，在"曲线阶次"、"分段"文本框中分别输入曲线阶次及样条曲线的分段数即可设置样条曲线。

③ 根据模板。该选项根据模板样条曲线，生成曲线阶次及节点顺序均与模板曲线相同的样条曲线。该选项需要用户选择模板样条曲线。

"用拟合方法创建样条"对话框中其他选项的说明如下。

a. 赋予端点斜率。用于指定样条曲线起点与终点的斜率。

b. 更改权值。用于设定所选数据点对样条曲线形状影响的加权因子。加权因子越大，则样条曲线越接近所选数据点；反之，则远离。若加权因子为零，则在拟合过程中系统会忽略所选数据点，这对于忽略坏的数据点是非常有效的。

（4）垂直于平面

该选项是以正交于平面的曲线生成样条曲线。

在如图 3-46 所示的"样条"对话框中单击"垂直于平面"按钮，系统弹出如图 3-56 所示的"样条"对话框，先选择或运用"平面子功能"定义起始平面，再选择起始点，接着选择或运用"平面子功能"定义下一个平面且定义建立样条曲线的方向，然后继续选择所需平面，单击"确定"按钮后即可创建样条曲线。

图 3-56　"样条"对话框

3.1.6　圆锥曲线

圆锥曲线是由平面截取圆锥所形成的截线，一般常用的圆锥曲线包括圆、椭圆、抛物线和双曲线以及一般二次曲线。

（1）椭圆

在如图 3-1 所示的【曲线】工具栏中单击【椭圆】图标 ⊙，系统弹出如图 3-3 所示的"点"对话框，进行椭圆中心的设定。确定中心点后系统随后会弹出如图 3-57 所示的"椭圆"对话框，在相应的参数文本框中输入设定的数值，单击对话框中的"确定"按钮，系统即能完成创建椭圆的工作，椭圆的创建步骤如图 3-57 所示。对话框中椭圆参数的意义分别如图 3-58 所示。

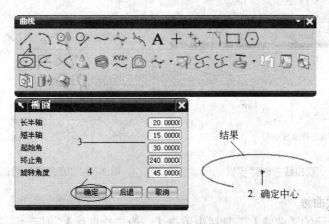

图 3-57　椭圆的作图步骤

（2）抛物线

在如图 3-1 所示的【曲线】工具栏中单击【抛物线】图标，系统弹出如图 3-3 所示的"点"对话框，确定抛物线的顶点，接着弹出如图 3-59 所示的"抛物线"对话框，确定抛物线的参数后，单击对话框中的"确定"按钮，系统即可生成抛物线，抛物线的创建步骤如图 3-59 所示。对话框中抛物线的参数的含义如图 3-60 所示。

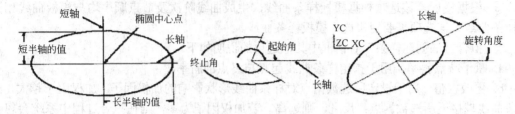

图 3-58 "椭圆"对话框中参数的意义

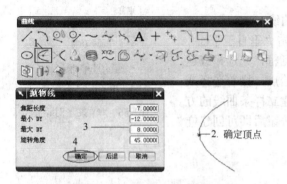

图 3-59 抛物线的创建步骤

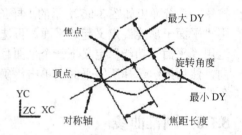

图 3-60 "抛物线"对话框中参数的含义

（3）双曲线

在如图 3-1 所示的【曲线】工具栏中单击【双曲线】图标，系统弹出如图 3-3 所示的"点"对话框，确定双曲线的中心位置，接着弹出如图 3-61 所示的"双曲线"对话框，确定双曲线的参数后，单击对话框中的"确定"按钮，系统即可生成双曲线，双曲线的创建步骤如图 3-61 所示。对话框中双曲线的参数的含义如图 3-62 所示。

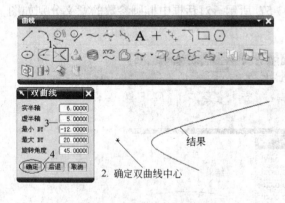

图 3-61 双曲线的创建步骤

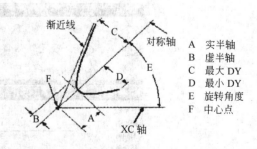

图 3-62 "双曲线"对话框中的参数含义

（4）一般二次曲线

在如图 3-1 所示的【曲线】工具栏中单击【一般二次曲线】图标，系统弹出如图 3-63

所示的"一般二次曲线"对话框，在这个对话框中提供了 7 种生成二次曲线的方式。

① 顶点（锚点）：表示二次曲线两端点切线的交点。

② Rho：表示顶点到二次曲线两端点的垂直距离与其投影点到两端点垂直距离的比值（D1/D2）。其含义如图 3-64 所示。其中：

　a. Rho<1/2，生成一椭圆或椭圆弧；

　b. Rho=1/2，生成一抛物线；

　c. Rho>1/2，生成一双曲线。

③ 斜率的设定：在二次曲线的某些生成方式中涉及斜率的指定，如图 3-65 所示，斜率有 4 种方式。

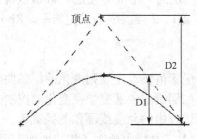

图 3-63　"一般二次曲线"对话框　　　图 3-64　Rho 的含义　　　图 3-65　一般二次曲线斜率的指定

　a. 矢量分量。以矢量分量作为二次曲线的斜率。在用户确定了第一个点的位置后，系统会要求用户在矢量分量的文本框中输入各分量的值，作为第一个点的斜率，然后进行后续的操作。

　b. 方向点。以方向点的位置来定义二次曲线的斜率。在用户确定了第一个点的位置后，选择"方向点"选项，此时就会以方向点的位置来定义第一个点的斜率，方向点与该点的连线即为切线方向。

　c. 曲线的斜率。是以另一曲线的斜率来定义二次曲线的斜率。在用户确定了第一个点的位置后，选择"曲线的斜率"选项，系统会要求选取现有曲线的端点，以该端点的斜率来定义第一个点的斜率。

　d. 角度。以该点与原点的连线与 XC 轴所夹的角度值的方式来定义二次曲线的斜率。

④ 一般二次曲线的生成方式。

　a. "5 点"方式。通过"点"对话框设定 5 个点，生成一个通过 5 个点的二次曲线。

　b. "4 点，1 个斜率"方式。是利用 4 个点和 1 个斜率来产生二次曲线。设定第一个点，马上就会要求设定第一点的斜率，接着依次设定其他 3 个点，便可生成一条通过这 4 个点且第一点斜率为设定斜率的二次曲线。

　c. "3 点，2 个斜率"方式。是利用 3 个点和 2 个斜率来产生二次曲线。设定第一个点，马上就会要求设定第 1 点的斜率，接着依次设定其他 2 个点，设定第 3 个点，会要求设定第 3 点的斜率，斜率设定好后，便可生成一条通过这 3 个点且第 1、3 点斜率为设定斜率的二次曲线。

　d. "3 点，顶点"方式。是利用 3 个点和顶点来产生二次曲线。依次设定曲线上的 3 个点，然后再设定一个顶点，便可生成一条通过这 3 个设定点，且其顶点为设定顶点的一条二次曲线。

e. "2点，锚点（顶点），Rho"方式。是利用两个点和顶点并配合 Rho 值来产生二次曲线。依次设定两个点，再设定顶点确定切线方向，在随后出现的对话框中设定 Rho 值以确定二次曲线的形状，这样便可生成一条通过两个设定点，其顶点为设定顶点，Rho 为设定值的一条二次曲线了。

Rho 值是控制曲线饱满程度的参数。当曲率不变时，其值越小，曲线越平坦；反之，则生成的曲线越陡峭。它必须介于 0 和 1 之间（不包括 0 和 1），否则系统将显示错误信息。

f. "系数"方式。是利用设置二次方程的系数来产生二次曲线。通过输入二次曲线的一般方程式 $Ax^2+Bxy+Cy^2+Dx+Ey+F=0$ 中的 6 个系数 A、B、C、D、E 及 F，在工作坐标原点外生成一条二次曲线。

g. "2点，2个斜率，Rho"。是利用 2 个点和 2 个斜率并配合 Rho 值来产生二次曲线。设定第一个点，马上就会要求设定第 1 点的斜率，接着设定第 2 个点，会要求设定第 2 点的斜率，斜率设定好后，在随后出现的对话框中设定 Rho 值以确定二次曲线的形状，这样便可生成一条通过两个设定点，且第 1、2 点斜率为设定斜率，Rho 为设定值的一条二次曲线了。

3.1.7 规律曲线

规律曲线就是 X、Y、Z 坐标值按设定规则变化的样条曲线。利用规律曲线可控制建模过程中某些参数的变化规律，如螺旋线中螺旋半径变化的控制、曲线形状的控制、面倒圆截面的控制以及在构造自由曲面过程中的角度或面积的控制等。

在如图 3-1 所示的【曲线】工具栏中单击【规律曲线】图标 XYZ，系统弹出如图 3-66 所示的"规律函数"对话框，通过定义 X、Y、Z 3 个方向的变化规律来绘制样条曲线。

① ⌐（恒定）。坐标或参数在创建曲线过程中保持常量。选择该选项后，如图 3-67 所示，在"规律控制的"对话框的文本框中输入"规律值"即可。

② ⌐（线性）。坐标或参数在整个创建曲线过程中在某数值范围中呈线性变化。选择该选项后，如图 3-68 所示，在"规律控制的"对话框中输入变化规律的"起始值"和"终止值"即可。

图 3-66 "规律函数"对话框　　图 3-67 "恒定"的规律控制对话框　　图 3-68 "线性"的
　　　　　　　　　　　　　　　　　　　　　　　　　　　　　　　规律控制对话框

③ ⌐（三次）。坐标或参数在整个创建曲线过程中在某数值范围中呈三次函数变化。选择该选项后，如图 3-68 所示，在"规律控制的"对话框中输入变化规律的"起始值"和"终止值"即可。

④ ⌃（沿着脊线的值——线性）。控制坐标或参数在沿一脊线设定两点或多个点所对应的规律值呈线性变化。选择该选项后，系统弹出如图 3-69 所示的"规律曲线"对话框，提示选择脊线，再利用点构造器设置脊线上的点，最后在如图 3-67 所示的"规律控制的"对话框的文本框中输入"规律值"即可。

⑤ ⌃（沿着脊线的值——三次）。坐标或参数在沿一脊线设定两点或多个点所对应的规律值呈三次函数变化。选择该选项后，系统弹出如图 3-69 所示的"规律曲线"对话框，提示

选择脊线，再利用点构造器设置脊线上的点，最后在如图 3-67 所示的"规律控制的"对话框的文本框中输入"规律值"即可。

⑥ （根据方程）。利用表达式来控制坐标或参数的变化。在使用该功能前，首先设定表达式中变量及欲按变化规律控制的坐标或参数的函数表达式，即在主菜单上选择【工具】→【＝表达式（X）】命令，逐一设定参数表达式。然后在如图 3-66 所示的"规律函数"对话框中选择 （根据方程）选项，在弹出的如图 3-70 所示的"规律曲线"对话框中依次输入在 Y 和 Z 上按规律控制的坐标或参数的函数名即可。

⑦ （根据规律曲线）。利用存在的规律曲线来控制坐标或参数的变化。选择该选项后，先选择现有的规律曲线，再选择一条基线来辅助选定曲线的方向（也可以维持原曲线的方向不变）。

在完成了 X、Y、Z 3 个方向的规律方式定义以后，系统弹出如图 3-71 所示的"规律曲线"对话框对即将生成的规律曲线进行定位。对话框中提供了 3 种定位方式，若不选择任意一种方式直接单击"确定"按钮，则系统以当前坐标来定位规律曲线。

图 3-69 选择脊线对话框

图 3-70 "规律曲线"对话框

图 3-71 对即将生成的规律曲线进行定位对话框

a. 定义方位——定义 Z 轴和基点。选择该选项后，系统将提示用户选取一条直线，以直线上的选取点指向距离选取点最近的端点的方向为 Z 轴的正方向，接着设定一个点来定义 X 轴的正方向，最后设定一个基点作为坐标系的原点，系统就以此坐标系来定位创建的规律曲线。

b. 点构造器——设定基点。选择该选项后，系统提示用户设置一个基点作为坐标系的原点，其坐标方向维持不变，系统就以此坐标系来定位创建的规律曲线。

c. 指定 CSYS 参考。选择该选项后，系统提示用户选择一个参考面，以此面的法向为坐标系的 Z 轴，然后再选择下一个参考面，坐标系的 X 轴为两个参考面的交线方向，最后选择第三个参考面或参考轴，如果选择了参考面，则坐标原点为 3 面的交点，如果选择的是参考轴，则坐标原点为参考轴与第一个参考面的交点。系统就以此坐标系来定位创建的规律曲线。

3.1.8 螺旋线

在如图 3-1 所示的【曲线】工具栏中单击【螺旋线】图标 ，系统弹出如图 3-72 所示的"螺旋线"对话框，在对话框中输入螺旋线的圈数、螺距，在"半径方法"栏中，如果选择"输入半径"，那么可以在"半径"输入栏中设置螺旋线的半径，而如果选择"使用规律曲线"，那么可以在"规律函数"对话框中选择一种规律类型，并设置相应参数，设定右旋或者左旋确定螺旋线的旋向，接着设定螺旋线的方位，最后还需要确定一点作为螺旋线的中心，单击"确定"按钮后即可创建一条螺旋线。创建螺旋线的过程如图 3-72 所示。

（1）**半径方法**（螺旋线的螺旋半径）

① 使用规律曲线。设定螺旋半径按一定规律变化。选择该选项以后，会弹出相应对话框，系统提供 7 种规律方式来控制螺旋半径沿轴线的变化方式。

② 输入半径。设定螺旋线为一定值。选择该选项，输入半径值即可。

（2）**螺旋线方位的设定**

① 方法一。在"螺旋线"对话框中直接单击"确定"按钮，则螺旋线轴线为当前坐标系 ZC 轴，螺旋线的起始点位于 XC 轴正方向上。

② 方法二。在绘图工作区中设定一个基点或利用"螺旋线"对话框中的"点构造器"选项设定一基点，则系统以过此基点且平行于 ZC 轴方向作为螺旋线的轴线，螺旋线的起始点位于过基点并与 XC 轴正方向平行的方向上。

③ 方法三。选择"螺旋线"对话框中的"定义方位"选项后，选择一条直线，以选择点指向与其距离最近的直线端点的方向为 Z 轴正方向，再设定一点来定义 X 轴正方向，然后设定一基点，则系统以过此基点且平行于设定的 Z 轴正方向作为螺旋线的轴线，螺旋线的起始点位于过基点并与 X 轴正方向平行的方向上。

锥形螺旋线的参数示意如图 3-73 所示。

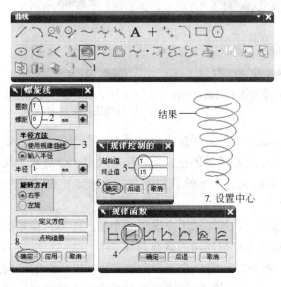

图 3-72　螺旋线的创建过程

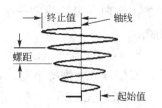

图 3-73　锥形螺旋线的参数示意

3.1.9　文本

在如图 3-1 所示的【曲线】工具栏中单击【文本】图标 **A**，系统弹出如图 3-74 所示的"文本"对话框。首先在"文本属性"输入框中输入文本，并指定字体和样式。还可以指定一些特殊的参数，如字符加粗、斜体等。

完成文本输入后，拾取文字放置的参考点，再单击放置文本的控制点进行长度和宽度的确定。确认文字及位置预览正确后，再设置文本的长度、高度和比例，在"文本"对话框中单击"确定"按钮，即完成文本曲线的建立，其创建过程如图 3-74 所示。

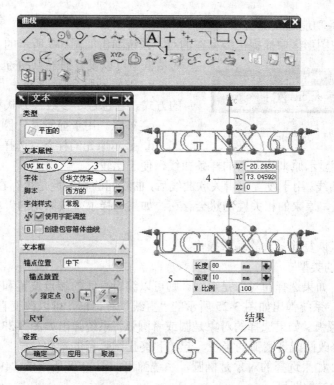

图 3-74　文本曲线的创建过程

3.2　编辑曲线

3.2.1　编辑曲线参数

（1）对已创建的曲线的参数进行修改

在如图 3-75 所示的"编辑曲线"工具栏中单击【编辑曲线参数】图标，系统弹出如图 3-76 所示的"编辑曲线参数"对话框，同时弹出如图 3-77 所示的跟踪条，并提示："选择对象或对象的端点"。在对话框中设置完相关选项后，就可以选择对象进行编辑了。

图 3-75　"编辑曲线"工具栏

图 3-76　"编辑曲线参数"对话框

① 对话框中各功能选项说明

a. 点方法。在图形区中捕捉已经存在的点，系统弹出如图 3-3 所示的"点"对话框，在对话框中可以设置捕捉点的方式。

图 3-77　跟踪条

b. 编辑圆弧/圆，通过。用于设置编辑曲线的方式。它包含"参数"方式和"拖动"方式。

c. 补弧。用于显示某一圆弧的互补圆弧。

d. 显示原先的样条。选择该复选项，则当前编辑的样条曲线可显示原来的及新的样条曲线，便于比较。

e. 编辑关联曲线。用于设置编辑关联曲线后，曲线间的相关性是否存在。如果选择了"根据参数"单选按钮，原来的相关性仍然会存在；如果选择了"按原先的"单选按钮，原来的相关性将会被破坏。

f. 更新。可以恢复前一次的编辑操作。

② 编辑曲线的类型

a. 编辑直线。如果选择的对象是直线，则可以编辑直线的端点位置和直线参数（长度和角度）。单击直线，系统弹出如图 3-25 所示的"直线"对话框，可以改变直线的长度和角度。

b. 编辑圆或圆弧。如果选择的对象是圆或者圆弧，系统弹出如图 3-33 所示的"圆弧/圆"对话框，则可以修改圆或者圆弧的半径、起始和终止圆弧角的参数。

c. 编辑椭圆。如果选择的对象是椭圆，系统弹出如图 3-78 所示的"编辑椭圆"对话框，按需要更改相应的参数即可。

d. 编辑螺旋线。如果选择的对象是螺旋线，系统弹出如图 3-79 所示的"编辑螺旋线"对话框，按需要更改相应的参数即可。

e. 编辑样条曲线。如果选择的对象为样条曲线，系统弹出如图 3-80 所示的"编辑样条"对话框，它提供了 9 种修改样条曲线的方式。

③ 修改样条曲线的方式　前面已介绍有 9 种修改样条曲线的方式，分别介绍如下。

图 3-78　"编辑椭圆"对话框　　　图 3-79　"编辑螺旋线"对话框　　　图 3-80　"编辑样条"对话框

a. 编辑点。本选项用来移动、添加或移除样条曲线的定义点，以改变样条曲线的形状，它提供了编辑定义点的相应方式，以及相对应的功能选项。选择该选项后，系统弹出如图 3-81 所示的"编辑点"对话框，对话框中的参数介绍：

ⅰ. 移动点。本选项用于移动一个定义点。有两种移动方式："目标点"和"增量偏置"。

目标点：单击要移动的点以后，系统弹出如图 3-3 所示的"点"对话框，通过该对话框，可以重新构造一个目标点，来移动样条曲线上的一个或多个定义点到新的位置。

增量偏置：单击要移动的点以后，系统弹出如图 3-82 所示的"增量偏置"对话框，在 DXC、DYC、DZC 文本框中分别输入 XC、YC、ZC 坐标轴方向的位移量，单击"确定"按钮后即可定义点的新位置。

图 3-81 "编辑点"对话框   图 3-82 "增量偏置"对话框

除了使用"目标点"和"增量偏置"两种方式外，用鼠标左键单击一点并拖动，也可以移动样条的定义点，系统自动改变样条曲线以适应移动的点。

ⅱ. 添加点。本选项用于向选定的样条曲线中增加定义点。

ⅲ. 移除点。该单选项用于从样条曲线中移去定义点。

ⅳ. 微调。用于移动点方式下，以微调的方式移动一个定义点。选择该功能后，选择一个定义点，按住鼠标左键不放，移动鼠标，则系统以定义点至光标点的距离的 1/10 来移动定义点。

ⅴ. 重新显示数据。用于显示编辑后样条曲线的定义点及切线方向。

ⅵ. 文件中的点。用于从数据文件中读取点的位置。

b. 编辑极点。本选项用于编辑样条曲线的控制点。选择该选项后，系统弹出如图 3-83 所示的"编辑极点"对话框。该对话框中"编辑方法"提供 4 种方式，说明如下。

ⅰ. 移动极点。本方式用于移动样条曲线上的控制点。选择该方式后，则其下方的编辑方式、约束、定义拖动方向、定义拖动平面、微调等选项全都被激活。与定义点的移动方式相同。先选择"约束"选项、或选择"定义拖动方向"或"定义拖动

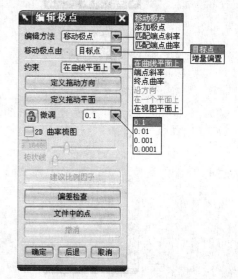

图 3-83 "编辑极点"对话框

平面"选项来设定极点的移动约束,然后选择极点,最后与定义点相同来移动极点。

ⅱ.添加极点。用于向样条曲线增加极点。

ⅲ.匹配端点斜率。用于以另一条曲线端点的斜率来设定所选样条曲线的端点斜率。选定该方式时,选择要设定的样条曲线端点,然后再选择另一曲线的端点即可。

ⅳ.匹配端点曲率。用于以另一条曲线端点的曲率来设定所选样条曲线的端点曲率。选定该方式时,选择要设定的样条曲线端点,然后再选择另一曲线的端点即可。

"编辑极点"对话框中的"约束"选项主要用于通过约束控制点的移动或样条曲线的形状,来控制样条曲线的形状。该选项只在拖动一个控制点时有效,即用鼠标左键选中一控制点后,按住鼠标左键不放,移动鼠标,则控制点的移动受到设定的约束。"约束"选项下有6个子选项,如图 3-83 所示,分别介绍如下。

ⅰ.在曲线平面上。在曲线所确定的平面上,是常用的约束选项。

ⅱ.端点斜率。用于在保持样条曲线端点斜率不变的前提下,调整选定控制点附近的样条曲线形状。这个约束只对样条曲线起始的两个控制点和结束的两个控制点的移动有影响。

ⅲ.终点曲率。用于在保持样条曲线终点曲率不变的前提下,调整选定控制点附近的样条曲线形状。这个约束只对样条曲线起始的 3 个控制点和结束的 3 个控制点的移动有影响。

ⅳ.沿方向。用于拖拽极点的时候沿着"定义拖动方向"按钮定义的方向拖拽,该选项只有使用"定义拖动方向"定义方向后才处于激活状态。

ⅴ.在一个平面上。用于拖拽极点的时候沿着"定义拖动平面"按钮定义的平面拖拽,该选项只有使用"定义拖动平面"定义平面后才处于激活状态。

ⅵ 在视图平面上。只能在光标所在视图平面上拖动控制点。

c.更改斜率。本选项用于改变定义点的斜率。选择该选项后,系统弹出如图 3-84 所示的"更改斜率"对话框。首先选择定义点,再选定义斜率的方式,然后设定对话框中的各参数后,按系统的提示操作就可以了。其中的"偏差"和"阈值"选项用于检查样条曲线与定义点之间的偏差。

d.更改曲率。用于改变定义点的曲率。选择该选项后,系统弹出如图 3-85 所示的"更改曲率"对话框。

图 3-84 "更改斜率"对话框

图 3-85 "更改曲率"对话框

e. 更改阶次。用于改变样条曲线的阶数。对于单段样条曲线，可增加或降低其曲线阶数；而对于多段样条曲线，只能增加其曲线阶数。增加曲线阶数，样条曲线的形状不会改变；而降低曲线阶数，则样条曲线的形状与原曲线会有所差别，形状近似。选择该选项时系统弹出警告，如图 3-86 所示，单击"是"按钮，然后在系统弹出的如图 3-87 所示的"更改阶次"对话框中输入新的曲线阶数即可。

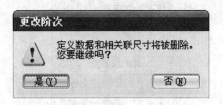

图 3-86　警告　　　　　　　　　　图 3-87　"更改阶次"对话框

f. 移动多个点。用于移动样条曲线的一个节段。选择该选项后，系统弹出如图 3-3 所示的"点"对话框，在样条曲线上依次设定欲修改节段的开始点和结束点；在开始点和结束点限定的节段间设定第一个位移点，再设定第一个位移点的位移方式（如图 3-88 所示的 3 种方式），然后逐步响应系统提示，在如图 3-89 所示的对话框中设定第一个位移点的位移值；第二个位移点的设置类似，也是设定第二个位移点，设定位移方式。系统根据上述设定移动选定节段，而并不影响其他节段的形状，且移动节段的两端点位置保持不变。

图 3-88　第一点的位移方式　　　　　图 3-89　输入距离对话框

g. 改变刚度。在保持原样条曲线控制点数不变的前提下，通过改变曲线阶数来修改样条曲线的形状。选择该选项会丢失原来的定义数据及关联性，因此系统弹出类似如图 3-86 所示的警告窗口，要求确认，之后在弹出类似如图 3-87 所示的"更改刚度"对话框中输入曲线新的阶数即可。增加阶数时，样条曲线会增加刚性；减少阶数时，样条曲线会降低刚性。它与改变曲线阶数的操作类似。

h. 拟合。修改样条曲线定义所需的参数，以改变曲线的形状，它不能改变曲线的曲率。选择该选项后，系统弹出如图 3-90 所示的"用拟合的方法编辑样条"对话框。样条曲线有 3 种拟合方式，选择拟合方式后，设定参数，然后按系统提示一步步执行即可。

i. 光顺。本功能为光滑样条曲线。对选定样条曲线的光顺操作有两种方式。

ⅰ. 方式一：参数设定后，单击"光顺"选项，系统自动根据设定的参数对选定样条曲线的所有点进行光顺操作。

ⅱ. 方式二：分别选取样条曲线的单个点，并进行相应的参数设定后，单击"光顺"选项对选定的样条曲线进行处理。

选择"光顺"选项，系统弹出如图 3-91 所示的"光顺样条"对话框。对话框中的功能选项说明如下。

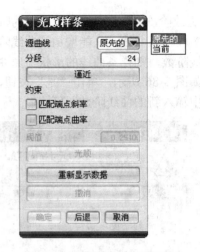

图 3-90 "用拟合的方法编辑样条"对话框 　　　　　图 3-91 "光顺样条"对话框

ⅰ. 源曲线。包含两个子选项："原先的"和"当前"。本选项用于确定使用原先样条的曲率和斜率还是使用目前样条的曲率和斜率。

ⅱ. 分段。用于设置样条曲线在光滑操作时的节段数。

ⅲ. 逼近。按照"分段"设置的节段数，更新样条曲线，使其比原样条曲线光滑。

ⅳ. 约束。提供"匹配端点斜率"、"匹配端点曲率"两种约束方式。

匹配端点斜率：用于设定样条曲线在光滑操作时，其端点斜率与原样条曲线的端点斜率匹配。

匹配端点曲率：用于设定样条曲线在光滑操作时，其端点曲率与原样条曲线的端点曲率匹配。

ⅴ. 阈值。用于设定在光滑操作时，曲线上各点可移动的最大距离。

ⅵ. 光顺。用于根据设定的偏差极限值、约束等选项，自动对样条曲线的所有点进行光滑操作。

（2）对正在创建的曲线的参数进行修改

比如用"直线和圆弧"工具栏中的圆、直线或圆弧，双击选中某一对象时，系统会显示它的特征点及点上的箭头，可以直接拖动进行参数的修改。

3.2.2 修剪曲线

"修剪曲线"功能可以利用边界对象（可为曲线、边缘、平面、表面、点或屏幕位置等）对曲线进行修剪，可延长或修剪直线、圆弧、二次曲线或样条曲线等元素。

在如图 3-75 所示的"编辑曲线"工具栏中单击【修剪曲线】图标 ⟶，系统弹出如图 3-92 所示的"修剪曲线"对话框，选择被修剪的曲线，接着选择修剪的边界，操作过程如图 3-92 所示。"修剪曲线"对话框中部分参数说明如下：

① 交点的方向。即交点确定方式，用于确定边界对象与待修剪曲线的交点的判断方式。有 4 种交点的确定方式。

a. 最短的 3D 距离。系统按边界对象与待修剪的曲线之间的三维最短距离判断两者的交点，再根据该交点来修剪曲线。

b. 相对于 WCS。系统按边界对象与待修剪的曲线之间沿 ZC 方向判断两者的交点，再根据该交点来修剪曲线，即修剪只能在 XC-YC 平面上完成。

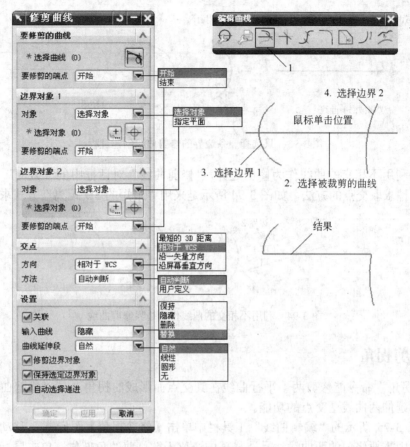

图 3-92　修剪曲线的创建过程

　　c. 沿一矢量方向。系统按设定矢量方向上边界对象与待修剪的曲线之间的最短距离判断两者的交点，再根据该交点来修剪曲线。

　　d. 沿屏幕垂直方向。系统按当前屏幕视图法线方向上边界与待修剪的曲线之间的最短距离判断两者的交点，再根据该交点来修剪曲线。

　　② 关联。选择该复选框后，修剪的曲线与原曲线具有相关性，即若改变原曲线的参数，则修剪后的曲线与边界之间的关系自动得到更新。

　　③ 输入曲线。用于控制修剪后源曲线保留与否。有 4 种控制方式：保持、隐藏、删除和替换。

　　④ 曲线延伸段。修剪的曲线为样条曲线且需延伸到边界时，需要设定其延伸方式。样条曲线有 4 种延伸方式。

　　a. 自然。样条曲线沿端点的自然路径延伸至边界。

　　b. 线性。样条曲线从它的端点以线性方式延伸至边界。

　　c. 圆形。样条曲线从它的端点沿环形延伸至边界。

　　d. 无。样条曲线不延伸。

　　如果选择两个边界对曲线进行修剪，那么两条边界中间的部分被保留下来，如图 3-92 所示。

　　如果只选择一条边界，那么鼠标单击的部位将被删除，首先选择被修剪的曲线，接着选择边界，单击"应用"按钮，完成修剪，如图 3-93 所示。

　　如果是两条曲线的修剪，在选择完第一条边界以后，当提示要选择第二条边界的时候，可用鼠标在对话框中直接单击"确定"按钮即可。

图 3-93　只选择一条边界的修剪曲线创建过程

也可以利用不相交的曲线作为修剪边界，"修剪曲线"对话框中的"方向"下拉列表框中提供了 4 种求取交点的方法，如图 3-94 所示是采用"最短的 3D 距离"方式求取交点的。

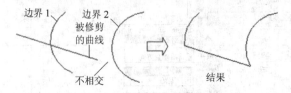

图 3-94　利用不相交的曲线作为边界修剪曲线

3.2.3　修剪拐角

"修剪拐角"命令能修剪两不平行曲线在其交点而形成的拐角。与"修剪曲线"操作类似，它也有延伸两曲线至交点的功能。

在如图 3-75 所示的"编辑曲线"工具栏中单击【修剪拐角】图标➤，移动鼠标，使选择球同时选中需要修剪的两曲线，且选择球中心位于欲修剪的角部位，单击鼠标左键，则两曲线的选中拐角部分会被修剪，同时显示如图 3-95 所示的警告窗口。操作过程如图 3-95 所示。如果所选的修剪曲线中包含样条曲线，系统会警告提示该操作将删除样条曲线的定义数据，需要用户给予确认，如图 3-96 所示。

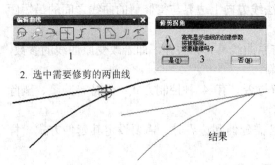

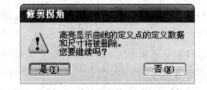

图 3-95　修剪拐角的操作过程　　　　图 3-96　所选的修剪曲线中包含样条曲线时的警告窗口

3.2.4　分割曲线

在如图 3-75 所示的"编辑曲线"工具栏中单击【分割曲线】图标 ∫，系统弹出如图 3-97 所示的"分割曲线"对话框，选择一种分割方式，然后按照系统的提示一步步执行下去即可。分割曲线将曲线分割成多个节段，各节段成为独立的曲线。有 5 种曲线分割方式。

①　∫ 等分段。是以等圆弧长或等参数的方法将曲线分割成相同的节段。等参数是以曲线的参数性质均匀等分曲线，对直线是指等分线段，对圆弧或椭圆则为等分角度，对于样条

曲线来说，则以其控制点为中心等分角度。等圆弧长则是把曲线的弧长均匀等分。如图 3-98 所示。

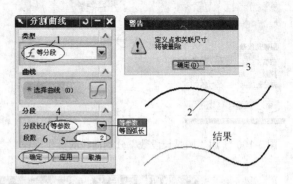

<table>
<tr><td>图 3-97　"分割曲线"对话框</td><td>图 3-98　用"等分段"分割曲线的操作过程</td></tr>
</table>

② ∫ 按边界对象。是利用边界对象来分割曲线，分割点是边界与曲线的交点。可分别定义点、直线和平面或者实体表面作为边界对象来分割曲线。如图 3-99 所示。

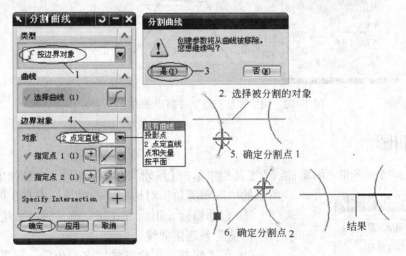

图 3-99　用"按边界对象"分割曲线的操作过程

③ ∫ 圆弧长段数。是通过在"圆弧长"文本框中指定各节段所要求的弧长来分割曲线。如图 3-100 所示。

④ ∫ 在结点处。在样条曲线的结点处将曲线分割成多个节段。系统提供如图 3-101 所示的 3 种方式进行分割。

a. 按结点号。即根据节点的号码，用户可以根据需要任意在节点位置将曲线分割。

b. 选择结点。在屏幕上选择节点作为分割点。

c. 所有结点。选择此项，将在所有节点处被分割。

⑤ 在拐角上。是在拐角处分割样条曲线（拐点是样条曲线曲率发生突变的点，即节段的结束点方向和下一节段开始点方向不同而产生的点）。如果样条曲线上没有拐角，系统将跳出警告窗口提示"不能再分割—曲线中没有拐角"，此种分割方法分割完成后定义点和关联尺寸也将丢失。如图 3-102 所示。

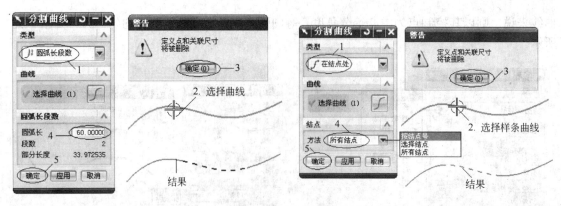

图 3-100　用"圆弧长段数"分割曲线的操作过程　　图 3-101　用"在结点处"分割曲线的操作过程

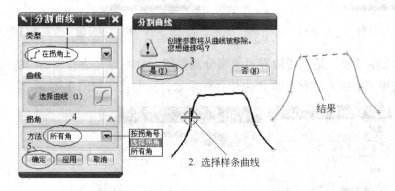

图 3-102　用"在结点处"分割曲线的操作过程

3.2.5　编辑圆角

　　在如图 3-75 所示的"编辑曲线"工具栏中单击【编辑圆角】图标，系统弹出如图 3-103

图 3-103　"编辑圆角"对话框一

所示的"编辑圆角"对话框。在对话框中有 3 种裁剪方式。

　　① 自动修剪。用此方式建立倒角时，系统会根据倒角自动修剪两条连接曲线。

　　② 手工修剪。用此方式建立倒角后，需要手动完成修剪倒角的两条连接曲线。倒角以后，系统会提示是否修剪倒角的第一条连接曲线，若修剪，则选定第一条连接曲线的修剪端。接着会提示是否修剪倒角的第二条连接曲线，若修剪，则再选定第二条连接曲线的修剪端。

　　③ 不修剪。用此方式建立倒角时，不修剪倒角的两条连接曲线。

　　选择一种修剪方式，系统会出现如图 3-104 所示的"编辑圆角"对话框，提示选择现存圆角的第一条连接曲线，选择完成后，系统弹出如图 3-105 所示的"编辑圆角"对话框，系统提示选择圆角，选择圆角后，系统弹出如图 3-104 所示的"编辑圆角"对话框，系统提示选择第二条连接曲线，选择后出现如图 3-106 所示的修改圆角参数设置的对话框，其中的参数介绍如下：

　　① 半径。设定圆角的新半径值。

　　② 默认半径。包含两个单选项，即"模态的"和"圆角"。

图 3-104 "编辑圆角"对话框二　　图 3-105 "编辑圆角"对话框三　　图 3-106 "编辑圆角"对话框四

a. 模态的。选择该选项，则半径的默认值保持不变，直至输入了新的半径值或选择了"圆角"选项。

b. 圆角。选择该选项，则半径文本框中的默认值为所编辑圆角的半径值。

③ 新的中心。该选项用来设置新的中心点。通过设定新的一点可改变圆角的大致圆心位置。否则，仍以当前圆心位置来对圆角进行编辑。

完成各项设定后，单击"确定"按钮，系统弹出如图 3-107 所示"编辑圆角"对话框，如果对修改的结果满意，单击"确定"按钮接受修改。

3.2.6 拉长曲线

"拉长曲线"功能用来移动或拉伸几何对象，如果选择的是对象的端点，则拉伸该对象，如果选择的是对象端点以外的位置，则移动该对象。

在如图 3-75 所示的"编辑曲线"工具栏中单击【拉长曲线】图标，系统弹出如图 3-108 所示的"拉长曲线"对话框。

图 3-107 "编辑圆角"对话框五　　　　图 3-108 "拉长曲线"对话框

首先在绘图工作区中直接选择欲编辑的对象，再设定移动或拉伸的方向和距离。其中移动或拉伸的方向和距离可通过两种方式来设定。

① 方式一：分别在 XC 增量、YC 增量、ZC 增量文本框中输入对象沿 XC、YC、ZC 坐标轴方向移动或拉伸的位移。

② 方式二：单击"点到点"选项，设定一个参考点和一个目标点，系统以该参考点至目标点的方向和距离来移动或拉伸对象。

3.2.7 曲线长度

"曲线长度"功能可用来增长或缩短曲线的长度。在曲线的每个端点处延伸或缩短一段长度，或使其达到一个总曲线长。

在如图 3-75 所示的"编辑曲线"工具栏中单击【曲线长度】图标，系统弹出如图 3-109 所示的"曲线长度"对话框。

首先要设定选择意图，然后单击要编辑的曲线，再设置延伸方式，弧长的值可在图形区中动态设定或直接输入数值，设置完毕后，单击"确定"按钮即可。弧长编辑方式有两种。

① 增量。是以给定弧长的增加量或减少量来编辑选定曲线的弧长。
② 全部。是以给定的总长来编辑选定曲线的弧长。

3.2.8 光顺样条

"光顺样条"功能是通过最小化曲率大小或曲率变化来移除样条中的小缺陷。

在如图 3-75 所示的"编辑曲线"工具栏中单击【光顺样条】图标 ，系统弹出如图 3-110 所示的"光顺样条"对话框。系统提示选择要光顺的样条曲线，选择样条曲线后，系统弹出如图 3-111 所示的警告窗口，单击该窗口中的"确定"按钮，再在"光顺样条"对话框中进行适当的参数设置，单击"确定"按钮，完成样条曲线的光顺。与约束有关的 4 个参数说明如下。

图 3-109 "曲线长度"对话框

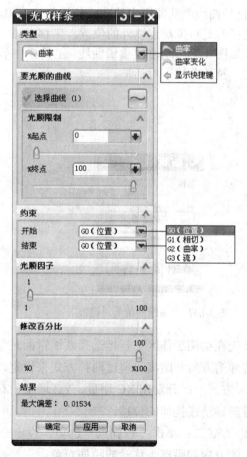

图 3-110 "光顺样条"对话框

① G0（位置）：位置连续性。曲线在端点处连接或者曲面在边线处连接，通常称为 G0 连续。

② G1（相切）：斜率连续性。对于曲线的斜率连续，要求曲线在端点处连接，并且两条曲线在连接点处具有相同的切向并且切向夹角为 0，对于曲面的斜率连续，要求曲面在边线处连接，并且在连接线上的任何一点，两个曲面都具有相同的法向。斜率连续通常称为 G1 连续。

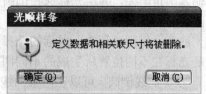

图 3-111 警告窗口

③ G2（曲率）：曲率连续性，通常称之为 G2 连续。对于曲线的曲率连续，要求在 G1 连续的基础上，还要求曲线在连接点处曲率具有相同的方向，以及曲率大小相等。对于曲面的曲率连续，要求在 G1 连续的基础上，还要求两个曲面与公共曲面的交线也具有 G2 连续。曲率误差是一种相对误差，如果两条曲线在连续连接点处分别具有曲率 R 和 r，并且 $R > r$，那么曲率误差计算如下式。曲率误差的最大值为 2，或者用百分比表示为 200%。

$$\text{Error(G2)} = 2 \times \frac{R-r}{R+r}$$

④ G3（流）：曲率的变化率连续，通常称为 G3 连续。对于曲线的曲率变化率连续，要求曲线具有 G2 连续，并且要求曲率梳具有 G1 连续。对于曲面的曲率变化率连续，同样要求具有 G2 连续，并且两个曲面与公共曲面的交线也具有 G3 连续。

3.3 操作曲线

3.3.1 曲线倒圆

"曲线倒圆"功能主要用于在曲线间生成圆弧过渡。

在如图 3-1 所示的【曲线】工具栏中单击【基本曲线】图标，系统弹出如图 3-11 所示的"基本曲线"对话框，在该对话框中单击【圆角】按钮，系统弹出如图 3-112 所示的"曲线倒圆"对话框，在该对话框中提供了 3 种曲线倒圆方式，分别是【简单倒圆】、【2 曲线倒圆】和【3 曲线倒圆】。

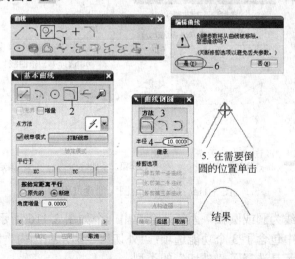

图 3-112 "简单倒圆"的创建过程

① 简单倒圆。用于在两个共面但不平行的直线间进行倒圆角操作，在"半径"输入栏中输入圆角半径，并用光标选择倒圆位置后，系统自动搜索倒圆位置，创建圆角，创建过程如图 3-112 所示。

注意：倒圆过程中，鼠标的选择位置不同，形成的圆角位置也是不同的，如图 3-113 所示是光标在不同位置所生成的不同圆角。

② 2 曲线倒圆。可以在两条曲线之间创建一个圆角，两条曲线间的圆角是沿逆时针方向从第一条曲线到第二条曲线生成的。在"半径"输入栏中输入圆角半径，先选择第一条曲线，然后选择第二条曲线，再设置一个大致的圆心位置，系统即可创建圆角，创建过程如图 3-114 所示。

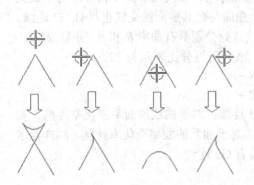

图 3-113　光标（选择球）在不同
位置的所生成的不同圆角

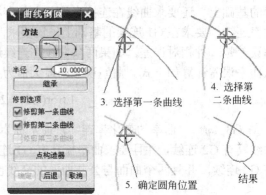

图 3-114　"2 曲线倒圆"创建过程

注意：倒圆过程中，选择曲线的顺序不同，倒圆角的效果也不同。鼠标的单击位置不同形成的圆角位置也是不同的。

③ 3 曲线倒圆。用于在 3 条曲线间生成圆角，这 3 条曲线可以是点、直线、圆弧、二次曲线和样条曲线的任意组合。用户依次选择三条曲线，再设置一个圆心的大概位置，系统就会创建相应的圆角，此方式下不需要确定圆角半径，系统会由选取的 3 个对象自动计算半径的大小，创建的过程如图 3-115 所示。

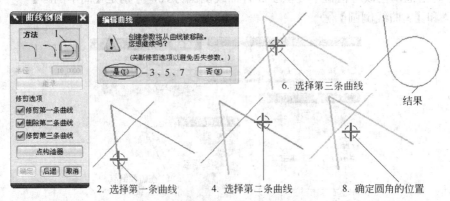

图 3-115　"3 曲线倒圆"创建过程

如果所选择的曲线为圆或圆弧，系统还会弹出一个如图 3-116 所示的确定圆角与圆弧相切方式的对话框，其中包含了 3 个功能选项："外切"、"圆角在圆内"和"圆角内的圆"。

a. 如图 3-117 所示是选择了"外切"的类型。

b. 如图 3-118 所示是选择了"圆角在圆内"的类型。

c. 如图 3-119 所示是选择了"圆角内的圆"的类型。

图 3-116 确定圆角与圆弧相切方式的对话框

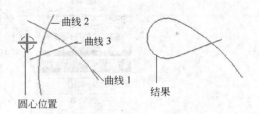

图 3-117 选择与圆弧"外切"的结果

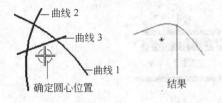

图 3-118 选择"圆角在圆内"的结果

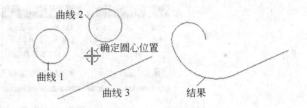

图 3-119 选择"圆角内的圆"的结果

3.3.2 曲线倒斜角

"曲线倒斜角"功能是两条共面的直线或曲线之间的尖角进行倒斜角。

在如图 3-1 所示的【曲线】工具栏中单击【曲线倒斜角】图标 ⟍，系统弹出如图 3-120 所示的"倒斜角"对话框，在该对话框中提供了 2 种曲线倒斜角的方式，分别是【简单倒斜角】和【用户定义倒斜角】。

① 简单倒斜角。此选项一般只能用于两共面的直线间倒角，产生的倒角两边偏移值相同，且角度为 45°。无法对其他曲线进行倒角。不需要分别选择倒角的直线，而只需在两条直线相交的部位单击即可。单击该选项后，系统弹出如图 3-120 所示的"倒斜角——偏置值"对话框，输入偏置值后，单击"确定"按钮，接着用选择球选择两直线的交点处即可。如果对倒角的结果满意，单击图 3-120 所示对话框中的"确定"按钮，确定倒角结束。如果不满意则单击"撤消"按钮，放弃之前的倒角，重新开始。"简单倒斜角"的创建过程如图 3-120 所示。

② 用户定义倒斜角。该选项用于两共面的直线或曲线间倒斜角。它可以定义不同的偏移值和角度值。单击该选项后，系统弹出如图 3-121 所示的修剪方式对话框。选择一种修剪方式后，系统弹出如图 3-121 所示的"倒斜角——偏置/角度"对话框，输入倒角的角度和偏移量，在此对话框中单击"偏置值"选项，系统弹出如图 3-121 所示的"倒斜角——偏置值"对话框，输入两个偏移量的大小即可，两种方式可互相切换。"用户定义倒斜角"的创建过程如图 3-121 所示。

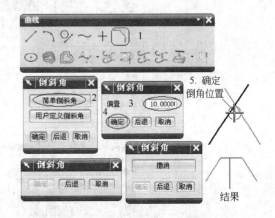

图 3-120 "简单倒斜角"的创建过程

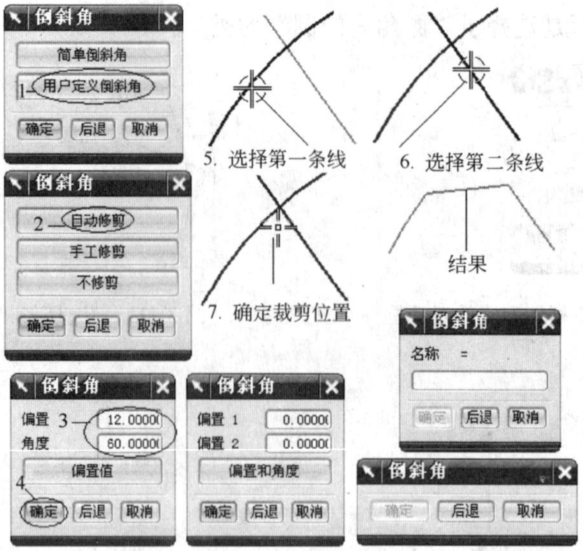

图 3-121　"用户定义倒斜角"的创建过程

3.3.3　偏置曲线

"偏置曲线"功能用于生成原曲线的偏置曲线，该操作可生成直线、圆弧、二次曲线、样条曲线和边的偏置曲线。其操作原理是：计算曲线每点的法向矢量，沿曲线的法向矢量将曲线偏置一个距离，从而得到新的曲线。

在如图 3-1 所示的【曲线】工具栏中单击【偏置曲线】图标，系统弹出如图 3-122 所示的"偏置曲线"对话框，偏置曲线有 4 种类型："距离"、"拔模"、"规律控制"和"3D 轴向"。其中最为常用的是根据"规律控制"来控制偏置。

① 根据"距离"的偏置方式。按照给定的偏置距离来偏置曲线，首先在如图 3-122 所示的"偏置曲线"对话框中的"类型"下拉列表中选择"距离"，选择需要进行偏置的曲线，在对话框中设置相应的偏置参数及偏置方向，单击对话框框中的"确定"按钮生成偏置曲线，创建过程如图 3-122 所示。

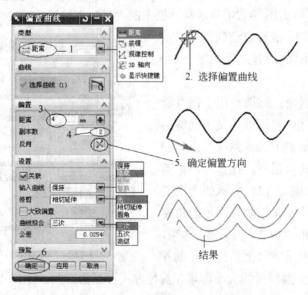

图 3-122　用"距离"创建偏置曲线的过程

② 根据"拔模"的偏置方式。将图形按指定的拔模角度偏置到与曲线所在平面相距拔模高度的平面上。拔模高度为原曲线所在平面和偏置后所在平面间的距离,拔模角度为偏置方向与原曲线所在平面的法线的夹角。创建流程如图 3-123 所示。

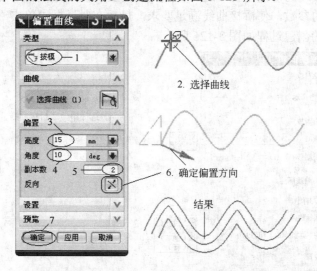

图 3-123　用"拔模"创建偏置曲线的过程

③ 根据"规律控制"的偏置方式。可以对一组曲线按照一定的偏置规律不等距偏置。可以根据所需的不等距偏置规律在"规律类型"下拉列表中选择所需要的函数。采用"线性"规律控制的偏置曲线的创建过程如图 3-124 所示。

④ 根据"3D 轴向"的偏置方式。将要进行偏置的曲线沿着指定的方向偏置一定的距离,根据"3D 轴向"的偏置方式创建偏置曲线的过程如图 3-125 所示。

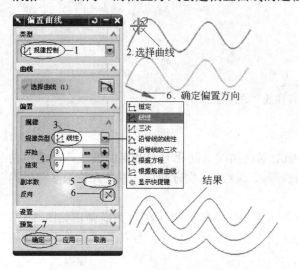

图 3-124　用"规律控制"创建偏置曲线的过程

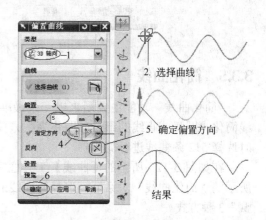

图 3-125　用"3D 轴向"创建偏置曲线的过程

3.3.4　桥接曲线

"桥接曲线"功能可以在两条曲线(直线、圆弧、曲线等)之间用样条线连接起来,形成光滑过渡。

在如图 3-1 所示的【曲线】工具栏中单击【桥接曲线】图标，系统弹出如图 3-126 所示的"桥接曲线"对话框，选择两条需要桥接的曲线，需要注意的是系统根据鼠标的单击位置判断所选择的桥接线的桥接位置。选择完成两条需要桥接的曲线后，可以在"桥接曲线"对话框中调整相应的参数，使桥接曲线满足要求，最后在对话框中单击"确定"按钮生成桥接曲线。桥接曲线的创建过程如图 3-126 所示。

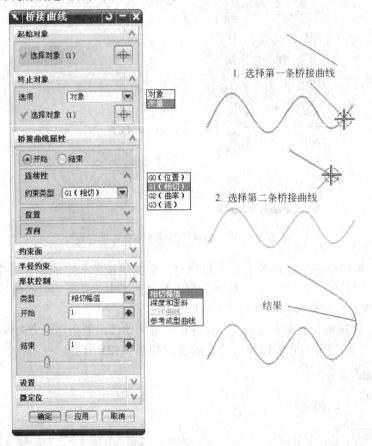

图 3-126 "桥接曲线"的创建过程

3.3.5 简化曲线

"简化曲线"功能主要用来以一条最准确的逼近曲线来简化一组选定的曲线，将这组曲线简化为圆弧或直线的组合，即将高次方曲线降成二次或一次方曲线。系统允许最多可以同时选择 512 条曲线进行简化。

在如图 3-127 所示的【曲线】工具栏中单击【简化曲线】图标，系统弹出如图 3-127 所示的"简化曲线"对话框，选择原曲线的保留方式，系统提供了"保持"、"删除"和"隐藏" 3 种方式。

选定一种方式，系统弹出如图 3-127 所示的"选择要逼近的曲线"对话框，接着在绘图工作区中依次选择要简化的曲线，若要简化的曲线彼此首尾相接，则可利用"成链"选项简化选择操作。选择曲线后单击对话框中的"确定"按钮，系统会用一条与其相近曲线来拟合所选的多条曲线。简化后曲线的形式和阶数的相关信息，可以使用【信息】→【对象】命令进行查看。"简化曲线"的创建过程如图 3-127 所示。图中一条样条曲线被简化成由 34 条直线和圆弧构成的曲线。

3.3.6 连结曲线

"连结曲线"功能将由几条连续的曲线组成的曲线链连结在一起以创建单个样条曲线。

在如图 3-128 所示的【曲线】工具栏中单击【连结曲线】图标 ，系统弹出如图 3-128 所示的"连结曲线"对话框，首先选择需要进行连结的曲线，在"连结曲线"对话框中选择一种连结后曲线的类型，并选择原来的曲线的处置方式，创建过程如图 3-128 所示。

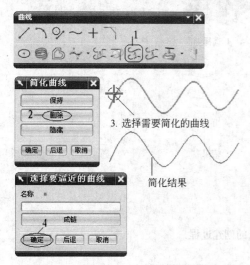

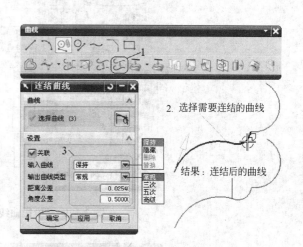

图 3-127 "简化曲线"的创建过程　　　　　　图 3-128 "连结曲线"的创建过程

3.3.7 投影曲线

"投影曲线"功能是将曲线、边或点沿某一方向投影到现有曲面、平面或参考平面上。但是如果投影曲线与面上的孔或面上的边缘相交，则投影曲线会被面上的孔或边缘所修剪。

在如图 3-129 所示的【曲线】工具栏中单击【投影曲线】图标 ，系统弹出如图 3-129 所示的"投影曲线"对话框，"投影方向"可以设置成"沿面的法向"、"朝向点"、"朝向直线"、"沿矢量"和"与矢量成角度"。"投影曲线"的创建过程如图 3-129 所示。

3.3.8 组合投影

"组合投影"功能，可以组合两个已有曲线的投影，生成一条新的曲线，但是所选两条曲线的投影必须是相交的。在大多数情况下，通过该操作会生成一条近似的样条曲线。

在如图 3-130 所示的【曲线】工具栏中单击【组合投影】图标 ，系统弹出如图 3-130 所示的"组合投影"对话框，先选择第一个方向上的一组曲线，接着在对话框中的"曲线 2"栏中单击"选择曲线"，再选择第二个方向上的一组曲线，在对话框中的"投影方向 1"栏中的"方向"下拉列表中选择第一个方向的投影矢量，在对话框中的"投影方向 2"栏中的"方向"下拉列表中选择第二个方向的投影矢量，在"设置"栏中进行相关参数的设置，单击对话框中的"确定"按钮后，生成组合投影的曲线。"组合投影"曲线的创建过程如图 3-130 所示。

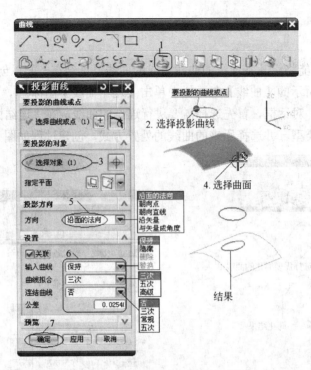

图 3-129 "投影曲线"的创建过程

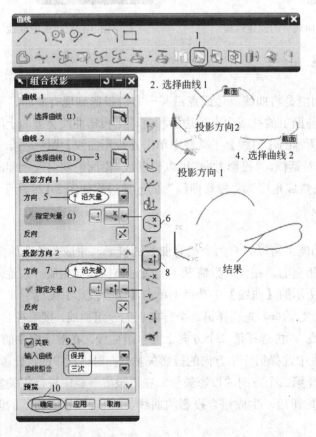

图 3-130 "组合投影"的创建过程

3.3.9 镜像曲线

"镜像曲线"功能可以将一组曲线关于某个平面对称，生成一组对称的曲线。

在如图 3-131 所示的【曲线】工具栏中单击【镜像曲线】图标，系统弹出如图 3-131 所示的"镜像曲线"对话框，选择需要镜像的曲线，在"镜像平面"栏中的"平面"下拉列表中选择"新平面"，在"指定平面"下拉列表框中选择一个镜像平面或者确定一种建立平面的方式，单击对话框中的"确定"按钮后生成镜像曲线。"镜像曲线"的创建过程如图 3-131 所示。

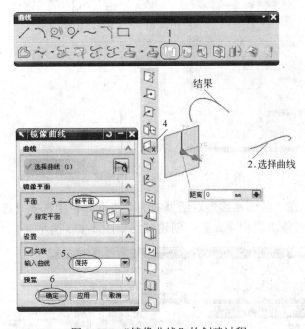

图 3-131 "镜像曲线"的创建过程

3.3.10 相交曲线

"相交曲线"功能，用于生成两组对象的交线，各组对象可分别为一个表面（若为多个表面，则必须属于同一实体）或一个参考平面或一个片体或一个实体。

在如图 3-132 所示的【曲线】工具栏中单击【相交曲线】图标，系统弹出如图 3-132 所示的"相交曲线"对话框，先选择进行相交的第一组曲面或者实体表面，接着在"相交曲线"对话框中的"第二组"栏中单击"选择面"按钮，接着选择第二组曲面或实体表面，在对话框中的"设置"栏内"曲线拟合"下拉列表中选择一种曲线的阶数，单击对话框中的"确定"按钮后生成交线。"相交曲线"的创建过程如图 3-132 所示。

3.3.11 截面曲线

"截面曲线"功能用于利用设定的截面与选定的表面、平面或曲线等对象相交，生成相交的几何对象。如果用一个平面与曲线相交，可得到一个点；平面与表面或平面相交得到截面曲线。如果选择的表面有变节或孔，截面线会被修剪。

在如图 3-133 所示的【曲线】工具栏中单击【截面曲线】图标，系统弹出如图 3-133 所示的"截面曲线"对话框，剖切方法有 4 种类型："选定的平面"、"平行平面"、"径向平面"和"垂直于曲线的平面"。

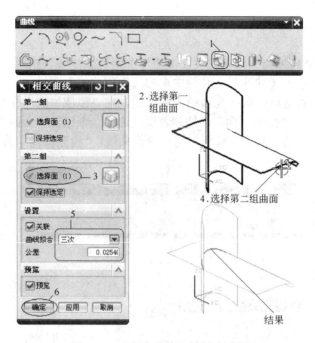

图 3-132 "相交曲线"的创建过程

① 选定的平面。在"截面曲线"对话框中的"类型"栏中选择"选定的平面",需要选择一个平面与选定的对象求取相交元素,创建过程如图 3-133 所示。

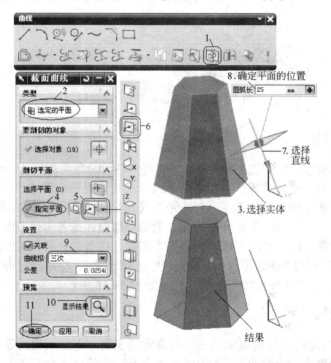

图 3-133 用"选定的平面"进行"截面曲线"的创建过程

② 平行平面。在"截面曲线"对话框中的"类型"栏中选择"平行平面",可以用一组平行的平面与选定的对象求取相交元素,用于设置一组等间距的平行平面作为截面。创建过程如图 3-134 所示。

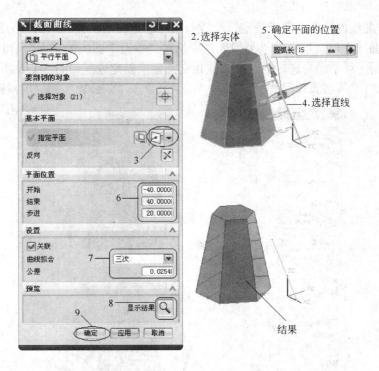

图 3-134　用"平行平面"进行"截面曲线"的创建过程

③ 径向平面。用于设定一组绕同一轴线旋转的、等角度扇形展开的放射平面作为截面。在"截面曲线"对话框中的"类型"栏中选择"径向平面"，可以以一个矢量为轴线，确定一组放射状平面与选定的对象求取相交元素，创建过程如图 3-135 所示。

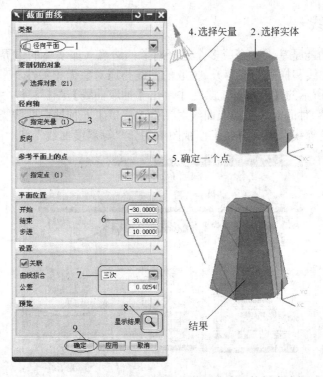

图 3-135　用"径向平面"进行"截面曲线"的创建过程

④ 垂直于曲线的平面。用于设定一个或一组与选定曲线垂直的平面作为截面。

在"截面曲线"对话框中的"类型"栏中选择"垂直于曲线的平面",可以选择一条曲线作为垂线,用一组平面与选定的对象求取相交元素,创建过程如图 3-136 所示。系统提供了 5 种间隔方式:"等圆弧长"、"等参数"、"几何级数"、"弦公差"和"增量圆弧长"。

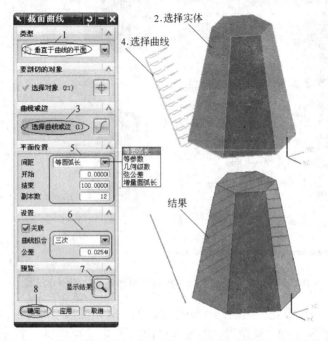

图 3-136　用"垂直于曲线的平面"进行"截面曲线"的创建过程

3.3.12　抽取曲线

"抽取曲线"功能是基于一个或多个选择对象的边缘(如实体的边界)和表面生成曲线(直线、弧、二次曲线和样条曲线等),抽取的曲线与原对象无相关性。

在如图 3-137 所示的【曲线】工具栏中单击【抽取曲线】图标，系统弹出如图 3-137 所示的"抽取曲线"对话框,在抽取曲线对话框中提供了 6 种抽取曲线类型:"边缘曲线"、"等参数曲线"、"轮廓线"、"所有在工作视图中的"、"等斜度曲线"和"阴影轮廓"。

图 3-137　用"边缘曲线"进行"抽取曲线"的创建过程

① 边缘曲线。用于指定由表面或实体的边缘抽取曲线。创建过程如图 3-137 所示，可以选择多条曲线。

② 等参数曲线。在表面上指定方向，并沿着指定的方向（U、V）抽取系列的等参数曲线。创建过程如图 3-138 所示。

③ 轮廓线。可以从实体上抽取当前视图上最大的轮廓线，创建过程如图 3-139 所示。

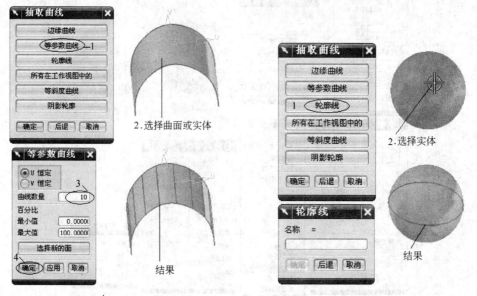

图 3-138　用"等参数曲线"进行
"抽取曲线"的创建过程

图 3-139　用"轮廓线"进行
"抽取曲线"的创建过程

④ 所有在工作视图中的。可以将当前视图中的实体轮廓线提取出来，创建过程如图 3-140 所示。

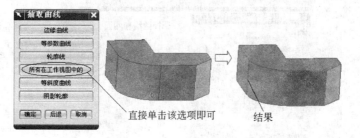

图 3-140　用"所有在工作视图中的"进行"抽取曲线"的创建过程

⑤ 等斜度曲线。可以在曲面或者实体上建立以某个矢量为方向的等高线，创建过程如图 3-141 所示。

⑥ 阴影轮廓。从选定对象的可见轮廓线中产生抽取曲线。

3.3.13　在面上偏置曲线

"在面上偏置曲线"功能用于在同一表面上将现有的曲线按照一定的距离偏置生成一条曲线。

在如图 3-142 所示的【曲线】工具栏中单击【在面上偏置曲线】图标，系统弹出如图 3-142 所示的"在面上偏置曲线"对话框，选择一组要偏置的曲线或者边缘，再选择要生成偏置曲线的表面，则在所选表面上会出现一临时箭头，以指示偏移操作的正方向，同时弹出距离对话框，让用户在偏置文本框中输入偏移距离值并单击对话框中的"确定"按钮，系统会在所选表面上生成一条原曲线的偏移曲线。偏置方法包括"弦"、"圆弧长"、"测量"和"相切的"。创建过程如图 3-142 所示。

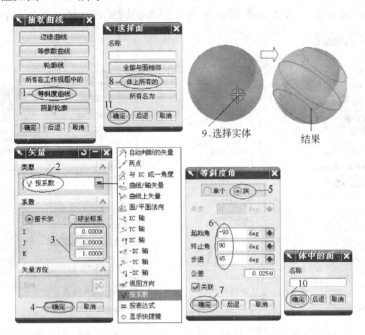

图 3-141 用"等斜度曲线"进行"抽取曲线"的创建过程

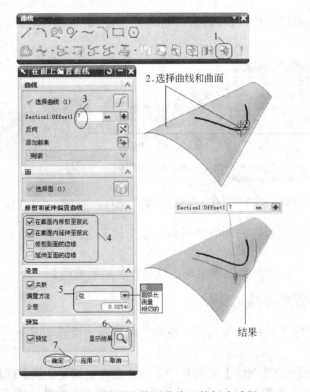

图 3-142 "在面上偏置曲线"的创建过程

3.3.14　缠绕/展开曲线

曲线的缠绕和曲线的展开是互逆操作，主要用于把平面内的曲线缠绕到圆锥或圆柱表面生成一包覆曲线，或者把圆锥或圆柱上的曲线展开到平面上生成一条展开曲线。

在如图 3-143 所示的【曲线】工具栏中单击【缠绕/展开曲线】图标 ，系统弹出如图 3-143 所示的"缠绕/展开曲线"对话框，创建过程如图 3-143 所示。

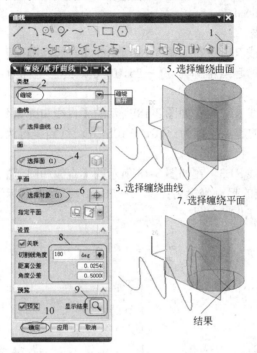

图 3-143　"缠绕/展开曲线"的创建过程

3.4　曲线综合实例

3.4.1　综合实例一

利用 UG NX 6.0 的曲线功能绘制如图 3-144 所示吊钩的平面图形。图中 RL1、RL2、RL3、RL4 为参考线，可以直接绘制出。圆 C1、C2 为已知圆，可以直接绘制出；圆弧 A1、A2、A3 为已知圆弧，可以直接绘制出。圆弧 A4、A5、A6 为连接圆弧，在相邻的已知圆和已知圆弧绘制好后也可以绘制出。绘图步骤如下。

（1）进入 UG NX 6.0 曲线功能界面

① 启动 UG NX 6.0。单击"开始"中的 UG NX 6.0 的图标 NX 6.0（桌面上为双击该图标），进入 UG NX 6.0 界面。

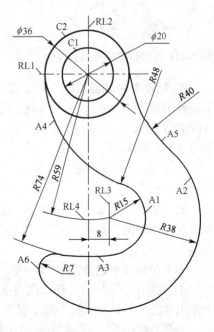

图 3-144　吊钩的平面图形

② 新建文件。单击 UG NX 6.0 界面下的【新建】图标 ，打开如图 1-5 所示的"新建"对话框。系统默认单位为"毫米"，在该对话框中选择"模型"类型，在"名称"输入栏中输入文件的名称为 ZL3-1，在"文件夹"输入栏中，单击后面的按钮 ，设定一个存放的文件夹，如：F:\CDNX6.0CAD\Results\CH3\。设置好后，单击"确定"按钮，系统创建文件，并进入如图 1-6 所示的 UG NX 6.0 建模模块界面。

③ 将视图切换成顶部视图。单击如图 1-36 所示的"视图"工具栏上的 右侧小三角形按钮，选择【顶部】图标 。

（2）绘制 4 条参考线

① 绘制水平参考直线 RL1。在如图 3-18 所示的【直线和圆弧】工具栏上单击【直线 点-点】图标 ，输入直线的起点坐标为：（−25，0，0）、终点坐标为：（25，0，0），如图 3-145 所示，绘制出直线 RL1。

② 绘制竖直参考直线 RL2。在如图 3-18 所示的【直线和圆弧】工具栏上单击【直线 点-点】图标 ，输入直线的起点坐标为：（0，−105，0）、终点坐标为：（0，25，0），如图 3-146 所示，绘制出直线 RL2。

③ 绘制竖直参考直线 RL3。在如图 3-18 所示的【直线和圆弧】工具栏上单击【直线 点-点】图标 ，输入直线的起点坐标为：（8，−70，0）、终点坐标为：（8，−50，0），如图 3-147 所示，绘制出直线 RL3。

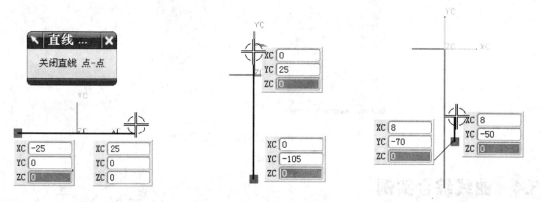

图 3-145　绘制水平参考直线 RL1　　图 3-146 绘制竖直参考直线 RL2　　图 3-147 绘制竖直参考直线 RL3

④ 绘制参考圆弧 RL4。在如图 3-1 所示的【曲线】工具栏中单击【圆弧/圆】图标 ，系统弹出如图 3-148 所示的"圆弧/圆"对话框，选择"从中心开始的圆弧/圆"类型，以参考直线 RL1 和 RL2 的交点（0，0，0）为圆心，半径为 R59，绘制出参考圆弧 RL4，绘制步骤如图 3-148 所示。

⑤ 改变参考线的线型。选择上面建立的 3 条直线和一条圆弧，在圆弧上单击鼠标右键，系统弹出如图 3-149 所示的快捷菜单，在菜单中选择"编辑显示"选项，系统弹出如图 3-149 所示的"编辑对象显示"对话框，选择"常规"栏，在"线型"下拉列表中选择"中心线"，单击对话框中的"确定"按钮，将参考线的线型由实线改为中心线，转换操作步骤如图 3-149 所示。

（3）绘制 2 个已知圆 C1 和 C2

① 绘制已知圆 C1。在如图 3-1 所示的【曲线】工具栏中单击【圆弧/圆】图标 ，系统弹出如图 3-148 所示的"圆弧/圆"对话框，选择"从中心开始的圆弧/圆"类型，在"限制"栏下选择"整圆"，以参考直线 RL1 和 RL2 的交点（0，0，0）为圆心，半径为 R10，单击对

话框中的"应用"按钮，绘制出如图 3-150 所示的整圆 C1。

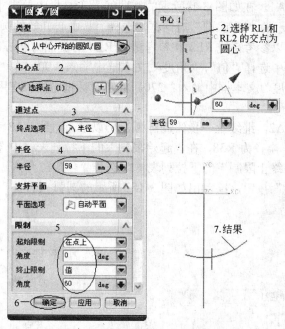

图 3-148　参考圆弧 RL4 的绘制步骤

② 绘制已知圆 C2。继续绘制整圆，仍以参考直线 RL1 和 RL2 的交点（0，0，0）为圆心，半径为 R19，单击对话框中的"确定"按钮，绘制出如图 3-150 所示的整圆 C2。

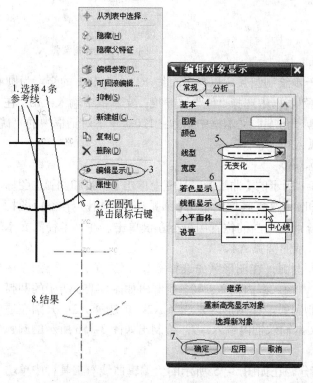

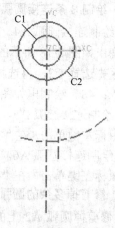

图 3-149　改变参考线线型的步骤　　　　图 3-150　绘制两个已知整圆 C1 和 C2

（4）**绘制3条已知圆弧** A1、A2、A3

① 绘制已知圆弧 A1。在如图 3-1 所示的【曲线】工具栏中单击【圆弧/圆】图标 ，系统弹出如图 3-148 所示的"圆弧/圆"对话框，选择"从中心开始的圆弧/圆"类型，在"限制"栏下取消"整圆"，以参考直线 RL3 和参考圆弧 RL4 的交点为圆心，半径为 R15，在"起始限制"的下拉列表框中选择"值"，"角度"文本框中输入：90；在"终止限制"的下拉列表框中选择"值"，"角度"文本框中输入：270。单击对话框中的"应用"按钮，绘制出如图 3-151 所示的圆弧 A1。

② 绘制已知圆弧 A2。继续上一步绘制圆弧，仍以参考直线 RL3 和参考圆弧 RL4 的交点（0，0，0）为圆心，半径为 R38，在"起始限制"的下拉列表框中选择"值"，"角度"文本框中输入：30；在"终止限制"的下拉列表框中选择"值"，"角度"文本框中输入：270。单击对话框中的"应用"按钮，绘制出如图 3-152 所示的圆弧 A2。

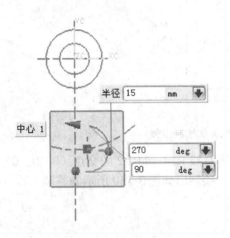

图 3-151　绘制圆弧 A1

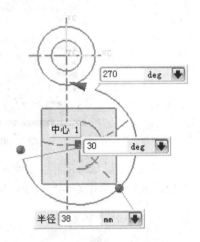

图 3-152　绘制圆弧 A2

③ 绘制已知圆弧 A3。继续上一步绘制圆弧，以参考直线 RL1 和 RL2 的交点为圆心，半径为 R74，在"起始限制"的下拉列表框中选择"值"，"角度"文本框中输入：70；在"终止限制"的下拉列表框中选择"值"，"角度"文本框中输入：120。单击对话框中的"确定"按钮，绘制出如图 3-153 所示的圆弧 A3。

（5）**绘制3条连接圆弧** A4、A5、A6

① 绘制连接圆弧 A4。在如图 3-1 所示的【曲线】工具栏中单击【直线和圆弧】图标 ，在系统弹出如图 3-18 所示的【直线和圆弧】工具栏上单击【圆弧（相切-相切-半径）】图标 。在图形区先选择 C2，再选择 A1；分别在适当的位置用鼠标左键单击，在"半径"文本输入框内输入：48。绘制出如图 3-154 所示的圆弧 A4。

② 绘制连接圆弧 A5。继续绘制圆弧，在图形区先选择 C2，再选择 A2；分别在适当的位置用鼠标左键单击，在"半径"文本输入框内输入：40。绘制出如图 3-155 所示的圆弧 A5。

③ 绘制连接圆弧 A6。继续绘制圆弧，在图形区先选择 A2，再选择 A3；分别在适当的位置用鼠标左键单击，在"半径"文本输入框内输入：7。绘制出如图 3-156 所示的圆弧 A6。

（6）**修剪掉多余的圆弧**

① 修剪掉圆弧 A2 上的多余部分。在如图 3-75 所示的"编辑曲线"工具栏中单击【修剪曲线】图标 ，系统弹出如图 3-92 所示的"修剪曲线"对话框，选择被修剪的曲线 A2 上多余部分，接着选择修剪的边界 A5，单击对话框中的"确定"按钮，完成多余圆弧的修剪，

结果如图 3-157 所示。

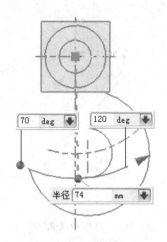

图 3-153　绘制圆弧 A3

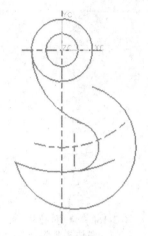

图 3-154　绘制圆弧 A4

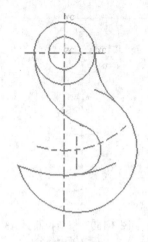

图 3-155　绘制圆弧 A5

② 修剪掉圆弧 A1 上的多余部分。在如图 3-75 所示的"编辑曲线"工具栏中单击【修剪曲线】图标 ⌐，系统弹出如图 3-92 所示的"修剪曲线"对话框，选择被修剪的曲线 A1 上多余部分，接着选择修剪的边界 A4，单击对话框中的"确定"按钮，完成多余圆弧的修剪，结果如图 3-158 所示。

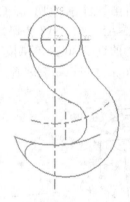

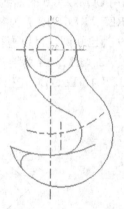

图 3-156　　绘制圆弧 A6　　图 3-157　修剪掉圆弧 A2 上的多余部分　　图 3-158　修剪掉圆弧 A1 上的多余部分

③ 修剪掉圆弧 A3 右边多余部分。在如图 3-75 所示的"编辑曲线"工具栏中单击【修剪曲线】图标 ⌐，系统弹出如图 3-92 所示的"修剪曲线"对话框，选择被修剪的曲线 A3 右边多余部分，接着选择修剪的边界 A1，单击对话框中的"确定"按钮，完成多余圆弧的修剪，结果如图 3-159 所示。

④ 修剪掉圆弧 A3 左边多余部分。在如图 3-75 所示的"编辑曲线"工具栏中单击【修剪曲线】图标 ⌐，系统弹出如图 3-92 所示的"修剪曲线"对话框，选择被修剪的曲线 A3 左边多余部分，接着选择修剪的边界 A6，单击对话框中的"确定"按钮，完成多余圆弧的修剪，结果如图 3-160 所示。

⑤ 修剪掉圆弧 A2 左边多余部分。在如图 3-75 所示的"编辑曲线"工具栏中单击【修剪曲线】图标 ⌐，系统弹出如图 3-92 所示的"修剪曲线"对话框，选择被修剪的曲线 A2 左边多余部分，接着选择修剪的边界 A6，单击对话框中的"确定"按钮，完成多余圆弧的修

剪，结果如图 3-161 所示。

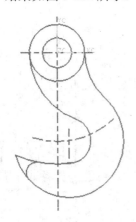

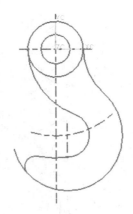

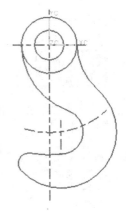

图 3-159　修剪掉圆弧 A3　　　　图 3-160　修剪掉圆弧 A3　　　　图 3-161　修剪掉圆弧 A2
　　　　右边多余部分　　　　　　　　　　　左边多余部分　　　　　　　　　　左边多余部分

（7）保存文档

单击"标准"工具栏上的【保存】图标　，保存文档。

3.4.2　综合实例二

利用 UG NX 6.0 的曲线功能绘制如图 3-162 所示拨臂的平面图形。图中 RL1、RL2、RL3、RL4、RL5、RL6、RL7 为参考线，可以直接绘制出。圆 C1、C2、C3、C4、C5、C6、C7、C8、C9 为已知圆，可以直接绘制出；圆弧 A5、A6、A7 为已知圆弧，可以直接绘制出。圆弧 A1、A2、A3、A4 为连接圆弧，在相邻的直线和圆弧绘制好后也可以绘制出。直线 L1、L2、L3、L4、L5、L6 在相邻的圆弧绘制好后才可以绘制或者修剪得到。绘图步骤如下。

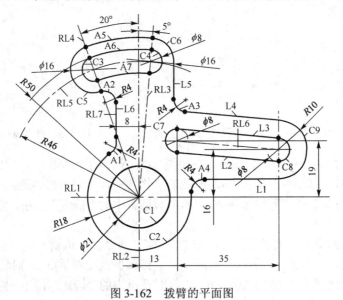

图 3-162　拨臂的平面图

（1）进入 UG NX 6.0 曲线功能界面

① 启动 UG NX 6.0。单击"开始"中的 UG NX 6.0 的图标　NX 6.0（桌面上为双击该图标），进入 UG NX 6.0 界面。

② 新建文件。单击 UG NX 6.0 界面下的【新建】图标，打开如图 1-5 所示的"新建"对话框。系统默认单位为"毫米"，在该对话框中选择"模型"类型，在"名称"输入栏中输入文件的名称为 ZL3-2，在"文件夹"输入栏中，单击后面的按钮，设定一个存放的文件夹，如：F:\CDNX6.0CAD\Results\CH3\。设置好后，单击"确定"按钮，系统创建文件，并进入如图 1-6 所示的 UG NX 6.0 建模模块界面。

③ 将视图切换成顶部视图。单击如图 1-36 所示的"视图"工具栏上的 右侧小三角形按钮，选择【顶部】图标。

（2）绘制 7 条参考线

① 绘制水平参考直线 RL1。在如图 3-18 所示的【直线和圆弧】工具栏上单击【直线 点-点】图标，输入直线的起点坐标为：（−25，0，0）、终点坐标为：（25，0，0），绘制出直线 RL1，如图 3-163 所示。

② 绘制竖直参考直线 RL2。在如图 3-18 所示的【直线和圆弧】工具栏上单击【直线 点-点】图标，输入直线的起点坐标为：（0，−25，0）、终点坐标为：（0，60，0），绘制出直线 RL2，如图 3-163 所示。

③ 绘制竖直参考直线 RL7。在如图 3-18 所示的【直线和圆弧】工具栏上单击【直线 点-点】图标，输入直线的起点坐标为：（−8，15，0）、终点坐标为：（−8，40，0），绘制出直线 RL7，如图 3-163 所示。

④ 绘制倾斜参考直线 RL6。在如图 3-18 所示的【直线和圆弧】工具栏上单击【直线 点-点】图标，输入直线的起点坐标为：（13，19，0）、终点坐标为：（48，16，0），绘制出直线 RL6，如图 3-163 所示。

⑤ 绘制参考圆弧 RL5。在如图 3-1 所示的【曲线】工具栏中单击【圆弧/圆】图标，系统弹出如图 3-148 所示的"圆弧/圆"对话框，选择"从中心开始的圆弧/圆"类型，在"限制"栏下取消"整圆"，以参考直线 RL1 和 RL2 的交点（0，0，0）为圆心，半径为 R46，在"起始限制"的下拉列表框中选择"值"，"角度"文本框中输入：0；在"终止限制"的下拉列表框中选择"值"，"角度"文本框中输入：70。单击对话框中的"确定"按钮，绘制出参考圆弧 RL5，结果如图 3-163 所示。

⑥ 旋转得到倾斜参考直线 RL3 和 RL4。执行主菜单中【编辑】→【移动对象】命令（或按组合键 Ctrl+Shift+M），系统弹出如图 3-164 所示的"移动对象"对话框。

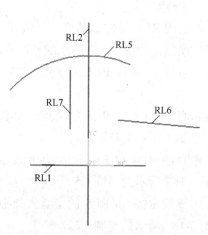

图 3-163 绘制 5 条参考线

图 3-164 "移动对象"对话框

a. 在绘图区选择要进行旋转的对象 RL2，在"变换"栏"运动"下拉列表中选择"角度"类型，在"指定矢量"下拉列表框中选择"Z↑"（+ZC），在"指定轴点"选项下单击【点构造器】图标，系统弹出"点"对话框，在"坐标"栏下设置 X、Y、Z 的坐标为（0，0，0），在"角度"文本框中输入：20，在"结果"选项下选择"复制原先的"，单击对话框中的"应用"按钮，得到如图 3-165 所示的参考直线 RL4。

b. 同样的方法继续旋转 RL2，在"角度"文本框中输入：－5，其余的选项与上面的相同，单击对话框中的"确定"按钮，得到如图 3-165 所示的参考直线 RL3。

⑦ 改变参考线的线型。选择上面建立的 5 条参考直线（RL1、RL2、RL3、RL4、RL6）和一条参考圆弧 RL5，在圆弧上单击鼠标右键，系统弹出如图 3-149 所示的快捷菜单，在菜单中选择"编辑显示"选项，系统弹出如图 3-149 所示的"编辑对象显示"对话框，选择"常规"栏，在"线型"下拉列表中选择"中心线"，单击对话框中的"确定"按钮，将参考线的线型由实线改为中心线，转换操作步骤如图 3-149 所示，结果如图 3-166 所示。

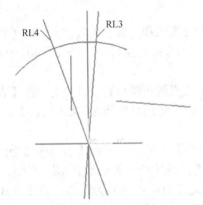

图 3-165　旋转得到参考直线 RL4 和 RL3　　　图 3-166　将 6 条参考线由实线转换为中心线

（3）绘制 9 个已知圆 C1 ~ C9

① 绘制已知圆 C1。在如图 3-1 所示的【曲线】工具栏中单击【圆弧/圆】图标，系统弹出如图 3-148 所示的"圆弧/圆"对话框，选择"从中心开始的圆弧/圆"类型，在"限制"栏下选择"整圆"，以参考直线 RL1 和 RL2 的交点（0，0，0）为圆心，半径为 R10.5，单击对话框中的"应用"按钮，绘制出如图 3-167 所示的整圆 C1。

② 绘制已知圆 C2。继续绘制整圆，仍以参考直线 RL1 和 RL2 的交点（0，0，0）为圆心，半径为 R18，单击对话框中的"应用"按钮，绘制出如图 3-167 所示的整圆 C2。

③ 绘制已知圆 C3。继续绘制整圆，仍以参考直线 RL4 和 RL5 的交点为圆心，半径为 R4，单击对话框中的"应用"按钮，绘制出如图 3-167 所示的整圆 C3。

④ 绘制已知圆 C4。继续绘制整圆，仍以参考直线 RL3 和 RL5 的交点为圆心，半径为 R4，单击对话框中的"应用"按钮，绘制出如图 3-167 所示的整圆 C4。

⑤ 绘制已知圆 C5。继续绘制整圆，仍以参考直线 RL4 和 RL5 的交点为圆心，半径为 R8，单击对话框中的"应用"按钮，绘制出如图 3-167 所示的整圆 C5。

⑥ 绘制已知圆 C6。继续绘制整圆，仍以参考直线 RL3 和 RL5 的交点为圆心，半径为 R8，单击对话框中的"应用"按钮，绘制出如图 3-167 所示的整圆 C6。

⑦　绘制已知圆 C7。继续绘制整圆，仍以参考直线 RL6 的左端点为圆心，半径为 R4，单击对话框中的"应用"按钮，绘制出如图 3-167 所示的整圆 C7。

⑧　绘制已知圆 C8。继续绘制整圆，仍以参考直线 RL6 的右端点为圆心，半径为 R4，单击对话框中的"应用"按钮，绘制出如图 3-167 所示的整圆 C8。

⑨　绘制已知圆 C9。继续绘制整圆，仍以参考直线 RL6 的右端点为圆心，半径为 R10，单击对话框中的"应用"按钮，绘制出如图 3-167 所示的整圆 C9。

（4）绘制 5 条直线 L1～L5

①　绘制水平直线 L1。在如图 3-18 所示的【直线和圆弧】工具栏上单击【直线（点-XYZ）】图标，在【捕捉点】工具栏上单击【象限点】图标，激活该功能，取消其他功能。捕捉 C9 的下象限点，沿着－XC 方向运动，在系统弹出的"长度"文本输入框中输入：－30，单击键盘上的"Enter"键，绘制出如图 3-168 所示的水平直线 L1。

②　绘制竖直直线 L5。继续绘制直线，捕捉 C6 的右象限点，沿着－YC 方向运动，在系统弹出的"长度"文本输入框中输入：－22，单击键盘上的"Enter"键，绘制出如图 3-168 所示的竖直直线 L5，单击鼠标中键结束直线绘制。

③　绘制倾斜直线 L2。在如图 3-18 所示的【直线和圆弧】工具栏上单击【直线（相切-相切）】图标，分别在圆 C7、C8 的下方捕捉这两个圆，绘制出如图 3-168 所示的倾斜直线 L2。

④　绘制倾斜直线 L3。继续绘制直线，分别在圆 C7、C8 的上方捕捉这两个圆，绘制出如图 3-168 所示的倾斜直线 L3，单击鼠标中键结束直线绘制。

⑤　绘制倾斜直线 L4。执行主菜单中【编辑】→【移动对象】命令（或按组合键 Ctrl+Shift+M），系统弹出如图 3-164 所示的"移动对象"对话框。在绘图区选择要进行移动的对象 L3，在"变换"栏"运动"下拉列表中选择"距离"类型，在"指定矢量"下拉列表框中选择"在曲线上矢量"，在"距离"文本框中输入：6，在"结果"选项下选择"复制原先的"，在图形区选择向上的矢量方向，单击对话框中的"确定"按钮，得到如图 3-168 所示的倾斜直线 L4。

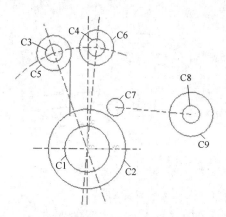

图 3-167　绘制 9 个已知圆 C1～C9

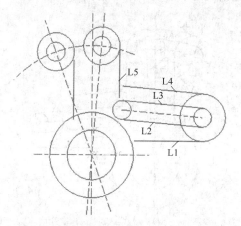

图 3-168　绘制 5 条直线 L1～L5

（5）绘制 7 条连接圆弧 A1～A7

①　绘制连接圆弧 A1。在如图 3-1 所示的【曲线】工具栏中单击【直线和圆弧】图标，

在系统弹出如图 3-18 所示的【直线和圆弧】工具栏上单击【圆弧（相切-相切-半径）】图标 ↗。在图形区先选择圆 C2，再选择参考直线 RL7；分别在适当的位置用鼠标左键单击，在"半径"文本输入框内输入：4，单击键盘上的"Enter"键，绘制出如图 3-169 所示的圆弧 A1。

② 绘制连接圆弧 A2。继续绘制圆弧，在图形区先选择参考直线 RL7，再选择圆 C5；分别在适当的位置用鼠标左键单击，在"半径"文本输入框内输入：4，单击键盘上的"Enter"键，绘制出如图 3-169 所示的圆弧 A2。

③ 绘制连接圆弧 A3。继续绘制圆弧，在图形区先选择直线 L5，再选择直线 L4；分别在适当的位置用鼠标左键单击，在"半径"文本输入框内输入：4，单击键盘上的"Enter"键，绘制出如图 3-169 所示的圆弧 A3。

④ 绘制连接圆弧 A4。继续绘制圆弧，在图形区先选择直线 L1，再选择圆 C2；分别在适当的位置用鼠标左键单击，在"半径"文本输入框内输入：4，单击键盘上的"Enter"键，绘制出如图 3-169 所示的圆弧 A4。

⑤ 绘制连接圆弧 A5。继续绘制圆弧，在图形区先选择圆 C5，再选择圆 C6；分别在圆 C5、圆 C6 的上半圆适当位置用鼠标左键单击，在"半径"文本输入框内输入：54，单击键盘上的"Enter"键，绘制出如图 3-169 所示的圆弧 A5。

⑥ 绘制连接圆弧 A6。继续绘制圆弧，在图形区先选择圆 C3，再选择圆 C4；分别在圆 C3、圆 C4 的上半圆适当位置用鼠标左键单击，在"半径"文本输入框内输入：50，单击键盘上的"Enter"键，绘制出如图 3-169 所示的圆弧 A6。

⑦ 绘制连接圆弧 A7。继续绘制圆弧，在图形区先选择圆 C3，再选择圆 C4；分别在圆 C3、圆 C4 的下半圆适当位置用鼠标左键单击，在"半径"文本输入框内输入：42，单击键盘上的"Enter"键，绘制出如图 3-169 所示的圆弧 A7。

（6）修剪掉多余的直线和圆弧

在如图 3-75 所示的"编辑曲线"工具栏中单击【修剪曲线】图标 ⌐，系统弹出如图 3-92 所示的"修剪曲线"对话框，选择被修剪的曲线，接着选择修剪的边界，单击对话框中的"确定"按钮，完成多余圆弧或者直线的修剪，不断重复操作，将修剪后变为实线的 RL3 和 RL4 再重新变为中心线。限于篇幅，此处省略详细的操作步骤。修剪结果如图 3-170 所示。

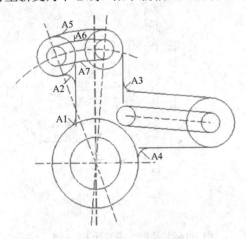

图 3-169　绘制 7 条连接圆弧 A1～A7

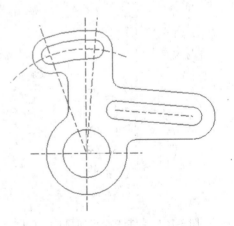

图 3-170　修剪掉多余的直线和圆弧

（7）保存文档

单击"标准"工具栏上的【保存】图标 💾，保存文档。

习题

3-1 用 UG NX 60 的曲线功能绘制如图 3-171～图 3-175 所示的线框图形。

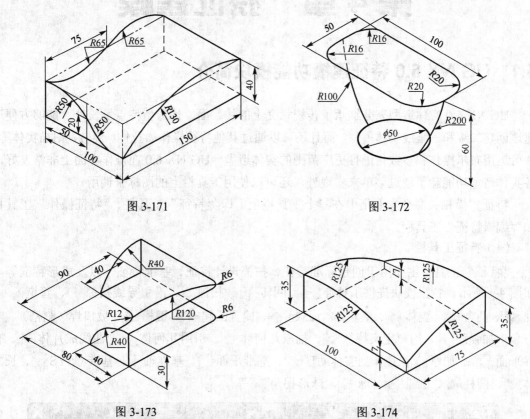

图 3-171   图 3-172

图 3-173   图 3-174

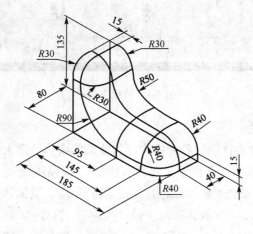

图 3-175

第4章 特征建模

4.1 UG NX 6.0 特征建模功能模块简介

UG NX 6.0 实体造型充分继承了传统意义上的线、面、体造型特点及长处，能够方便迅速地创建二维和三维线实体模型，而且还可以通过其他特征操作如拉伸、旋转、扫描实体等，并可运用布尔操作和参数化进行更广范围的实体造型。UG NX 6.0 在操作界面上非常友好，各实体造型功能除了通过菜单来实现外，还可以使用工具栏上的图标来调用。

特征建模相关命令主要集中在三个工具栏上，即"特征"工具栏、"特征操作"工具栏和"编辑特征"工具栏。

（1）特征工具栏

"特征"工具栏主要用于创建标准特征、扫描设计特征、基准特征，以及成形特征等，如图 4-1 所示。特征模块提供了拉伸、回转、扫掠、沿引导线扫掠、管道、孔、凸台、腔体、垫块、凸起、偏置凸起、键槽、坡口焊（割槽）、三角形加强筋、用户定义特征、抽取几何体、引用几何体、曲线成片体、有界平面、加厚、片体到实体助理、基准平面、基准轴、基准 CSYS、长方体、圆柱、圆锥、球、球形拐角等。

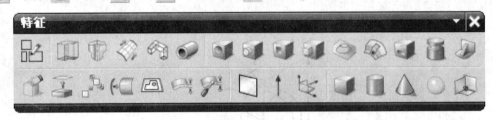

图 4-1 特征工具栏

（2）特征操作工具栏

特征操作模块可以对实体进行各种操作，将复杂的实体造型大大简化。

"特征操作"工具栏如图 4-2 所示，包含拔模、拔模体、边倒圆、面倒圆、软倒圆、倒斜角、抽壳、螺纹、镜像特征、镜像体、缝合、修补、包裹几何体、偏置面、缩放体、凸起片体、拆分体、分割面、修剪体、抽取、连接面、实例特征、求和、求差、求交、装配切割、提升体等。

（3）编辑特征工具栏

编辑特征模块可以对实体进行各种编辑，将复杂的实体造型大大简化。

编辑特征工具栏如图 4-3 所示，包含编辑特征参数、可回滚编辑、编辑位置、移动特征、特征重排序、替换特征、抑制特征、取消抑制特征、由表达式抑

制 、移除参数 、编辑实体密度 、更新延时至编辑完成后 、更新模型 、特征回放 等。

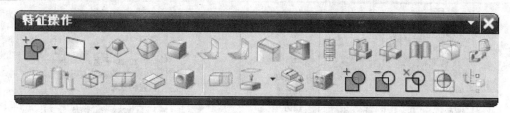

图 4-2 特征操作工具栏

图 4-3 编辑特征工具栏

4.2 创建基准特征

基准特征是建立模型的参考，实体造型的辅助工具。基准特征包括基准面、基准轴和基准坐标系。在实体造型过程中，利用基准特征，可以在所需的方向和位置上绘制草图生成实体或者直接创建实体。基准特征分为相对基准和固定基准，相对基准随其关联对象的变化而改变，使实体造型更灵活方便。

4.2.1 基准平面

对于大多数特征而言，它们都是基于平面建立的。在非平面上，往往无法建立这些特征。在实体造型中，经常用基准平面作为辅助平面来解决这个问题。利用基准平面，可在非平面上方便地创建特征，或为草图提供草图工作平面，如借助基准平面在圆柱面、圆锥面、球面等表面上创建孔、键槽等复杂形状的特征。基准平面有面法向，面法向可以编辑。

基准平面分为相对基准平面和固定基准平面两种。固定基准平面没有关联对象，不受其他对象约束；相对基准平面与模型中其他对象如曲线、面或其他基准等关联，并受其关联对象约束。相对基准平面是相关和参数化的特征，定义相对基准平面的参数随部件存储随时可编辑。

在一个部件文件，可以建立多个基准平面，但建议最多只创建三个固定基准平面（XC-YC；XC-ZC；YC-ZC），其他可按设计需要建立相对基准平面。

单击"特征"工具栏上的【基准平面】图标 ，弹出如图 4-4 所示的"基准平面"对话框，该对话框用于创建和编辑固定基准平面与相对基准平面。"类型"选项用于创建不同形式的相对基准平面，与如图 1-58 所示"平面"对话框中的"类型"相同，各种基准平面的创建方法可以参看"1.7.2 平面构造器"一节的介绍，此处仅介绍几种常用的基准平面创建方法。

（1）固定基准平面

在如图 4-4 所示的"基准平面"对话框中"类型"可以选择 3 个方向，即 XC-YC、XC-ZC、YC-ZC，分别用于创建对应方向的基准平面，选择后再指定偏置距离，如图 4-5 所示进行设置。

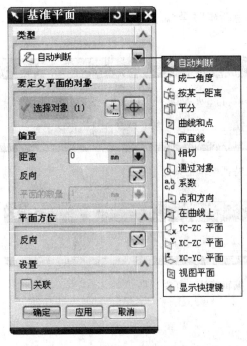

图 4-4　自动判断的"基准平面"对话框　　图 4-5　XC-ZC 平面的"基准平面"对话框

"偏置和参考"的坐标系选项中可以选择"WCS"，在当前的工作坐标系上创建基准平面；也可以选择"绝对"，在绝对坐标系上建立基准平面。

在"偏置和参考"的"距离"选项文本框中可以直接输入坐标值，这里可以输入负值往反方向偏置，如图 4-6 所示。

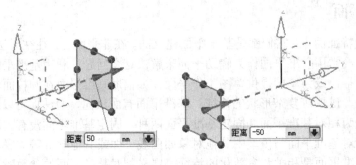

图 4-6　偏置

基准平面是一个无限扩大的平面，显示的边线并不限制其大小。拖动各个边上控制点可以改变平面的显示大小，如图 4-7 所示。

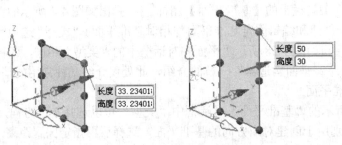

图 4-7　基准平面的显示大小

（2）自动判断的基准平面

创建基准平面时可以在"类型"栏中的下拉列表中指定创建方法。其中，"自动判断"方式包括了常用的基准平面的创建方法。根据选择对象的不同可以创建不同的基准平面，以下介绍几种常用基准平面的创建方法。

① 选择平面。

a. 平行基准平面。在图形上拾取一个平面时，将使用平行方式，可以输入"距离"值产生一个平行的基准平面，如图 4-8 所示。

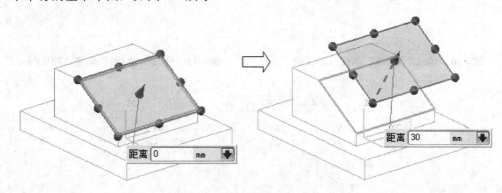

图 4-8　创建平行基准平面

b. 选择面+点。选择一个平面后，再选择一个点，则将生成一个经过这一点与选择面平行的基准平面，如图 4-9 所示。

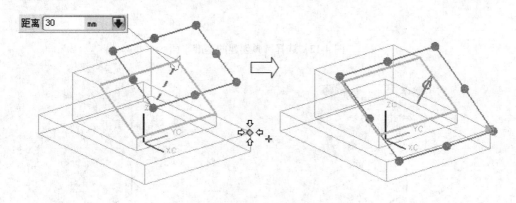

图 4-9　通过"面+点"创建基准平面

c. 选择面+直线。选择一个平面后，再选择一条直线，则可以输入角度值，生成一个经过这一直线且与平面成一夹角的基准平面，如图 4-10 所示。

d. 选择面+面。选择一个平面后，再选择一个平面，则生成一个两面的中间平面，如图 4-11 所示。

如果选择圆弧，则以圆心点生成平行的基准平面，如图 4-12 所示。

② 选择直线。

a. 选择直线。在图形上拾取一条直线，将默认生成经过点且以直线方向为矢量方向的基准平面，并且可以重新指定点的位置，如图 4-13 所示。

b. 选择直线+点。选择一条直线后，再选择直线外的一个点，则将生成一个经过由直线与点确定的基准平面，如图 4-14 所示。

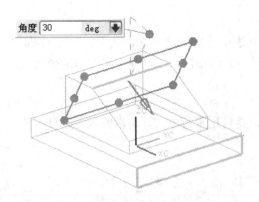

图 4-10 通过"面+线"创建基准平面

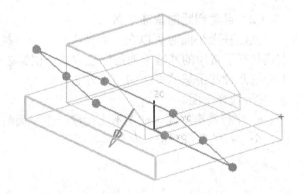

图 4-11 通过"面+面"创建基准平面

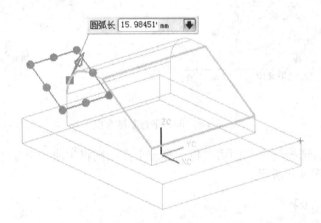

图 4-12 选择圆弧创建的基准平面

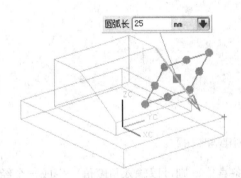

图 4-13 通过一条直线创建的基准平面

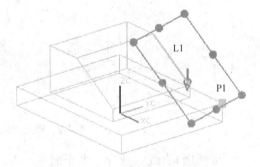

图 4-14 通过"直线+点"创建的基准平面

c. 选择直线+直线。选择一条直线后，再选择一条与所选直线平行的直线，将生成由这两条直线确定的基准平面，如图 4-15 所示。

如果选择的两条直线不平行，则有如下两种情况。

i. 两条直线在同一平面内相交，此时有 3 种可能性，通过单击如图 4-16 所示"基准平面"对话框中的"平面方位"选项下的"备选解" 来选择，由两相交直线决定的平面创建基准平面，如图 4-17（a）所示；选择的第二条直线作为矢量方向，如图 4-17（b）、（c）所示。

ii. 两条直线交叉（异面直线），此时有 2 种可能性，通过单击如图 4-16 所示"基准平面"对话框中的"平面方位"选项下的"备选解" 来选择，如图 4-18 所示。

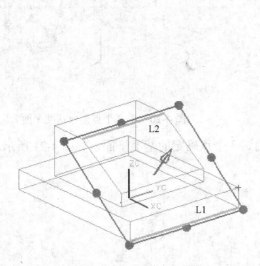

图 4-15　通过"直线+直线"（平行）创建的基准平面　　　图 4-16　"基准平面"对话框

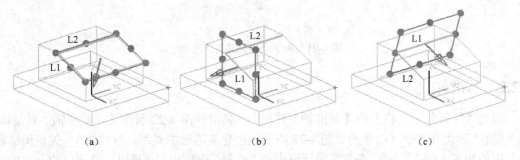

（a）　　　　　　　　　　（b）　　　　　　　　　　（c）

图 4-17　通过"直线+直线"（相交）创建的基准平面

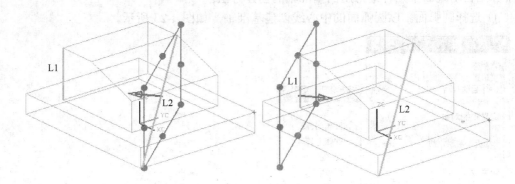

图 4-18　通过"直线+直线"（交叉）创建的基准平面

③ 选择点。

a. 点方向。在图形上拾取一个点后，将默认生成经过该点且方向随机产生的基准平面，如图 4-19 所示。

b. 两点。在图形上拾取一个点后，再选择一个点，则选择的点将确定矢量方向，如图 4-20 所示。

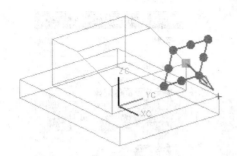

图 4-19　由 1 个点创建基准平面

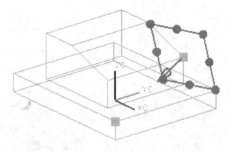

图 4-20　由 2 个点创建基准平面

c. 三点。连续选择 3 个点，将生成由这 3 个点确定的基准平面，如图 4-21 所示。

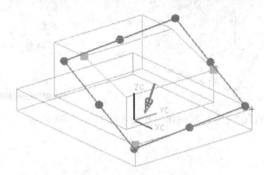

图 4-21　由 3 个点创建基准平面

4.2.2　基准轴

单击"特征"工具栏上的【基准轴】图标↑，弹出如图 4-22 所示的"基准轴"对话框，在"类型"下拉列表中可以看到如图 4-22 所示的创建基准轴的类型，与"1.7.3　矢量构造器"一节中的如图 1-60 所示的"矢量"对话框中的"类型"选项相似，可以参看该节的有关内容。以下介绍自动判断中几种最常用的基准轴的创建方法。

① 选择圆弧面。以圆弧面的中心线创建基准轴，如图 4-23 所示。

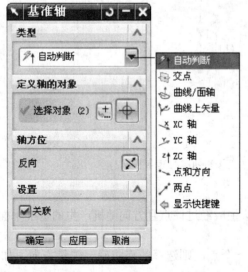

图 4-22　"基准轴"对话框

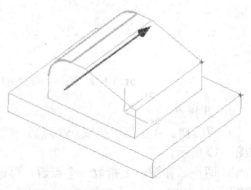

图 4-23　选择圆弧面创建基准轴

② 选择直线。沿直线创建基准轴，如图 4-24 所示。

③ 选择直线＋点。通过点并平行于直线创建基准轴，如图 4-25 所示。

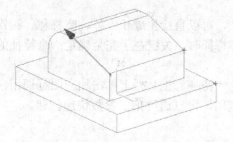

图 4-24 选择一条直线创建基准轴

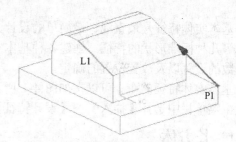

图 4-25 选择直线+点创建基准轴

④ 选择两点。通过两点连成一条直线作为基准轴，如图 4-26 所示。

⑤ 选择两平面。选择两相交平面，则在相交线上创建基准轴，如图 4-27 所示。

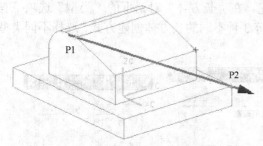

图 4-26 选择两点创建基准轴

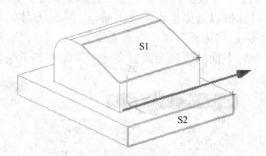

图 4-27 选择两平面创建基准轴

4.2.3 基准坐标系

单击"特征"工具栏上的【基准 CSYS】图标 ，弹出如图 4-28 所示的"基准 CSYS"对话框，在"类型"下拉列表中可以看到如图 4-28 所示的创建基准 CSYS 的类型，与"1.7.4 坐标系构造器"一节中的如图 1-67 所示的"CSYS"对话框中的"类型"选项相似，可以参看该节的有关内容，此处不再赘述。

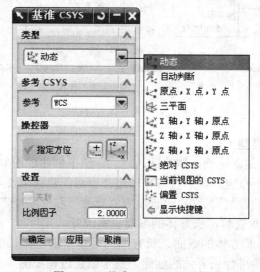

图 4-28 "基准 CSYS"对话框

4.3 创建基本实体特征

基本实体特征是最直观、最简单的设计方法，可以直接生成长方体、圆柱体、圆锥体、球体等几种标准形状的特征。创建各种基本实体特征时，关键在于完全确定一个特征的各限定参数的设置以及放置位置的确定。

基本实体特征的命令可以在如图 4-1 所示的"特征"工具栏上单击相应图标调用，也可以从主菜单栏中选择【插入】→【设计特征】调用，可以通过指定参数快速创建。

4.3.1 长方体

通过在模型空间中指定长方体的方位、尺寸及位置来创建一个长方体。

在如图 4-1 所示的"特征"工具栏上单击【长方体】图标 ，或在主菜单栏中选择【插入】→【设计特征】→【长方体】命令，系统弹出如图 4-29 所示的"长方体"对话框，根据对话框以及提示步骤依次操作完成长方体的创建。在"长方体"对话框的"类型"选项下有"原点和边长"、"二点和高度"、"两个对角点"等 3 种不同的长方体创建方式，选择不同类型时，下面的选项会跟着变化，如图 4-29 所示。

（a）原点和边长　　　　　（b）二点和高度　　　　　（c）两个对角点

图 4-29　"长方体"对话框

（1）创建长方体的类型

① 原点和边长。这是创建长方体的默认方式。整个创建过程如图 4-30 所示。创建第一个长方体特征时，如果不指定点，系统将自动选择原点创建一个长方体。如果已有特征，则必须指定点。在长方体的参数设置中，"长度"、"宽度"和"高度"分别对应于 WCS 的 X、Y、Z 方向。改变 WCS 设置时，长方体的方向也将改变。

② 二点和高度。以长方体的底面、长方形的对角点来定义长度和宽度，在"长方体"对话框中设置"高度"值进行长方体的创建。整个创建过程如图 4-31 所示。选择的两个点，

可以不在同一水平，但不能水平或竖直对齐。

③ 两个对角点。直接指定长方体的两个对角点，创建一个长方体。整个创建过程如图 4-32 所示。选择的两个点，X、Y、Z 的坐标值均不能相等。

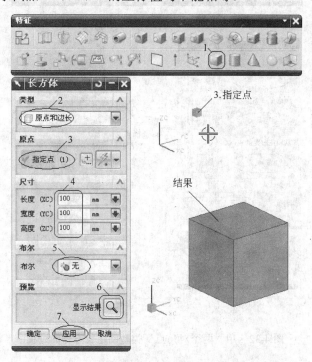

图 4-30 用"原点和边长"类型创建长方体的过程

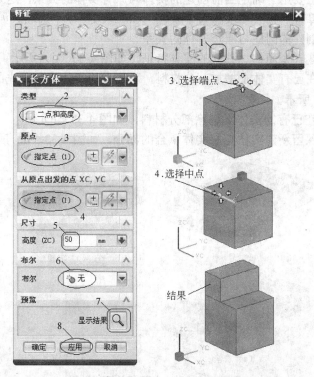

图 4-31 用"二点和高度"类型创建长方体的过程

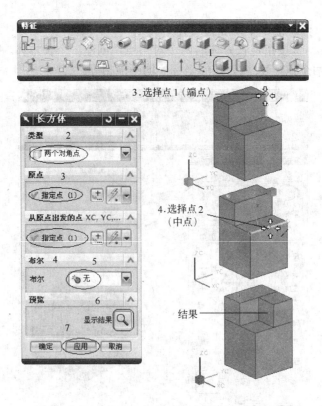

图 4-32 用"两个对角点"类型创建长方体的过程

（2）布尔运算

布尔运算选项主要用于确定当前创建的实体与原有实体的关系，这是各种实体创建时的公用选项。布尔运算有"无"、"求和"、"求差"和"求交"4 个选项。如图 4-33 所示为使用不同布尔运算时，创建的圆柱与原长方体的关系。

① 无：创建一个新的、独立的实体特征，如图 4-33（a）所示。

② 求和：在已有实体上增加部分材料，新建立的实体将与原先的实体结合为一个实体，如图 4-33（b）所示。

③ 求差：在已有的实体上删除部分材料，如图 4-33（c）所示。

④ 求交：保留新建实体与原实体重合的部分，如图 4-33（d）所示。

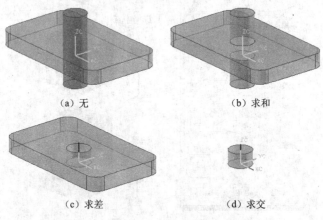

（a）无   （b）求和

（c）求差   （d）求交

图 4-33 4 种布尔运算的不同结果

当创建的主体完全在目标体以外时，将不能使用"求和"、"求差"和"求交"选项。

当选择"求和"、"求差"和"求交"选项时，如果有多个实体存在，则选择步骤中的目标实体将被激活，需要选择一个进行布尔运算的目标实体。不需要"求和"时使用"无"选项。

4.3.2　圆柱体

在如图4-1所示的"特征"工具栏上单击【圆柱】图标■，或在主菜单栏中选择【插入】→【设计特征】→【圆柱体】命令，系统弹出如图4-34所示的"圆柱"对话框，根据对话框以及提示步骤依次操作完成圆柱体的创建。圆柱体的创建方法可以选择"轴、直径和高度"或者"圆弧和高度"，如图4-34所示。

（1）轴、直径和高度

选择"轴、直径和高度"方式创建圆柱体时，需要确定轴的方向和位置，并指定圆柱的直径和高度。

① 轴。

a. 指定矢量。设置轴需要指定其矢量方向，在图形上将显示一个橙色箭头表示当前的矢量方向和点位置，默认选择矢量为＋ZC 方向。可以通过下拉列表选择标准的矢量方向或者矢量创建方式，如常用的坐标轴方向。如图4-34所示为选择矢量为＋ZC方向创建圆柱体。

b. 指定点。通过指定点，指定圆柱的底面中心点所在位置。可以直接在图形上选择点，也可以通过点构造器来创建点。选择"指定点"选项后，在图形上重新选择点，则轴的显示位置也将改变。如图4-34所示。

② 尺寸。用于设置圆柱的直径和高度。如图4-34所示。

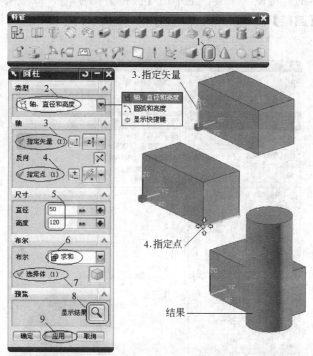

图4-34　用"轴、直径和高度"创建圆柱体的过程

（2）圆弧和高度

使用"圆弧和高度"方式进行圆柱创建，由圆弧确定了圆弧的角度和方位，并由圆心确

定了圆柱的基准点，因而无需选择矢量方向和选择点，但需要选择圆弧并要指定方向是否反转，再设置高度值创建一个圆柱，创建过程如图 4-35 所示。

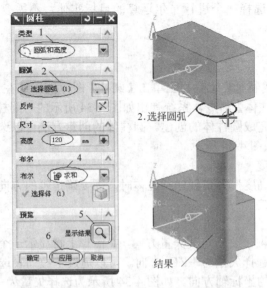

图 4-35　用"圆弧和高度"创建圆柱体的过程

4.3.3　圆锥体

在如图 4-1 所示的"特征"工具栏上单击【圆锥】图标 ⬙，或主菜单栏中选择【插入】→【设计特征】→【圆锥】命令，系统弹出如图 4-36 所示的"圆锥"对话框，创建圆锥的过程如图 4-36 所示。

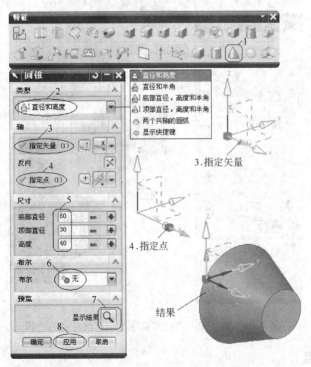

图 4-36　用"直径和高度"创建圆锥的过程

有 5 种创建圆锥的方式："直径和高度"、"直径和半角"、"底部直径,高度和半角"、"顶部直径,高度和半角"和"两个共轴的圆弧",选择不同的创建方式时,在指定参数时将有不同的选项,如图 4-36、图 4-37 所示。圆锥的参数包括"底部直径"、"顶部直径"、"高度"、"半角"等 4 个参数,指定其中的任意 3 个参数即可确定圆锥,设置的底部直径和顶部直径不能相等,半角的值可正可负。另外,也可以通过直接指定顶部和底部的两个共轴的圆弧创建圆锥。

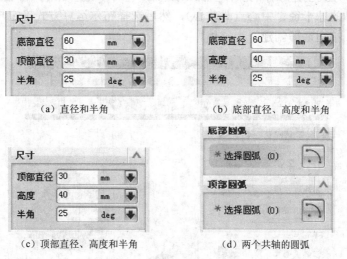

（a）直径和半角　　　　　　　　　　　（b）底部直径、高度和半角

（c）顶部直径、高度和半角　　　　　　　（d）两个共轴的圆弧

图 4-37　圆锥参数选项

4.3.4　球体

在如图 4-1 所示的"特征"工具栏上单击【球】图标 ，或在主菜单栏中选择【插入】→【设计特征】→【球】命令,系统弹出如图 4-38 所示的"球"对话框。创建球体的方式有两种:"中心点和直径"和"圆弧"。

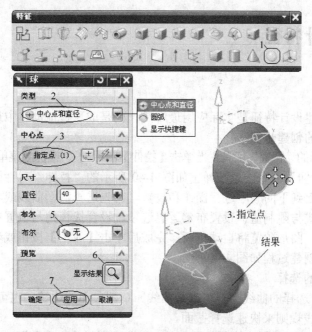

图 4-38　用"中心点和直径"创建球的过程

（1）中心点和直径

使用"中心点和直径"方式创建球体的操作步骤如图 4-38 所示。需要指定球心位置，再设置球的直径，然后选择布尔运算方式确定与原实体的关系，最后单击【应用】按钮后即创建一个球体。

（2）圆弧

使用"圆弧"方式创建球体的操作步骤如图 4-39 所示。选择该选项，选择一条圆弧（该圆弧的半径即球体的球半径、中心点即球心），然后选择布尔运算方式确定与原实体的关系，最后单击【应用】按钮后即创建一个球体。

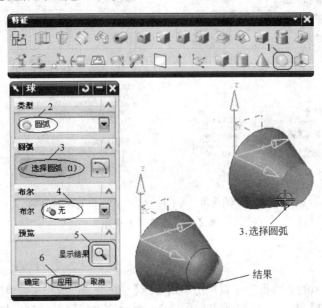

图 4-39　用"圆弧"创建球体的过程

4.4　创建设计特征

4.4.1　拉伸

用拉伸方法创建设计特征是实际应用最广泛，也是成形特征创建中最基础的一种方法。

（1）拉伸特征的创建步骤

在如图 4-1 所示的"特征"工具栏上单击【拉伸】图标 ，或在主菜单栏中选择【插入】→【设计特征】→【拉伸】命令，系统弹出如图 4-40 所示的"拉伸"对话框。对话框起向导的作用，可以按照从上到下的顺序进行操作和设置。首先选择截面曲线或者绘制草图，再设置拉伸方向、限制方式与限制值、设置布尔运算选项、设置拔模角与偏置参数、设置实体类型等；在设置参数时，图形预览将自动更新；完成后单击【应用】按钮或者单击鼠标中键完成拉伸特征的创建。创建过程如图 4-40 所示。

（2）拉伸截面的选择

① 选择曲线。选择的曲线类型可以是曲线、草图、面的边等。也可以通过如图 4-41 所示选择意图切换曲线规则来快速选择截面。

② 创建草图。可以选择"绘制截面"（ ）方式来新建一个草图，或者直接选择一个基

准平面或者实体表面作为草图平面绘制草图。直接单击鼠标中键将进入草图绘制。

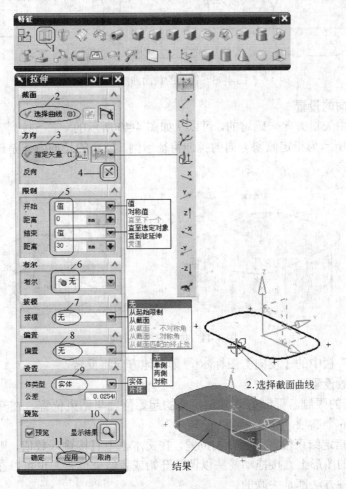

图 4-40　拉伸特征的创建步骤

③ 截面曲线形状。截面曲线可以是开放的，选择开放曲线将创建片体，而选择封闭截面曲线将产生实体。拉伸轮廓线允许有嵌套，以及多重嵌套，并允许有多条独立的封闭曲线，如图 4-42 所示为允许的截面曲线形状示例。

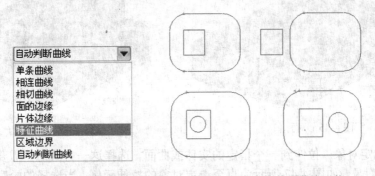

图 4-41　选择意图　　　　图 4-42　允许的截面曲线形状

拉伸截面曲线不允许有交叉的封闭曲线，如图 4-43 所示为错误的截面曲线形状示例。特别需要注意重合的线段以及中心线等造成开放的轮廓。

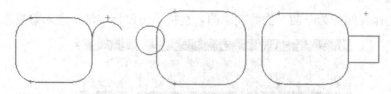

图 4-43 错误的截面曲线形状

（3）拉伸方向的设置

拉伸方向是由矢量方向来确定的，可以从如图 4-40 所示的 下拉列表中选择一个矢量方向。如图 4-44 所示为指定倾斜方向的拉伸特征示例。默认的拉伸方向是选择的截面曲线所在平面的法线方向。

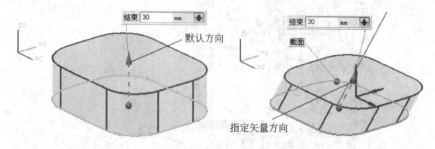

图 4-44 拉伸方向的指定

单击"方向"栏中的【反向】图标，则拉伸方向将反转。

（4）拉伸参数设置

① 拉伸特征的限制。限制方式确定拉伸的起始位置与结束位置，在开始限制与结束限制中，都有以下 6 个选项，如图 4-40 所示。

a. 值。直接指定结束位置或者开始位置，在文本框中直接输入数值，则图形上将更新预览。可以在预览的图形上直接拖动箭头以调节开始或者结束位置，也可以在屏幕上的文本框中输入数值，各种方法都是关联的。

b. 对称值。使用对称值方式时，开始值将按结束值反方向延伸，如图 4-45 所示。

c. 直至下一个。使用该方式时，系统自动按指定方向拉伸到最近的曲面，如 4-46 所示。

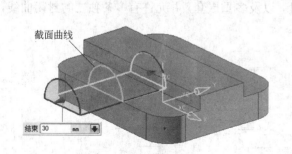

图 4-45 对称值

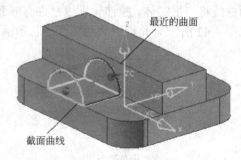

图 4-46 直至下一个

d. 直至选定对象。拉伸到一个指定的实体或曲面。选择这一方式时，需要指定一个曲面对象为选定的对象。如图 4-47 所示为直至选定对象的拉伸示例。当选择的轮廓在拉伸方向上投影不到选定对象时，则使用直至选定对象方式不能创建任何特征。

e. 直到被延伸。直到被延伸与直至选定对象方式时是相似的，但是选择的对象将可以延伸扩展。如图 4-48 所示，当使用直到被延伸方式时，整个截面将拉伸到选择的平面部位。

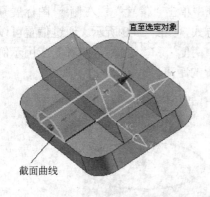

图 4-47　直至选定对象

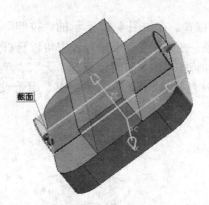

图 4-48　直到被延伸

f. 贯通。使用"贯通"选项可以在拉伸方向无限延伸穿过所有的实体面。这种方式经常用于"求差"运算中。如图 4-49 所示为使用贯通方式创建求差运算的拉伸特征。使用"贯通"方式对于以后创建的特征将不起作用。如在当前实体上增加一新的特征时，将不会被差运算。

使用"直至下一个"、"直至选定对象"、"直到被延伸"、"贯通"等选项时，预览将不一定反映实际的拉伸限制。

② 拔模。"拔模"选项的种类如图 4-40 所示，用于创建一个带有拔模角的零件。拔模角常用于模具成形零件的侧

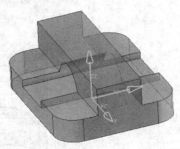

图 4-49　贯通

壁设置，以及某些侧面有斜度的零件设计。拔模需要设置拔模角度值，并可以选择拔模的基准位置；使用不同的拔模选项的图形预览如图 4-50 所示。

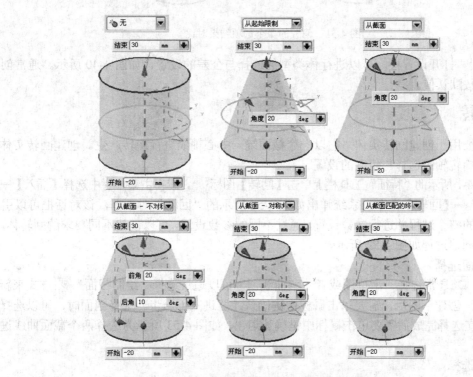

图 4-50　不同的拔模角度设置预览结果

③ 偏置。在如图 4-40 所示的"拉伸"对话框中单击"偏置"栏右侧▼图标展开其下拉列表选项。在"偏置"下拉列表中可以选择偏置方式，如图 4-40 所示。通过偏置可以创建薄壁的拉伸特征。偏置时可以选择"无"、"单侧"、"两侧"和"对称"，四者的应用示例及对比如图 4-51 所示。"开始"与"结束"用于设置偏置的距离。

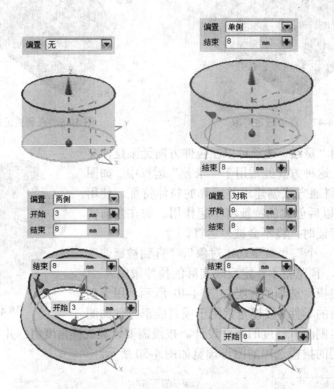

图 4-51　偏置的 4 个选项结果对比

④ 设置。打开设置栏，可以进行体类型的选择与公差的设置，如图 4-40 所示。通常创建实体时都按默认值。

4.4.2　回转

回转特征用于创建回转实体，它以一个截面绕一中心轴线进行旋转产生。创建回转实体的关键在于旋转轴的选择与角度的设置。

在如图 4-1 所示的"特征"工具栏上单击【回转】图标 🗇，或在主菜单栏中选择【插入】→【设计特征】→【回转】命令，系统弹出如图 4-52 所示的"回转"对话框，该对话框可以引导特征创建的整个过程并进行参数设置，通过不同的参数设置，可以创建不同要求的回转体。回转实体的创建过程如图 4-52 所示。

（1）截面选择

"曲线" 🖎 通常选择一个草图或者一条曲线，也可以通过选择"绘制截面" 🔡 方式来新建一个草图，创建草图后，需要单击鼠标中键确认才能进入下一步。选择剖面时，可以选择多个轮廓，在选择完成后需要单击鼠标中键确认退出。如图 4-53 所示为选择两个截面曲线进行旋转。

（2）轴选择

回转体需要一个旋转轴心线，这个轴心线是使用矢量方向来定义的，可以从其下拉列表中选择一个矢量方向。旋转轴心线不能与选择的剖面轮廓相交，否则将提示错误。在实际应用中，最常用的方法是直接拾取坐标轴作参考或者拾取一条直线，由系统自动判断矢量方向。在"指定矢量"之下，有【反向】图标⊠，单击该图标，则旋转方向将改变。

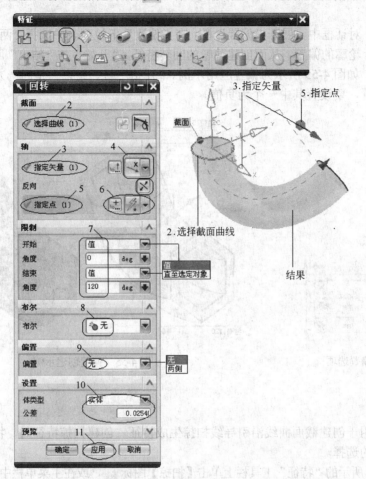

图 4-52 回转实体的创建过程

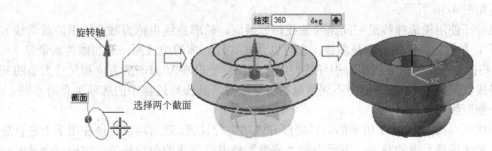

图 4-53 选择两个截面曲线

（3）角度限制

角度限制用于设置回转体的开始与结束角度，它可以通过直接指定角度的"值"或者"直至选定对象"两种方式进行指定。

① 值。直接指定开始角度或者结束角度，在文本框中直接输入数值。可以在预览的图形上直接拖动箭头以调节开始角度或者结束角度，也可以在屏幕上的文本框中输入数值，各

种方法都是关联的。

② 直至选定对象。旋转到一个指定的实体或曲面。选择这一方式时，需要指定一个曲面对象为选定的对象。使用直至选定对象时，系统将自动把布尔操作设置为"求和"方式。

（4）偏置

在"回转"对话框中，展开"偏置"栏，在"偏置"下拉列表中选择"两侧"，如图 4-54 所示。可以进行轮廓的偏置，从而创建薄壁的回转特征。"开始"与"结束"用于设置两个方向偏置的距离。如图 4-55 所示为偏置应用示例。"开始"与"结束"是同一方向的，如果需要两边同时偏置，要设置其中一个为负值。

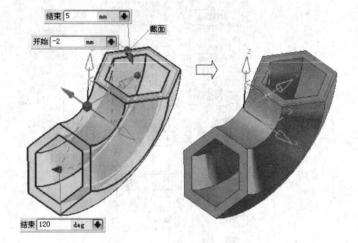

图 4-54　偏置选项　　　　　　图 4-55　偏置创建示例

4.4.3　扫掠

扫掠特征用于创建截面曲线沿引导线扫掠生成特征。创建扫掠特征时，特别要注意截面曲线与引导线的选择。

在如图 4-1 所示的"特征"工具栏上单击【扫掠】图标 ◇，或在主菜单栏中选择【插入】→【扫掠（W）】→【扫掠（S）】命令，系统弹出如图 4-56 所示的"扫掠"对话框。扫掠特征的创建过程如图 4-56 所示。

扫掠特征使用轮廓曲线沿空间路径曲线扫掠而成。轮廓曲线也称为截面线串，截面线方位决定了 V 方向。截面线可以是曲线，也可以是实（片）体的边或面。截面线的数量是 1～150 条。扫掠路径称为引导线串，引导线控制了扫掠特征沿着 V 方向的方位和尺寸大小的变化。引导线数量是 1～3 条，使用不同数量的引导线时，其操作过程中的选项也有所不同。

（1）截面线的选择

截面线可以按如图 4-57 所示的对话框展开选项进行设置，通常可以直接在图形上进行选取。选择曲线后括号内的数字，表示当前"列表"栏中截面线的曲线数量，完成一个截面线串选择要单击鼠标中键确认。在选择截面或引导线时选择合适的选择意图将极大地方便选取所需的线串。

（2）引导线的选择

引导线可以按如图 4-58 所示的对话框展开选项进行设置，通常可以直接在图形上进行选取。选择曲线后括号内的数字，表示当前"列表"栏中引导线（Guide）的曲线数量，完成一个引导线串选择后要单击鼠标中键确认。引导线最多只能选择 3 条。

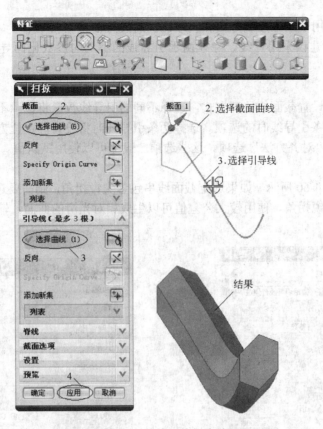

图 4-56 扫掠特征的创建过程

图 4-57 截面线的选择

图 4-58 引导线的选择

　　引导线可以由单段或多段曲线组成，组成每条引导线的所有曲线段之间必须相切过渡。

　　创建扫掠特征时，如果选择的引导线和截面线其中之一为封闭的，则将创建实体特征，否则为片体。

（3）脊线

　　脊线可以进一步控制截面线的扫掠方向。使用脊线扫掠时，系统在脊线上的每个点构造一个平面，称为截平面，此平面垂直于脊线在该点的切线。然后，系统求出截平面与引导线的交点，这些交点用于产生控制方向和收缩比例的矢量轴。

一般情况下不建议采用脊线，除非由于引导线的不均匀参数化而导致扫掠体形状不理想，才使用脊线。

（4）截面选项

截面选项用于设置截面的处理方式。选择不同的引导线数量将显示不同截面选项。如图4-59所示为选择一条引导线时的选项。选择两条引导线时将没有"定位方法"选项，而选择3条引导线时只有"对齐方法"选项。这些选项一般都可以使用默认值。

（5）设置

设置参数如图4-60所示。如果选定截面线串包含尖锐拐角，则需要选中"保留形状"复选框以保留所有尖锐拐角。使用较大公差值可以生成相对光滑的曲面。输入值为0.0的公差可以生成精确拟合的体。

图4-59 截面选项

图4-60 设置选项

4.4.4 沿引导线扫掠

沿引导线扫掠是一条截面线沿一条引导线进行扫掠生成的简单扫掠特征。生成沿引导线扫掠特征时，在引导线为直线的部分将使用拉伸的方式，而圆弧部分则将使用旋转方法创建实体。

在如图4-1所示的"特征"工具栏上单击【沿引导线扫掠】图标，或在主菜单栏中选择【插入】→【扫掠（W）】→【沿引导线扫掠（G）】命令，系统弹出如图4-61所示的"沿引导线扫掠"对话框。沿引导线扫掠特征的创建过程如图4-61所示。

（1）截面曲线的选择

截面曲线可以是开放的，也可以是封闭的，但是选择的截面曲线必须是相连的，不能有多个开口，否则将不能进行操作，系统提示如图4-62所示。

（2）引导曲线的选择

选择引导曲线时，引导曲线可以是光顺的，也可以有拐角。引导曲线尽量不要有锐角，也不要使用太小的过渡圆角，否则将产生自相交的实体，并可能造成部分面的缺失。

选择截面曲线或引导曲线时，使用选择意图中的过滤选项，可以快速选取所需的对象。如图4-63所示为不同选择意图选择的截面曲线。

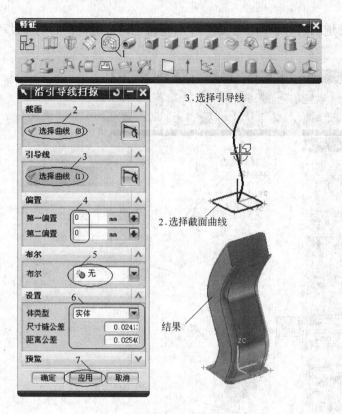

图 4-61 沿引导线扫掠的创建过程

图 4-62 警告窗口

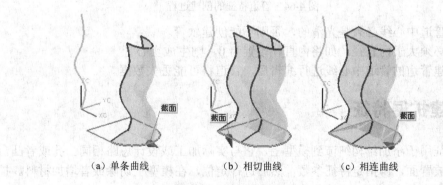

(a) 单条曲线 (b) 相切曲线 (c) 相连曲线

图 4-63 不同选择意图的结果

（3）偏置

设置偏置值将可以创建薄壁的扫掠特征。分别输入"第一偏置"和"第二偏置"值，即可生成薄壁的扫掠特征，偏置值都是由截面曲线进行偏置的。选择开放的轮廓可以通过设置偏置值产生实体特征。

4.4.5 管道

管道功能是使用一个轮廓直接创建空心或实心的管道。管道作为一种特殊的扫掠特征，它使用指定直径的方法作为圆形的截面线。

在如图 4-1 所示的"特征"工具栏上单击【管道】图标 ，或在主菜单栏中选择【插入】→【扫掠（W）】→【管道（T）】命令，系统弹出如图 4-64 所示的"管道"对话框。选择管道的中心线，再按需要设置管道的内外径即可生成一个管道特征，管道特征的创建过程如图 4-64 所示。

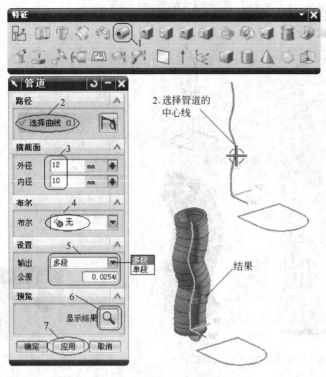

图 4-64　管道特征的创建过程

选择的管道中心线必须是光滑的，否则不能创建软管。

外直径必须大于内直径。如将内直径设置为 0，则生成实心管。

对所创建管道的管道中心线进行编辑后，管道将可能丢失数据。

4.5　创建扩展特征

扩展特征用于添加结构细节到模型上，它与实际加工或设计思路相同。孔或者凸台创建时需要指定放置面，再指定特征参数，然后进行定位，在模型上切除或者增加材料。扩展特征只能在已有实体上创建，不能作为第一个基础特征使用。

4.5.1　孔

在如图 4-1 所示的"特征"工具栏上单击【孔】图标，或在主菜单栏中选择【插入】→【设计特征】→【孔】命令，系统弹出如图 4-65 所示的"孔"对话框。孔特征的创建过程如图 4-65 所示。

创建孔特征时，首先要选择孔的类型。如图 4-65 所示，可以选择的孔类型有 5 种，分别为"常规孔"、"钻形孔"、"螺钉间隙孔"、"螺纹孔"和"孔系列"。选择孔的类型后孔设置的参数也将发生变化。"钻形孔"、"螺钉间隙孔"、"螺纹孔" 3 种孔的形状和尺寸如图 4-66 所示，"孔系列"孔的形状和尺寸如图 4-67 所示。选择常规孔后，在"形状和尺寸"栏中的"成形"下拉列表中有 4 种可以选择的类型："简单"、"沉头孔"、"埋头孔"和"已拔模"。"常规孔"类型的"简单"孔的形状和尺寸如图 4-65 所示，后 3 种孔的形状和尺寸如图 4-68 所示。

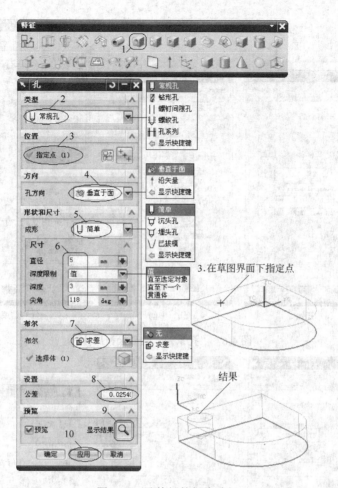

图 4-65 孔特征的创建过程

（a）钻形孔　　　　（b）螺钉间隙孔　　　　（c）螺纹孔

图 4-66 3 种孔的形状和尺寸

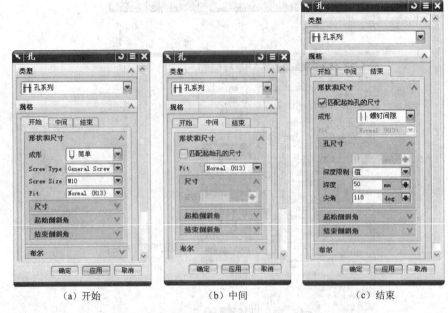

图 4-67　"孔系列"的形状和尺寸

图 4-68　"常规孔"中 3 种类型孔的形状和尺寸

4.5.2　凸台

凸台的创建与孔相似，只是孔是切除材料，而凸台是增加材料，并且创建凸台时还可以设计带有拔模角的凸台。

在如图 4-1 所示的"特征"工具栏上单击【凸台】图标 ，或主菜单栏中选择【插入】→【设计特征】→【凸台】命令，系统弹出如图 4-69 所示的"凸台"对话框。凸台的创建过程如图 4-69 所示。

这里的直径和高度可以设置圆柱体或者圆锥的底部直径与高度，并可以设置拔模角度产生带有锥度的凸台，如图 4-69 所示。

生成带拔模角的零件时，如果角度较大，而高度也较大时，可能产生负的顶端半径，此时将不能产生特征。拔模角设置为负值将产生向外拔模的圆台。

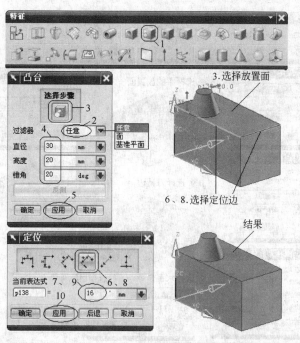

图 4-69　凸台的创建过程

4.5.3　腔体

创建腔体就是在实体模型上切除一个凹槽。

在如图 4-1 所示的"特征"工具栏上单击【腔体】图标，或在主菜单栏中选择【插入】→【设计特征】→【腔体】命令，系统弹出如图 4-70 所示的"腔体"对话框。腔体有"圆柱形"、"矩形"和"常规" 3 个选项。

（1）圆柱形腔体

圆柱形腔体与孔有点类似，但是圆柱形腔体可以创建带拔模角或顶部圆角的腔体。圆柱形腔体的创建过程如图 4-70 所示。圆柱形腔体的参数包括："腔体直径"、"深度"、"底面半径"和"锥角"，底面半径是指圆柱底部的圆角半径。设置的底面半径不能大于腔体直径的一半，而有拔模角时还需要考虑拔模后的底面半径的大小。

（2）矩形腔体

矩形腔体的创建过程如图 4-71 所示。矩形腔体首先需要指定长度的参考方向，然后进行参数设置和定位。矩形腔体的参数包括："长度"、"宽度"、"深度"、"拐角半径"、"底面半径"和"锥角"。

长度是指定参考方向的尺寸，选择参考面后将在图形上显示长度方向。设置拐角半径可以将矩形腔体的侧面角落倒圆角，设置底面半径可以将矩形腔体的底面角落倒圆角。

（3）常规腔体

常规腔体可以创建任意形状的腔体，其形状是由曲线定义的，并且该曲线不一定在指定的放置面上。而在放置面选择时也可以选择不是平面的表面。

常规腔体的创建过程如图 4-72 所示。"常规腔体"对话框的顶部是"选择步骤"栏；中间部分为步骤参数，将根据选择步骤的不同显示不同选项；底部为半径参数，设置生成凹腔的顶面、底面和拐角半径。

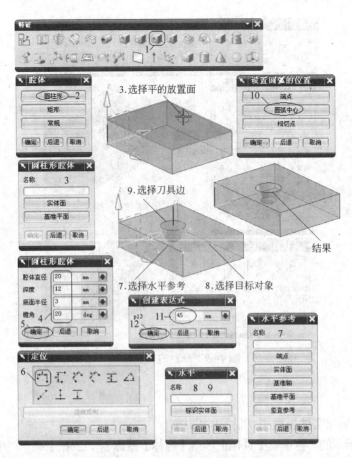

图 4-70 圆柱形腔体的创建过程

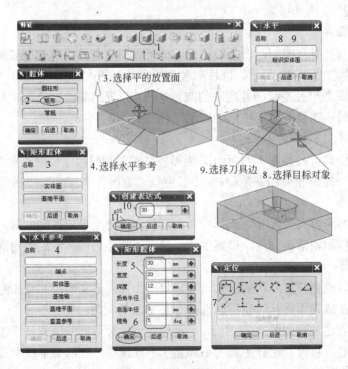

图 4-71 矩形腔体的创建过程

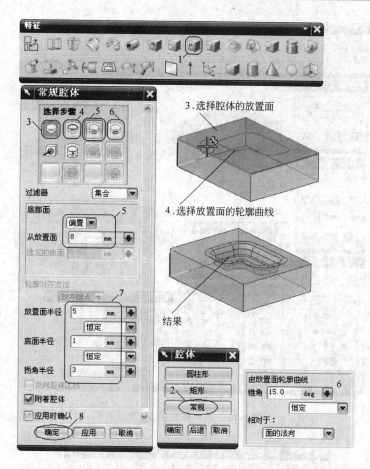

图 4-72 常规腔体的创建过程

4.5.4 垫块

垫块的创建与腔体类似，只是腔体是切除材料，而垫块是增加材料。垫块中只有"矩形"和"常规"两种，圆柱形的垫块使用"凸台"命令。

在如图 4-1 所示的"特征"工具栏上单击【垫块】图标 ，或在主菜单栏中选择【插入】→【设计特征】→【垫块】命令，系统弹出如图 4-73 所示的"垫块"对话框。垫块有 "矩形"和"常规"2 个选项。

（1）矩形垫块

矩形垫块的创建过程如图 4-73 所示。

（2）常规垫块

常规垫块的创建过程如图 4-74 所示。

4.5.5 凸起

凸起就是用沿着矢量投影截面形成的面修改体，可以选择端盖位置和形状。

在如图 4-1 所示的"特征"工具栏上单击【凸起】图标 ，或在主菜单栏中选择【插入】→【设计特征】→【凸起】命令，系统弹出如图 4-75 所示的"凸起"对话框。

凸起的创建过程如图 4-75 所示。

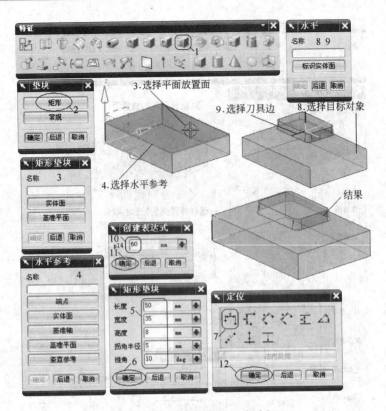

图 4-73　矩形垫块的创建过程

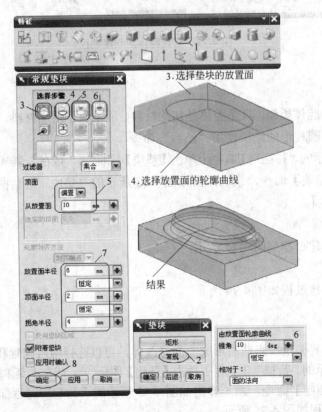

图 4-74　常规垫块的创建过程

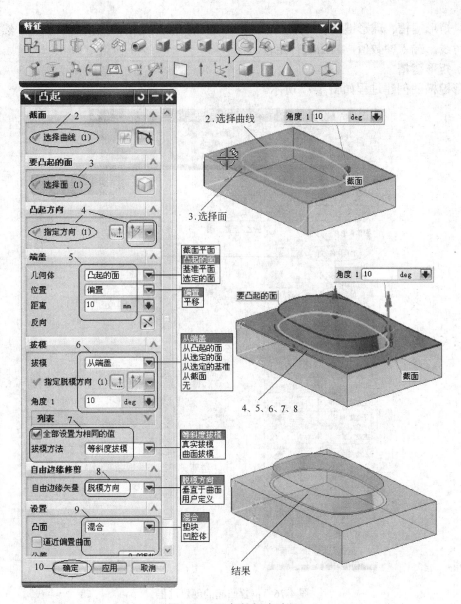

图 4-75 凸起的创建过程

4.5.6 偏置凸起

偏置凸起是用面修改体,该面是通过基于点或曲线创建具有一定大小的垫块或腔体而形成的。在如图 4-1 所示的"特征"工具栏上单击【偏置凸起】图标 ，或在主菜单栏中选择【插入】→【设计特征】→【偏置凸起】命令,系统弹出如图 4-76 所示的"偏置凸起"对话框。偏置凸起的创建过程如图 4-76 所示。

4.5.7 键槽

在各类机械零件中,经常出现各种键槽,即在平的表面上形成的一个直槽。

在如图 4-1 所示的"特征"工具栏上单击【键槽】图标 ，或在主菜单栏中选择【插入】→【设计特征】→【键槽】命令,系统弹出如图 4-77 所示的"键槽"对话框。共计有 5 种类型

的键槽：矩形键槽、球形键槽、U 形键槽、T 形键槽和燕尾键槽。先指定放置面，然后指定
水平参考线，输入参数值，最后进行定位。

（1）**矩形键槽**

矩形键槽的创建过程如图 4-77 所示。

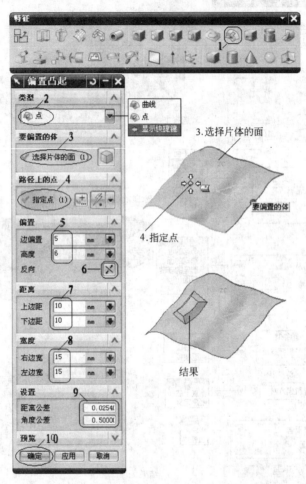

图 4-76　偏置凸起的创建过程

（2）**球形键槽**

球形键槽的创建过程与矩形键槽的创建过程类似，球形键槽的参数如图 4-78 所示，示例
如图 4-79 所示。

（3）**U 形键槽**

U 形键槽的创建过程与矩形键槽的创建过程类似，U 形键槽的参数如图 4-80 所示，示例
如图 4-81 所示。

（4）**T 形键槽**

T 形键槽的创建过程与矩形键槽的创建过程类似，T 形键槽的参数如图 4-82 所示，示例
如图 4-83 所示。

（5）**燕尾键槽**

燕尾键槽的创建过程与矩形键槽的创建过程类似，燕尾键槽的参数如图 4-84 所示，示例
如图 4-85 所示。

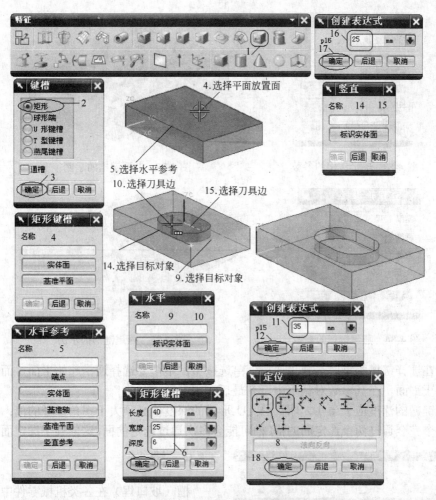

图 4-77　矩形键槽的创建过程

图 4-78　球形键槽的参数

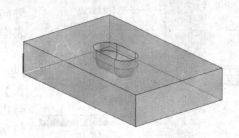

图 4-79　球形键槽的示例

图 4-80　U 形键槽的参数

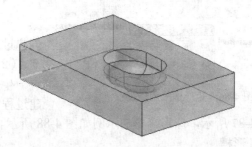

图 4-81　U 形键槽的示例

图 4-82　T 形键槽的参数

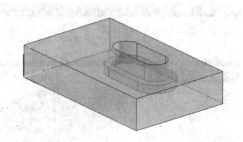

图 4-83　T 形键槽的示例

图 4-84　燕尾键槽的参数

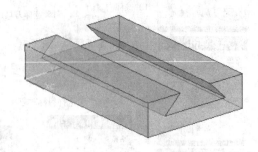

图 4-85　燕尾键槽的示例

如果在选择键槽类型时选择"通槽"单选按钮，不但要选择通槽起始平面，而且还要选择通槽终止平面，在其参数对话框中没有最后一项参数"长度"。

球形键槽的深度应大于 1/2 球直径；U 形槽的深度值必须大于拐角半径的值；通槽让用户生成一个完全通过两个选定面的槽（槽可能会多次通过选定的面，这依赖于选定面的形状）。

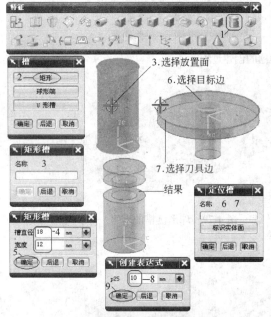

图 4-86　矩形槽的创建过程

4.5.8　槽

槽（坡口焊）在各类机械零件中，也是很常见的，它类似一把刀具在旋转部件上由旋转轴向外或由外部的旋转表面向内移动，在旋转表面上生成对称轮廓且垂直于旋转轴环状槽。

在如图 4-1 所示的"特征"工具栏上单击【坡口焊】图标 ，或在主菜单栏中选择【插入】→【设计特征】→【坡口焊】命令，系统弹出如图 4-86 所示的"槽"对话框。槽的类型包括矩形槽、球形端槽和 U 形槽。槽的放置面必须是圆柱形或圆锥形表面。

（1）矩形槽

生成一个截面形状为矩形的槽。矩形槽的创建过程如图 4-86 所示。

（2）球形端槽

生成底部有完整半径的槽。球形端槽的创建过程与矩形槽的创建过程类似，球形端槽的参数如图 4-87 所示，球形端槽的示例如图 4-88 所示。

（3）U 形槽

生成拐角处有半径的槽。U 形槽的创建过程与矩形槽的创建过程类似，U 形槽的参数如

图 4-89 所示，U 形槽的示例如图 4-90 所示。

图 4-87　球形端槽的参数

图 4-88　球形端槽的示例

图 4-89　U 形槽的参数

图 4-90　U 形槽的示例

4.5.9　三角形加强筋

三角形加强筋是沿两组面的相交曲线添加三角形加强筋特征。

在如图 4-86 所示的"特征"工具栏上单击【三角形加强筋】图标 ，或主菜单栏中选择【插入】→【设计特征】→【三角形加强筋】命令，系统弹出如图 4-91 所示的"三角形加强筋"对话框。

三角形加强筋特征的创建过程如图 4-91 所示。

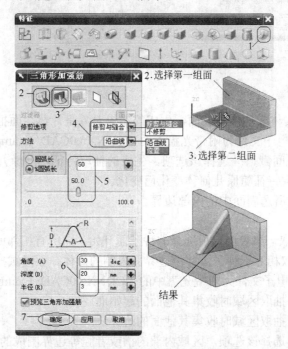

图 4-91　三角形加强筋特征的创建过程

4.6　创建其他特征

其他特征是对特征进行扩充。包括抽取几何体、引用几何体、曲线成片体、有界平面和加厚等，它们被放置在如图 4-91 所示的【特征】工具栏中。

4.6.1　抽取几何体

抽取几何体是在实体上抽取面、面区域或者体。

在如图 4-91 所示的"特征"工具栏上单击【抽取几何体】图标 ，或在主菜单栏中选择【插入】→【关联复制（A）】→【抽取（E）】命令，系统弹出如图 4-92 所示的"抽取"对话框。

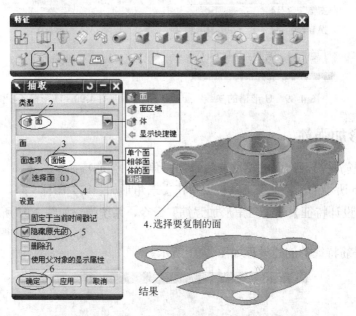

图 4-92　面抽取特征的创建过程

（1）面

面（ ）：抽取实体或片体的表面，生成的结果对象是片体。面抽取特征的创建过程如图 4-92 所示（实例的电子文件为附带光盘中的"CDNX6.0CAD/ Examples/CH4/l4-1.prt"）。

① 固定于当前时间戳记：选择该选项，生成的抽取特征不随原几何体变化而变化。关闭该选项，生成的抽取特征随原几何体变化而变化。

② 删除孔：删除所选表面中的内部边界。

（2）面区域

面区域（ ）提取一组表面，由选择的种子面开始，向所有相邻的面扩展，直到碰到边界面。即在区域中抽取相对于种子面并由边界面限制的片体。面区域抽取特征的创建过程如图 4-93 所示（实例的电子文件为附带光盘中的"CDNX6.0CAD/ Examples/CH4/l4-1.prt"）。

① 种子面：作为抽取区域时收集其他面的起始面。

② 边界面：作为抽取区域时收集其他面的边界。

③ 遍历内部边：选择该选项，区域内部的槽或者腔等边界围成的面也算入区域内。

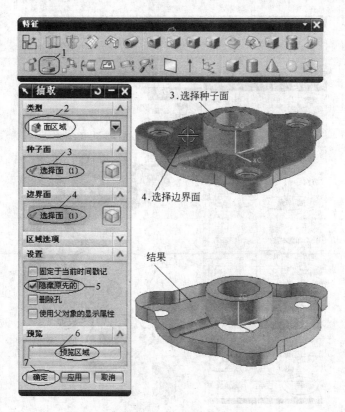

图 4-93 面区域抽取特征的创建过程

（3）体

体（ ![icon] ）对实体或片体进行关联复制，一般用于需要两个同样的实体或片体的情况，与抽取面操作相类似。

4.6.2　引用几何体

引用几何体将几何体复制到各种图样阵列中。

在如图 4-93 所示的"特征"工具栏上单击【引用几何体】图标 ![icon] ，或在主菜单栏中选择【插入】→【关联复制（A）】→【引用几何体（G）】命令，系统弹出如图 4-94 所示的"引用几何体"对话框。引用几何体特征的创建过程如图 4-94 所示（实例的电子文件为附带光盘中的"CDNX6.0CAD/ Examples/CH4/l4-1.prt"）。

4.6.3　曲线生成片体

曲线生成片体是通过选择曲线创建各种表面或者片体特征。其中包括封闭平面曲线创建边界平面片体、两同轴的圆或椭圆创建圆柱片体、两同轴不同半径的圆弧创建圆锥片体及由一条二次曲线和一条平面脊柱线创建拉伸片体。

在如图 4-94 所示的"特征"工具栏上单击【曲线生成片体】图标 ![icon] ，系统弹出如图 4-95 所示"从曲线获得面"对话框。设置相关参数后，在图形区中依次选择曲线对象，确定即可。曲线生成片体特征的创建过程如图 4-95 所示。

① 按图层循环：处理一层上的所有选择曲线。可以减少计算量和处理时间。

② 警告：遇到警告时会停止处理，并显示警告信息。

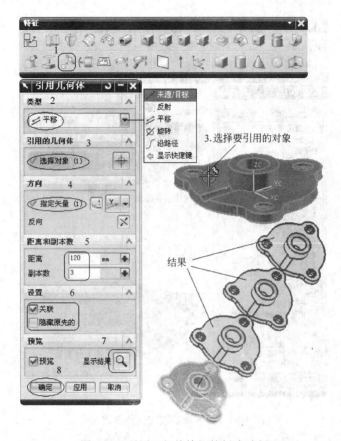

图 4-94 引用几何体特征的创建过程

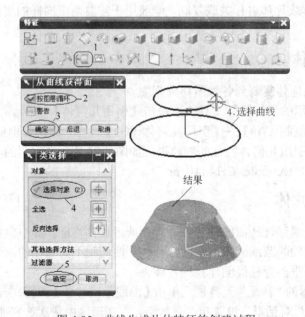

图 4-95 曲线生成片体特征的创建过程

4.6.4 有界平面

有界平面命令是利用封闭曲线或者边界创建边界片体。

在如图 4-95 所示的"特征"工具栏上单击【有界平面】图标 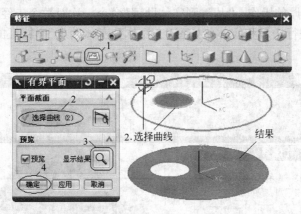，系统弹出如图 4-96 所示"有界平面"对话框。选择共面的封闭曲线、实体边缘或实体面边界即可生成边界片体。有界平面特征的创建过程如图 4-96 所示。

图 4-96　有界平面特征的创建过程

4.6.5　加厚

加厚通过为一组面增加厚度来创建实体。

在如图 4-96 所示的"特征"工具栏上单击【加厚】图标 ，系统弹出如图 4-97 所示"加厚"对话框。选择面，然后设置各相关选项，单击"确定"即可。加厚特征的创建过程如图 4-97 所示。

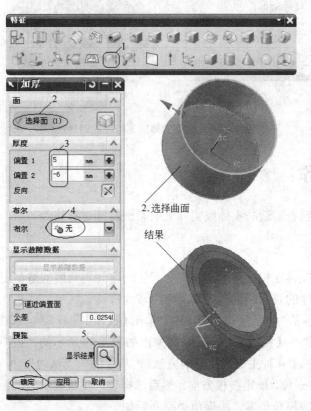

图 4-97　加厚特征的创建过程

4.6.6 片体到实体助理

"片体到实体助理"是从一组未缝合的片体中形成实体，是"加厚"功能的延伸。"加厚"只针对单一片体做增厚的操作。"片体到实体助理"命令一次对数个未经缝合的片体进行曲面缝合之后，再对其进行增厚和实体化处理。"片体到实体助理"特征的创建过程如图 4-98 所示。

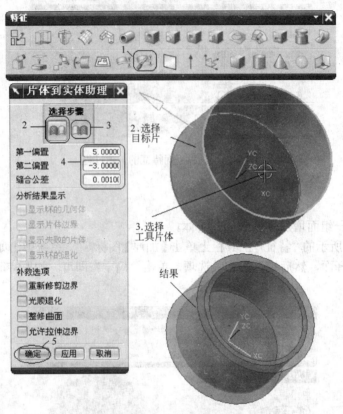

图 4-98　片体到实体助理特征的创建过程

4.7　特征操作

特征操作是对已经构造的实体或实体上的某一特征进行修改。

4.7.1　拔模

拔模命令是使实体在相对指定的方向上产生一定倾斜角度的造型工具。设定拔模角是为了生成带有拔模斜度的表面，这在模具上应用较为广泛。

在如图 4-2 所示的"特征操作"工具栏上单击【拔模】图标 ，或在主菜单栏中选择【插入】→【细节特征】→【拔模】命令，系统弹出如图 4-99 所示的"拔模"对话框。先选择拔模角类型，系统提供了 4 种生成拔模角的方法："从平面"、"从边"、"与多个面相切"和"至分型边"，选择其中一种，确定拔模方向，然后选择要产生拔模斜度的面或边缘，选择拔模的参考点，最后输入拔模角角度。拔模角类型介绍如下。

（1）从平面

从平面 ：从参考点所在平面开始，与拔模角方向成拔模角角度（即边的切线与拔模开模方向之间的角度），对指定的实体表面进行拔模角。这是最为常用的拔模方法。从平面拔模的创建过程如图4-99所示。

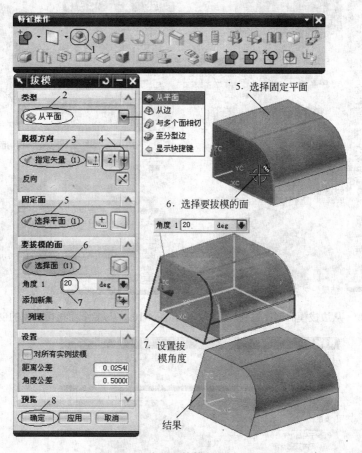

图4-99 从平面拔模的创建过程

（2）从边

从边 ：从一系列实体边缘开始，与拔模角方向成拔模角角度，对指定的实体进行拔模角，适用于所选实体边缘不共面。从边拔模的创建过程如图4-100所示。

（3）与多个面相切

与多个面相切 ：与拔模角方向成拔模角角度，对实体进行拔模角，使拔模面相切于指定的实体表面。与多个面相切拔模的创建过程如图4-101所示。

（4）至分型边

至分型边 ：从参考点所在平面开始，沿拔模方向倾斜给定的拔模角度，沿指定的分割边缘对实体进行拔模角。适用于实体中部具有特殊形状的情况。至分型边拔模的创建过程如图4-102所示。

分割线需要使用【插入】→【修剪】→【分割面】命令，生成体表面的分割线，然后再进行拔模角操作。

创建拔模角时，可能因为其他相关图形特征（如倒圆角）的存在干涉面创建失败，所以创建拔模特征在整个设计中的次序很重要。

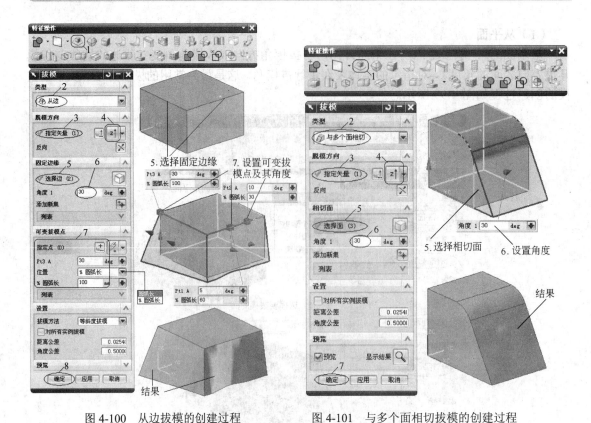

图 4-100　从边拔模的创建过程　　　　　图 4-101　与多个面相切拔模的创建过程

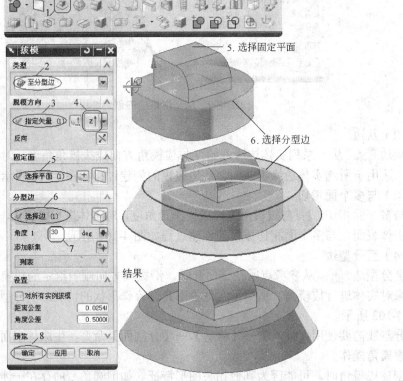

图 4-102　至分型边拔模的创建过程

4.7.2 倒圆

（1）边倒圆

边倒圆命令是对实体或者片体边缘施加固定的半径或变化的半径，使模型上的尖锐边缘变成圆滑表面（圆角面），修饰实体或者片体的棱角，便于日后的加工或出模。

在如图 4-2 所示的"特征操作"工具栏上单击【边倒圆】图标 ，或在主菜单栏中选择【插入】→【细节特征】→【边倒圆】命令，系统弹出如图 4-103 所示的"边倒圆"对话框。最简单的边倒圆操作需要选择边再设置半径确定进行倒圆角。恒定半径的边倒圆创建过程如图 4-103 所示。

一个边倒圆角特征只能创建在一个实体上，不能在两相交实体之间创建倒圆角。

① 边倒圆的边缘选择。在进行边倒圆时，选择边缘可以使用多种方式。在如图 4-104 所示选择意图工具中，可以选择单条曲线、相连曲线、相切曲线、面的边缘、体的边缘、顶点边缘、顶点相切边，应用示例如图 4-105 所示。

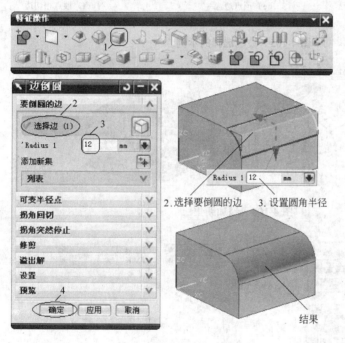

图 4-103 恒定半径的边倒圆创建过程

图 4-104 选择意图

边倒圆选择边时，单击鼠标中键将完成一组边的选择。单击【添加新集】图标 可以继续选择下一组的边界线，再指定半径可以在一次操作中创建多个不同半径的圆角，如图 4-106所示。

倒圆角时，圆角半径不能大于原有圆角的半径，否则由于产生自交叉而无法运算，将不能进行倒圆角，并且会发出警告信息。

② 边倒圆的选项。

a. 可变半径点。创建变化半径倒圆角，需要在选择的边缘上不同点的位置指定不同的半径值。选择变化半径方式后，在图形上拾取一个点，再指定该点的半径值，然后再拾取其他点指定半径值，如图 4-107 所示。

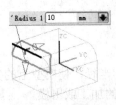 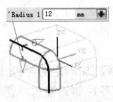 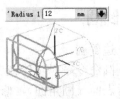

（a）单条曲线、相连曲线　　　　（b）相切曲线　　　　　　　　（d）面的边缘
　（只有选择的边缘）　　　　　　（自动切向延伸）　　　　　　（曲面所有边缘）

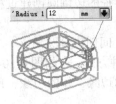  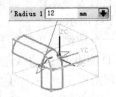

（d）体的边缘　　　　　　　　　（e）顶点边缘　　　　　　　　（f）顶点相切边
（实体所有边缘）　　　　　　　（过顶点的3条线）　　　　　　（顶点并切向延伸）

图 4-105　边缘选择的示例

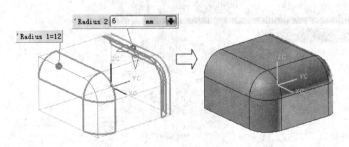

图 4-106　添加新集

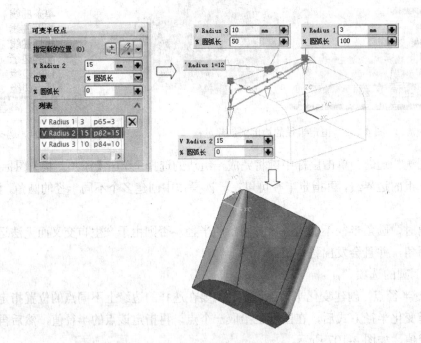

图 4-107　边半径倒圆角示例

b. 拐角回切。拐角回切用于设置顶点圆角时的回退值，如图 4-108 所示为普通倒圆角与拐角回切对比示例。选择拐角回切后，选择一个拐角点，再设置其 3 个方向的回退值确定进行倒圆角。

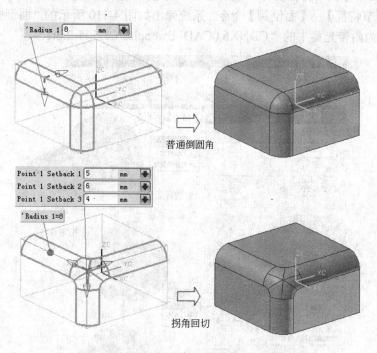

图 4-108　普通倒圆角与拐角回切对比示例

c. 拐角突然停止。拐角突然停止可以在倒圆角时指定截止位置，生成部分倒圆角，如图 4-109 所示。

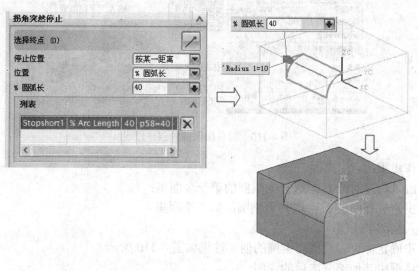

图 4-109　拐角突然停止示例

（2）面倒圆

面倒圆是对实体或者片体的面集以指定半径进行倒圆的圆角方式，生成的倒圆面相切于所选择的平面。

面链可以选择实体或片体上的一个或多个面，所选的面应具有相同的方向，可使用【反向】图标 ⊠ 控制方向。

在如图 4-2 所示的"特征操作"工具栏上单击【面倒圆】图标 ✎，或在主菜单栏中选择【插入】→【细节特征】→【面倒圆】命令，系统弹出如图 4-110 所示的"面倒圆"对话框（实例的电子文件为附带光盘中的"CDNX6.0CAD/ Examples/CH4/l4-2.prt"）。

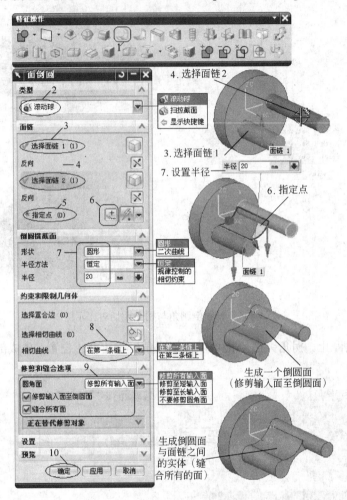

图 4-110 简单面倒圆的创建过程

① 操作步骤：

a. 单击"选择面链 1"，选择面倒圆的第一个面集；

b. 单击"选择面链 2"，选择面倒圆的第二个面集；

c. 输入倒圆半径值；

d. 单击确定即可。简单面倒圆的创建过程如图 4-110 所示。

② 对话框中其他部分选项的说明。

a. 倒圆横截面。

ⅰ. 圆形。用一个指定半径的假想球与选择的两个面集相切进行倒圆。其中"半径方法"选项用来控制以"恒定"、"规律控制的"还是以"相切约束"控制的方式进行倒圆。

ⅱ. 二次曲线。用"偏置 1 方法"、"偏置 2 方法"和"Rho 方法"来控制，与两选择面集相切进行倒圆。"偏置 1 方法"用于设置在第一面集的偏置值，"偏置 2 方法"用于设置在第二面集的偏置值。它们包含"恒定"和"规律控制的"两种方法。"Rho 方法"用于设置拱高与弦高之比。包含"恒定"和"规律控制的"和"自动椭圆"3 种方法。

b. 约束和限制几何体 。

ⅰ. 选择重合边 ：用于限制圆角的边缘。可在第一个面集和第二个面集上选择一条或多条边缘作为陡峭边缘，使倒圆面在第一个面集和第二个面集上相切到陡峭边缘。

ⅱ. 选择相切曲线 ：用于选择相切控制曲线，可选择在两面集上的曲线或边缘作为相切控制曲线。

c. 修剪和缝合选项。用来控制倒圆时的修剪和面缝合的方式。

ⅰ. 圆角面。包含 4 个选项："修剪所有输入面"、"修剪至短输入面"、"修剪至长输入面"和"不要修剪圆角面"。

ⅱ. 修剪输入面至倒圆面：修剪面集至倒圆面。

ⅲ. 缝合所有面：缝合所有的面，包括倒圆面和两个面集。

d. 设置。相遇时添加相切面：操作时选定一个面则其他与之相切的面全都被自动选中。

（3）软倒圆

软倒圆是指沿着相切控制线相切于指定的面的倒圆方式。建立软倒圆必须定义脊线，它的圆角截面可由相切曲线控制，能设计出更好的倒圆效果，使产品避免了呆板的外形。多用于流线型的工业造型设计，其选项和操作过程与面倒圆相类似。

在如图 4-110 所示的"特征操作"工具栏上单击【软倒圆】图标 ，或在主菜单栏中选择【插入】→【细节特征】→【软倒圆】命令，系统弹出如图 4-111 所示的"软倒圆"对话框。软倒圆创建过程如图 4-111 所示（实例的电子文件为附带光盘中的"CDNX6.0CAD/Examples/CH4/l4-3.prt"）。

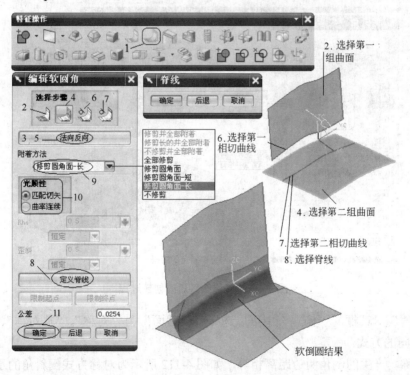

图 4-111　软倒圆创建过程

下面介绍"软倒圆"对话框中的参数。

① 光顺性。用于控制软倒圆的截面形状。该选项包含"匹配切矢"与"曲率连续"两个选项。

a. 匹配切矢：倒圆面与邻接的被选面相切，截面形状是椭圆曲线。

b. 曲率连续：倒圆面与邻接的被选面在切矢和曲率上都匹配。圆角形状由 Rho（比率）和歪斜（斜率）两个选项来控制，Rho（比率）越接近 0，则倒圆面越平坦；歪斜（斜率）越接近 0，则倒圆面越接近于第一组面。歪斜（软件界面中文翻译有误，应为斜率）：用于设置斜率，其值必须大于 0 且小于 1。

② 定义脊线：定义软倒圆的脊线，可选择曲线或实体边缘。

③ 限制起点与限制终点：定义一平面在开始或结束处修剪倒圆面。此方式仅在"附着方法"为"修剪圆角面"和"不修剪"时有效。

④ 公差：用于控制倒圆面的精度，即倒圆面从一个面向另一个面转化时的光顺程度。

4.7.3 倒斜角

倒斜角功能用于沿着边界对实体进行倒角。

在如图 4-111 所示的"特征操作"工具栏上单击【倒斜角】图标 ，或在主菜单栏中选择【插入】→【细节特征】→【倒斜角】命令，系统弹出如图 4-112 所示的"倒斜角"对话框。对称倒斜角的创建过程如图 4-112 所示。创建倒斜角时首先要选择边界，再在"倒斜角"对话框中设置倒斜角参数。"选择边"的方法与"边倒圆"的选择方法相同。

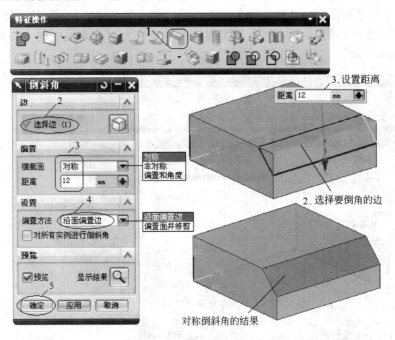

图 4-112　对称倒斜角的创建过程

"倒斜角"对话框的"偏置"中可以选择"横截面"为"对称"、"非对称"、"偏置和角度"3 种不同的方式。

① 对称。产生的倒角两边距离相等，如图 4-112 所示为对称方式倒斜角的示例。

② 非对称。需要指定两个偏置值（第一偏置和第二偏置），可以通过单击【反向】图标

切换方向。不对称偏置倒斜角的示例如图 4-113 所示。

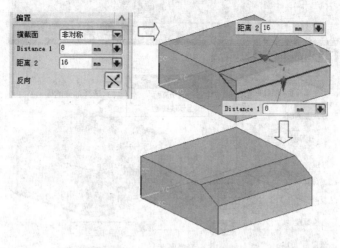

图 4-113 不对称偏置倒斜角的示例

③ 偏置和角度。需要指定一个"距离"和一个"角度"，可以通过单击【反向】图标
切换方向。偏置和角度倒斜角的示例如图 4-114 所示。

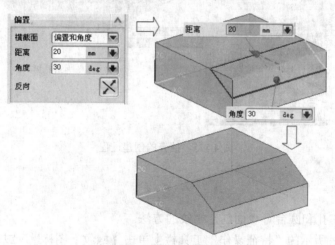

图 4-114 偏置和角度倒斜角的示例

4.7.4 抽壳

抽壳功能是指按指定厚度对实体进行抽空，创建薄壁体的操作。正的厚度值，得到的是薄壁，负的厚度值，在原始体周围生成一个抽空体。

在如图 4-112 所示的"特征操作"工具栏上单击【抽壳】图标 ，或在主菜单栏中选择【插入】→【偏置/缩放】→【抽壳】命令，系统弹出如图 4-115 所示的"抽壳"对话框。抽壳的创建过程如图 4-115 所示。

"移除面，然后抽壳"是抽壳创建时最常用的类型。其创建的步骤为：选取移除的面，再设定厚度与侧边参数，单击"确定"按钮进行抽壳，如图 4-115 所示。

创建抽壳时，可以通过单击【反向】图标 选择壳体的生成方向为外侧或内侧。

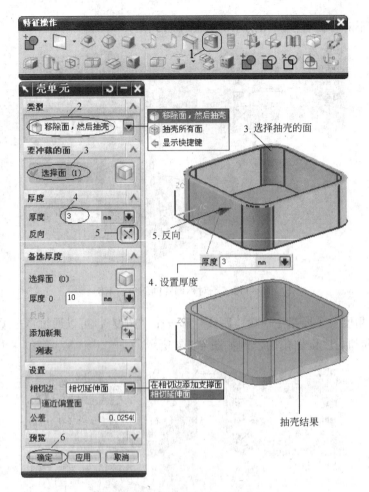

图 4-115　抽壳的创建过程

4.7.5　螺纹

螺纹命令是在孔和圆台等表面创建螺纹的方法。

在如图 4-112 所示的"特征操作"工具栏上单击【螺纹】图标█，或在主菜单栏中选择【插入】→【设计特征】→【螺纹】命令，系统弹出如图 4-116 所示的"螺纹"对话框。螺纹的创建过程如图 4-116 所示（实例的电子文件为附带光盘中的" CDNX6.0CAD/Examples/CH4/l4-4.prt"）。

首先根据需要选择螺纹类型：符号或详细，选择圆柱面，再设置螺纹参数（或沿用系统默认），单击"确定"按钮即可。对话框中各选项说明如下。

① 螺纹类型。

a. 符号：是用虚线圆表示，不显示螺纹实体，在工程图中用于表示螺纹和标注螺纹。系统会根据选择的是圆柱或孔表面自动判断是内螺纹还是外螺纹。符号"螺纹"对话框如图 4-117 所示。符号螺纹是部分相关的，螺纹数据被修改，则对应的圆柱或孔的直径也随之改变，反之则不行。因为螺纹生成速度较快，计算量小，建议采用此种生成方式。

b. 详细：产生真实的螺纹形状。由于螺纹几何形状的复杂性，计算量大，创建和更新的速度慢。它是全相关的，特征可修改。

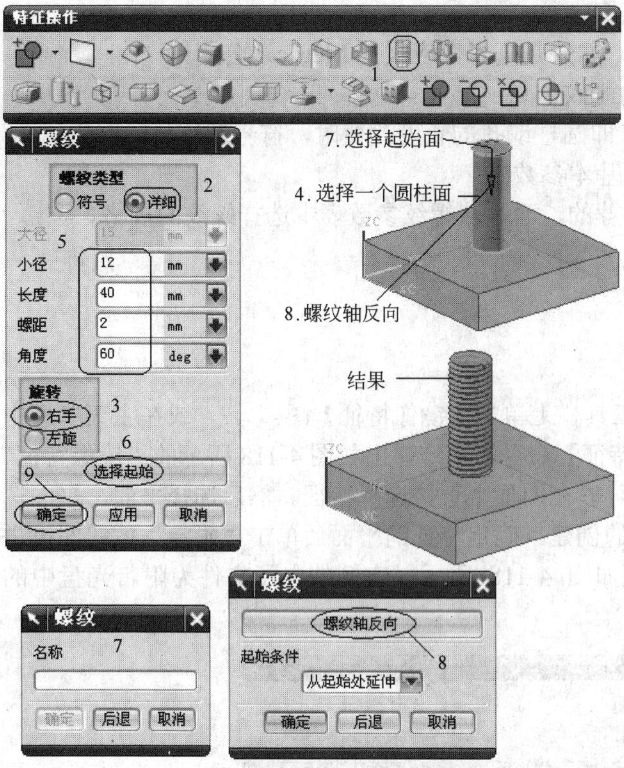

图 4-116　螺纹的创建过程 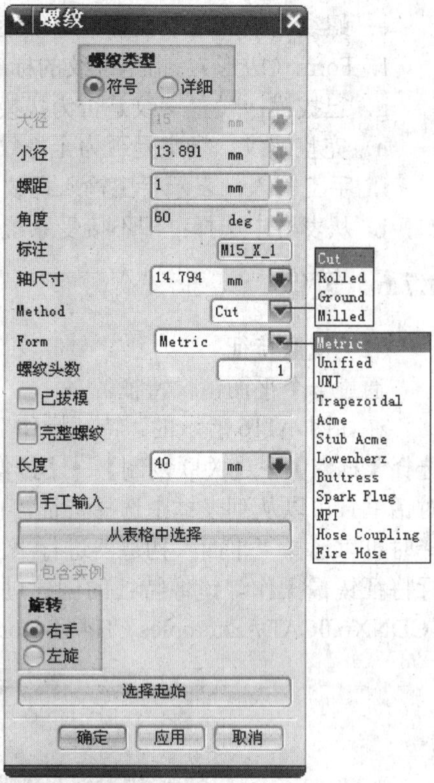　　　　　图 4-117　符号"螺纹"对话框

② 两者的公共选项包括："大径"、"小径"、"螺距"、"角度"（螺纹的夹角）和"长度"（螺纹长度）、"旋转"（右手或左旋）等。

a. 大径：即螺纹大径，默认值是根据所选择圆柱面直径和内外螺纹的形式的参数得到的。

b. 小径：即螺纹小径，默认值是根据所选择圆柱面直径和内外螺纹的形式的参数得到的。

c. 螺距：根据所选择的圆柱面查螺纹参数得到的。

d. 角度：螺纹牙型角，默认值为 60°。

e. 长度：螺纹的长度，默认值根据所选择的圆柱面查螺纹参数得到。螺纹长度从起始面进行计算。

f. 旋转：指定螺纹的旋向，有"右手"与"左旋"两个选项。

g. 选择起始：指定一个实体平面或基准平面作为螺纹的起始位置。

③ 符号螺纹有一些专用选项。

a. 轴尺寸：外螺纹轴的尺寸或内螺纹的钻孔尺寸，查螺纹参数表得到。例如，孔的直径为 10，加入螺纹后，小径为 10.072，最接近这个值的圆柱直径为 10.5792，系统自动刷新这个圆柱体的直径。

b. 包含实例：选择该选项，对阵列特征中的一个成员进行操作，则该阵列中的所有成员全部被攻螺纹。

c. 标注：用于标记螺纹规格，自动引用螺纹表。

d. Method（方法）：指定螺纹的加工方法。包含 Cut（车螺纹）、Rolled（滚螺纹）、Ground（磨螺纹）和 Milled（铣螺纹）4 个选项。

e. 螺纹头数：用于设置单螺纹还是多螺纹。

f. Form（成形）：指定螺纹的标准，如果是毫米，应采用 Metric（公制）。

g. 已拔模：设置螺纹是否为拔模角螺纹。

h. 完整螺纹：指定是否为全螺纹，即圆柱或孔的长度改变时，符号螺纹自动刷新。

i. 手工输入：表示手工输入螺纹的基本参数。

j. 从表格中选择：即不接受系统自荐的，而是从螺纹参数表中选择螺纹的规格。

4.7.6 镜像

（1）镜像特征

通过一个平面镜像特征。

在如图 4-116 所示的"特征操作"工具栏上单击【镜像特征】图标 ，或在主菜单栏中选择【插入】→【关联复制】→【镜像特征】命令，系统弹出如图 4-118 所示的"镜像特征"对话框。可以从列表框中选择特征，也可以在图形上直接选择特征。然后选择平面，平面选择时可以选择"平面"构造器进行平面的创建。确定特征的平面后单击"确定"按钮即可进行特征镜像操作。镜像特征的创建过程如图 4-118 所示（实例的电子文件为附带光盘中的"CDNX6.0CAD/ Examples/CH4/l4-4.prt"）。

图 4-118　镜像特征的创建过程

从列表框中选择特征与在图形上选择特征是相关联的，选择的特征将加到镜像的特征列表中，同时在图形上高亮显示。

（2）镜像体

通过一个镜像平面将实体进行镜像复制，通过这一功能可以从一半部件复制另一半对称的体，并且两边的所有特征都是关联的。

在如图 4-118 所示的"特征操作"工具栏上单击【镜像体】图标 ，或在主菜单栏中选择【插入】→【关联复制】→【镜像体】命令，系统弹出如图 4-119 所示的"镜像体"对话框。创建镜像体的步骤为：选择镜像体，再选择基准面，单击"确定"按钮进行镜像。镜像体的创建过程如图 4-119 所示（实例的电子文件为附带光盘中的" CDNX6.0CAD/Examples/CH4/l4-4.prt"）。

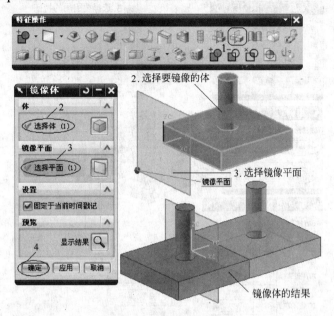

图 4-119　镜像体的创建过程

镜像物体没有特征参数，当原物体进行编辑、删除、移动时，则镜像物体也将作相应的改变。

4.7.7　实例特征

实例特征是指将指定的一个或一组特征，按一定的规律进行复制，建立一个特征阵列。阵列中各成员保持相关性，当一个成员被修改，阵列中的其他成员也会相应自动变化。适用于快速创建同样参数且呈一定规律排列的特征。

在如图 4-119 所示的"特征操作"工具栏上单击【实例特征】图标 ，或在主菜单栏中选择【插入】→【关联复制】→【实例特征】命令，系统弹出如图 4-120 所示的"实例特征"对话框。在对话框中选择一种阵列方式，再选择需要阵列的特征。然后在输入阵列参数对话框输入阵列参数，确定即可完成特征的阵列。

（1）实例特征类型

① 矩形阵列：依据 WCS（工作坐标系），沿 XC（行）、YC（列），按设定的 XC 方向的偏移和 YC 方向的偏移，生成与主特征相同参数的阵列成员特征。矩形实例特征的创建过程如图 4-120 所示（实例的电子文件为附带光盘中的"CDNX6.0CAD/ Examples/CH4/l4-4.prt"）。

② 圆形阵列：主特征绕一个参考轴，以参考点为旋转中心，按指定的数量和旋转角度复制若干成员特征。创建回转轴有两种方式："点和方向"和"基准轴"。选择"点和方向"，则主特征以指定的矢量为旋转轴线，绕给出的参考点旋转复制；选择"基准轴"，则主特征以指定的基准轴为旋转轴线，绕基准轴所处的位置为原点旋转复制。圆形实例特征的创建过程如图 4-121 所示（实例的电子文件为附带光盘中的"CDNX6.0CAD/ Examples/CH4/l4-4.prt"）。

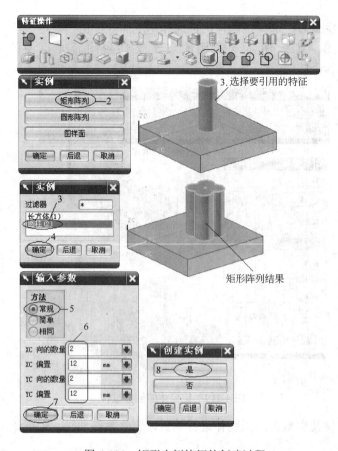

图 4-120　矩形实例特征的创建过程

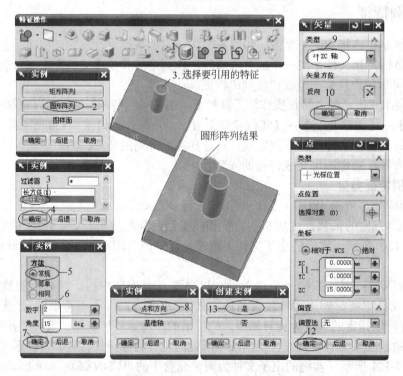

图 4-121　圆形实例特征的创建过程

（2）实例方法

如图 4-120 所示。

① 常规：用存在的特征创建一个阵列，并对其所有的几何特性以及可行性进行分析和验证。

② 简单：与"常规"选项相类似，但不进行分析和验证，其创建速度更快，计算量小。

③ 相同：用于在尽可能少的分析和验证下进行复制和转换原始特征。

（3）不可以采用实例特征按规律进行复制特征

① 抽壳、边倒圆、倒斜角、拔模、螺纹、偏置面、基准、修剪的片体和修剪体，这些不能单独存在的特征是无法使用实例特征命令进行阵列复制的。

② 边倒圆、倒斜角、拔模以及螺纹可以在自身的对话框中使用相应的选项，控制是否对阵列成员进行同样的操作。比如，对于"倒斜角"操作，选中对话框中"对所有实例进行倒斜角"复选框，可控制对阵列成员进行同样参数的倒角操作。

③ 智能参数 ⬇：寻找临近输入字段的 ⬇（向下箭头），它提供了访问"测量"、"公式"、"函数"、最近使用的值和其他内容的途径。

4.7.8 布尔运算

布尔运算可以将已有的实体通过求和、求差、求交的方法重新生成实体。它与创建特征时的布尔选项相似。

（1）布尔运算的操作

在如图 4-121 所示的"特征操作"工具栏上单击【求和】图标 🔧，或在主菜单栏中选择【插入】→【组合体】→【求和】命令，系统弹出如图 4-122 所示的"求和"对话框。求和布尔运算的操作过程如图 4-122 所示。只能选择一个目标体，但可以选择多个工具（刀具）体。使用默认选项进行求和运算后，原选择的实体将被删除，而通过选中"保持目标/保持工具"复选框可以在求和运算后保留原实体。

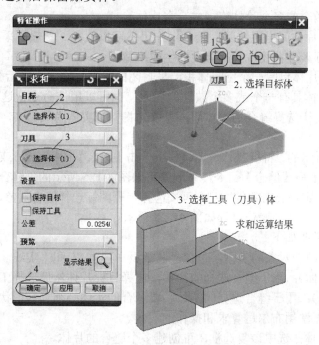

图 4-122　求和布尔运算的操作过程

（2）布尔运算的种类

① ⬜ 求和：将两个或多个实体对象结合在一起，变为一个实体。如图 4-122 所示。

② ⬜ 求差：用工具体将目标体的部分材料删除。如图 4-123 所示。

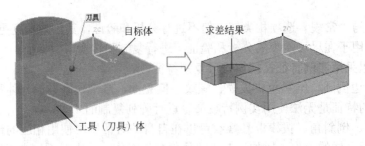

图 4-123　求差

③ ⬜ 求交：将工具体与目标体共有的部分创建为一个新的实体。如图 4-124 所示。

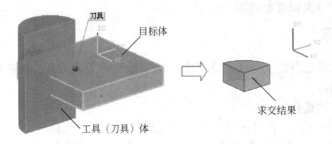

图 4-124　求交

4.7.9　缝合

缝合操作是把两个或多个片体连接成一个片体。

① 若实体或者片体间出现缝隙，缝合操作仍然可以执行。一般不采用缝合操作弥补模型的缝隙缺陷，最好调整曲线，提高曲面的生成质量。

② 如果选择的片体包围一个空间体积，呈封闭的状态，则缝合之后会生成一个实体。

③ 如果两个实体具有一个或多个共同的表面，也可以用该命令把这两个实体缝合成一个单一的实体。为便于选择缝合的实体面，可以先将一个实体隐藏起来，隐藏命令可以嵌套使用。

在如图 4-122 所示的"特征操作"工具栏上单击【缝合】图标 📖，或在主菜单栏中选择【插入】→【组合体】→【缝合】命令，系统弹出如图 4-125 所示的"缝合"对话框。缝合实体或片体时，首先指定缝合对象的类型，再按选择步骤图标选择缝合对象，并设置缝合参数，确定即可完成缝合。缝合的操作过程如图 4-125 所示。

对话框中选项说明如下。

① 类型：所选缝合对象的类型，包含"图纸页（片体）"和"实线（实体）"两个选项。

a. 图纸页（片体）：用于缝合选择的片体，选择目标片体然后选择工具片体进行缝合。

b. 实线（实体）：用于缝合选择的实体。要缝合的实体必须具有形状相同、面积相近的表面。尤其适用于无法用布尔运算求和操作的实体。

② 输出多个片体：选中该复选框，可创建多个缝合的片体。

③ 缝合所有实例：用于缝合阵列特征中的所有成员。选择该选项，对阵列中某个成员

进行缝合，则其他成员都被缝合。该选项在"实线（实体）"类型下有。

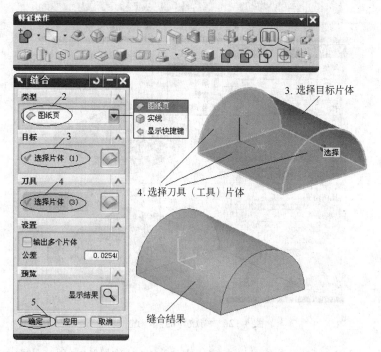

图 4-125　缝合的操作过程

④ 公差：控制被缝合片体或实体边缘间的最大距离。若实体或片体间缝隙较大，可填入较大的值。

⑤ 搜索公共面：搜索两实体间的公共面，以便观察缝合实体间的缝合区域。该选项在"实线（实体）"类型下有。

缝合前多个片体可以有不同的属性，而在缝合后只有一个属性，同时缝合后可以作为体选择。

片体缝合后可以通过不同的过滤方式选择片体特征，也可选择单个曲面。

对于缝合的片体，可以选择"取消缝合"的功能将其重新分解为单一的片体，但是不能取消缝合体上的所有面。在创建片体或者编辑片体时创建的一组片体将会自动缝合，这种缝合的片体也可以使用"取消缝合"来分拆。

4.7.10　缩放体

缩放体是按一定比例对实体进行放大或者缩小。它包括均匀、轴对称和常规 3 种类型。

在如图 4-125 所示的"特征操作"工具栏上单击【缩放体】图标 ，或在主菜单栏中选择【插入】→【偏置/缩放】→【缩放体】命令，系统弹出如图 4-126 所示的"缩放体"对话框。先选择比例缩放的类型，选择比例缩放的对象，指定缩放点（可以不指定，默认是坐标系的原点），然后设置比例缩放的参数，单击"确定"按钮即可。缩放体的操作过程如图 4-126 所示。

下面介绍缩放体的 3 种类型。

① 均匀：是以指定的参考点（默认是坐标系的原点）作为缩放中心，用相同的比例沿 X、Y、Z 方向对实体或者片体进行缩放。在比例因子中输入参数即可。其操作过程包含两个步骤：选择缩放的实体或片体并指定缩放参考点。参考点也可以使用点构造器指定。

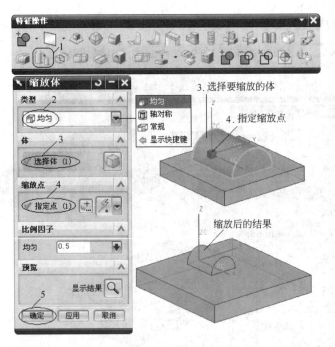

图 4-126　缩放体的操作过程

② 轴对称：是以指定的参考点作为缩放中心，在对称轴方向和其他方向采用不同的缩放因子对所选择的实体或片体进行缩放。其操作过程包含 3 步：选择实体、指定参考点和参考轴（默认值为 Z 轴，可以通过矢量构造器指定）。

③ 常规：对实体或片体沿指定参考坐标系的 X、Y、Z 轴方向，以不同的比例因子进行缩放。其操作过程包括两步：选择实体和参考坐标系（默认坐标系为工作坐标系）。

4.7.11　包裹几何体

对于复杂的实体外形，可使用凸多面体简化复杂的实体外形确定其尺寸和大小，以解决在安装与装配过程中的问题。

在如图 4-126 所示的"特征操作"工具栏上单击【包裹几何体】图标 ，或在主菜单栏中选择【插入】→【偏置/缩放】→【包裹几何体】命令，系统弹出如图 4-127 所示的"包裹几何体"对话框。包裹几何体的操作过程如图 4-127 所示（实例的电子文件为附带光盘中的"CDNX6.0CAD/ Examples/CH4/l4-5.prt"）。对话框中的选项说明如下。

① 几何体：选择需要包含的几何形体。可选择多个实体、片体、曲线和点作为包裹的对象。包络的过程其实就是通过简化模型，创建由平面构成的简单实体。

② 分割平面：定义分割平面。对于几何形体外形比较复杂的实体要进行分割，这样包络的结果才更接近于原几何形体。

③ 封闭缝隙：指定包络表面间存在间隙的封闭方法。包含"尖锐"、"斜接"和"无偏置"3 个选项。

④ 距离公差：其值越小，产生的包络点越多，就越接近原几何形体，但计算量大、费时。

⑤ 附加的偏置：设置包络表面的附加偏置值。

图 4-127　包裹几何体的操作过程

4.7.12　偏置面

偏置面命令是将所选择的表面沿着所选面的法向以一定的距离进行偏置，能偏置一个面或多个面，也能偏置体和体上的特征。

在如图 4-127 所示的"特征操作"工具栏上单击【偏置面】图标，或在主菜单栏中选择【插入】→【偏置/缩放】→【偏置面】命令，系统弹出如图 4-128 所示的"偏置面"对话框。选择需要偏置的表面、特征或者实体，输入偏置值，单击"确定"即可。偏置面的操作过程如图 4-128 所示（实例的电子文件为附带光盘中的"CDNX6.0CAD/ Examples/ CH4/l4-5.prt"）。

4.7.13　拆分体

拆分体的操作是指对目标实体通过实体表面、基准平面、片体或者定义的平面进行分割，它会删除实体原有的全部参数，得到非参数实体。因实体中的参数全部移去，工程图中含有剖视图的信息也会丢失，因此应谨慎使用。

在如图 4-128 所示的"特征操作"工具栏上单击【拆分体】图标，或在主菜单栏中选择【插入】→【修剪】→【拆分体】命令，系统弹出如图 4-129 所示的"拆分体"对话框。选择要拆分的目标体，然后选择拆分所用的工具面或基准平面，单击"确定"后即可完成拆分体的操作。拆分体的操作过程如图 4-129 所示（实例的电子文件为附带光盘中的"CDNX6.0CAD/ Examples/CH4/l4-5.prt"）。

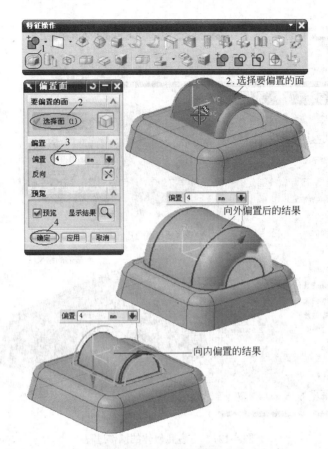

图 4-128　偏置面的操作过程

图 4-129　拆分体的操作过程

4.7.14　修剪体

　　修剪体命令是用实体面、基准平面或片体修剪一个或多个目标体，以获得需要的形状。修剪后的实体仍保持参数化。若用片体修剪实体，则该片体必须完全贯穿实体。应注意与"修剪的片体" 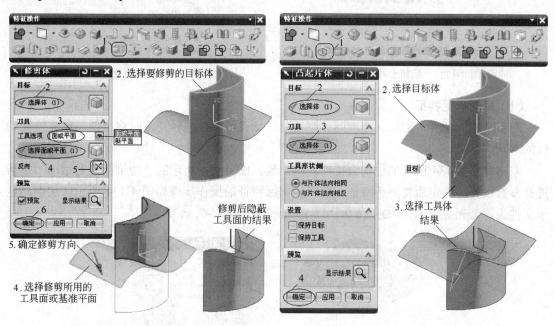命令的区分。

在如图 4-129 所示的"特征操作"工具栏上单击【修剪体】图标，或在主菜单栏中选择【插入】→【修剪】→【修剪体】命令，系统弹出如图 4-130 所示的"修剪体"对话框。选择要修剪的目标体，然后选择修剪所用的工具面或基准平面，单击"确定"后即可完成修剪体的操作。修剪体的操作过程如图 4-130 所示（实例的电子文件为附带光盘中的"CDNX6.0CAD/ Examples/CH4/l4-6.prt"）。

4.7.15　凸起片体

凸起片体是指把实体表面与片体包裹的区域抽掉，与抽壳操作类似，不同的是抽壳生成的是实体，该命令产生的结果是片体。

在如图 4-130 所示的"特征操作"工具栏上单击【凸起片体】图标，或在主菜单栏中选择【插入】→【组合体】→【凸起片体】命令，系统弹出如图 4-131 所示的"凸起片体"对话框。选择目标体，然后选择工具体，单击"确定"后即可完成凸起片体的操作。凸起片体的操作过程如图 4-131 所示（实例的电子文件为附带光盘中的" CDNX6.0CAD/ Examples/CH4/l4-6.prt"）。

图 4-130　修剪体的操作过程　　　　图 4-131　凸起片体的操作过程

4.8　编辑特征

编辑特征包括编辑特征参数、移动特征、特征重排序、抑制特征、替换特征、移除参数、特征回放等。它是在保留对象与其他对象之间关联性的前提下，改变各种已有的特征设置。

4.8.1　编辑特征参数与可回滚编辑

对于创建好的特征，可以进行修改。编辑特征可以使用（编辑特征参数）或者（可回滚编辑）功能进行编辑，两者的差别在于是否回到特征创建时的模型状态。对于大部分的特征编辑，可以通过双击特征对象进行可回滚编辑。

编辑特征时，在如图 4-3 所示的"编辑特征"工具栏上单击【编辑特征参数】图标 ，或在主菜单栏中选择【编辑】→【特征】→【编辑参数】命令，系统弹出如图 4-132 所示的"编辑参数"对话框。在该对话框中列出了所有可以编辑的特征，从中选择一个特征，将可以编辑这一个特征。另外也可以先选择好一个特征，单击鼠标右键，在系统弹出的如图 4-133 所示的特征的快捷菜单中选择"编辑参数"命令，用法是一样的。

图 4-132 "编辑参数"对话框   图 4-133 特征的快捷菜单

（1）编辑常见特征

对于常见的拉伸、回转、边倒圆、倒斜角、抽壳特征，编辑特征时将出现与创建特征类似的对话框。

双击如图 4-134 所示的边倒圆特征，则出现如图 4-134 所示的"边倒圆"对话框，重新进行参数设置，确定后将更新特征，编辑边倒圆特征的操作步骤如图 4-134 所示（实例的电子文件为附带光盘中的"CDNX6.0CAD/ Examples/CH4/l4-7.prt"）。

图 4-134 编辑边倒圆特征的操作步骤

（2）编辑成形实体特征参数

选择编辑的对象为成形特征，如孔、凸台、腔体、键槽等，将出现如图 4-135 所示的对话框（实例的电子文件为附带光盘中的"CDNX6.0CAD/ Examples/CH4/l4-7.prt"）。

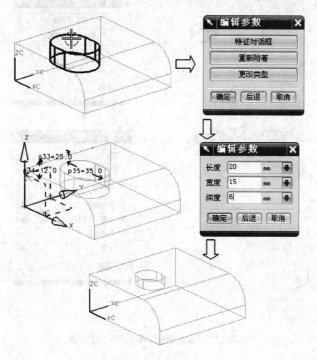

图 4-135　编辑键槽特征的操作步骤

① 特征对话框。单击如图 4-135 所示的"特征对话框"按钮，将弹出创建特征时的如图 4-135 所示的"编辑参数"对话框，并且在图形上也将会预显尺寸值，如图 4-135 所示。

② 重新附着。重新指定放置面，可以选择一个新的平面来放置这一特征，如图 4-136 所示（实例的电子文件为附带光盘中的"CDNX6.0CAD/ Examples/CH4/l4-7.prt"）。

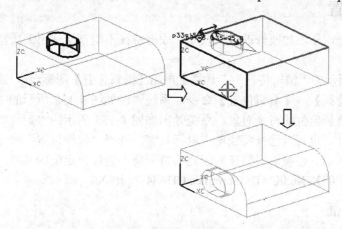

图 4-136　重新附着的步骤

③ 更改类型。选择不同的类型，如将"矩形槽"改为"T 形键槽"或者"燕尾键槽"等，并重新设置参数。

（3）编辑阵列特征参数

如果选择编辑的对象为阵列特征，将出现如图 4-137 所示的"编辑参数"对话框。

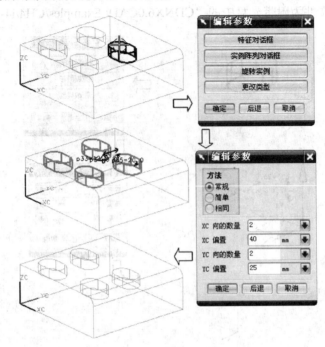

图 4-137　编辑矩形阵列参数的步骤

① 特征对话框。单击"特征对话框"按钮，将可以编辑特征参数，与常见特征编辑相同。

② 实例阵列对话框。单击"实例阵列对话框"按钮，将可以编辑阵列参数，如图 4-137 所示为重新设置阵列参数（实例的电子文件为附带光盘中的"CDNX6.0CAD/Examples/CH4/l4-7.prt"）。

4.8.2　编辑位置

编辑位置可以用于添加或修改定位尺寸，成形特征不能直接使用编辑特征参数方法修改定位尺寸。

在如图 4-3 所示的"编辑特征"工具栏上单击【编辑位置】图标，或在主菜单栏中选择【编辑】→【特征】→【编辑位置】命令，系统弹出如图 4-138 所示的"编辑位置"对话框，再选择需要重新定位的特征对象，系统弹出如图 4-138 所示的"定位"对话框，可以按需要添加定位尺寸。也可以选择特征单击鼠标右键，选择"编辑位置"命令，再进行定位设置，如图 4-138 所示。在被编辑特征后创建的特征将不能作为定位的参考（实例的电子文件为附带光盘中的"CDNX6.0CAD/ Examples/CH4/l4-7.prt"）。

4.8.3　移动特征

移动特征操作可将无关联特征移动至指定的位置。

在如图 4-3 所示的"编辑特征"工具栏上单击【移动特征】图标，或在主菜单栏中选择【编辑】→【特征】→【移动特征】命令，系统弹出如图 4-139 所示的"移动特征"对话框（上面的）。可以在图形区中直接选择特征或者在"移动特征"对话框的特征列表框中选择需要移动位置的无关联特征，单击"确定"按钮后，系统弹出如图 4-139 所示"移动特征"对话框（下面的），其中参数介绍如下。

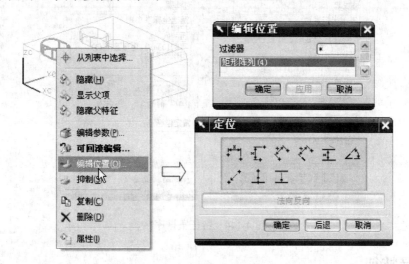

图 4-138 编辑位置

① "DXC"、"DYC" 和 "DZC" 用于设置所选特征的沿 X、Y、Z 方向移动的增量值。

② "至一点" 选项将所选特征按指定参考点到目标点所确定的方向与距离，从原位置移动。

③ "在两轴间旋转" 用于将所选实体以一定角度绕指定点从参考轴旋转到目标轴。

④ "CSYS 到 CSYS" 选项将所选特征从参考坐标系中的相对位置转到目标坐标系中的同一位置。

移动特征的操作步骤如图 4-139 所示（实例的电子文件为附带光盘中的"CDNX6.0CAD/Examples/CH4/l4-7.prt"）。

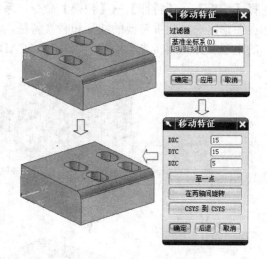

图 4-139 移动特征操作步骤

4.8.4 特征重排序

特征重排序是指调整特征创建的先后顺序。系统自动按照特征建立的先后顺序进行特征名的编号，这个编号称为时间戳记，特征重排序是将一个特征放在某个特征的前面或后面。

在如图 4-3 所示的"编辑特征"工具栏上单击【特征重排序】图标 ，或在主菜单栏中选择【编辑】→【特征】→【重排序】命令，系统弹出如图 4-140 所示的"特征重排序"对话框（实例的电子文件为附带光盘中的"CDNX6.0CAD/ Examples/CH4/l4-7.prt"）。特征重新排序时，设置"在前面"或"在后面"排序方式，将所选特征重新排到重定位特征之前或之后。在对话框下方"重定位特征"列表框中选择一个特征，再在上方列表框中选择一个特征，则选择的特征将按当前的"选择方式"重新排序进行运算。

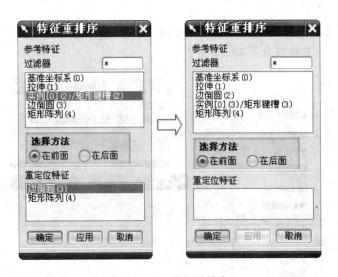

图 4-140　特征重排序

4.8.5　替换特征

替换特征将一个特征替换为另一个并更新相关特征。

在如图 4-3 所示的"编辑特征"工具栏上单击【替换特征】图标 🖉，或在主菜单栏中选择【编辑】→【特征】→【替换】命令，系统弹出如图 4-141 所示的"替换特征"对话框。在图形区选择要被替换的特征和替换特征，单击"确定"按钮，结果如图 4-141 所示（实例的电子文件为附带光盘中的"CDNX6.0CAD/ Examples/CH4/l4-8.prt"）。

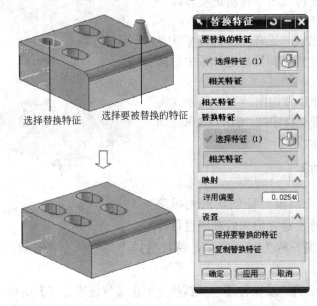

图 4-141　替换特征操作步骤

4.8.6　抑制特征和取消抑制特征

（1）抑制特征

抑制特征操作可将选择的特征暂时隐去不显示出来，常用于实体较复杂的情况。

在如图 4-3 所示的"编辑特征"工具栏上单击【抑制特征】图标 ，或在主菜单栏中选择【编辑】→【特征】→【抑制】命令，系统弹出如图 4-142 所示的"抑制特征"对话框。在系统弹出的对话框的特征列表中选择需要抑制的特征即可。也可在需要抑制的特征上单击右键，在系统弹出的如图 4-133 所示的特征的快捷菜单中选择"抑制"命令，用法是一样的。抑制特征的操作过程如图 4-142 所示（实例的电子文件为附带光盘中的"CDNX6.0CAD/ Examples/CH4/l4-8.prt"）。

抑制特征与特征的删除不同，它不在实体中显示，也不在工程图中显示，但其数据仍然存在，可通过取消抑制恢复。如果所创建的特征不符合要求，将这个特征直接删除比撤销操作更节省时间。

（2）取消抑制特征

取消抑制特征操作是与抑制特征相反的操作，即将抑制的特征重新显示出来。

在如图 4-3 所示的"编辑特征"工具栏上单击【取消抑制特征】图标 ，或在主菜单栏中选择【编辑】→【特征】→【取消抑制】命令，系统弹出如图 4-143 所示的"取消抑制特征"对话框。弹出的如图 4-143 所示对话框中列出所有已抑制的特征，选择需要解除抑制的特征名称，单击"确定"按钮后，所选特征重新显示。取消抑制特征的操作过程如图 4-143 所示（实例的电子文件为附带光盘中的"CDNX6.0CAD/ Examples/CH4/l4-8.prt"）。

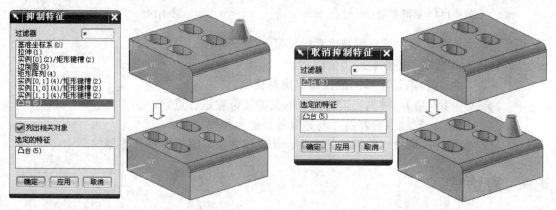

图 4-142 抑制特征的操作过程　　　　　图 4-143 取消抑制特征的操作过程

4.8.7 移除参数

移除参数命令是移去特征的一个或者所有参数。

在如图 4-3 所示的"编辑特征"工具栏上单击【移除参数】图标 ，或在主菜单栏中选择【编辑】→【特征】→【移除参数】命令，系统弹出如图 4-144 所示的"移除参数"对话框。选择要移去参数的对象，单击"确定"按钮后，系统弹出如图 4-144 所示警告信息框，提示该操作将移去所选对象的所有特征参数，单击"确定"按钮后，移除所选特征的所有参数（实例的电子文件为附带光盘中的"CDNX6.0CAD/ Examples/CH4/l4-8.prt"）。

4.8.8 特征回放

特征回放命令是指回放实体的创建过程，同时还可以对实体特征的参数进行修改。

在如图 4-3 所示的"编辑特征"工具栏上单击【特征回放】图标 ，或在主菜单栏中选择【编辑】→【特征】→【回放】命令，系统弹出如图 4-145 所示的"更新时编辑"对话框

（实例的电子文件为附带光盘中的"CDNX6.0CAD/ Examples/CH4/l4-7.prt"）。其中部分选项
介绍如下。

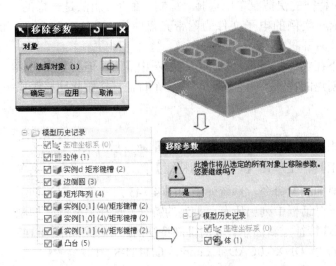

图 4-144　移除参数操作过程

图 4-145　"更新时编辑"对话框

① 显示失败的区域：显示更新失败的特征。

② 显示当前模型：更新显示当前模型。

③ ↶ （撤消）：取消实体回放操作退出对话框。

④ ▶▶▶ （单步向前）：跳到当前特征后的某特征位置进行重置。

⑤ ✂ （删除）：删除当前特征，与删除特征的操作相同。

⑥ ✎ （编辑）：修改当前特征的参数。其操作方法与编辑特征参数相同。

4.9　**表达式**

在 UG NX 6.0 中，可以使用表达式的方式来定义各个尺寸，而且可以建立各个参数间的
关系，通过表达式可以定义和控制一个或多个尺寸，如一个特征或一个草图的尺寸，这样就
可以实现参数驱动的建模。如图 4-146 所示一个长方体，它有长、宽、高 3 个参数，可以直
接使用尺寸进行定义，也可以通过关系进行定义。通过表达式定义，如 $p151=100$、
$p151=p150*0.8$、$p152=p150/2.5$，则基准尺寸值变化时，关系尺寸将自动更新。

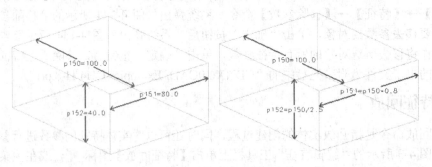

图 4-146　表达式的应用示例

表达式是一个算术或者条件语句，其形式为 A=B+C。

表达式的等号左边为变量名，等号右边为表达式字符串。例如 p0=30、p1=p0*0.6、p2=p1/p0 均可以作为表达式。变量名只能是字母与数字及特定的几个符号如"-"、"_"的组合。

表达式中可以使用的运算符包括算术运算符：+、-、*、/、%、^、= 和逻辑运算符 <、>、<=、>=、==、! =、! &&、‖ 以及常用函数 abs、acos、asin、stan、atan2、ceil、cos、cosh、deg、exp、fact、floor、hypot、log、log10、rad、sin、sinh、sqrt、tan、tanh、tmc、trnc、pi。

应用表达式时，还可以使用条件表达式：VAR=if（条件1）（结果1）else（结果2）。另外也可以使用"//"附带注释语句。

当用户创建一个特征、定位一个特征、创建一个草图、标注草图尺寸、定位草图等参数时，系统将自动建立表达式，即可以看到的 p_=XXX。如图 4-146 左边所示长方体中的表达式。

在主菜单栏中选择【工具】→【表达式】命令，系统弹出如图 4-147 所示的"表达式"对话框。

在"表达式"对话框中可以创建或编辑已存在的表达式，在"名称"文本框中输入名称，在"公式"文本框中表达式，单击"应用"按钮即可创建或者编辑表达式。

图 4-147　"表达式"对话框

4.10　特征建模综合实例

4.10.1　综合实例一

使用 UG NX 6.0 建模功能对如图 4-148 所示的旋钮开关进行实体造型，需要用到拉伸、回转、圆柱、实例特征、倒斜角、边倒圆、抽壳等特征功能。具体操作步骤如下。

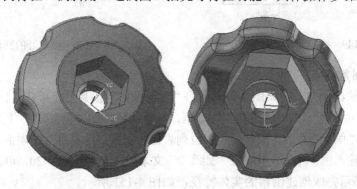

图 4-148　旋钮开关立体图

（1）进入 UG NX 6.0 建模功能界面

① 启动 UG NX 6.0。单击"开始"中的 UG NX 6.0 的图标 NX 6.0（桌面上为双击该图

标），进入 UG NX 6.0 界面。

② 新建文件。单击 UG NX 6.0 界面下的【新建】图标 ，打开如图 1-5 所示的"新建"对话框。系统默认单位为"毫米"，在该对话框中选择"模型"类型，在"名称"输入栏中输入文件的名称为 ZL4-1，在"文件夹"输入栏中，单击后面的按钮 ，设定一个存放的文件夹，如：F:\CDNX6.0CAD\Results\CH4\。设置好后，单击"确定"按钮，系统创建文件，并进入如图 1-6 所示的 UG NX 6.0 建模模块界面。

（2）创建旋钮开关本体

在如图 4-1 所示的"特征"工具栏上单击【回转】图标 ，或在主菜单栏中选择【插入】→【设计特征】→【回转】命令，系统弹出如图 4-52 所示的"回转"对话框，在对话框的"截面"栏"选择曲线"选项下选择"绘制截面" 方式来新建一个草图，系统弹出如图 2-4 所示的"创建草图"对话框，在"类型"下拉列表中选择"在平面上"，在"草图平面"栏下的"平面选项"下拉列表中选择"创建平面"，在"指定平面"下拉列表中选择"YC-ZC 平面" ，单击"选择参考"，在图形区选择 YC 轴，单击"创建草图"对话框中的"确定"按钮，进入草图绘制界面，绘制如图 4-149 所示的草图，再单击"草图生成器"上的 完成草图，返回"回转"对话框。

在"回转"对话框中"轴"栏下"指定矢量"下拉列表框中选择"ZC 轴" ，在"指定点"选项下单击【点构造器】图标 ，系统弹出"点"对话框，设置 X、Y、Z 坐标值为（0，0，0），单击"点"对话框中的"确定"按钮，返回"回转"对话框，在"限制"栏下"开始"下拉列表框中选择"值"，"角度"文本输入框中输入：0，"结束"下拉列表框中选择"值"，"角度"文本输入框中输入：360。"设置"栏下"体类型"下拉列表框中选择"实体"，对话框中的其余选项采用默认，单击"确定"按钮，创建出如图 4-150 所示的回转体。

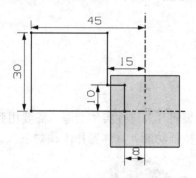

图 4-149　绘制旋转体的草图

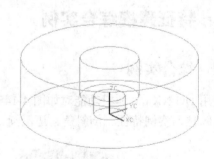

图 4-150　创建好的回转体

（3）创建倒角特征

① 创建外圆的倒角。在如图 4-2 所示的"特征操作"工具栏上单击【倒斜角】图标 ，系统弹出如图 4-112 所示的"倒斜角"对话框，选择回转体的顶面外轮廓作为倒斜角的边界，在该对话框中 "偏置"栏的"横截面"下拉列表框中选择"非对称"选项后，在"Distance1"（距离 1）文本输入框中输入：10，在"距离 2"文本输入框中输入：20，单击"应用"按钮，在绘图区中将显示完成创建倒角的实体特征，如图 4-151 所示。

② 创建内圆的倒角。继续倒斜角，选择内部小孔的顶部边缘，在该对话框中选择"对称"选项；在"距离"文本输入框中输入：2，单击"确定"按钮，在绘图区中将显示完成创建倒角的实体特征，如图 4-152 所示。

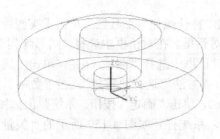

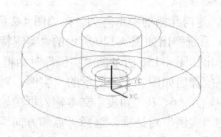

图 4-151　外圆的倒角　　　　　　　　　图 4-152　内圆的倒角

（4）减除六边形实体特征

① 六边形剖面的绘制。单击如图 3-1 "曲线" 工具栏上【多边形】图标，打开如图 3-42 所示的 "多边形" 对话框；在该对话框的 "侧面数" 文本输入框中输入：6，单击 "确定" 按钮，打开如图 3-43 所示的选择绘制多边形方法的对话框；在该对话框中选择 "内接半径" 选项，打开如图 3-44 所示的参数设置对话框；在该对话框中的 "内接半径" 文本框中输入内圆弧半径值：15，单击 "确定" 按钮，打开 "点" 对话框以定义六边形的中心参考点；在该对话框中输入 X、Y、Z 坐标的值为（0，0，30）后，单击 "确定" 按钮。定义了六边形的中心参考点后，在绘图区中将显示绘制的六边形剖面图，如图 4-153 所示。

② 减除六边形实体特征。在如图 4-1 所示的 "特征" 工具栏上单击【拉伸】图标，系统弹出如图 4-40 所示的 "拉伸" 对话框。更改 "选择意图" 为 "相连曲线"，选择刚绘制的六边形剖面的一个边，连接六边形剖面，在 "限制" 栏下 "开始" 下拉列表框中选择 "值"，"距离" 文本输入框中输入：0，"结束" 下拉列表框中选择 "值"，"距离" 文本输入框中输入：20。"设置" 栏下 "体类型" 下拉列表框中选择 "实体"，"布尔" 栏下的 "布尔" 下拉列表框中选择 " 求差"，对话框中的其余选项采用默认，单击 "确定" 按钮，在绘图区中将显示减除后的实体特征，结果如图 4-154 所示。

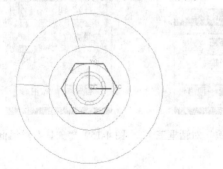

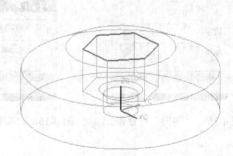

图 4-153　六边形剖面图　　　　　　　图 4-154　减除六边形实体后的实体特征

（5）创建旋钮开关的孔槽

① 创建旋钮开关孔槽。在如图 4-1 所示的 "特征" 工具栏上单击【圆柱】图标，系统弹出如图 4-34 所示的 "圆柱" 对话框，在对话框中的 "类型" 下拉列表框中选择 "轴、直径和高度" 选项，在 "轴" 栏下 "指定矢量" 的下拉列表框中选择（ZC 轴），单击 "指定点" 选项的【点构造器】图标，系统弹出 "点" 对话框，在该对话框中输入 XC、YC、ZC 坐标的值为（50，0，0）后，单击 "确定" 按钮，返回 "圆柱" 对话框，在 "尺寸" 栏下 "直径" 文本输入框中输入：20、"高度" 文本输入框中输入：30，在 "布尔" 栏下 "布尔" 下拉列表框中选择 " 求差"，单击对话框中的 "确定" 按钮。在绘图区中显示减除圆柱体后的实体特征，如图 4-155 所示。

② 建构孔槽的圆形阵列。在如图 4-2 所示的"特征操作"工具栏上单击【实例特征】图标，系统弹出如图 4-120 所示的"实例特征"对话框。在对话框中选择"圆形阵列"方式，系统弹出如图 4-156 所示的"实例"对话框，在对话框中选择"圆柱（6）"，单击"确定"按钮，系统弹出如图 4-157 所示的"实例"对话框，"方法"选择"常规"，在"数字"文本输入框中输入：6、在"角度"文本输入框中输入：60，单击"确定"按钮，系统弹出如图 4-158 所示的"实例"对话框，选择"点和方向"选项，系统打开如图 4-159 所示的"矢量"对话框，选择"z↑ZC 轴"，系统弹出"点"对话框，在该对话框中输入 XC、YC、ZC 坐标的值为（0，0，0）后，单击"确定"按钮，系统弹出如图 4-160 所示的"创建实例"对话框，同时在绘图区中可预览如图 4-161 所示完成建构圆形阵列的实体特征，确认无误后选择"是"选项，即可完成实例的建构，结果如图 4-161 所示。

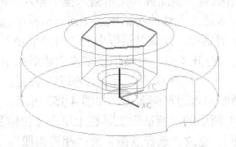

图 4-155　创建旋钮开关的孔槽

图 4-156　"实例"对话框一

图 4-157　"实例"对话框二

图 4-158　"实例"对话框三

图 4-159　"矢量"对话框

图 4-160　"创建实例"对话框

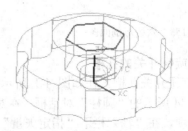

图 4-161　孔槽的圆形阵列结果

（6）创建倒圆角特征

① 创建旋钮开关顶部的倒圆角特征。在如图 4-2 所示的"特征操作"工具栏上单击【边倒圆】图标，系统弹出如图 4-103 所示的"边倒圆"对话框，更改"选择意图"为"单条

曲线",选择旋钮开关顶部的边线,在对话框中"radius 1"文本输入框中输入:2,单击"确定"按钮,进行半径为 2 的倒圆角操作,结果如图 4-162 所示。

② 创建孔槽的倒圆角特征。在如图 4-2 所示的"特征操作"工具栏上单击【边倒圆】图标,系统弹出如图 4-103 所示的"边倒圆"对话框,在对话框中"radius 1"文本输入框中输入:4,选择如图 4-163 所示旋钮开关孔槽的 12 条边线,单击"确定"按钮,进行半径为 4 的倒圆角操作,结果如图 4-164 所示。

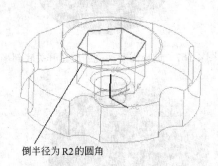

倒半径为 R2 的圆角

图 4-162　旋钮开关顶部的倒圆角

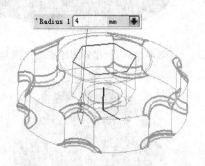

图 4-163　选择孔槽的 12 个边

③ 创建外圆轮廓的倒圆角特征。在如图 4-2 所示的"特征操作"工具栏上单击【边倒圆】图标,系统弹出如图 4-103 所示的"边倒圆"对话框,在对话框中"radius 1"文本输入框中输入:4,更改"选择意图"为"面的边缘",选择如图 4-165 倒圆角的 6 个外圆轮廓面,单击"确定"按钮,进行半径为 4 的倒圆角操作,结果如图 4-166 所示。

图 4-164　创建孔槽的 12 个倒圆角特征

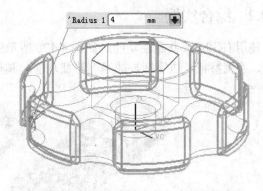

图 4-165　选择倒圆角的 6 个外圆轮廓面

（7）创建旋钮开关底部抽壳特征

在如图 4-112 所示的"特征操作"工具栏上单击【抽壳】图标,系统弹出如图 4-115 所示的"抽壳"对话框,更改"选择意图"为"单个面",在"厚度"栏下"厚度"文本输入框内输入:5.5,选中旋钮开关底部平面作为移除的面,如图 4-167 所示,单击"确定"按钮。结果如图 4-168 所示。

（8）隐藏不必要的图素

单击如图 1-24 所示"实用工具"工具栏上的【立即隐藏】图标,分别选择六边形的六条边,即可隐藏曲线。单击"实用工具"工具栏上的【显示 WCS】图标,隐藏坐标系,结果如图 4-169 所示。

（9）保存模型

单击"标准"工具栏上的【保存】图标,保存创建好的模型。

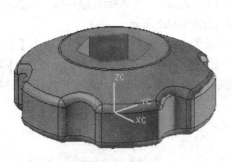

图 4-166　创建外圆轮廓的倒圆角特征　　图 4-167　选择需要抽壳的旋钮开关底部平面

图 4-168　旋钮开关底部抽壳　　图 4-169　隐藏六条边及坐标系后的结果

4.10.2　综合实例二

使用 UG NX 6.0 建模功能对如图 4-170 所示的遥控器外壳进行实体造型,需要用到拉伸、圆柱、实例特征、边倒圆、抽壳等特征功能。具体操作步骤如下。

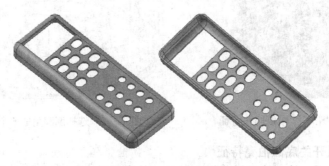

图 4-170　遥控器外壳立体图

（1）进入 UG NX 6.0 建模功能界面

① 启动 UG NX 6.0。单击"开始"中的 UG NX 6.0 的图标 ⚫ NX6.0（桌面上为双击该图标），进入 UG NX 6.0 界面。

② 新建文件。单击 UG NX 6.0 界面下的【新建】图标,打开如图 1-5 所示的"新建"对话框。系统默认单位为"毫米",在该对话框中选择"模型"类型,在"名称"输入栏中输入文件的名称为 ZL4-2,在"文件夹"输入栏中,单击后面的按钮,设定一个存放的文件夹,如：F:\CDNX6.0CAD\Results\CH4\。设置好后,单击"确定"按钮,系统创建文件,并进入如图 1-6 所示的 UG NX 6.0 建模模块界面。

（2）创建长方体

在如图 4-1 所示的"特征"工具栏上单击【拉伸】图标 ▥，弹出如图 4-40 所示的"拉伸"对话框，在对话框的"截面"栏"选择曲线"选项下选择"绘制截面" ▦ 方式来新建一个草图，系统弹出如图 2-4 所示的"创建草图"对话框，采用默认选项（以 XOY 平面为绘图面），单击"创建草图"对话框中的"确定"按钮，进入草图绘制界面，绘制如图 4-171 所示的矩形草图，再单击 "草图生成器"上的 ▨ 完成草图，返回"拉伸"对话框。

在"拉伸"对话框中"轴"栏下"指定矢量"下拉列表框中选择"ZC 轴" z↑，在"限制"栏下"开始"下拉列表框中选择"值"，"距离"文本输入框中输入：0，"结束"下拉列表框中选择"值"，"距离"文本输入框中输入：10。"设置"栏下"体类型"下拉列表框中选择"实体"，对话框中的其余选项采用默认，单击"确定"按钮，创建出如图 4-172 所示的长方体。

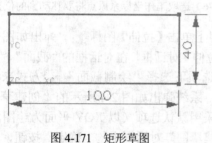

图 4-171　矩形草图　　　　　　　　　　图 4-172　长方体

（3）创建倒圆角特征

① 创建长方体 4 个侧边的倒圆角。在如图 4-2 所示的"特征操作"工具栏上单击【边倒圆】图标 ▨，系统弹出如图 4-103 所示的"边倒圆"对话框，更改"选择意图"为"单条曲线"，选择长方体 4 个侧边作为倒圆角的边界，在对话框中"radius 1"文本输入框中输入：5，单击"确定"按钮，进行半径为 5 的倒圆角操作，结果如图 4-173 所示。

② 创建长方体上表面侧边的倒圆角。在如图 4-2 所示的"特征操作"工具栏上单击【边倒圆】图标 ▨，系统弹出如图 4-103 所示的"边倒圆"对话框，在对话框中"radius 1"文本输入框中输入：5，更改"选择意图"为"面的边缘"，选择长方体上表面，单击"确定"按钮，进行半径为 5 的倒圆角操作，结果如图 4-174 所示。

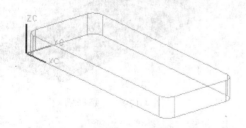
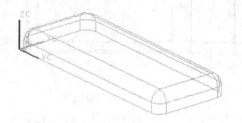

图 4-173　创建长方体 4 个侧边的倒圆角　　　图 4-174　创建长方体上表面侧边的倒圆角

（4）创建长方体抽壳特征

在如图 4-112 所示的"特征操作"工具栏上单击【抽壳】图标 ▨，系统弹出如图 4-115 所示的"抽壳"对话框，更改"选择意图"为"单个面"，在"厚度"栏下"厚度"文本输入框内输入：1，选长方体底部平面作为移除的面，单击"确定"按钮。结果如图 4-175 所示。

（5）挖矩形槽

① 移动工作坐标系。单击"实用工具"工具栏上【WCS原点】图标 ，打开"点"对话框，接着在绘图区的实体特征上单击选取工作坐标系将要移动到的位置，如图4-176所示。单击"确定"按钮，工作坐标系原点移动结果如图4-177所示。

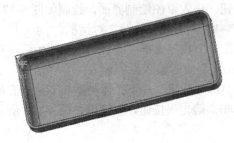

选取此交点

图 4-175　创建长方体抽壳特征　　　　图 4-176　选取工作坐标系原点将要移动到的位置

② 挖矩形槽。在如图4-1所示的"特征"工具栏上单击【拉伸】图标 ，弹出如图4-40所示的"拉伸"对话框，在对话框的"截面"栏"选择曲线"选项下选择"绘制截面" 方式来新建一个草图，系统弹出如图2-4所示的"创建草图"对话框，采用默认选项（以XOY平面为绘图面），单击"创建草图"对话框中的"确定"按钮，进入草图绘制界面，绘制如图4-178所示的矩形草图，再单击"草图生成器"上的 ，返回"拉伸"对话框。

图 4-177　工作坐标系原点移动结果

在"拉伸"对话框中"轴"栏下"指定矢量"下拉列表框中选择"－ZC轴" ，在"限制"栏下"开始"下拉列表框中选择"值"，"距离"文本输入框中输入：0，"结束"下拉列表框中选择"值"，"距离"文本输入框中输入：10。"设置"栏下"体类型"下拉列表框中选择"实体"，"布尔"栏下的"布尔"下拉列表框中选择" 求差"，对话框中的其余选项采用默认，单击"确定"按钮，创建出如图4-179所示的矩形槽。

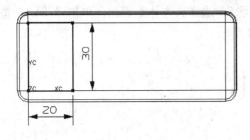

图 4-178　绘制矩形草图　　　　　　　　图 4-179　挖矩形槽

（6）建立12个键槽

① 移动工作坐标系。单击"实用工具"工具栏上【WCS原点】图标 ，打开"点"对话框，接着在绘图区的实体特征上单击选取工作坐标系将要移动到的位置，如图4-180所示。单击"确定"按钮，工作坐标系原点移动结果如图4-181所示。

② 创建单个矩形键槽。在如图4-1所示的"特征"工具栏上单击【键槽】图标 ，系统弹出如图4-77所示的"键槽"对话框，在该对话框中选择"矩形"选项后，单击"确定"

按钮；系统弹出如图 4-77 所示的"矩形键槽"对话框，系统提示：选择平面放置面，接着在长方体上选择上表面作为放置面，打开如图 4-77 所示的"水平参考"对话框，在该对话框中单击"端点"选项以定义键槽的方向；然后在长方体上选择工作坐标系原点，在随后打开的如图 4-77 所示的"矩形键槽"对话框中设置键槽的尺寸，在对话框的"长度"、"宽度"、"深度"文本框中分别输入长度的值为"8"、宽度的值为"6"、深度的值为"6"，单击"确定"按钮；打开如图 4-77 所示的"定位"对话框；在该对话框中单击【水平】图标 ⤢，然后在实体特征上会出现一个虚构的键槽；接着在实体上选取水平边线与虚构键槽中心线，系统会自动将其实际尺寸标注在图上，并同时打开如图 4-182 所示的"创建表达式"对话框；在该对话框的"p77"文本输入框中输入：5，单击"确定"按钮；再以相同方式完成"竖直" ⟷定位与尺寸的设置，如图 4-183 所示，单击"定位"对话框中的"确定"按钮，创建如图 4-184所示的单个矩形键槽。

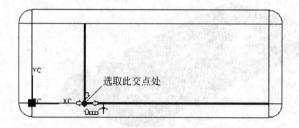

图 4-180 选取工作坐标系原点将要移动到的位置

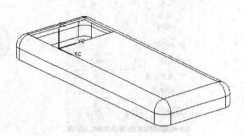

图 4-181 工作坐标系原点移动结果

图 4-182 "创建表达式"对话框

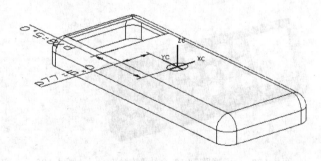

图 4-183 水平和竖直定位及尺寸

③ 矩形阵列 12 个矩形键槽。在如图 4-2 所示的"特征操作"工具栏上单击【实例特征】图标 🗔，系统弹出如图 4-120 所示的"实例特征"对话框。在对话框中选择"矩形阵列"方式，系统弹出如图 4-185 所示的"实例"对话框，在对话框中选择"矩形键槽（7）"，单击"确定"按钮，系统弹出如图 4-186 所示的"输入参数"对话框，"方法"选择"常规"，在"XC向的数量"文本输入框中输入：4、在"XC 向偏置"文本输入框中输入：8、在"YC 向的数量"文本输入框中输入：3、在"YC 向偏置"文本输入框中输入：10。单击"确定"按钮，系统弹出如图 4-160 所示的"创建实例"对话框，同时在绘图区中可预览如图 4-187 所示的完成建构矩形阵列的实体特征，确认无误后选择"是"选项，即可完成实例的建构，结果如图 4-188 所示。

（7）创建 12 个圆形槽

① 移动工作坐标系。单击"实用工具"工具栏上【WCS 原点】图标 ⌖，打开"点"对话框，接着在绘图区的实体特征上单击选取工作坐标系将要移动到的位置，如图 4-189 所示。

单击"确定"按钮，工作坐标系原点移动结果如图 4-190 所示。

图 4-184 创建单个矩形键槽   图 4-185 "实例"对话框

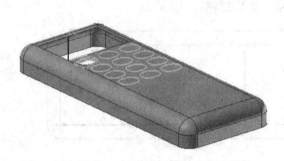

图 4-186 "输入参数"对话框   图 4-187 预览完成建构矩形阵列的实体特征

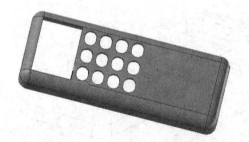

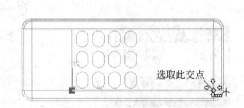

图 4-188 矩形阵列 12 个矩形键槽   图 4-189 选取工作坐标系原点将要移动到的位置

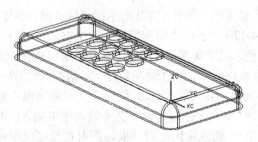

图 4-190 工作坐标系原点移动结果

② 创建单个圆形槽。在如图 4-1 所示的"特征"工具栏上单击【圆柱】图标█，系统弹出如图 4-34 所示的"圆柱"对话框，在对话框中的"类型"下拉列表框中选择"轴、直径和高度"选项，在"轴"栏下"指定矢量"的下拉列表框中选择-z▐（–ZC 轴），单击"指定点"选项的【点构造器】图标█，系统弹出"点"对话框，在该对话框中输入 XC、YC、

ZC 坐标的值为（–10，5，0）后，单击"确定"按钮，返回"圆柱"对话框，在"尺寸"栏下"直径"文本输入框中输入：5、"高度"文本输入框中输入：5，在"布尔"栏下"布尔"下拉列表框中选择" 求差"，单击对话框中的"确定"按钮。在绘图区中显示减除圆柱体后的实体特征，如图 4-191 所示。

③ 矩形阵列 12 个圆形槽。在如图 4-2 所示的"特征操作"工具栏上单击【实例特征】图标 ，系统弹出如图 4-120 所示的"实例特征"对话框。在对话框中选择"矩形阵列"方式，系统弹出如图 4-192 所示的"实例"对话框，在对话框中选择"圆柱（9）"，单击"确定"按钮，系统弹出如图 4-186 所示的"输入参数"对话框，"方法"选择"常规"，在"XC 向的数量"文本输入框中输入：4、在"XC 向偏置"文本输入框中输入：–8、在"YC 向的数量"文本输入框中输入：3、在"YC 向偏置"文本输入框中输入：10。单击"确定"按钮，系统弹出如图 4-160 所示的"创建实例"对话框，同时在绘图区中可预览如图 4-193 所示的完成建构矩形阵列的实体特征，确认无误后选择"是"选项，即可完成实例的建构，结果如图 4-194 所示。

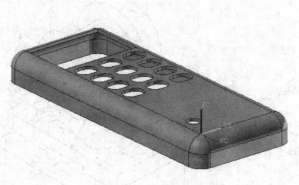

图 4-191　创建单个圆形槽

图 4-192　"实例"对话框

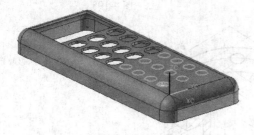

图 4-193　预览完成建构矩形阵列的实体特征

图 4-194　矩形阵列 12 个圆形键槽

（8）隐藏坐标系

单击如图 1-24 所示"实用工具"工具栏上的【显示 WCS】图标 ，隐藏坐标系，结果如图 4-170 所示。

（9）保存模型

单击"标准"工具栏上的【保存】图标 ，保存创建好的模型。

习题

4-1　使用 UG NX 6.0 实体建模功能对如图 4-195～图 4-199 所示的零件进行实体造型。

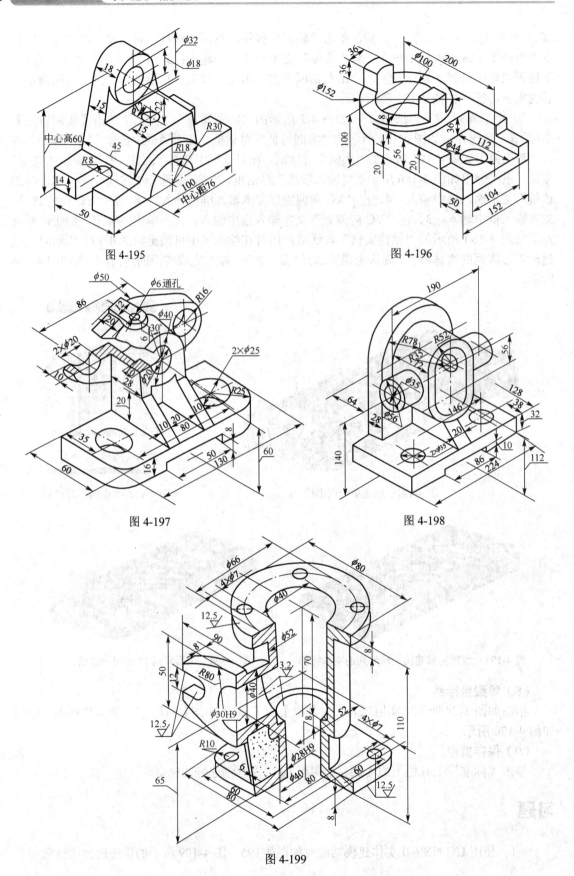

图 4-195

图 4-196

图 4-197

图 4-198

图 4-199

第5章　曲面造型

5.1　曲面造型概述

自由形状特征是衡量 CAD/CAM 软件建模能力的重要标志，仅靠特征建模就完成产品的全部设计的模型毕竟有限，绝大多数产品的设计都离不开曲面的构建。

现代产品中的曲面设计一般是仿形设计，比如在产品外形复杂且特别注重美学设计效果的领域（如汽车外形），设计师广泛采用真实比例的木制或泥塑做出真实的三维模型，来评估设计的美学效果，然后由建模师根据产品的造型效果，进行曲面的数据采样、曲线拟合、曲面构造，最终生成计算机三维实体模型，并对其进行编辑和修改。体基于面，面基于线，因此，质量较高的曲面的基础在于线的构造，构造曲线时应尽量避免曲线的交叉、重叠、断点等缺陷。

曲面的曲率半径尽可能大些，否则容易造成复杂而加工困难；内圆角的半径也应略大于标准刀具半径，避免加工时过切现象的发生。

对于简单曲面，可一次生成；对于较复杂的曲面，则一般生成主要的或大面积的片体，然后对曲面进行桥接、光顺和编辑处理，使之逼近模型的实际外观。片体之间在进行缝合之前应考虑匹配的问题，片体的匹配有多种方法，可重新构造并光顺曲线、改变公差，也可借助非参数化命令——更改边。

5.1.1　基本概念

UG NX 6.0 系统中，绝大多数命令所构造的曲面都具有参数化的特征。它包括多种曲面特征创建方法，可以完成各种复杂曲面、片体、非规则实体的创建。

在曲面造型中，需要清楚一些概念，这些概念在曲面建模中经常用到。

（1）平面与 B 曲面

在主菜单中选择【首选项】→【建模】命令，系统弹出如图 5-1 所示的"建模首选项"对话框，选择"自由曲面"选项卡，如图 5-1（a）所示，其中"自由曲面构造结果"选项有两个单选按钮，一个是"平面"，另一个是"B 曲面"。两者的区别在于曲面的编辑能力。主要是针对直纹、通过曲线以及曲线网格和扫描方式生成的片体。选择"平面"单选按钮，若定义曲面的边界曲线位于同一平面上，则大部分曲面编辑功能不适用于该曲面；若选择"B 曲面"单选按钮，则可以使用曲面编辑功能来编辑所生成的片体。

（2）片体

片体是厚度为 0 的实体，也就是曲面。在几何上，将曲面定义为 0 的实体。片体相对的是实体，也就是有一定厚度和封闭的体积。

在主菜单中选择【首选项】→【建模】命令，系统弹出如图 5-1 所示的"建模首选项"对话框，选择"常规"选项卡，如图 5-1（b）所示，如果选中"图纸页"（片体）单选按钮，那么所生成的是片体，如图 5-2（a）所示，如果选中"实体"单选按钮，那么在封闭的线串上生成的将是实体，如图 5-2（b）所示。在创建曲面过程中，利用【直纹】⬛、【通过曲线组】⬛、【通过曲线网格】⬛、【扫掠】◇ 和【剖切曲面】⬛或⬛等功能通过一些封闭曲线建模时，可以设置生成片体或者实体。

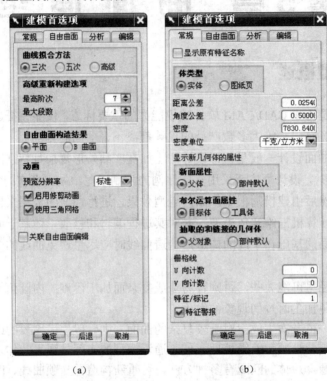

图 5-1　"建模首选项"对话框

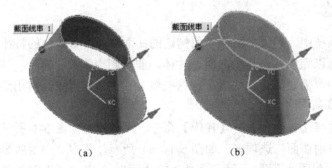

图 5-2　片体与实体的对比示例

（3）补片

样条曲线可以由单段或者多段曲线构成，曲面也可以由单补片或者多补片组成。单补片的曲面是由一个曲面参数方程表达，而多补片曲面是由多个曲面参数方程表达。

（4）栅格线

栅格线只是一种显示的特征，对曲面特征没有影响，在线框显示模式（⬡）下，如果只显示曲面的边界，有时难以观察。如果采用栅格显示，可以方便地显示曲面的形状，如图5-3 所示，图 5-3（a）是 U、V 两个方向都显示了 3 条栅格线的情况，图 5-3（b）是没有显示栅格线的情况。

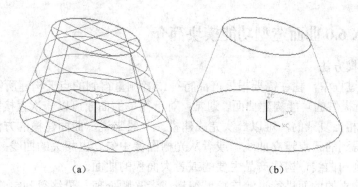

（a） （b）

图 5-3 有无栅格线的对比示例

设置栅格线的显示有多种方法。

在主菜单中选择【编辑】→【对象显示】命令，接着选择需要编辑栅格线显示的曲面，系统弹出如图 5-4 所示的"编辑对象显示"对话框，在对话框中的"U"和"V"两个文本框中分别设置曲面 U、V 两个方向的栅格线条数。

在主菜单中选择【首选项】→【建模】命令，系统弹出如图 5-1 所示的"建模首选项"对话框，在该对话框中的"U 向计数"和"V 向计数"两个文本框中分别设置曲面 U、V 两个方向的栅格线条数。

（5）阶数

曲面是由曲面参数方程来表达的，而阶数是曲面参数方程的一个重要参数。对于每一个曲面（片体），都包含了 U、V 两个方向的阶数。UG NX 6.0 在 U、V 两个方向的阶数可以在 2～24 之间，但建议使用 3～5 阶来创建曲面，这样的曲面比较容易控制形状。生成曲面之后，仍然可以通过编辑曲面参数来修改曲面的阶数，方法是在"编辑曲面"工具栏中单击【更改阶次】 $\times^{z^3}$ 功能进行编辑。

（6）U、V 方向

曲面的参数方程含有 U、V 两个参数变量，相应地，曲面模型也是用 U、V 两个方向来表达。通常，曲面的引导线方向是 U 向，曲面的截面线串的方向是 V 向，如图 5-5 所示。

图 5-4 "编辑对象显示"对话框　　图 5-5 引导线、截面线与 U、V 两个方向对应示例

5.1.2 UG NX 6.0 曲面造型功能模块简介

（1）曲面建模方法

在创建曲面过程中，往往需要根据产品特征或者测量得到的点云构建所需的曲线，再使用 UG NX 6.0 所提供的功能构建曲面。通常，对于简单的曲面可以一次直接完成建模，但是实际产品往往是相当复杂的，难以一次完成建模。一般来说，曲面建模的方法如下。

① 用测量得到的云点建立曲线，或者从光栅图像中勾勒出相关的曲线。

② 根据得到的曲线，构建产品主要的或者大面积的曲面。

③ 对前面建立的曲面进行过渡连接、编辑或者光顺处理，最终得到完善的产品造型。

（2）UG NX 6.0 的曲面建模功能分类

与曲面有关的相关命令主要集中在三个工具栏上，即如图 5-6 所示的"曲面"工具栏、如图 5-7 所示的"自由曲面形状"工具栏和如图 5-8 所示的"编辑曲面"工具栏。

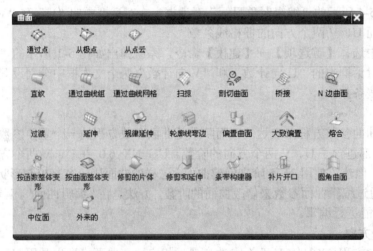

图 5-6 "曲面"工具栏

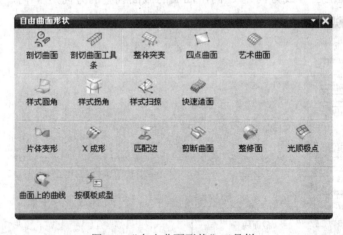

图 5-7 "自由曲面形状"工具栏

根据创建曲面的方法，将 UG NX 6.0 的曲面建模功能分为以下 3 种。

① 由点创建曲面。根据导入的点数据构建曲线、曲面。由点创建曲面的功能有【通过点】、【从极点】和【从点云】等。这些功能所创建的曲面与点数据之间不存在关

联性，是非参数化的，所构建的曲面的光顺性也比较差，因此在曲面创建过程中往往将由点构建的曲面作为母面。

图 5-8 "编辑曲面"工具栏

② 由线创建面。根据已有的曲线来构建曲面。UG NX 6.0 提供的这类功能有【直纹】、【通过曲线组】、【通过曲线网格】【扫掠】和【剖切曲面】或等。这些功能所建立的曲面与曲线之间是有关联性的，对曲线进行编辑后曲面也将随之改变。这类命令是构建曲面的主要方法。

③ 由面创建面。对由线创建面中得到的一系列曲面进行连接、编辑等操作，得到新的曲面。这类功能包括【桥接】、【延伸】、【偏置曲面】、【修剪的片体】、【圆角曲面】等。

5.2 创建基本曲面

5.2.1 由点创建曲面

由点创建曲面功能多用于创建一个母面，也就是作为进一步创建曲面的基本面，在逆向工程中常常采用这种方法建立粗略的曲面再进行进一步的曲面构造。

（1）通过点

【通过点】功能，是通过若干组比较规则的点串，建立一张通过这些点的曲面。该功能的主要特点是所建立的曲面严格通过所选择的点，但是如果所选择的点有一些异常点，那么所建立的曲面可能出现异常形状，需要将这些点剔除，再构建曲面。

例 5-1 举例说明通过点创建曲面的过程。

① 打开附带光盘中 "CDNX6.0CAD/ Examples/CH5/L5-1.prt" 文件，如图 5-9 所示。

② 在如图 5-6 所示的"曲面"工具栏中选择【通过点】功能，系统弹出如图 5-10 所示的"通过点"对话框。对话框中的选项说明如下。

a. 补片类型。有两个选项。

ⅰ. 单个：创建包含一个曲面的片体，由一个曲面参数方程表达。

ⅱ. 多个：生成的片体是多个面的阵列，由多个曲面参数方程表达。

b. 沿…向封闭：设置曲面是否封闭及它的封闭方式。

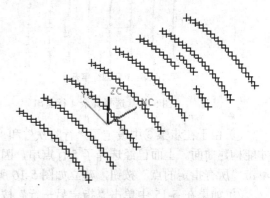

图 5-9 例 5-1 的已知点

ⅰ．两者皆否：定义点或控制点的行方向（U）与列方向（V）都不封闭。

ⅱ．行：代表第一行为最后一行，即第一行同时自动成为最后一行，行（U）向封闭。

ⅲ．列：代表第一列为最后一列，即第一列同时自动成为最后一列，列（V）向封闭。

ⅳ．两者皆是：指两个（U、V）方向都封闭。这样生成的结果是实体。

c．行阶次：代表 U 向阶数，应比相应的行的数量少 1。

d．列阶次：代表 V 向阶数，应比相应的列的数量少 1。

③ 在如图 5-10 所示的"通过点"对话框中进行参数设置，按照图 5-10 中所设置的参数进行设置，单击对话框中的"确定"按钮，系统弹出如图 5-11 所示的"过点"对话框。

④ 在图 5-11 中，列出了 4 种选择点的方式，先单击"全部成链"按钮。系统弹出如图 5-12 所示的"指定点"对话框，系统提示："选择起点"，用鼠标选择第一行点串的起点，系统提示："选择终点"，再选择另一个点作为点串的终点，如图 5-13 所示。所选择的点串是具有方向性的，也就是从起点到终点。接着按照同样的方法选择第二行、第三行、第四行、第五行点串，在选择这 4 个点串时需要注意点串的方向需要和第一行点串相同，如图 5-14 所示。选择完成第五行点串，系统弹出如图 5-15 所示的"过点"对话框。

图 5-10 "通过点"对话框

图 5-11 "过点"对话框

图 5-12 "指定点"对话框

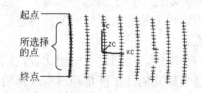

图 5-13 选择第一行的起点和终点

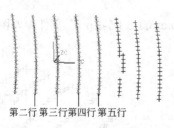

图 5-14 选择其余 4 行点串

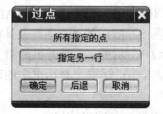

图 5-15 "过点"对话框

⑤ 由于在步骤③中设定了"行阶次"和"列阶次"都为 4，因此，至少需要选 5 行点串才能构建曲面。上面已经选择了 5 行点串，因此可以建立一张曲面，也可以继续选择点串。单击"所有指定的点"按钮，建立如图 5-16 所示的曲面。

⑥ 如果在 5-15 中单击"指定另一行"按钮，可以再指定另一行点串，按照同样方法可以再选择另外三行点串。选择了另外三行点串，生成的曲面如图 5-17 所示。

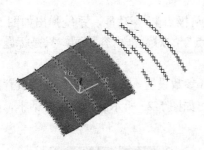

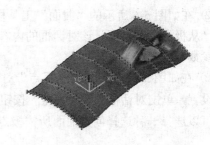

图 5-16　通过 5 行点串创建的曲面　　　　图 5-17　选择所有行的点创建的曲面

⑦　在图 5-17 中所生成的曲面出现了异常，因为所选择的第六行点串出现了异常，也就是点的趋势发生了突变。可以在选择第六行点串时将异常的点移除。在选择完成第五行点串后，单击"指定另一行"按钮，接着单击"后退"按钮，退回到如图 5-11 所示的"过点"对话框，单击"在多边形内的对象成链"按钮，将选择所需要的点串，如图 5-18 所示，单击"确定"按钮，将点串选中，接着在所选择的点串中选择一个点作为点串的起点，选择另一个点作为点串的终点。接着再选择最后一组点串，建立曲面如图 5-19 所示。

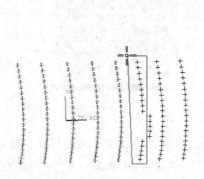

图 5-18　选择所需要的点串　　　　　　　图 5-19　移除异常点后创建的曲面

⑧　选择点串需要注意方向的一致性，如果方向不同，得到的曲面将是不同的，甚至是扭曲、异常的。例如选择上面的点串时，前两行点和后三行点的起点不同，导致了曲面是扭曲的，如图 5-20 所示。

（2）从极点

【从极点】 功能，可以选择若干组点作为曲面的极点来创建曲面。

例 5-2　举例说明从极点创建曲面的过程。

①　打开附带光盘中"CDNX6.0CAD/ Examples/CH5/L5-2.prt"文件，如图 5-21 所示。

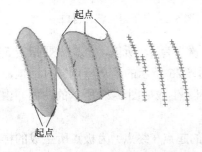

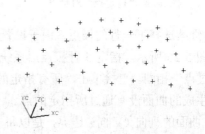

图 5-20　选择的点串起点不同创建的曲面　　　图 5-21　例 5-2 的已知点

② 在如图 5-6 所示的"曲面"工具栏中选择【从极点】  功能，系统弹出如图 5-22 所示的"从极点"对话框。该对话框的内容与"通过点"的对话框内容相同，只是标题不同而已，参数设置方法也相同。

③ 在如图 5-22 所示的"从极点"对话框中进行参数设置，按照图 5-22 中所设置的参数进行设置，单击对话框中的"确定"按钮，系统弹出如图 5-23 所示的"点"对话框，在对话框中可以选择一种选择创建曲面所需极点的方法。

图 5-22 "从极点"对话框　　　　图 5-23 "点"对话框

④ 选择第一行极点，只能一个一个地选择，而无法像"通过点"功能那样直接选择一行极点。由于在"行阶次"输入栏中设置了曲面的 U 向阶数为 4，因此，每一行极点至少需要 5 个点。选择完成一行的极点后，单击"点"对话框中的"确定"按钮，弹出如图 5-24 所示的"指定点"对话框，询问用户是否将已经选择的这些点作为指定点。完成当前行点的选择，单击"是"按钮，如果需要继续选择单击"否"按钮，然后继续选择。如果选择了少于 5 个点，此时会弹出如图 5-25 所示的"错误"警告窗口，提示用户所指定的点不足。

图 5-24 "指定点"对话框　　　　图 5-25 "错误"警告窗口

⑤ 继续选择下一行的极点，由于设置了"列阶次"为 4，所以，至少需要指定 5 行极点串，如图 5-26 所示。指定 5 行极点后系统弹出如图 5-26 所示的"从极点"对话框，其含义与"通过点"相同。直接单击"所有指定的点"按钮，生成如图 5-27 所示的曲面。由图中可见，所生成的曲面没有通过所指定的点。

⑥ 曲面的列向（V 向）边界，是以每一行极点的起点（终点）为极点所生成的样条线为边界的，所选择的 5 组极点没有对齐所生成的曲面如图 5-28 所示。

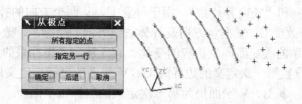

图 5-26　指定 5 行极点后系统弹出"从极点"对话框

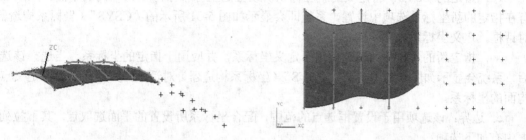

图 5-27　所生成的曲面没有通过所指定的点　　图 5-28　所选择的 5 组极点没有对齐所生成的曲面

（3）从点云

【从点云】 功能，可以在一群无序的点云上以设定的阶数建立一张拟合曲面，所创建的曲面尽量逼近所选择的点云。

例 5-3　举例说明从点云创建曲面的过程。

① 打开附带光盘中"CDNX6.0CAD/ Examples/CH5/L5-3.prt"文件，如图 5-29 所示。

② 在如图 5-6 所示的"曲面"工具栏中选择【从点云】 功能，系统弹出如图 5-30 所示的"从点云"对话框。对话框中的选项说明如下。

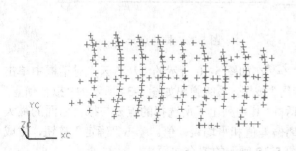

图 5-29　例 5-3 的已知点

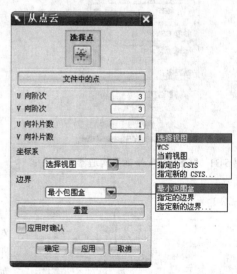

图 5-30　"从点云"对话框

a."从点云"对话框中提供了两种选点方式："选择点：点云 "和"文件中的点"，其"选择点：点云 "为默认方式。

b."U 向阶次"和"V 向阶次"：用于设置曲面的 U、V 向的阶数。

c．"U 向补片数"和"V 向补片数"：用于设置 U、V 两个方向的补片数量。

d．坐标系：用于改变 U、V 向量方向及片体法线方向的坐标系，改变该坐标系后，产生的片体也会随着坐标系的改变而产生相应的变化。有 5 种定义坐标系的方式。

ⅰ．选择视图：设置第一次定义的边界为 U、V 平面的坐标，定义后它的 U、V 平面即固定，当旋转视图后，其 U、V 平面仍为第一次定义的坐标轴平面。

ⅱ．WCS（工作坐标）：将当前的工作坐标作为选取点的坐标轴。

ⅲ．当前视图：以当前的视角作为 U、V 平面的坐标，该选项与工作坐标系无关。

ⅳ．指定的 CSYS：将定义的新坐标系所设置的坐标轴作为 U、V 向的平面。如果还没有在指定的新坐标系选项中设置，系统即会显示如图 5-31 所示的"CSYS"（坐标系构造器）对话框，定义坐标系。

ⅴ．指定新的 CSYS：该选项用于定义坐标系，并应用于指定的坐标系。当选择该选项后，系统会显示如图 5-31 所示的"CSYS"（坐标系构造器）对话框，并用该对话框定义点云构面的坐标系。

e．边界：该选项用于设置框选点的范围，配合坐标系所设置的平面选取点。其下拉列表框中有如下选项：

ⅰ．最小包围盒：沿法线方向，点云中所有的点投影至坐标系所设置平面产生的最小边界。

ⅱ．指定的边界：沿法线方向，并以选取框选取而指定新的边界。

ⅲ．指定新的边界 ：定义新边界，并应用于指定的边界。

③ 用鼠标框选如图 5-32 所示的点云，选中之后，标明了曲面的 U、V 两个方向，如图 5-33 所示。

图 5-31　"CSYS"（坐标系构造器）对话框

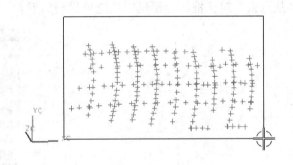

图 5-32　框选点云

④ 在如图 5-30 所示的"从点云"对话框中单击"应用"按钮，系统弹出如图 5-34 所示的"拟合信息"对话框，其中列出了所选择的点云与拟合曲面的最大距离偏差值和平均误差值。单击"确定"按钮，生成如图 5-35 所示的拟合曲面。

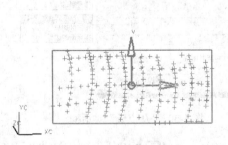

图 5-33　选中之后标明了曲面的 U、V
两个方向

随着工业造型的发展，以及加工中心的应用，越来越多的工件被设计成复杂的形状表面，比如覆盖件、内饰件等。曲线曲面的建构技术在 CAD 造型中属于比较高级的设计范畴，许多高档三维 CAD 软件都有专门的曲线、曲面处理模块,用户可以方便地设计出 B 级甚至 A 级曲面。作为曲面建构、编辑、分析的一部分,尤其是在逆向工程处理软件中,将采集的点云处理成曲面后,往往需要比较点云和设计曲线、曲面的偏离,以便在保证精度的同时提高表面质量。

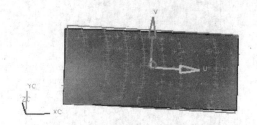

图 5-34 "拟合信息"对话框   图 5-35 用"从点云"功能创建的拟合曲面

5.2.2 直纹曲面

【直纹】 功能,是通过两组线串生成的曲面。所选择的截面线可以是多条相连续的曲线、单一曲线、片体边界、实体边线。直纹面可以理解为用一系列的直线连接两组线串,编织形成一张曲面。

(1)操作步骤

例 5-4 举例说明直纹曲面的创建过程。

① 打开附带光盘中"CDNX6.0CAD/ Examples/CH5/L5-4.prt"文件,如图 5-36 所示。

② 在如图 5-6 所示的"曲面"工具栏中选择【直纹】 功能,系统弹出如图 5-37 所示的"直纹"对话框。

③ 选择第一组曲线,在"直纹"对话框中单击"截面线串1"栏下的"选择曲线或点"项(系统默认是选择该项),选择如图 5-36 所示的直线,单击鼠标中键,或者在"直纹"对话框中单击"截面线串 2"栏下的"选择曲线"项,完成选择"截面线串 1"的选择,在所选择的曲线上显示了截面线的方向箭头,如图 5-38(a)所示。

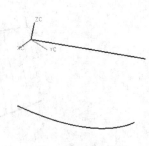

图 5-36 截面线串

④ 选择第二组曲线,在所选择的截面曲线上同样显示了截面线的方向箭头,如图 5-38(b)所示。截面线的方向根据鼠标在曲线上所单击的位置不同而不同,从而有两种情况出现。如果出现方向不是所希望的,那么需要重新进行选择。此处选择第二组线串的方向与如图 5-38(b)所示方向相同。

选择曲线或者曲线串的时候,需要注意鼠标的单击位置。UG NX 6.0 系统是根据鼠标单击的位置来判断曲线的起始位置的,通常比较靠近鼠标单击位置的曲线一端是起始位置。

⑤ 在"对齐"下拉列表框中,从 6 个选项(参数、圆弧长、根据点、距离、角度、脊线)中可以选择一种两组截面线之间的对齐方式,此处选择"圆弧长"选项。如果在"设置"栏选择"保留形状"复选框,在"对齐"下拉列表框中只有两个选项:参数和根据点。

⑥ 参数设置完成后,单击对话框中的"应用"按钮,生成直纹面,如图 5-39(a)所示。如果两组截面线的方向相反[如图 5-38(c)所示],那么生成的曲面如图 5-39(b)所示,曲面是扭曲的。

图 5-37 "直纹"对话框

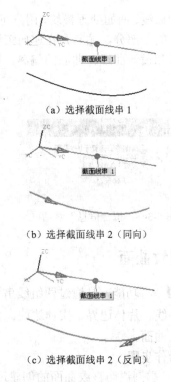

图 5-38 选择两个截面线串

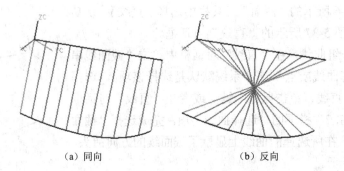

图 5-39 生成的直纹曲面

（2）对齐方式

创建直纹曲面时，首先需要在两组截面线串上确定对应的点，然后用直线将对应点连接起来，编织形成一个曲面。对齐方式决定了截面线串上对应点的分布情况，下面逐项介绍如图 5-37 所示直纹曲面功能所提供的 6 种对齐方式。

① 参数。运用"参数"对齐方式，在构建曲面特征时，两条截面线上所对应的点是根据截面线的参数方程进行计算的。如图 5-40 所示，直线是根据等距来划分连接点的，曲线是根据角度来划分连接点的。

② 圆弧长。"圆弧长"对齐方式，是在两组线串上都是以等弧长方式来划分对应点的。如图 5-41 所示采用了"圆弧长"对齐方式。比较图 5-40 和图 5-41 可见，不同的对齐方式得到的结果明显不同。

③ 根据点。"根据点"对齐方式是在两组截面线上选择一些对应的点作为强制的对应点。如图 5-42 所示。

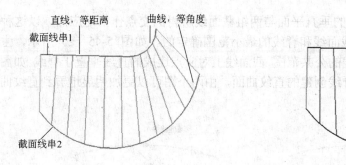

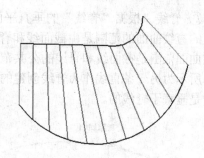

图 5-40 用"参数"对齐方式创建的直纹曲面   图 5-41 用"圆弧长"对齐方式创建的直纹曲面

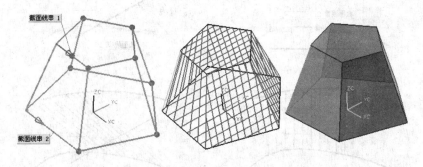

图 5-42 用"根据点"对齐方式创建的直纹曲面

④ 距离。"距离"对齐通过选择一个矢量方向，在该方向上建立等距的垂直平面，这些平面与两组截面线相交得到的直纹面连接对应的点。需要选择两个截面线串和一个矢量方向，用"距离"方式创建的直纹曲面如图 5-43 所示。

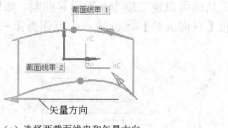
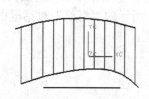

（a）选择两截面线串和矢量方向   （b）直纹曲面

图 5-43 用"距离"对齐方式创建的直纹曲面

⑤ 角度。通过选择一条轴线，以通过该条轴线的等角度平面与两条截面线相交，得到直纹曲面对应的连接点。如图 5-44 所示，选择两条截面线，选择圆弧圆心作为轴线的起点，选择 Z 轴正向作为轴线的方向，生成的直纹曲面直线延长线交于圆弧的圆心，并且是等角度分布的。

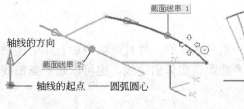
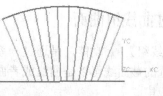

（a）选择两截面线串和轴线的方向与起点   （b）直纹曲面

图 5-44 用"角度"对齐方式创建的直纹曲面

⑥ 脊线。根据"脊线"的垂直平面与两组截面线所得的交点作为对应点。以这种方式创建的直纹曲面的范围是由截面线和脊线的最小范围确定的。如图 5-45（a）所示，生成的直纹曲面范围是截面线和脊线的公共范围，截面线上对应点连成的直线垂直于脊线。如图 5-45（b）所示为另一条直线作为脊线创建的直纹曲面，由两个图可以更加明显地看到直纹曲面的直线是垂直于脊线的。

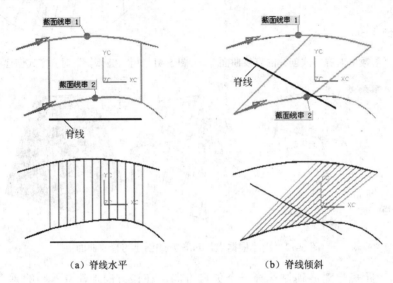

（a）脊线水平　　　　　　　（b）脊线倾斜

图 5-45　用"脊线"对齐方式创建的直纹曲面

（3）以点为截面线创建直纹曲面

可以创建一个点作为第一组截面线，从而可以建立扇形、锥形等曲面。如图 5-46 所示为利用图 5-37 所示的"直纹"对话框中的【点构造器】创建一个点作为第一组截面线而建立的直纹曲面。

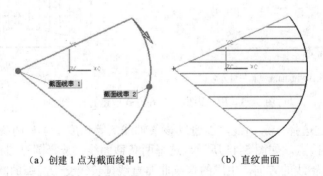

（a）创建 1 点为截面线串 1　　　　（b）直纹曲面

图 5-46　以点为截面线创建直纹曲面

5.2.3　通过曲线组曲面

【通过曲线组】功能，是通过一系列截面线，并且可以增加首尾的接触约束形式来创建曲面。所选的截面线可以是曲线或者曲面、实体的边线，也可以是一条曲线或者多条曲线的组成的曲线串。

（1）操作步骤

例 5-5　举例说明通过曲线组创建曲面的过程。

① 打开附带光盘中 "CDNX6.0CAD/ Examples/CH5/L5-5.prt" 文件，如图 5-47 所示。

② 在如图 5-6 所示的 "曲面" 工具栏中选择【通过曲线组】 功能，系统弹出如图 5-48 所示的 "通过曲线组" 对话框。

③ 选择如图 5-47 所示曲面 1 的边线作为第一组截面线，单击鼠标中键，完成第一组曲线的选择，在对话框中也出现了所选择的截面线。完成第一组线串的选择，出现截面线的方向。如图 5-49 所示。

④ 在如图 5-48 所示的 "通过曲线组" 对话框中单击【添加新集】图标 ，接着选择第二组截面线（如图 5-47 所示），同样是单击鼠标中键完成截面线的选择；按照同样的方法选择第三组截面线（如图 5-47 所示），如图 5-49 所示，要注意所选择的截面线方向的一致。

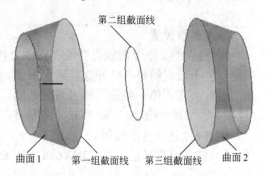

图 5-47　例 5-5 的曲线和曲面

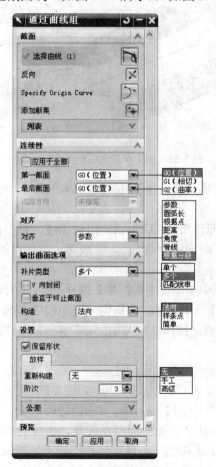

图 5-48　"通过曲线组" 对话框

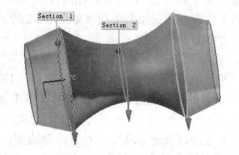

图 5-49　选择 3 组截面线

⑤ 在如图 5-48 所示的 "通过曲线组" 对话框中设置 "连续性" 栏下的参数。在 "第一截面" 下拉列表框中选择 "G1（相切）"，表示可以选择第一组截面线所在的曲面作为相切约束面，接着选择第一组截面线所在的曲面（如图 5-47 所示的曲面 1）。同样地，在 "最后截面" 下拉列表框中选择 "G1（相切）"，这里表示可以选择第三组截面线所在的曲面作为相切

约束面，接着选择第三组截面线所在的曲面（如图 5-47 所示的曲面 2）。生成的曲面如图 5-50 所示。

（2）参数设置

① 连续性。通过曲线组功能在曲面之间的过渡连接中具有比较广泛的应用。通过在"连续性"栏下设置约束条件并选择约束曲面，可以在两组曲面之间建立斜率连续、曲率连续的曲面过渡。在"第一截面"和"最后截面"下拉列表框中，分别提供了 3 种连续类型："G0（位置）"、"G1（相切）"和"G2（曲率）"。举例说明连续性的应用。

例 5-6 连续性的应用。

a. 打开附带光盘中"CDNX6.0CAD/ Examples/CH5/L5-6.prt"文件，如图 5-51 所示。

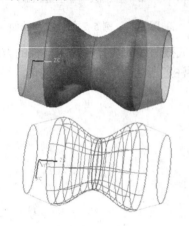

图 5-50 "通过曲线组"创建的曲面

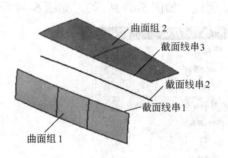

图 5-51 例 5-6 的曲线和曲面

b. 在如图 5-6 所示的"曲面"工具栏中选择【通过曲线组】功能，系统弹出如图 5-48 所示的"通过曲线组"对话框。

c. 选择如图 5-51 所示曲面组 1 的边线（截面线串 1）作为第一组截面线，单击鼠标中键，完成第一组曲线的选择，在对话框中也出现了所选择的截面线。完成第一组线串的选择，出现截面线的方向。

d. 在如图 5-48 所示的"通过曲线组"对话框中单击【添加新集】图标，接着选择第二组截面线（如图 5-51 所示的截面线串 2），同样是单击鼠标中键完成截面线的选择；按照同样的方法选择第三组截面线（如图 5-51 所示的截面线串 3），如图 5-52 所示，要注意所选择的截面线方向的一致。

e. 在如图 5-48 所示的"通过曲线组"对话框中设置"连续性"栏下的参数。在"第一截面"和"最后截面"下拉列表框中选择"G0（位置）"，生成的曲面如图 5-52 所示。在如图 5-53 所示的"形状分析"对话框中单击【面分析-反射】图标对曲面进行分析，结果如图 5-54（a）所示。由分析图可知，无约束形式与相邻曲面之间存在尖角，生成的曲面与原来的曲面之间仅仅是点连续，对于曲面造型，在很多情况下，点连续是不能满足要求的。

f. 用鼠标左键双击上面生成的曲面，在重新弹出的"通过曲线组"对话框中，在"第一截面"和"最后截面"下拉列表框中选择"G1（相切）"，并分别选择如图 5-51 所示的曲面组 1 和曲面组 2 作为约束曲面，单击对话框中的"确定"按钮，生成的曲面分析结果如图 5-54（b）所示。

g. 用鼠标左键双击上面生成的曲面，在重新弹出的"通过曲线组"对话框中，在"第一截面"和"最后截面"下拉列表框中选择"G2（曲率）"，单击对话框中的"确定"按钮，生成的曲面分析结果如图 5-54（c）所示。

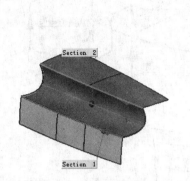

图 5-52 选择截面线串和产生的曲面

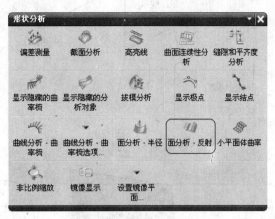

图 5-53 "形状分析"工具栏

从如图 5-54 所示的分析结果来看，不同的连续方式所生成的曲面形状是略有差别的，与原来曲面之间的过渡情况也不相同。

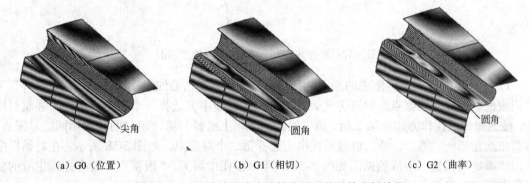

（a）G0（位置）　　　　（b）G1（相切）　　　　（c）G2（曲率）

图 5-54 不同连续方式生成的曲面形状及其分析结果

② 对齐方式。"通过曲线组"曲面的对齐方式与"直纹"曲面的对齐方式意义相同，通过确定每一组截面线上对应点，如图 5-48 所示，共有 7 种对齐类型：参数、圆弧长、根据点、距离、角度、脊线、根据分段。下面通过一个实例说明对齐方式的应用。

例 5-7 对齐方式的应用。

a. 打开附带光盘中 "CDNX6.0CAD/ Examples/CH5/L5-7.prt" 文件，如图 5-55 所示。

b. 在如图 5-6 所示的"曲面"工具栏中选择【通过曲线组】 功能，系统弹出如图 5-48 所示的"通过曲线组"对话框。

c. 选择如图 5-55 所示截面线串 1 作为第一组截面线，单击鼠标中键，完成第一组曲线的选择，在对话框中也出现了所选择的截面线。完成第一组线串的选择，出现截面线的方向。

d. 在如图 5-48 所示的"通过曲线组"对话框中单击【添加新集】图标 ，接着选择第二组截面线（如图 5-55 所示的截面线串 2），同样是单击鼠标中键完成截面线的选择；按照同样的方法选择第三组截面线（如图 5-55 所示的截面线串 3），如图 5-56 所示，要注意所选择的截面线方向的一致。

e. 在"通过曲线组"对话框中"对齐"下拉列表框中选择"圆弧长"对齐方式，生成的曲面如图 5-57 所示，由图中可见，生成的曲面有些扭曲，线串之间的尖角也没有保留下来。因此需要更改对齐方式，关闭"通过曲线组"对话框。

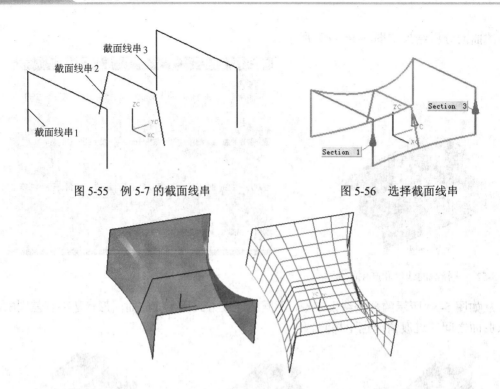

图 5-55　例 5-7 的截面线串　　　　　　　图 5-56　选择截面线串

图 5-57　对齐方式为"圆弧长"生成的曲面

　　f. 用鼠标左键双击所生成的曲面，系统再次弹出"通过曲线组"对话框，在"对齐"下拉列表框中选择"根据点"对齐方式。在第一组截面线串上选择一个尖角点，作为强制对应点，按照同样的操作方法在第二组、第三组截面线串上选择与第一组截面线串相同的对应点。接着依次在第一、第二、第三组截面线串上选择第二个对应点，如图 5-58 所示。在对话框中单击"确定"按钮，生成的曲面如图 5-59 所示，由图中可见，"根据点"对齐方式生成的曲面具有漂亮的尖角。

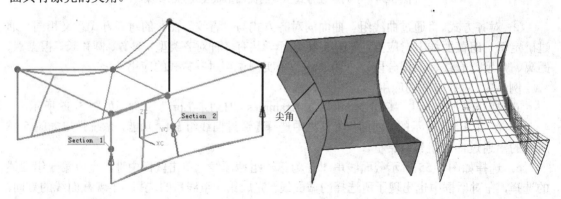

图 5-58　选择强制对应点　　　　　　　图 5-59　对齐方式为"根据点"生成的曲面

　　③ V 向阶数。在如图 5-48 所示的"通过曲线组"对话框中的"输出曲面选项"栏中，有一个"补片类型"下拉列表框，其中列出了构建"通过曲线组"曲面在 V 向的阶数选项。这个参数决定了将要生成的曲面在 V 向的样条曲线的次数。如果有 n 条截面线串，在 V 向将有 n 个对应点，在每组对应点上生成一条样条曲线，所有这些样条曲线编织起来就是生成的曲面。生成样条曲线需要确定样条曲线的阶数，可以设置 V 向的阶数为 1～24，此处所设置

的最大阶数必须比所选择的截面线串数量少 1。通过实例来说明 V 向阶数的应用。

例 5-8 V 向阶数的应用。

a. 打开附带光盘中"CDNX6.0CAD/ Examples/CH5/L5-8.prt"文件，如图 5-60 所示。

b. 在如图 5-6 所示的"曲面"工具栏中选择【通过曲线组】 功能，系统弹出如图 5-48 所示的"通过曲线组"对话框。

c. 依次选择如图 5-60 所示的 10 条曲线作为 10 组截面线串，方向需要一致，如图 5-61 所示。

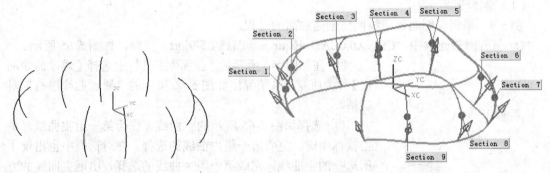

图 5-60 例 5-8 的曲线组   图 5-61 选择 10 组截面线串

d. 在"通过曲线组"对话框中的"输出曲面选项"栏中的"补片类型"下拉列表中选择"多个"，可以在"设置"栏中的"放样"选项下的"阶次"文本输入框内输入要生成的通过曲线组曲面在 V 向的阶次，如图 5-48 所示。此处设置阶次为 5，单击对话框中的"确定"按钮，生成的曲面如图 5-62 所示，曲面之间光顺连接。如果在"补片类型"下拉列表中选择"单个"，将无法设置 V 向阶次参数。

e. 如果将"阶次"设置为 1，那么生成的曲面如图 5-63 所示，实际上就是在两组截面线串之间构建直纹曲面。

f. 在"输出曲面选项"栏中选中"V 向封闭"复选框，可以在截面线串之间建立封闭的曲面，如图 5-64 所示。

图 5-62 V 向阶次为 5 生成的曲面   图 5-63 V 向阶次为 1   图 5-64 "V 向封闭"
                                          生成的曲面   产生的曲面

④ 垂直于终止截面。在"输出曲面选项"栏中选中"垂直于终止截面"复选框，在起始与终止位置，曲面将垂直于截面曲线所在的平面，而曲面将有所调整。

⑤ 构造。在"构造"下拉列表框中有 3 个选项：法向、样条点、简单。如图 5-48 所示。

a. 法向。利用标准程序构造曲线网格体。

b. 样条点。利用输入曲线的定义点和该点的斜率值来构造曲面。要求所有主曲线和交叉线必须使用单根 B-样条曲线，并且要求具有相同数量的定义点。

c. 简单。构造尽可能简单的曲面。使用"简单"选项创建的曲面可能与截面线有偏差。

5.2.4　通过曲线网格曲面

　　【通过曲线网格】 功能，可以选择两组曲线来构建曲面，其中一组曲线称为主曲线（Primary Curve），是构成曲面的 U 向，而另一组曲线称为交叉曲线（Cross Curve），是曲面的 V 向。这两组曲线需要在设定的公差范围内相交，并且基本垂直或者成某个角度，而不能是平行的。由于这种曲面在 U、V 两个方向都定义了控制曲线，因此可以较好地控制曲面的形状，因此这种构建曲面的方式比较常用。

　　（1）操作步骤

　　例 5-9　举例说明通过曲线网格创建曲面的过程。

　　① 打开附带光盘中"CDNX6.0CAD/ Examples/CH5/L5-9.prt"文件，如图 5-65 所示。

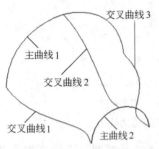

图 5-65　例 5-9 的曲线

　　② 在如图 5-6 所示的"曲面"工具栏中选择【通过曲线网格】 功能，系统弹出如图 5-66 所示的"通过曲线网格"对话框。

　　③ 选择如图 5-65 所示的主曲线 1 作为第一组主曲线，单击鼠标中键，完成第一组主曲线的选择，在对话框中也出现了所选择的主曲线。完成第一组主曲线的选择，出现主曲线的方向。如图 5-67（a）所示。

　　④ 在如图 5-66 所示的"通过曲线网格"对话框中单击【添加新集】图标 ，接着选择第二组主曲线（如图 5-65 所示的主曲线 2），同样是单击鼠标中键完成主曲线的选择；如图 5-67（a）所示，要注意所选择的主曲线方向的一致。主曲线至少需要选择两组，最多可以选择 150 组。

图 5-66　"通过曲线网格"对话框

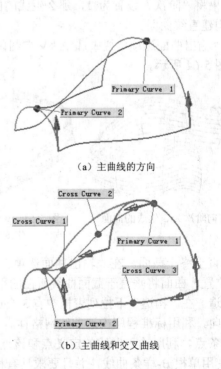

（a）主曲线的方向

（b）主曲线和交叉曲线

图 5-67　主曲线和交叉曲线

⑤ 在"交叉曲线"栏中，单击"选择曲线"，选择第一组交叉曲线，单击鼠标中键确认选择。此处选择"交叉曲线 1"作为第一组交叉曲线。

⑥ 在"交叉曲线"栏中，单击【添加新集】图标 ，选择第二组交叉曲线（如图 5-65 所示的交叉曲线 2），按照同样方法选择第三组交叉曲线（如图 5-65 所示的交叉曲线 3）。完成选择后在曲线上有编号，如图 5-67（b）所示。

⑦ 以上所选择的"主曲线"和"交叉曲线"显示在如图 5-66 所示的"通过曲线网格"对话框中，在"主曲线"栏中的"列表"框中列出了已经选择的主曲线。在"交叉曲线"栏中的"列表"框中列出了已经选择的交叉曲线。在栏中选择已经选择的主曲线或者交叉曲线，可以通过 （向上移动）或者 （向下移动）按钮改变所选择曲线的顺序。单击 （移除）按钮，可以将所选择的曲线删除。在列表框中选择"New"可以新增主曲线或者交叉曲线。

⑧ 这里保持对话框中相关参数的默认状态，单击"确定"按钮，生成网格曲面如图 5-68 所示。

（2）参数设置

"通过曲线网格"对话框中的参数如图 5-69 所示。下面介绍各项参数意义。

① 连续性。和"通过曲线组"曲面功能类似，"通过曲线网格"功能也可以在"连续性"栏里设置"第一主线串"、"最后主线串"、"第一交叉线串"和"最后交叉线串"的约束条件。设置的方法是在每一个选项的下拉列表框中，选择一种约束形式，分别是"G0（位置）"、"G1（相切）"和"G2（曲率）"。

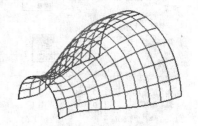

图 5-68 "通过曲线网格"功能生成的网格曲面

② 输出曲面选项。

a. 着重。如图 5-69 所示，在"通过曲线网格"对话框的"输出曲面选项"栏中的"着重"下拉列表框中含有 3 个选项："两者皆是"、"主线串"和"十字"，是对于交叉曲线串和主曲线串不相交的情况。

i. 两者皆是：使生成的曲面到交叉曲线和主曲线的距离相等。

ii. 主线串：使生成的曲面通过主曲线。

iii. 十字（交叉曲线）：使生成的曲面通过交叉曲线。

如果交叉曲线和主曲线都是相交的，则这 3 种选项都是一样的。

创建的网格曲面的主曲线串和交叉曲线串可以不相交，但是主曲线和交叉曲线之间的最大距离必须小于在"公差"输入栏中所设置的数值，否则无法建立网格曲面。这个最大距离可以通过在主菜单中选择【分析】→【测量距离（D）】命令来测量得到。此时，"着重"栏下的 3 个不同选项所产生的网格曲面是不同的。

b. 构造。如图 5-69 所示，在"通过曲线网格"对话框的"输出曲面选项"栏中的"构造"下拉列表框中含有 3 个选项："法向"、"样条点"和"简单"。

i. 法向。是利用标准程序创建网格曲面，使用这种方式所建立的曲面比另外两种方式构造的曲面有更多的补片数。

ii. 样条点。可以使用所选择的交叉曲线和主曲线的定义点以及定义点的斜率值来构造曲面，使用这种构造方式要求所有的交叉曲线和主曲线都是单条的 B 样条曲线，并且具有相同的定义点数。

iii．简单。可以构造尽可能简单的曲面，所建立的曲面具有最少的补片数量，使用这种构建方式，可以在主曲线和交叉曲线中分别选择一组作为模板曲线，所构建的曲面将反映模板曲线的阶次和段数。

③ 脊线。在建立网格曲面时，可以选择脊线，也可以不选择脊线。脊线主要是用于控制截面线的参数化，有助于提高曲面的光顺性。在选择脊线时需要注意所选择脊线必须与第一组和最后一组主曲线垂直，并且第一组和最后一组主曲线是平面曲线，否则将无法建立网格曲面。

（3）以点作为主曲线创建网格曲面

例 5-10　举例说明以点作为主曲线通过曲线网格创建曲面的过程。

① 打开附带光盘中"CDNX6.0CAD/ Examples/CH5/L5-10.prt"文件，如图 5-70 所示。

② 在如图 5-6 所示的"曲面"工具栏中选择【通过曲线网格】功能，系统弹出如图 5-66 所示的"通过曲线网格"对话框。

③ 选择如图 5-70 所示的点 1 作为第一组主曲线，单击鼠标中键，完成第一组主曲线的选择，在对话框中也出现了所选择的主曲线。完成第一组主曲线的选择，出现主曲线的方向。如图 5-71 所示。

④ 在如图 5-66 所示的"通过曲线网格"对话框中单击【添加新集】图标，接着选择第二组主曲线（如图 5-70 所示），同样是单击鼠标中键完成主曲线的选择；同样的方法选择第三组主曲线、第四组主曲线和最后一组主曲线（点 2）（如图 5-70 所示），如图 5-71 所示，要注意所选择的主曲线方向的一致。

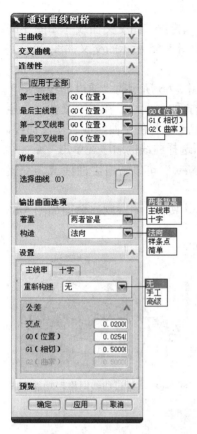

图 5-69　"通过曲线网格"对话框

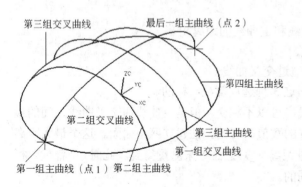

图 5-70　例 5-10 的曲线

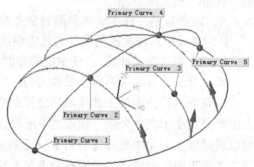

图 5-71　选择 5 组主曲线及其方向

⑤ 在"交叉曲线"栏中，单击"选择曲线"，选择第一组交叉曲线（如图 5-70 所示），单击鼠标中键确认选择，如图 5-72 所示。

⑥ 在"交叉曲线"栏中，单击【添加新集】图标，选择第二组交叉曲线（如图 5-70 所示），按照同样方法选择第三组交叉曲线（如图 5-70 所示）。完成选择后在曲线上有编号，如图 5-72 所示。

⑦ 保持"通过曲线网格"对话框中的参数不变，单击"确定"按钮，生成网格曲面如

图 5-73 所示。

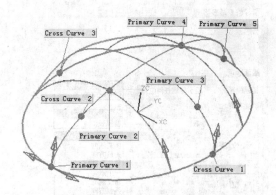
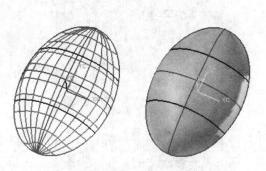

图 5-72　选择 5 组主曲线和 3 组交叉曲线及其方向　　　　图 5-73　以点作为主曲线创建的网格曲面

5.2.5　扫掠曲面

选择若干组曲线作为截面线，若干组曲线作为引导线，通过【扫掠】 功能构建一个曲面。截面线可以由多段连续的曲线构成，截面线串可以有 1～150 组。截面线构成扫掠曲面的 U 向。引导线可以是由多段相切曲线组成，引导线构成扫掠曲面的 V 向。引导线串可以有 1～3 组，不同数量的引导线组所需指定的几何参数有所区别。

（1）操作步骤

由于选择"引导线"和"截面线"的数量不同，可以形成多种扫掠曲面类型。下面通过一个实例来介绍"一条引导线和一条截面线"、"一条引导线和两条截面线"、"两条引导线和两条截面线"和"三条引导线和一条截面线"的使用方法。

例 5-11　举例说明扫掠曲面的创建过程。

打开附带光盘中"CDNX6.0CAD/ Examples/CH5/L5-11.prt"文件，如图 5-74 所示。

① 一条引导线和一条截面线。

a．在如图 5-6 所示的"曲面"工具栏中选择【扫掠】 功能，系统弹出如图 5-75 所示的"扫掠"对话框。

b．选择如图 5-74 所示的"截面线 1"作为第一组截面线。

c．在"扫掠"对话框中的"引导线"栏中单击"选择曲线"按钮，选择如图 5-74 所示的"引导线 1"作为第一组引导线。

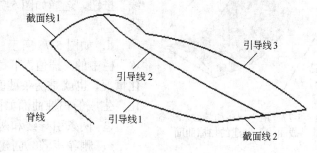

图 5-74　例 5-11 的曲线

d．保持如图 5-76 所示"扫掠"对话框中的参数设置不变，单击"确定"按钮，生成如图 5-77 所示的扫掠曲面。

② 一条引导线和两条截面线。

a．删除步骤①创建的曲面。再次调用【扫掠】 功能。

b．选择如图 5-74 所示的"截面线 1"作为第一组截面线，接着在"截面"栏中单击【添加新集】图标 ，再选择"截面线 2"作为第二组截面线。

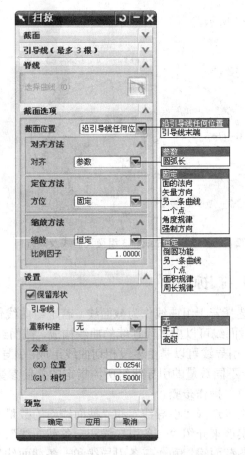

图 5-75 "扫掠"对话框——选择曲线　　图 5-76 "扫掠"对话框——参数设置一

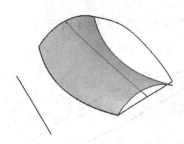

图 5-77 用"一条引导线和一条截面线"创建的扫掠曲面

c. 在"扫掠"对话框中的"引导线"栏中单击"选择曲线"按钮，选择如图 5-74 所示的"引导线 2"作为第一组引导线。

d. 如图 5-78 所示，与只有一条截面线不同，在"截面选项"栏中的"插值"下拉列表框中可以设定一种扫掠过程的变化情况，也就是两条截面线之间的插值情况。其他参数也有变化。生成的扫掠曲面如图 5-79 所示。

③ 两条引导线和两条截面线。

a. 删除步骤②创建的曲面。再次调用【扫掠】功能。

b. 选择如图 5-74 所示的"截面线 1"作为第一组截面线，接着在"截面"栏中单击【添加新集】图标，再选择"截面线 2"作为第二组截面线。

c. 在"扫掠"对话框中的"引导线"栏中单击"选择曲线"按钮，选择如图 5-74 所示的"引导线 1"作为第一组引导线。接着在"引导线"栏中单击【添加新集】图标，再选择"引导线 3"作为第二组引导线。

d. 如图 5-80 所示，与前面两种方法不同，这种扫掠情况的"截面选项"栏中的"缩放"下拉列表框中有"均匀"和"横向"两种情况。选择"均匀"，生成的扫掠曲面如图 5-81（a）所示。

e. 由于含有两条引导线，因此可以选择一条脊线（脊线是可选项）来规范生成的扫掠曲面。在"扫掠"对话框中的"脊线"栏中单击"选择曲线"按钮，选择如图 5-74 所示的"脊线"，由于指定了脊线，系统重新计算了引导线来满足指定的公差，所以生成的扫掠曲面不一定能够通过引导线，如图 5-81（b）所示。而图 5-81（a）所示的扫掠曲面是没有指定脊线所生成的扫掠曲面，严格经过所选择的曲线。

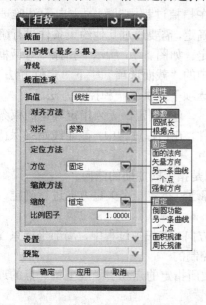

图 5-78 "扫掠"对话框——参数设置二

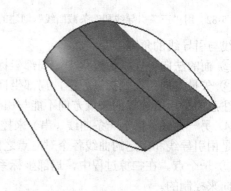

图 5-79 用"一条引导线和两条截面线"创建的扫掠曲面

图 5-80 "扫掠"对话框——参数设置三

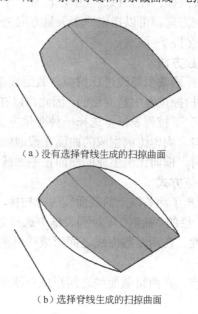

（a）没有选择脊线生成的扫掠曲面

（b）选择脊线生成的扫掠曲面

图 5-81 用"两条引导线和两条截面线"创建的扫掠曲

④ 三条引导线和一条截面线。

a. 删除步骤③创建的曲面。再次调用【扫掠】功能。

b. 选择如图 5-74 所示的"截面线 1"作为第一组截面线。如图 5-82（a）所示。

c. 在"扫掠"对话框中的"引导线"栏中单击"选择曲线"按钮，选择如图 5-74 所示的"引导线 1"、"引导线 2"、"引导线 3"作为第一、二、三组引导线。如图 5-82（a）所示。

d. "扫掠"对话框中的参数保持默认状态，单击对话框中的"确定"按钮 ，生成的扫掠曲面如图5-82（b）所示。

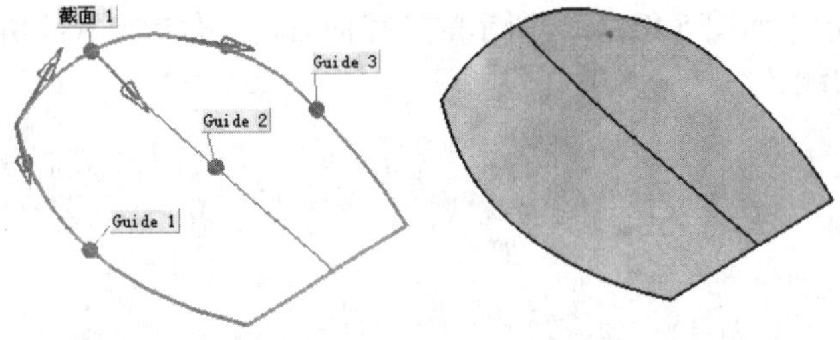

（a）选择一条截面线和三条引导线　　　（b）扫掠曲面

图5-82　用"三条引导线和一条截面线"创建的扫掠曲

截面线与引导线的角度不变。

（2）定位方法

在使用一条引导线进行扫掠时，在扫掠过程中截面的方向无法唯一确定，需要通过其他约束条件进行确定。如图 5-76 所示"扫掠"对话框中的"截面选项"栏下"定位方法"选项下提供了 7 种控制方法。

① 固定。无须指定其他约束条件，在扫掠过程中，截面线始终保持截面线与引导线的角度不变。

② 面的法向。在扫掠过程中，局部坐标系的 Y 方向是指定的曲面的法向。

③ 矢量方向。在扫掠过程中，局部坐标系的 Y 坐标通过指定一个矢量方向进行确定。需要注意的是，所选择的矢量方向不能与引导线相切。

④ 另一曲线。指定一条曲线（串）来控制截面线的方向。在扫掠过程中，局部坐标系 Y 方向是由引导线和指定的曲线各个对应点之间的连线来控制的。

⑤ 一个点。在扫掠过程中，局部坐标系 Y 坐标是由所指定的点和引导线上每一点的连线方向来控制的。

⑥ 角度规律。在扫掠过程中，设置一个角度规律来控制截面线绕引导线转动的角度。

⑦ 强制方向。可以指定一个矢量方向来固定扫掠的局部坐标系 Y 坐标方向，截面线在扫掠过程中保持平行。

（3）缩放方法

如果选择两条引导线进行扫掠，截面线在沿着引导线扫掠的方向趋势已经确定，但是截面线尺寸在扫掠过程中是变化的，因此可以在如图 5-80 所示"扫掠"对话框中的"截面选项"栏的"缩放"下拉列表框中选择一种变化方式："均匀"和"横向"。

① 均匀。均匀比例生成的曲面在截面线的横向和纵向都进行了缩放。

② 横向。横向比例生成的曲面在截面线的横向进行了缩放，但是在纵向没有变化。

（4）插值方式

如果选择了两条以上的截面线进行扫掠，那么需要在如图 5-78 所示"扫掠"对话框中的"截面选项"栏的"插值"下拉列表框中选择截面线之间的一种过渡形式："线性"和"三次"。

① 线性。在两组截面线之间形成线性的过渡形式，在相邻的两条截面线之间形成单独的曲面。

② 三次。在两组截面线之间形成三次函数过渡形式，在所有的截面线之间形成一张完整的曲面。

（5）对齐方法

在扫掠过程中，还需要考虑截面线之间的对齐问题。在如图 5-78 所示"扫掠"对话框中的"截面选项"栏的"对齐"下拉列表框中提供了"参数"、"圆弧长"和"根据点"三种类型。如果选择"根据点"，在视图中出现对应的连接点，用鼠标拖动视图上的方块，可以改变截面线上点的对应关系，生成的曲面在所选择的对应点处强制对齐。

（6）比例控制

使用一条引导线进行扫掠时，可以在如图 5-78 所示"扫掠"对话框中的"截面选项"栏的"缩放"下拉列表框中选择扫掠曲面的缩放方式,共有 6 种控制方式:"恒定"、"倒圆功能"、"另一条曲线"、"一个点"、"面积规律"和"周长规律"。

① 恒定。设定一个放大或者缩小的比例,整个扫掠曲面按照这个比例进行缩放。截面线首先相对于引导线的起点进行缩放,再进行扫掠。在"比例因子"文本框内输入大于 1 的数字,就是生成放大的曲面;在"比例因子"文本框内输入小于 1 的数字,就是生成缩小的曲面。

② 倒圆功能。实际应该称为"均匀过渡功能",是指定起始和终止位置截面线的缩放比例,中间部分采用线性或者三次函数变化规律进行过渡。在"倒圆功能"下拉列表框中选择"线性"或 "三次",并在"开始"和"结束"文本框中输入比例数值。

③ 另一条曲线。选择"另一条曲线"作为比例控制线。设引导线的起始点和所指定的控制曲线起始点之间的距离为 A,引导线上任意一点与控制曲线上对应点之间的距离为 B,那么在扫掠过程中引导线上该点的缩放比例为 B/A。

④ 一个点。与"另一条曲线"类似,需要选择一个点作为比例控制点。设引导线的起始点和控制点之间的距离为 A,引导线上任意一点与控制点之间的距离为 B,那么在扫掠过程中引导线上该点的缩放比例为 B/A。

⑤ 面积规律。这种缩放方式是针对封闭的截面线扫掠而言的。该方法通过设定面积变化规律,从而对生成的曲面进行缩放。"规律类型"下拉列表选项如图 5-83 所示。

⑥ 周长规律。与"面积规律"类似,通过指定截面线周长的变化规律来控制扫掠曲面的变化规律。

"规律类型"下拉列表选项如图 5-83 所示。

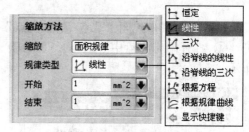

图 5-83 "规律类型"下拉列表选项

5.3 创建复杂曲面

5.3.1 剖切曲面

"剖切曲面"是二次曲面,它可以看作是一系列二次曲线(截面线)的集合,这些截面线位于指定的平面内,在控制曲线范围内编织形成一张二次曲面。

在如图 5-7 所示的"自由曲面形状"工具栏上单击"剖切曲面工具条"图标 ,系统弹出如图 5-84 所示的"剖切曲面"工具栏。

在如图 5-6 所示的"曲面"工具栏中选择【剖切曲面】 功能,系统弹出如图 5-85 所示的"剖切曲面"对话框。剖切曲面的构建方法有 20 种,如图 5-85 所示。

所谓的"剖切曲面"实际上是通过确定曲面的每一个截面形状而确定整张曲面的,在如图 5-84 所示的"剖切曲面"工具栏上和如图 5-85 所示的"剖切曲面"对话框中,各种剖切曲面图标中的点实际是代表了一条曲线,而曲线是代表了一张曲面,也就是说,各种图标实际上是曲面的剖切面示意图。

(1)端点-顶点-肩点

"端点-顶点-肩点"这种建立二次曲面的模式,需要选择起始引导线、终止引导线、顶线、肩曲线和脊线等 5 个控制线。下面通过一个实例来说明用"端点-顶点-肩点"创建剖切曲面的过程。

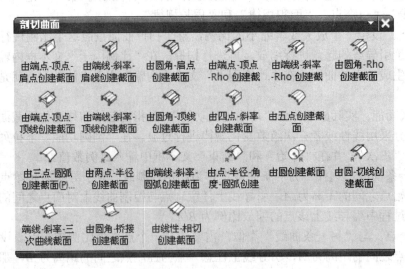

图 5-84 "剖切曲面"工具栏

例 5-12 举例说明"端点-顶点-肩点"创建剖切曲面的过程。

① 打开附带光盘中"CDNX6.0CAD/ Examples/CH5/L5-12.prt"文件,如图 5-86(a)所示。

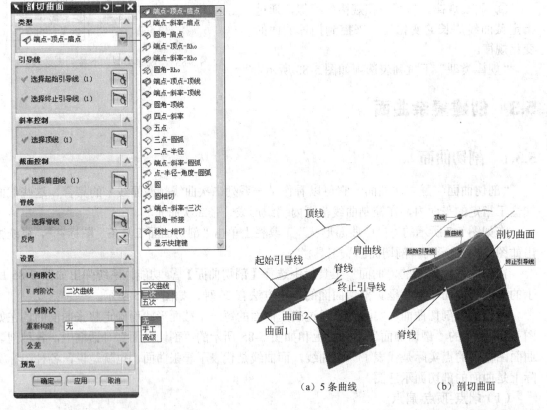

图 5-85 "剖切曲面"对话框———端点-顶点-肩点　　　图 5-86 用"端点-顶点-肩点"创建剖切曲面

② 在如图 5-6 所示的"曲面"工具栏中选择【剖切曲面】 功能,系统弹出如图 5-85

所示的"剖切曲面"对话框。

③ 在"剖切曲面"对话框中的"类型"下拉列表框中选择"端点-顶点-肩点"。

④ 选择起始引导线，选择如图 5-86（a）所示的"曲面 1"的上边线为"起始引导线"，选择好后，单击鼠标中键，结束选择。

⑤ 选择终止引导线，选择如图 5-86（a）所示的"曲面 2"的上边线为"终止引导线"，选择好后，单击鼠标中键，结束选择。

⑥ 选择顶线，选择如图 5-86（a）所示的"顶线"，选择好后，单击鼠标中键，结束选择。顶线也称为斜率控制线，顶线上的任意一点与起始引导线或者终止引导线上的对应点连线就是剖切曲面在起始引导线和终止引导线处的斜率。

⑦ 选择肩曲线，选择如图 5-86（a）所示的"肩曲线"，选择好后，单击鼠标中键，结束选择。所谓"肩曲线"，就是将要生成的剖切曲面中间的控制线，生成的曲面将通过该曲线。

⑧ 选择脊线，选择如图 5-86（a）所示的"脊线"，选择好后，单击鼠标中键，结束选择。单击"剖切曲面"对话框中的"确定"按钮，生成的曲面如图 5-86（b）所示。

⑨ U 向阶次。在如图 5-85 所示"剖切曲面"对话框中的"设置"栏下"U 向阶次"下拉列表框中有 3 种确定剖切曲面在垂直于脊线方向（U 向）的剖面形状类型：二次曲线、三次、五次。

a. 二次曲线。这种剖面线类型可以生成精确的二次曲线剖面，但是生成的曲面具有高度不均匀参数变化。

b. 三次。这种剖面生成的曲面与"二次曲线"的基本相同，只是生成的曲面具有更好的参数化。

c. 五次。剖面线是五次曲线，补片之间是 2 次（G2）连续的。

⑩ V 向阶次。在如图 5-85 所示"剖切曲面"对话框中的"设置"栏下"V 向阶次"的"重新构建"下拉列表框中有 3 种确定剖切曲面在平行于脊线方向（V 向）的参数：无、手工、高级。

a. 无。不需要设置 V 向阶次。

b. 手工。手工操作，可以在下面的"阶次"文本框中输入 V 向的次数。

c. 高级。自动操作，可以在下面的"最高阶次"和"最大段数"文本框中输入 V 向最大的次数和段数，系统自动计算在设定范围内满足要求的曲面的最小次数和分段。

（2）端点-斜率-肩点

"端点-斜率-肩点"这种建模方法，需要指定 6 条曲线作为控制线，如图 5-87 所示，依次是：起始引导线、终止引导线、起始斜率曲线、终止斜率曲线、肩曲线和脊线。

（3）圆角-肩点

"圆角-肩点"建模方法，可以选择两个曲面，建立的连接面与指定的曲面是相切的关系。这种建模方法需要指定的控制元素有：起始引导线、终止引导线、起始面、终止面、肩曲线和脊线。如图 5-88 所示。

（4）端点-顶点-Rho

"端点-顶点-Rho"建模方法，可以通过控制二次曲线的 Rho 判别式，从而控制生成的剖切曲面的形状。Rho 是投影判别式，是控制二次曲线或者二次剖面线形状的一个比例值，如图 5-89 所示。

"端点-顶点-Rho"建模方法需要指定的控制元素有：起始引导线、终止引导线、顶线、脊线以及设置 Rho 值。如图 5-90 所示。

图 5-87 "剖切曲面"对话框二——端点-斜率-肩点　　　图 5-88 "剖切曲面"对话框三——圆角-肩点

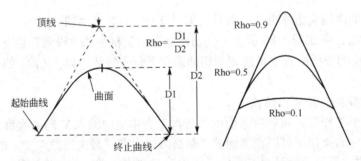

图 5-89　Rho 值与曲面形状的关系图

（5）端点-斜率-Rho

"端点-斜率-Rho"建模方法，可以通过指定曲面的起始和终止端线，以及曲面在起始和终止端线的斜率控制曲线，并且用 Rho 值来控制整个曲面的形状。"端点-斜率-Rho"建模方法需要指定的控制元素有：起始引导线、终止引导线、起始斜率曲线、终止斜率曲线、脊线以及设置 Rho 值。如图 5-91 所示。

（6）圆角-Rho

"圆角-Rho"建模方法，通过指定两组曲面，以及曲面上的两组曲线，建立一个过渡曲面连接这两组曲面，并且可以通过控制 Rho 的数值改变生成曲面的形状。如图 5-92 所示，这种建模方法需要指定的控制元素有：起始引导线（起始面上）、终止引导线（终止面上）、起始面、终止面、脊线以及 Rho 值。

（7）端点-顶点-顶线

"端点-顶点-顶线"建模方法，通过指定曲面的两条端线（起始引导线和终止引导线）和顶线，以及开始高亮显示曲线和结束高亮显示曲线来建立曲面。是在剖切曲面上的 U 向截面线（垂直于脊线），是一条二次曲线，该曲线通过两个点（在两条引导线上），并且相切于三条曲线，这三条曲线的端点分别是在顶线和起始引导线、顶线和终止引导线、开始高亮显示曲线和结束高亮显示曲线。因此，"端点-顶点-顶线" 建模方法需要提供 6 个控制元素才能建立曲面：起始引导线、终止引导线、顶线、开始高亮显示曲线、结束高亮显示曲线和脊线。如图 5-93 所示。

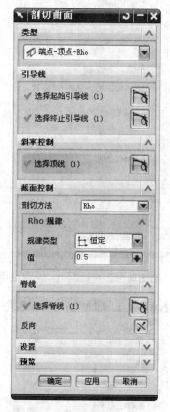

图 5-90 "剖切曲面"对话框四——端点-顶点-Rho　　图 5-91 "剖切曲面"对话框五——端点-斜率-Rho

所谓"高亮显示曲线"，可以理解为切线。在剖切曲面的一个切面上，曲面与该切面的交线是一条曲线，而"高亮显示曲线"这条切线控制了该曲线在顶点处的曲率变化情况，也就是控制了曲线的形状。因此高亮需要选择两条曲线。从整张剖切曲面来看，高亮实际上是由两条曲线控制的一张直纹面。

（8）端点-斜率-顶线

"端点-斜率-顶线"建模方法，需要指定曲面的起始引导线、终止引导线、起始斜率曲线、终止斜率曲线、开始高亮显示曲线、结束高亮显示曲线和脊线。如图 5-94 所示。

（9）圆角-顶线

"圆角-顶线"建模方法，通过指定两组曲面，以及这两组曲面上的两组曲线串作为剖切曲面的起始引导线和终止引导线，还要选择开始高亮显示曲线、结束高亮显示曲线，根据这些控制条件创建一张剖切曲面。这种建模方法需要提供的控制元素有：起始引导线、终止引导线、起始面、终止面、开始高亮显示曲线、结束高亮显示曲线和脊线。如图 5-95 所示。

图 5-92 "剖切曲面"对话框六——圆角-Rho

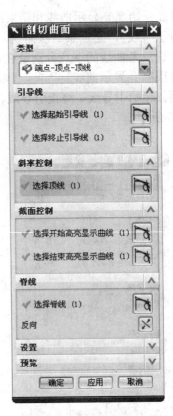

图 5-93 "剖切曲面"对话框七——端点-顶点-顶线

图 5-94 "剖切曲面"对话框八——端点-斜率-顶线

图 5-95 "剖切曲面"对话框九——圆角-顶线

（10）四点-斜率

"四点-斜率"建模方法，通过选择曲面上的四条曲线，并且选择一条起始引导线的斜率控制曲线生成一张剖切曲面。需要选择的控制元素有：起始引导线、终止引导线、第一内部引导线 1、内部引导线 2、起始斜率曲线和脊线。如图 5-96 所示。

（11）五点

"五点"建模方法，通过选择曲面上的五条曲线，以及指定一条曲线作为脊线建立一张二次曲面。需要选择的控制元素有：起始引导线、终止引导线、第一内部引导线 1、内部引导线 2、内部引导线 3 和脊线。如图 5-97 所示。

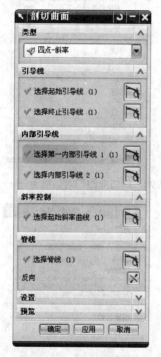
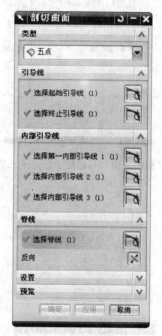

图 5-96　"剖切曲面"对话框十——四点-斜率　　　图 5-97　"剖切曲面"对话框十一——五点

（12）三点-圆弧

"三点-圆弧"建模方法，可以选择三条曲线作为控制线，通过这三条曲线建立一个圆弧曲面。需要选择的控制元素有：起始引导线、终止引导线、第一内部引导线 1 和脊线。如图 5-98 所示。

（13）二点-半径

"二点-半径"建模方法，可以在两条曲线之间建立指定半径值的圆弧曲面。这种建模方式需要指定的控制元素包括：起始引导线、终止引导线、半径值和脊线。如图 5-99 所示。

（14）端点-斜率-圆弧

"端点-斜率-圆弧"建模方法，通过指定起始引导线和起始引导线的斜率控制曲线、终止引导线来建立一张圆弧曲面。需要选择的控制元素有：起始引导线、终止引导线、起始斜率曲线和脊线。如图 5-100 所示。

（15）点-半径-角度-圆弧

"点-半径-角度-圆弧"建模方法，通过选择一张曲面，以及一条曲线，建立一张与指定曲面成一定角度的圆弧曲面。这种建模方式需要指定的控制元素包括：起始引导线、起始面、半径值、角度值和脊线。如图 5-101 所示。

图 5-98 "剖切曲面"对话框十二——三点-圆弧

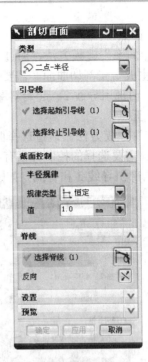

图 5-99 "剖切曲面"对话框十三——二点-半径

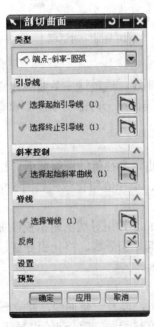

图 5-100 "剖切曲面"对话框
十四——端点-斜率-圆弧

图 5-101 "剖切曲面"对话框
十五——点-半径-角度-圆弧

（16）圆

"圆"建模方法，通过选择一条曲线作为引导线，并且指定一条脊线建立一个以引导线作为中心线的圆管。这种建模方式需要指定的控制元素包括：起始引导线、方位引导线、半径值和脊线。如图 5-102 所示。

（17）圆相切

"圆相切"建模方法，通过指定一个相切曲面，以及一条起始曲线，并指定一个圆弧半径，生成一张从起始曲线开始，相切于相切曲面的圆弧面。这种建模方式需要指定的控制元素包括：起始引导线、起始面、半径值和脊线。如图 5-103 所示。

图 5-102　"剖切曲面"对话框十六——圆

图 5-103　"剖切曲面"对话框十七——圆相切

（18）端点-斜率-三次

"端点-斜率-三次"建模方法，通过选择起始引导线和终止引导线，以及这两条曲线的斜率控制线建立一个剖面线是三次函数规律的曲面。这种建模方式需要指定的控制元素包括：起始引导线、终止引导线、起始斜率曲线、终止斜率曲线和脊线。如图 5-104 所示。

（19）圆角-桥接

"圆角-桥接"建模方法，可以在两组曲面上建立桥接曲面，生成的曲面与原来曲面之间具有曲率或者斜率连续。这种建模方式需要指定的控制元素包括：起始引导线、终止引导线、起始面、终止面、连续性、深度和歪斜以及脊线。如图 5-105 所示。

可以在"开始连续性"和"结束连续性"下拉列表框中选择与起始曲面和终止曲面的连续方式，分别有"G1（相切）"、"G2（曲率）"和"G3（流）"三个选项。

在"控制区域"中，可以选择一种桥接"深度"和"歪斜"两个控制条的控制区域。"整个"是对整个曲面进行调整，"开始"是对曲面的起始端进行调整，"结束"是对曲面的终止端进行调整。拖动"深度"滑动条，可以改变桥接曲面的高度，实际上就是改变 Rho 值的大小。拖动"歪斜"滑动条，可以改变桥接曲面靠近起始曲面或者终止曲面。

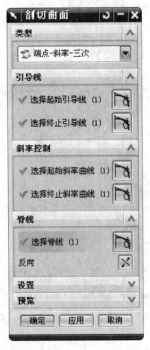

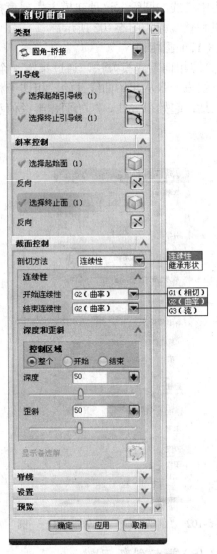

图 5-104 "剖切曲面"对话框十八——端点-斜率-三次   图 5-105 "剖切曲面"对话框十九——圆角-桥接

（20）线性-相切

"线性-相切"建模方法，通过选择一个相切曲面和一条起始曲线，建立一张从起始曲线开始，与相切曲面相切的直纹曲面。这种建模方式需要指定的控制元素包括：起始引导线、起始面、角度值和脊线。如图 5-106 所示。

5.3.2　桥接曲面

【桥接】功能，可以在两张曲面之间创建一张过渡曲面，过渡曲面与两张参考曲面之间可以保持相切或者曲率连续。桥接功能是建立曲面连接的有效方法，在曲面造型中经常用到。下面通过一个实例来介绍桥接曲面的创建过程。

例 5-13　举例说明创建桥接曲面的过程。

① 打开附带光盘中"CDNX6.0CAD/ Examples/CH5/L5-13.prt"文件，如图 5-107 所示。

图 5-106 "剖切曲面"对话框
二十——线性-相切

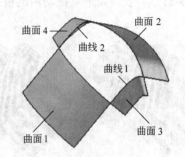

图 5-107 例 5-13 的曲面和曲线

② 在如图 5-6 所示的"曲面"工具栏中选择【桥接】 功能，系统弹出如图 5-108 所示的"桥接"对话框。

③ 只选择两个主曲面。"主面"是必须选择的参数，而右边的"侧面"、"第一侧面线串"和"第二侧面线串"都是可选项，先不选择其他 3 个选项。

a. 两个主曲面的选择。在"桥接"对话框中的"选择步骤"栏中选择"主面" 按钮，选择需要桥接的两个主曲面。选择如图 5-107 所示的"曲面 1"和"曲面 2"。两个主曲面上的方向箭头要同向。选择主曲面时，鼠标需要在靠近所选择曲面将要桥接的边线的一侧，选择完成后将出现一个箭头，表示桥接的边界及方向。并且，鼠标单击的靠近边界的某一端，该端点将是桥接的起始点。两个主曲面上的方向箭头要同向。如图 5-109 所示。

图 5-108 "桥接"对话框

图 5-109 两个主曲面上的箭头同向

b. 连续性。在"连续类型"栏中，可以选择桥接曲面与主曲面之间的连续关系，分别是斜率连续"相切"和曲率连续"曲率"。

ⅰ．相切。选择"相切"，在"桥接"对话框中单击"应用"按钮，生成桥接曲面，对桥接曲面和主曲面之间的连续性进行分析，如图 5-110（a）所示，桥接曲面与主曲面之间的曲率是不连续的。

ⅱ．曲率。删除上面生成的桥接曲面，再次选择如图 5-107 所示的"曲面 1"、"曲面 2"作为主曲面进行桥接操作，这次选择"曲率"，桥接曲面结果如图 5-110（b）所示，桥接曲面与主曲面之间的曲率是连续的。

c．对桥接曲面进行拖动。只有在选择了两个主曲面进行桥接的操作中，才可以单击对话框中的"拖动"按钮，改变桥接曲面的桥接形状。在"桥接"对话框中单击"拖动"按钮后，系统弹出如图 5-111 所示的"拖拉桥接曲面"对话框，鼠标变为十字形，在需要拖动的边界上单击一下鼠标左键，在该边界上出现了一些箭头，按住鼠标左键拖动，可以改变曲面的形状，如图 5-112 所示。如果对拖动后的桥接曲面不满意，可以单击"重置"按钮，使桥接曲面复原。

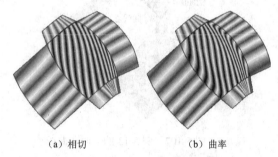

（a）相切　　　　　（b）曲率

图 5-110　"相切"和"曲率"下的桥接曲面分析对比　　　图 5-111　"拖拉桥接曲面"对话框

④ 选择主曲面和侧面。对于某些曲面桥接操作，需要将桥接曲面的边界按照指定的曲面或者曲线进行过渡。选择如图 5-107 所示的"曲面 1"、"曲面 2"作为主曲面，接着在"桥接"对话框中单击"侧面"按钮，选择主曲面两侧的"曲面 3"、"曲面 4"作为侧面，并且选择"相切"连续类型，单击"桥接"对话框中的"确定"按钮，生成桥接曲面如图 5-113 所示，桥接曲面与侧面的边界重合。

⑤ 选择主曲面和侧面线串。可以选择两条曲线（串）来约束桥接曲面的边界。首先选择如图 5-107 所示的"曲面 1"、"曲面 2"作为主曲面；接着在"桥接"对话框中单击"第一个侧面线串"按钮，选择如图 5-107 所示的"曲面 3"的边线"曲线 1"作为第一个侧面线串；在"桥接"对话框中单击"第二个侧面线串"按钮，选择如图 5-107 所示的"曲面 4"的边线"曲线 2"作为第二个侧面线串。单击"桥接"对话框中的"确定"按钮，生成如图 5-114 所示的桥接曲面，从图中可以发现，桥接曲面通过了所选择的两条曲线。

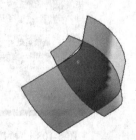

图 5-112　拖动桥接曲面　　　图 5-113　选择主曲面和侧面　　　图 5-114　选择主曲面和侧面线
　　　　　　　　　　　　　　　　　创建的桥接曲面　　　　　　　串创建的桥接曲面

⑥ 对桥接曲面进行编辑。在生成桥接曲面后，可以双击桥接曲面对其进行编辑。

5.3.3　N 边曲面

【N 边曲面】 功能，可以选择一组封闭的曲线或者曲面边界，并且选择一组曲面作为控制曲面，来构建一个过渡曲面。通过一个实例来说明 N 边曲面的创建过程。

例 5-14　举例说明创建 N 边曲面的过程。

① 打开附带光盘中 "CDNX6.0CAD/ Examples/CH5/L5-14.prt" 文件，如图 5-115 所示。左边的是椭圆锥曲面，右边的是八角形曲线。

② 在如图 5-6 所示的 "曲面" 工具栏中选择【N 边曲面】 功能，系统弹出如图 5-116 所示的 "N 边曲面" 对话框。在该对话框的上部 "类型" 栏中，有两种曲面类型：一种是 "已修剪"，这种构建方式是在封闭的边界上生成一张面片；而 "三角形"，是在已经选择的封闭曲线中，构建一张由多个三角片体组成的曲面，其中的三角面片相交于一点。下面分别介绍这两种类型的操作步骤。

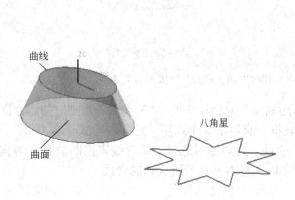

图 5-115　例 5-14 的曲面和曲线

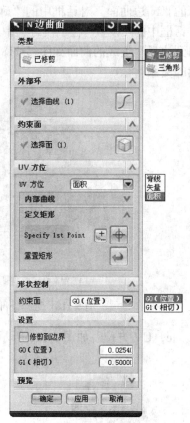

图 5-116　"N 边曲面" 对话框——已修剪

③ 已修剪。

a. 只选择外部环（曲线）。在图形区选择如图 5-115 所示的曲面的上边界 "曲线"（椭圆）作为外部环。这个步骤是必须选择的，而下面其他步骤则是可选项。完成选择曲线边界后，单击如图 5-116 所示的 "N 边曲面" 对话框中的 "确定" 按钮，生成如图 5-117 所示的曲面，在 "N 边曲面" 对话框中的 "设置" 栏下没有选中 "修剪到边界" 生成的曲面如图 5-117（a）所示，选中 "修剪到边界" 生成的曲面如图 5-117（b）所示。

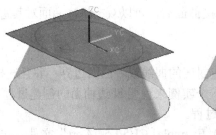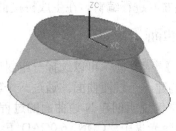

（a）没有选中"修剪到边界"　　　　　　（b）选中"修剪到边界"

图 5-117　只选择外部环（曲线）生成的 N 边曲面

　　b．选择外部环（曲线）和约束面（曲面）。删除上一步骤生成的 N 边曲面。仍然按照前面的操作，选择好外部环（曲线）后，单击"N 边曲面"对话框中"约束面"栏下的"选择面"，在图形区选择如图 5-115 所示的曲面的上边界"曲面"作为约束面。单击如图 5-116 所示的"N 边曲面"对话框中的"确定"按钮，生成如图 5-118 所示的曲面，在"N 边曲面"对话框中的"设置"栏下没有选中"修剪到边界"生成的曲面如图 5-118（a）所示，选中"修剪到边界"生成的曲面如图 5-118（b）所示。生成的 N 边曲面与约束曲面之间具有斜率连续的关系。

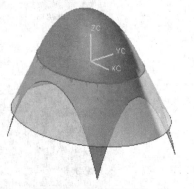

（a）没有选中"修剪到边界"　　　　　　（b）选中"修剪到边界"

图 5-118　选择外部环（曲线）和约束面（曲面）生成的 N 边曲面

　　c．UV 方位。如图 5-116 所示的"N 边曲面"对话框中的"UV 方位"栏的"UV 方位"下拉列表框中有以下 3 个选项。这 3 种方式基本类似。

　　　　i．脊线。可以通过选择一条脊线来控制曲面 V 方向，而曲面的 U 向基本垂直于所选择的脊线。

　　　　ii．矢量。可以通过设置一个矢量方向来控制曲面的 V 方向，矢量方向实际上是一条无限长的直线。

　　　　iii．面积。通过在 X-Y 平面中绘制一个矩形来控制 N 边曲面的方向以及区域大小。

　　　　在"UV 方位"下拉列表框中选择"矢量"，再在"指定矢量"下拉列表中选择"－Y"方向作为矢量方向，单击如图 5-116 所示的"N 边曲面"对话框中的"确定"按钮，生成如图 5-119 所示的 N 边曲面。

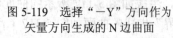

图 5-119　选择"－Y"方向作为矢量方向生成的 N 边曲面

　　④ 三角形。在图 5-116 所示的"N 边曲面"对话框中的"类型"下拉列表框中选择"三

角形"，"N 边曲面"对话框如图 5-120 所示。仍然选择如图 5-115 所示的曲面的上边界"曲线"（椭圆）作为外部环、"曲面"作为约束面。单击如图 5-120 所示的"N 边曲面"对话框中的"确定"按钮，生成如图 5-121 所示的 N 边曲面。

a. 中心控制。在"中心控制"栏中，可以通过调整 X、Y、Z 滑动条的位置来改变曲面的形状。"控制"下拉列表中有"位置"和"倾斜"两个选项。

i. 位置。可以控制 N 边曲面中心的位置，可以拖动 X、Y、Z 三个滑动条来控制中心的位置。

ii. 倾斜。可以调整 X、Y 两个参数来改变 XY 平面法向矢量，但不改变中心位置。

iii. "中心平缓"滑动条可以调整 N 边曲面中心与边界之间的丰满度。

b. 流路方向。控制 V 向的等参数方向。

c. 约束面。控制新曲面在边界曲线上与边界面之间的几何连续性。"约束面"在曲面造型中应用比较广泛。"约束面"下拉列表框中含有 3 种连续类型。

i. G0（位置）。几何连续，也就是 N 边曲面与约束面仅仅是几何上连接在一起。如图 5-121（a）所示。

ii. G1（相切）。斜率连续，也就是 N 边曲面与约束面具有斜率连续。如图 5-121（b）所示。

iii. G2（曲率）。曲率连续，也就是 N 边曲面与约束面具有曲率连续。如图 5-121（c）所示。

图 5-120 "N 边曲面"对话框——三角形

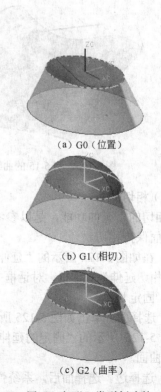

（a）G0（位置）

（b）G1（相切）

（c）G2（曲率）

图 5-121 用"三角形"类型创建的 N 边曲面

d. 通过如图 5-115 所示的八角星曲线来构建一个八角星曲面。

ⅰ. 在如图 5-6 所示的"曲面"工具栏中选择【N 边曲面】 功能，系统弹出如图 5-116 所示的"N 边曲面"对话框。

ⅱ. 在该对话框的上部"类型"栏中选择"三角形"，"N 边曲面"对话框如图 5-120 所示。

ⅲ. 在图形区中依次选择如图 5-115 所示的"八角星"曲线的每一边作为外部环。

ⅳ. 在对话框中"中心控制"栏的"控制"下拉列表框中选择"位置"选项，拖动"Z"滑动条，大致在 55 左右，拖动"中心平缓"滑动条，使参数在 50 处。产生的八角星曲面如图 5-122 所示。

图 5-122　八角星曲面

5.3.4　延伸

曲面【延伸】功能，是在已经存在曲面（直纹曲面、剖切曲面）的基础上，通过曲面的边界或者曲面上的曲线进行延伸，扩大曲面。下面通过一个实例来说明各种曲面延伸的创建过程。

例 5-15　举例说明各种曲面延伸的创建过程

① 打开附带光盘中"CDNX6.0CAD/ Examples/CH5/L5-15.prt"文件，如图 5-123 所示。

② 在如图 5-6 所示的"曲面"工具栏中选择【延伸】 功能，系统弹出如图 5-124 所示的"延伸"对话框。对话框中曲面延伸的方式主要有"相切的"、"垂直于曲面"、"有角度的"以及"圆形"延伸 4 种。

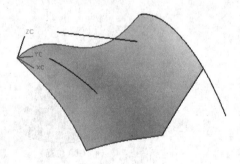

图 5-123　例 5-15 的曲线和曲面　　　　图 5-124　"延伸"对话框

（1）相切的

"相切的"延伸功能，是以参考曲面（被延伸的曲面）的边缘拉伸一个曲面，该曲面与参考曲面保持相切。

① 在如图 5-124 所示的"延伸"对话框中单击"相切的"按钮，系统弹出如图 5-125 所示的"相切延伸"对话框，对话框中列出了"固定长度"和"百分比"两种不同的延伸方式。

② 固定长度。

a. 选择面。单击如图 5-125 所示的"相切延伸"对话框中的"固定长度"按钮，系统弹出如图 5-126 所示的"固定的延伸"对话框。系统提示：选择面，在图形区选择如图 5-123 所示的曲面。

b. 选择边。选择面后，系统弹出如图 5-127 所示的"固定的延伸"对话框，系统提示：选择边，在图形区选择如图 5-128 所示的曲面的左边。在选择边缘线时，鼠标变为十字形，在需要延伸的边缘曲线上单击，如图 5-128 所示。鼠标需要点在参考曲面上才能选中边缘曲线，如果点在参考曲面之外，系统将弹出如图 5-129 所示的"错误"对话框。用户需要在对话框中单击"确定"按钮，重新选择边缘曲线。

图 5-125 "相切延伸"对话框　　图 5-126 "固定的延伸"对话框一　图 5-127 "固定的延伸"对话框二

图 5-128　选择延伸边缘　　　　　　　　　图 5-129 "错误"对话框

　　c．选中边缘曲线后，在边缘曲线上显示了延伸的方向箭头，并且系统弹出"相切延伸"对话框，如图 5-130 所示。在对话框中设置需要延伸的长度，这里输入 30，单击"确定"按钮，创建如图 5-131 所示的延伸曲面。在确定延伸长度时，可以单击对话框中"长度"右边的 ，在弹出的菜单中选择一种确定长度的方式，如图 5-130 所示。

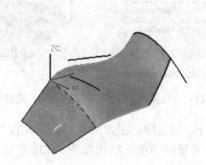

图 5-130　延伸的方向箭头和"相切延伸"对话框　　　　图 5-131　以"固定长度"延伸的曲面

　　d．建立延伸曲面后，鼠标的形状仍然是十字形，可以继续选择参考曲面的其他边缘曲线进行延伸，选择如图 5-132 所示的边缘线，延伸 15mm，结果如图 5-132 所示。由于所选择的边缘线被裁剪了，也就是参考曲面不是基本曲面，而延伸是必须沿着参考曲面的等参数曲线（U、V 方向）进行，因此延伸曲面对整个一条等 U 曲线进行相切延伸。相切延伸无法对裁剪后的边界进行延伸，例如选择如图 5-133 所示裁剪后的边界进行延伸，系统弹出如图 5-133 所示 的"错误"对话框。如果需要对裁剪过的边界进行延伸，可以采用"有角度的"延伸方法进行，并且将延伸的角度设置为 0°。

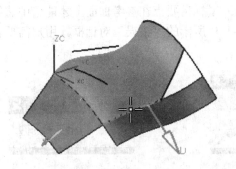

图 5-132　选择被裁剪过的边缘线的延伸曲面　　　图 5-133　选择裁剪后的边界弹出"错误"对话框

③ 百分比。删除上一步骤创建的曲面，准备按百分比进行相切延伸的操作。操作步骤与上面相同。在如图 5-125 所示的"相切延伸"对话框中单击"百分比"按钮，系统弹出如图 5-134 所示的"延伸"对话框，用户需要选择一种延伸的位置，"边延伸"与前面按照长度延伸相同，是对参考曲面的等参数边界进行延伸，而"拐角延伸"则是在参考曲面的拐角处进行延伸。

　　a. 拐角延伸。单击如图 5-134 所示的"延伸"对话框中的"拐角延伸"按钮，首先需要选择一个参考曲面，接着选择一个需要延伸的拐角，单击如图 5-135 所示的拐角，出现如图 5-136 所示的延伸方向，在系统弹出的如图 5-136 所示的"拐角延伸"对话框中，设置 U、V 两个方向分别延伸的比例都为 30%，单击"确定"按钮，在参考曲面的拐角处延伸的结果如图 5-137 所示。

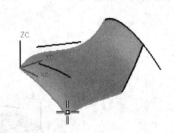
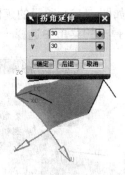

图 5-134　"延伸"对话框　　图 5-135　选择参考曲面和拐角　　图 5-136　延伸方向和"拐角延伸"对话框

　　b. 边延伸。在如图 5-134 所示的"延伸"对话框中单击"边延伸"按钮，对参考曲面的左边界延伸 30%，结果如图 5-138 所示。

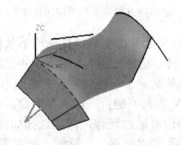

图 5-137　在参考曲面的拐角处延伸的结果　　　图 5-138　对参考曲面左边界延伸 30%的结果

（2）垂直于曲面

"垂直于曲面"功能，可以根据参考曲面上的曲线建立一张垂直于参考曲面的曲面。

① 在如图 5-124 所示的"延伸"对话框中单击"垂直于曲面"按钮，系统弹出如图 5-139 所示的"法向延伸"对话框。

② 选择一张参考曲面，在图形区单击鼠标左键选中实例中的参考曲面。

③ 选择曲面上的一条曲线，如图 5-139 所示，在曲线上出现一个法向延伸的方向，"法向延伸"对话框也相应改变，如图 5-140 所示。

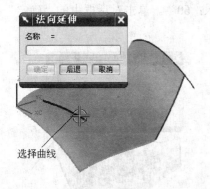
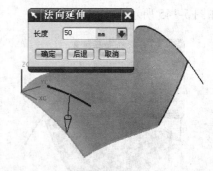

图 5-139　"法向延伸"对话框和选择曲线　　　　图 5-140　"法向延伸"对话框和法向延伸方向箭头

④ 在如图 5-140 所示"法向延伸"对话框中设置需要延伸的长度，例如 50mm，单击对话框中的"确定"按钮，结果如图 5-141 所示。

⑤ 如果需要在标示出来的延伸方向相反的方向建立延伸曲面，那么只需在"长度"输入栏中输入负的长度值即可。仍然以与上一步相同的参考曲面和曲线为例，输入–50mm，结果如图 5-142 所示。

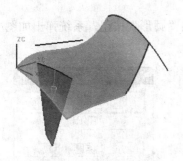
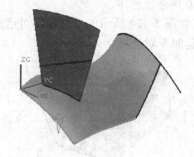

图 5-141　输入 50mm 的延伸曲面　　　　　　图 5-142　输入–50mm 的延伸曲面

⑥ "垂直于曲面"功能无法直接选择参考曲面的边界进行延伸。如果需要对曲面的边界进行延伸，那么需要首先使用【抽取曲线】 功能，将需要延伸的边界抽取出来，再选择该曲线进行延伸。

（3）有角度的

"有角度的"功能与"垂直于曲面"功能类似，都是可以建立一张与参考曲面成一定角度的曲面，不同的是，"垂直于曲面"生成的曲面与参考曲面垂直，"有角度的"功能可以与参考曲面成任何角度，包括 0° 和 90° 。因此"垂直于曲面"（90° ）和"相切的"（0° ）可以看成是"有角度的"功能的特例。

① 在如图 5-124 所示的"延伸"对话框中单击"有角度的"按钮，系统弹出如图 5-143

所示的"沿角度延伸"对话框。

② 选择一张参考曲面，在图形区单击鼠标左键选中实例中的参考曲面。

③ 选择曲面上的一条曲线，如图 5-143 所示，与"垂直于曲面"功能相同，如果需要对参考曲面的边界进行延伸，需要首先将边界提取出来。

④ 选择了参考曲面上的曲线后，在参考曲面上出现了如图 5-144 所示的两个矢量方向，一个是曲面的切向，另一个是曲面的法向。在如图 5-144 所示的"角度延伸"对话框中设置延伸的长度，以及延伸曲面与参考曲面的角度。长度值可以是正值或者是负值，而角度值可以是任意数值。此处，长度输入：–50mm，角度输入：60°。单击对话框中的"确定"按钮，结果如图 5-145 所示。

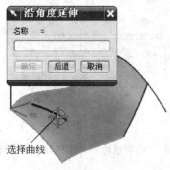
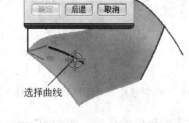
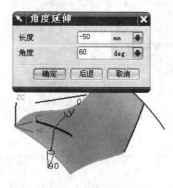

图 5-143 "沿角度延伸"对话框和选择曲线   图 5-144 "角度延伸"对话框与两个矢量方向

（4）圆形

"圆形"功能是以参考曲面的边界作为延伸的起始曲线，以参考曲面在延伸边线处的曲率半径为圆弧半径，建立一张圆弧曲面。与"相切的"延伸功能一样，"圆形"功能只能对参考曲面的边界进行延伸。

① 在如图 5-124 所示的"延伸"对话框中单击"圆形"按钮，系统弹出如图 5-146 所示的"圆形延伸"对话框。

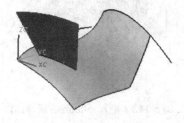
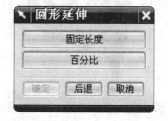

图 5-145 "有角度的"的延伸曲面   图 5-146 "圆形延伸"对话框

② 在"圆形延伸"对话框中选择一种延伸的方式，这两种延伸方式与"相切的"功能相同。单击"固定长度"按钮。

③ 选择一张参考曲面，在图形区单击鼠标左键选中实例中的参考曲面。

④ 选择曲面上的一条曲线作为延伸边界，如图 5-147 所示，选择方法与"相切的"功能中所述相同。

⑤ 选中边缘曲线后，在边缘曲线上显示了延伸的方向箭头，并且系统弹出"相切延伸"对话框，如图 5-148 所示。在对话框中设置需要延伸的长度，这里输入 50，单击对话框中的"确定"按钮，创建如图 5-149 所示的圆形延伸曲面。

图 5-147 选择延伸边界　　图 5-148 "相切延伸"对话框和　　图 5-149 圆形延伸曲面
延伸方向箭头

5.3.5 规律延伸

【规律延伸】 功能，可以从长度和角度两方面进行更为复杂的曲面延伸，不但可以对参考曲面的等参数边界进行延伸，对裁剪过的边界进行延伸，还可以对曲面上的曲线进行延伸。下面通过一个实例来说明按规律延伸创建曲面的过程。

例 5-16　举例说明按规律延伸创建曲面的过程。

① 打开附带光盘中 "CDNX6.0CAD/ Examples/CH5/L5-15.prt" 文件，如图 5-123 所示。

② 在如图 5-6 所示的"曲面"工具栏中选择【规律延伸】 功能，系统弹出如图 5-150 所示的"规律延伸"对话框。在对话框中的"类型"下拉列表中有两种类型可供选择："面"是选择一张参考曲面来定义延伸曲面的方向；"矢量"是定义一个矢量方向作为延伸的方向。

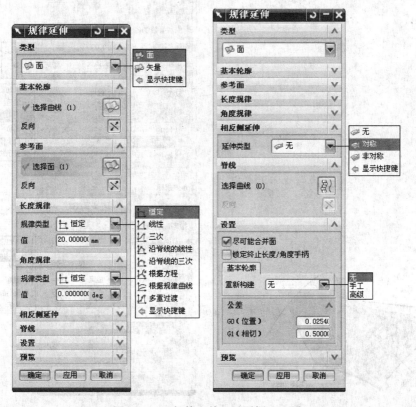

图 5-150 "规律延伸"对话框——面

两种类型所对应的"规律延伸"对话框是不同的。图 5-150 所示为"面"类型所对应的"规律延伸"对话框。下面分别介绍"面"和"矢量"两种类型的按规律延伸曲面的操作过程。

③ 面。

a. 选择延伸曲线。系统在默认情况下，进入"基本轮廓"栏，首先需要用户选择要进行延伸的曲线，可以选择一条曲线或者选择一组曲线。此处，选择如图 5-151 所示的曲面边界作为延伸曲线。

b. 选择参考曲面。在对话框中的"参考面"栏单击"选择面"按钮![按钮]，接着在图形区选择如图 5-151 所示的参考曲面。

c. 规律类型。在"长度规律"和"角度规律"栏内都有如图 5-150 所示的 8 种规律类型可供选择，其中"多重过渡"为可以在图形上进行动态调整的选项，选中该类型将在延伸曲线上显示延伸曲面的角度和长度参数控制手柄，拖动相应的手柄就可以进行参数设置；也可以在相应的文本框内输入参数值。其余 7 个选项属于常规的选项，可以通过在相应的参数文本框中输入参数或选择规律曲线来设置延伸曲面的长度及其与参考曲面的夹角。

i. 多重过渡。在"长度规律"和"角度规律"栏内的"规律类型"下拉列表中都选择"多重过渡"选项。"规律延伸"对话框中"长度规律"和"角度规律"栏内的参数如图 5-152 所示。进行相关参数设置后，在图形区显示出角度与长度控制手柄以及控制点的位置如图 5-153 所示。

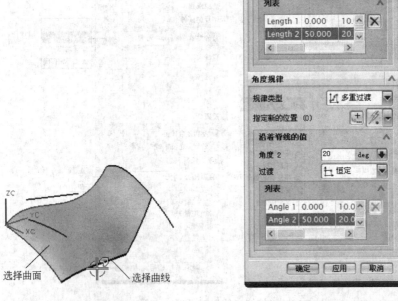

图 5-151　选择曲线和曲面　　　　图 5-152　"多重过渡"选项参数设置

图中绿色圆点是角度的控制手柄，拖动该圆点可以改变该点处的延伸曲面与参考曲面的夹角。

图中绿色箭头为长度的控制手柄，拖动该箭头可以改变该点处的延伸曲面长度。

图中控制点处的绿色立方体是控制点位置的手柄，用鼠标拖动它，可以改变控制点的位置。

同样的方法可以改变另一个端点的长度和角度值。

在"长度规律"和"角度规律"栏内分别单击"点构造器"按钮，系统弹出"点"对话框，可以在延伸曲线上增加控制点；也可以在图形区用鼠标在控制线上需要增加控制点的位置单击，立即出现角度和长度以及位置的控制手柄。同样的，新增的控制点也可以通过拖动手柄改变相应的参数值。

完成参数设置后，单击对话框中的"确定"按钮，完成曲面延伸，如图 5-154 所示。

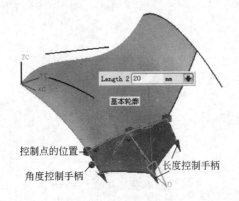

图 5-153　长度、角度控制手柄以及控制点的位置

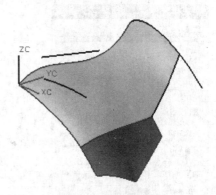

图 5-154　规律延伸的曲面一

ⅱ. 线性。将上面创建的规律延伸曲面删除，操作步骤同上，选择如图 5-155 所示的两条曲面的边界作为延伸边线，选择曲面作为参考曲面。

在"长度规律"和"角度规律"栏内的"规律类型"下拉列表中都选择"线性"选项。"规律延伸"对话框中"长度规律"和"角度规律"栏内的参数设置如图 5-156 所示。

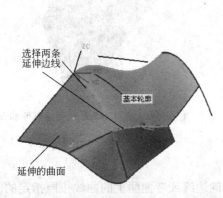

图 5-155　选择延伸边线及其产生的延伸曲面

图 5-156　"线性"选项参数设置

单击对话框中的"确定"按钮，产生的延伸曲面如图 5-155 所示。

④ 矢量。将上面创建的规律延伸曲面删除，操作步骤同上。

a. 选择类型。在"规律延伸"对话框中的"类型"下拉列表中选择"矢量"，"规律延伸"对话框变为如图 5-157 所示。

b. 选择延伸边线。选择如图 5-151 所示曲面的边界作为延伸边线。

c. 指定矢量。在"参考矢量"栏内用鼠标左键单击"指定矢量"，在"指定矢量"下拉列表框中选择 ⚡，以 XC 轴作为矢量方向，如图 5-157 所示。

d. 确定规律类型。在"长度规律"和"角度规律"栏内的"规律类型"下拉列表中都选择"多重过渡"选项。"规律延伸"对话框中"长度规律"和"角度规律"栏内的参数如图 5-157 所示。进行相关参数设置后，在图形区显示出角度与长度控制手柄以及控制点的位置如图 5-158 所示，按照前面所述方法可以对长度、角度和位置进行调节，产生的延伸曲面如图 5-158 所示。

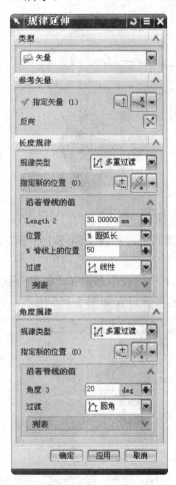

图 5-157 "规律延伸"对话框——矢量

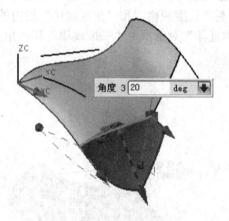

图 5-158 控制手柄及产生的延伸曲面

5.3.6 轮廓线弯边

【轮廓线弯边】 功能，可以用参考曲面的边线或者曲面上的曲线按照指定的方向拉伸形成一张曲面，并且在拉伸曲面和参考曲面之间建立一个圆角过渡曲面。下面通过一个实例来说明轮廓线弯边的创建过程。

例 5-17 举例说明轮廓线弯边的创建过程。

① 打开附带光盘中"CDNX6.0CAD/ Examples/CH5/L5-15.prt"文件，如图 5-123 所示。

② 在如图 5-6 所示的"曲面"工具栏中选择【轮廓线弯边】功能，系统弹出如图 5-159（a）、（b）所示的"轮廓线弯边"对话框。

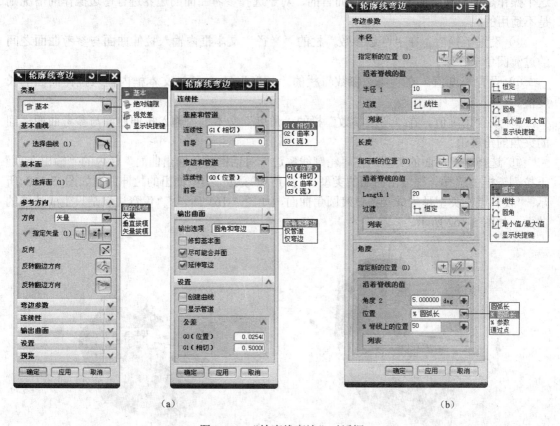

图 5-159 "轮廓线弯边"对话框

③ 选择类型。在"轮廓线弯边"对话框的"类型"下拉列表框中选择"基本"，该类型可以选择边线或者曲线进行弯边操作。

④ 选择曲线。选择类型后，系统直接进入"基本曲线"栏的"选择曲线"选项，首先要求用户选择曲线，这里直接选择如图 5-123 所示曲面的右边边线进行弯边操作。

⑤ 选择曲面。在"基本面"栏内单击"选择面"按钮，在图形区选择如图 5-123 所示的曲面作为参考曲面。

⑥ 设定弯边的方向。在"参考方向"栏下的"方向"下拉列表中选择"矢量"类型。"方向"下拉列表中有"面的法向"、"矢量"、"垂直拔模"和"矢量拔模"4 种类型。"面的法向"类型，是以参考曲面的法向作为弯边的拉伸方向；而"矢量"类型，则是指定一个方向作为拉伸方向，并且可以在"指定矢量"下拉列表框中选择一种矢量方向。此处选择"Z↑"（即＋ZC 方向）作为弯边的方向。

⑦ 弯边的拉伸长度和方向控制。弯边预览如图 5-160 所示。

a．改变弯边的拉伸长度和方向。

ⅰ．拖动弯边图形上的绿色箭头，可以改变弯边的拉伸长度。

ⅱ．拖动绿色圆球，可以改变弯边拉伸的方向。

这些操作方法在"5.3.5 规律延伸"一节已有介绍。

b．单击"反向"按钮![icon]，可以使矢量反方向180°。

c．单击"反转翻边方向"按钮![icon]，可以改变弯边曲面在参考曲面的另一侧。

d．单击"反转翻边方向"按钮![icon]，可以改变弯边曲面在所选择弯边曲线的另外一侧。这个操作是针对参考曲面上的曲线而言的，对于选择参考曲面的边界进行弯边操作的情况则是不适用的。

⑧ 设置半径值。在"弯边参数"栏的"半径"文本框内输入拉伸曲面与参考曲面之间的过渡圆角半径值。

⑨ 设置长度值。在"弯边参数"栏的"长度"（Length）文本框内输入拉伸曲面的长度值。

⑩ 设置角度值。在"弯边参数"栏的"角度"文本框内输入拉伸曲面与参考曲面之间的夹角的角度值。

⑪ 选择输出曲面的类型。在"轮廓线弯边"对话框的"输出曲面"栏内的"输出选项"下拉列表框中选择一种输出曲面的类型。"圆角和弯边"类型输出的拉伸曲面如图 5-160 所示；"仅管道"类型是生成一条过渡圆角曲面，如图 5-161 所示；"仅弯边"是只生成拉伸的曲面，如图 5-162 所示。

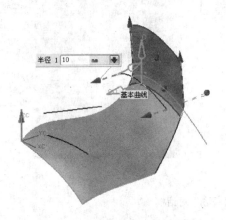

图 5-160　轮廓线弯边——圆角和弯边

图 5-161　轮廓线弯边——仅管道

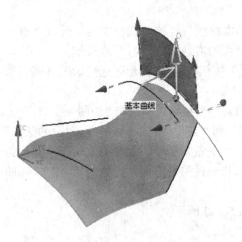

图 5-162　轮廓线弯边——仅弯边

5.3.7　偏置曲面

【偏置曲面】![icon]功能，可以通过参考曲面生成等距或者不等距的偏置曲面，偏置的方向是参考曲面的法向。下面通过一个实例来说明偏置曲面的创建过程。

例 5-18　举例说明偏置曲面的创建过程。

① 打开附带光盘中"CDNX6.0CAD/ Examples/ CH5/L5-15.prt"文件，如图 5-123 所示。

② 在如图 5-6 所示的"曲面"工具栏中选择【偏置曲面】![icon]功能，系统弹出如图 5-163 所示的"偏置曲面"对话框。

③ 同时偏置单张曲面。

a．选择需要偏置的曲面。选择如图 5-123 所示的曲面。

b．设置偏置距离。可以在"偏置曲面"对话框中"要偏置的面"栏下的"偏置 1"文本输入框内输入要偏置的距离值。或者直接在如图 5-163（a）所示的"偏置 1"文本输入框内输入数值。

c．改变偏置方向。如果在"偏置 1"文本输入框内输入负的数值，那么曲面将沿着反方向偏置。或者可以直接在对话框中单击"反向"按钮 ⊠，改变偏置方向。

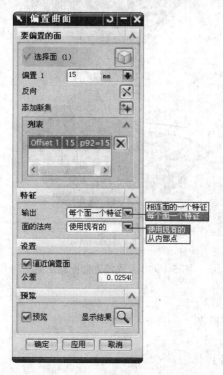

图 5-163　"偏置曲面"对话框

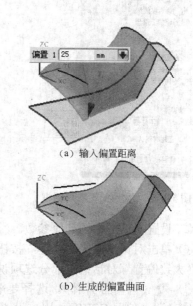

（a）输入偏置距离

（b）生成的偏置曲面

图 5-164　输入偏置距离和生成的偏置曲面

④ 同时偏置多张曲面。

a．如果多个曲面偏置的距离都一样，那么只需连续选择多个曲面就可以了。

b．如果多个曲面偏置的距离不一样，那么需要在选择每张曲面之前，单击"偏置曲面"对话框中的"添加新集"按钮 ✦，为每一张曲面输入不同的偏置距离值。

5.3.8　大致偏置

【大致偏置】 ⚡ 功能有别于"偏置曲面"功能，它可以对多个不平滑过渡的曲面同时平移一定的距离，并生成单一的无自相交、锐边或拐角的平滑过渡的偏置曲面。下面通过一个实例来说明大致偏置的创建过程。

例 5-19　举例说明大致偏置的创建过程。

① 打开附带光盘中"CDNX6.0CAD/ Examples/CH5/L5-15.prt"文件，如图 5-123 所示。

② 在如图 5-6 所示的"曲面"工具栏中选择【大致偏置】 ⚡ 功能，系统弹出如图 5-165 所示的"大致偏置"对话框。

③ 选择大致偏置的曲面。选择如图 5-123 所示的曲面。

④ 设置偏置距离。在"大致偏置"对话框中"偏置距离"文本输入框内输入需要偏置的距离。输入正值偏置的曲面如图 5-166（a）所示。输入负值偏置的曲面如图 5-166（b）所

示。与"偏置曲面"偏置的结果是有区别的。

图 5-165 "大致偏置"对话框

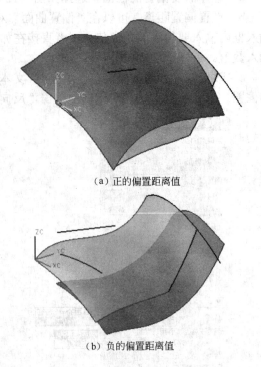

（a）正的偏置距离值

（b）负的偏置距离值

图 5-166 大致偏置曲面的结果

⑤ 设置对话框中的其他参数。

⑥ 单击对话框中的"确定"按钮，产生偏置曲面。

"大致偏置"对话框中部分选项说明如下。

① （偏置面/片体）。选择要平移的面或者片体。

② （偏置 CSYS）。用来设置坐标系。

③ CSYS 构造器。设置一个用户坐标系，根据坐标系的不同可以产生不同的偏移结果。

④ 偏置距离。设置偏移的距离值，值为正表示在 ZC 正方向上偏移，值为负表示在 ZC 负方向上偏移。

⑤ 偏置偏差。设置偏置距离值的变动范围，若"偏置距离"设置为 20，"偏置偏差"为 1，则系统允许的偏置距离范围是 19～21。

⑥ 步距。设置生成偏移曲面时进行运算时的步长，其值越大表示越粗略，其值越小表示越精细。

5.3.9 熔合

【熔合】 功能，可以使几个曲面合并为一个曲面，系统将以沿固定向量或者驱动面法线方向等两种投影方式，投影到目标曲面上，达到合并的目的。

在如图 5-6 所示的"曲面"工具栏中选择【熔合】 功能，系统弹出如图 5-167 所示的"熔合"对话框。

① 驱动类型。包括以下三个选项。

a. 曲线网络。使用时必须先选择主要的曲线及交叉的曲线，且主要曲线必须相交于交叉曲线，同时也必须在目标表面的界限范围之内。

b．B 曲面。选择已有的 B 曲面作为驱动曲面，仅对 B 曲面进行熔合。

c．自整修。逼近单个未修剪的 B 曲面。一般用于低阶次的曲面逼近高阶曲面。

② 投影类型。指定向目标表面的投影方式，有以下两个选项。

a．沿固定矢量。沿定义的矢量投影。

b．沿驱动法向。沿着法线方向投影到目标表面上。

③ 公差。其值将影响合并和完成时的准确度，其中所有的公差值都不能小于或等于 0，而角度公差值不能大于 90，否则系统将无法进行融合。

a．内部距离。用于设置内侧表面的距离公差。

b．内部角度。用于设置内侧表面的角度公差。

c．边距离。用于设置表面上 4 个边缘的距离公差。

d．边缘角度。用于设置表面上 4 个边缘的角度公差。

④ 显示检查点。在投影的片体上显示投影点。选择该复选框，在产生合并面的过程中将显示投影点，这些投影点表示合并面的范围。

⑤ 检查重叠。检查合并面与目标表面是否重叠。

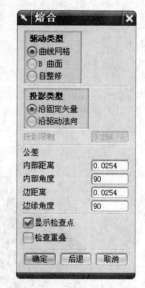

图 5-167　"熔合"对话框

5.3.10　修剪的片体

【修剪的片体】功能，可以通过选择若干曲线、曲面或者基准平面为边界，对指定的曲面进行修剪，形成新的曲面边界。所选择的边界可以是在将要进行裁剪的曲面上，也可以是在曲面之外，通过指定投影方向来确定裁剪的边界。下面通过一个实例来说明修剪的片体的创建过程。

例 5-20　举例说明修剪的片体的创建过程。

① 打开附带光盘中 "CDNX6.0CAD/ Examples/CH5/L5-16.prt" 文件，如图 5-168 所示。

② 在如图 5-6 所示的"曲面"工具栏中选择【修剪的片体】功能，系统弹出如图 5-169 所示的"修剪的片体"对话框。

③ 用单条曲线（曲线 1）来修剪曲面 1。隐藏与本次操作无关的曲线（曲线 2、3、4）和曲面（曲面 2）。

a．选择目标曲面。选择如图 5-168 所示的曲面 1，就是被修剪的曲面。

b．选择边界对象。选择完被修剪的曲面后，在"修剪的片体"对话框中的"边界对象"栏单击"选择对象"按钮，接着在图形区选择"曲线 1"作为修剪边界。

c．确定保留或修剪掉的区域。在"修剪的片体"对话框中的"区域"栏单击"选择区域"按钮，可以指定需要移除或者保留区域。移除或者保留的区域是由对话框中的"保持"或者"舍弃"单选按钮决定的。如果在对话框中单击"保持"单选按钮，那么所选择的部分将被留下；如果在对话框中单击"舍弃"单选按钮，那么所选择的部分将被移除。如图 5-170（a）所示，鼠标单击在边界的左侧，并且在对话框中选择"舍弃"单选按钮。

d．单击"确定"按钮，修剪结果如图 5-170（b）所示。

④ 用多条曲线（曲线 1、2、3）来修剪曲面 1。显示与本次操作有关的曲线（曲线 2、3）。

a．恢复到修剪前的状态。按 "Ctrl+Z" 组合键，或者单击"标准"工具栏上的"撤销"按钮。

前面的操作同步骤②和③的 a。

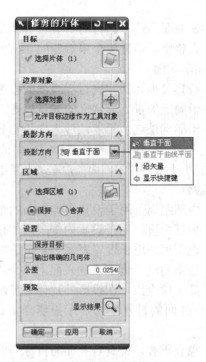

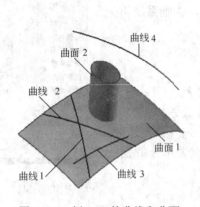

图 5-168 例 5-20 的曲线和曲面

图 5-169 "修剪的片体"对话框 1

（a）选择边界的左侧　　　　　　　　（b）修剪结果

图 5-170 用单条曲线（曲线 1）来修剪曲面 1

b．选择多条曲线来确定修剪边界。选择如图 5-168 所示的"曲线 1"、"曲线 2"、"曲线 3"作为修剪边界。

c．确定保留或修剪掉的区域。在"修剪的片体"对话框中的"区域"栏单击"选择区域"按钮 ，在对话框中单击"保持"单选按钮，在图形区选择 3 条曲线围成的中间区域之外的部分。

d．单击"确定"按钮，修剪结果如图 5-171 所示。

对于没有与修剪曲面相交的修剪边界，无法进行修剪操作。例如单独选择"曲线 3"作为修剪边界，系统将弹出如图 5-172 所示的对话框，提示出错。

⑤ 用不在曲面上的曲线（曲线 4）来修剪曲面 1。隐藏与本次操作无关的曲线（曲线 1、2、3）和曲面（曲面 2），显示与本次操作有关的曲线（曲线 4）。

a．恢复到修剪前的状态。按"Ctrl+Z"组合键，或者单击"标准"工具栏上的"撤销"按钮 。

前面的操作同步骤②和③的 a。

b．确定投影方向。选择"投影方向"下拉列表框中的选项为"垂直于面"。

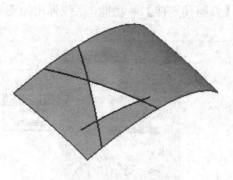

图 5-171　用曲线 1、2、3 来修剪曲面 1　　　　　　图 5-172　出错对话框

c. 选择曲线来确定修剪边界。选择如图 5-168 所示的"曲线 4"作为修剪边界。如图 5-173（a）所示的曲面上的曲线就是沿被修剪曲面的法向把指定的修剪边界（曲线 4）投影到修剪曲面上的结果。

d. 确定保留或修剪掉的区域。在"修剪的片体"对话框中的"区域"栏单击"选择区域"按钮 ，在对话框中单击"保持"单选按钮，在图形区选择左侧曲面作为保留部分。

e. 单击"确定"按钮，修剪结果如图 5-173（b）所示。

⑥ 用曲面 2 修剪曲面 1。按"Ctrl+Z"组合键，或者单击"标准"工具栏上的"撤销"按钮 。恢复到修剪前的状态。隐藏与本次操作无关的曲线（曲线 1、2、3、4），显示与本次操作有关的曲面（曲面 2）。

选择如图 5-168 所示的曲面 2 来修剪"曲面 1"，移除"曲面 1"在"曲面 2"内的部分。选择修剪要保留的部分。修剪结果如图 5-174 所示。

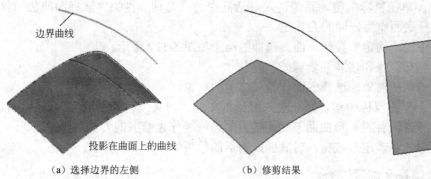

图 5-173　用不在曲面上的曲线（曲线 4）来修剪曲面 1　　　图 5-174　用曲面 2 修剪曲面 1

5.3.11　修剪和延伸

【修剪和延伸】 功能，按距离或与另一组曲面的交点修剪或延伸一组曲面。该功能对于消除无参模型的不规则圆角面，以及曲面之前的修剪，应用灵活方便。下面通过一个实例来说明对曲面进行修剪和延伸的操作过程。

例 5-21　举例说明对曲面进行修剪和延伸的操作过程。

① 打开附带光盘中"CDNX6.0CAD/ Examples/CH5/L5-17.prt"文件，如图 5-175 所示。

② 在如图 5-6 所示的"曲面"工具栏中选择【修剪和延伸】 功能，系统弹出如图 5-176 所示的"修剪和延伸"对话框。

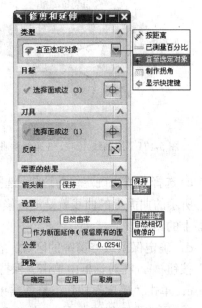

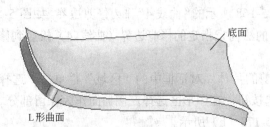

图 5-175　例 5-21 的曲面　　　　　　　　　　图 5-176　"修剪和延伸"对话框

③ 确定类型。"修剪和延伸"对话框的"类型"下拉列表框中选择"直至选定对象"。

④ 对 L 形曲面进行延伸。

a. 选择作为延伸的目标边。系统自动进入"目标"栏的"选择面或边"状态，在图形区选择 L 形曲面上靠近底面的边缘作为延伸的目标边。

b. 选择刀具边。单击鼠标中键，系统进入对话框中的"刀具"栏的"选择面或边"状态 ，在图形区选择底面作为延伸的刀具边。

c. 单击对话框中的"确定"按钮。曲面延伸的结果如图 5-177 所示。

⑤ 对底面进行修剪。操作步骤同步骤②和③。

a. 选择作为被修剪的对象。选择底面作为被修剪的对象。

b. 选择刀具边。单击鼠标中键，系统进入对话框中的"刀具"栏的"选择面或边"状态 ，在图形区选择延伸后的 L 形曲面与底面接触的边缘线作为修剪的刀具边。

c. 单击对话框中的"确定"按钮。对底面修剪后的结果如图 5-178 所示。

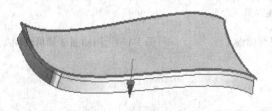

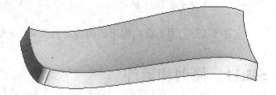

图 5-177　延伸后的 L 形曲面　　　　　　　　　图 5-178　修剪后的底面

5.3.12　条带构建器

【条带构建器】 功能，可以根据选择的轮廓生成指定距离和角度的曲面。下面通过一个实例来说明条带构建器的操作过程。

例 5-22 举例说明条带构建器的操作过程。

① 打开附带光盘中 "CDNX6.0CAD/ Examples/CH5/L5-18.prt" 文件，如图 5-179 所示。

② 在如图 5-6 所示的 "曲面" 工具栏中选择【条带构建器】 功能，系统弹出如图 5-180 所示的 "条带" 对话框。

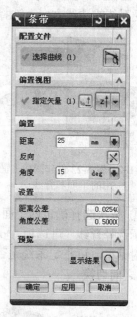

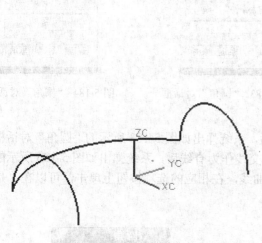

图 5-179　例 5-22 的曲线　　　　　　　图 5-180　"条带" 对话框

③ 选择曲线。选择如图 5-179 所示的水平圆弧。

④ 指定矢量。在 "偏置视图" 栏的 "指定矢量" 下拉列表框中选择 "Z↑"（+ZC）。

⑤ 输入偏置距离和角度。在 "偏置" 栏的 "距离" 文本输入框中输入：25，"角度" 文本输入框中输入：15。预览结果如图 5-181（a）所示。

⑥ 若方向不符合要求，可单击 "偏置" 栏的 "反向" 按钮 ，将偏置方向反向，结果如图 5-181（b）所示。

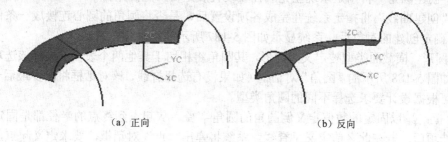

（a）正向　　　　　　　　　　　　　（b）反向

图 5-181　两种偏置方向的不同结果

5.3.13　圆角曲面

【圆角曲面】 功能，用于在两曲面之间生成固定或变化半径的圆角曲面。下面通过一个实例来说明圆角曲面的操作过程。

例 5-23 举例说明圆角曲面的操作过程。

① 打开附带光盘中 "CDNX6.0CAD/ Examples/CH5/L5-19.prt" 文件，如图 5-182 所示。

② 在如图 5-6 所示的"曲面"工具栏中选择【圆角曲面】 功能，系统弹出如图 5-183 所示的"圆角"对话框。系统提示选择第一面。

③ 选择如图 5-182 所示的垂直面作为第一面，系统弹出如图 5-184 所示的"圆角"对话框，并且在第一面上产生如图 5-185 所示的法线方向（橙色箭头）。选择对话框中的"是"表示接受系统的法线方向，选择"否"则法线反向。

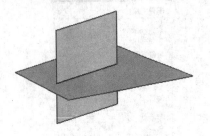

图 5-182　例 5-23 创建圆角曲面用的平面和脊线

图 5-183　"圆角"对话框一

图 5-184　"圆角"对话框二

④ 依次选择确定两个面和法线方向后，系统弹出如图 5-183 所示的"圆角"对话框，系统提示选择脊线（可选项），选择两个面的交线作为脊线后，系统弹出如图 5-186 所示的"圆角"对话框，可指定系统是否产生圆角或曲线，在相应的选项按钮上单击，可以在"是"与"否"之间切换。

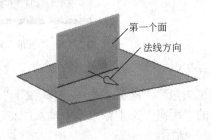

图 5-185　选择第一面和确定法线方向

图 5-186　"圆角"对话框三

a. "创建圆角"将指定系统在完成各项设置后是否产生圆角。

b. "创建曲线"将指定系统在完成各项设置后，是否将圆角的圆心连接成一条曲线。

⑤ 确定创建的对象后，系统显示如图 5-187 所示的"圆角"对话框。

a. 圆形。横截面类型被定义为圆形，其圆角将相切于其他两个表面。选择该选项后，系统弹出如图 5-188 所示的"圆角"对话框（如果没有选择脊线，该对话框将缺少最后一项"常规"）。可根据设计要求选择不同的圆角类型。

ⅰ. 恒定。以固定的数值定义倒圆角的圆角半径。从起点到终点的半径都是固定的值，选择该选项后，若在此之前定义了脊线，系统将弹出"点"对话框，要求定义起点，然后系统将弹出如图 5-189 所示的"圆角"对话框，输入半径数值：15 后，系统弹出如图 5-190 所示的方向是否满意的确认对话框，确认后，系统将再次弹出"点"对话框要求选择终点，最后系统根据设置值生成如图 5-191 所示的圆角曲面。

如果没有选择脊线，系统将弹出如图 5-192 所示的设置起点或终点的对话框，用来指定圆角面的起点（可直接确定，采用系统的默认值）。然后系统将弹出如图 5-189 所示的"圆角"对话框，输入半径数值后，系统弹出如图 5-190 所示的对话框，用来确定生成的方向是否满意。选择方向后再次确定，系统将再次弹出相应对话框要求选择终点（可直接确定，采用系统的默认值），最后系统根据设置值生成倒圆曲面。

图 5-187 "圆角"对话框四

图 5-188 "圆角"对话框五

图 5-189 "圆角"对话框六

图 5-190 方向确认对话框

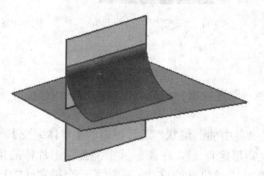

图 5-191 "恒定"圆形的圆角曲面

图 5-192 "圆角"对话框七

ⅱ．线性。以起点和终点的圆角半径连成一条直线，作为圆角的外形。在选择该选项后，系统所显示的对话框与选择"恒定"选项时相同，以相同的步骤产生圆角。

ⅲ．S 形。以 S 形的曲率定义圆角外形，系统将以 S 形连接圆角的起点和终点。在选择该选项后，系统所显示的对话框与选择"恒定"选项时相同，以相同的步骤产生圆角。

ⅳ．常规。用于重复设置圆角半径，在起始点和终点之间多次定义圆角半径值。在选择该选项后，其后续的操作与"恒定"选项相同。如果之前没有选择脊线，则不显示该选项。

b．二次曲线。将圆角横截面类型定义为圆锥形，其圆角外形为椭圆形，并与相邻的两表面相切。在选择该选项后，系统弹出如图 5-188 所示的"圆角"对话框，也包含 4 个选项，可依照所需的外形选择不同的类型。

选择"恒定"选项后，系统将弹出如图 5-193 所示的"圆角"对话框。该对话框有两个选项。

ⅰ．与圆角类型相同。指定系统以圆角类型定义 Rho 函数。在选择该选项后，系统将弹出如图 5-192 所示的设置起点或终点的对话框，选择"限制点"选项后，系统弹出"点"对话框，提示选择起点。选择起点后系统将弹出如图 5-194 所示的"圆角"对话框，指定函数值其中包括"半径"、"比率"和"Rho"选项，设置数值后单击"确定"按钮。系统弹出如图 5-190 所示的方向是否满意的确认对话框，系统提示选择方向，要求用户确定生成的方向是否满意。系统再次弹出"点"对话框要求选择终点，最后系统将根据设置创建倒角。

半径：指定圆角半径值。

比率：用于定义偏移交点到两表面间距离的比值。当比例值小于 1 时，此点较接近第二个表面；当比例值大于 1 时，此点较接近第一表面。

Rho：定义倒圆角的圆弧曲率。当 Rho 值接近零时，圆弧的曲率较小；Rho 值接近 1 时，圆弧曲率较大。

ii．最小拉伸。系统将 Rho 自动指定为最小张力。操作步骤与第一个选项类似，此处说明略。

S 形圆角曲面示例如图 5-195 所示。

  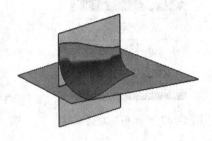

图 5-193 "圆角"对话框八　　图 5-194 "圆角"对话框八九　　图 5-195 S 形圆角曲面示例

5.3.14 整体突变

【整体突变】 功能，通过拉长、折弯、歪斜、扭转和移位等操作动态地创建比较复杂的曲面。

选择如图 5-7 所示的"自由曲面形状"工具栏中的【整体突变】 功能，系统弹出"点"对话框。系统提示"定义矩形定点 1"，在图形区中捕捉矩形片体的角点，接着系统提示"定义矩形顶点 2"，并在图形区中随鼠标的移动，拖拉了一个细实线的动态矩形框。捕捉矩形的另一角点，确定后，如图 5-196 所示，在图形区的矩形片体上显示出 UV 方向，系统弹出如图 5-196 所示的"整体突变形状控制"对话框。

对话框中各选项说明如下。

① 选择控制。设置变形的对象，共有 5 个选项。

a．水平：变形仅在水平方向上起作用。

b．竖直：变形仅在垂直方向上起作用。

c．V-左：变形仅在垂直方向较小的区域起作用。

d．V-右：变形仅在垂直方向较大的区域起作用。

e．V-中间：变形仅在 V 的中值附近区域起作用。

② 拉长。对基准控制的区域进行比例缩放，数值为 50 表示不进行变形，数值大于 50 表示放大，数值小于 50 表示缩小。

③ 折弯。对基准控制的区域进行弯曲，数值为 50 表示不进行变形，数值大于 50 表示顺时针弯曲，数值小于 50 表示逆时针弯曲。

④ 歪斜。对基准控制的区域进行偏斜操作，数值为 50 表示不进行变形，数值大于 50 表示顺时针偏斜，数值小于 50 表示逆时针偏斜。

⑤ 扭转。对基准控制的区域进行扭曲操作，数值为 50 表示不进行变形，数值大于 50 表示顺时针扭曲，数值小于 50 表示逆时针扭曲。

⑥ 移位。对基准控制的区域进行偏移操作，数值为 50 表示不进行偏移，数值大于 50 表示沿着正方向偏移，数值小于 50 表示沿着负方向偏斜。

⑦ 重置。单击该按钮，曲面将恢复到原形状。

在"选择控制"栏中选择"V-右"，然后将"折弯"设置为 100 对片体进行弯曲，折弯变形后的片体效果如图 5-197 所示。

图 5-196 "整体突变形状控制"对话框和矩形片体

图 5-197 折弯变形后的片体效果

5.3.15 X 成形

【X 成形】 ◆ 功能，可以通过编辑样条和曲面的极点和点来创建曲面。下面通过一个实例来说明 X 成形的操作过程。

例 5-24 举例说明 X 成形的操作过程。

① 打开附带光盘中"CDNX6.0CAD/ Examples/CH5/L5-20.prt"文件，如图 5-198 所示。

② 在如图 5-7 所示的"自由曲面形状"工具栏中选择【X 成形】 ◆ 功能，系统弹出如图 5-199 所示的"X 成形"对话框。

③ 确定移动类型。"X-成形"命令提供了 6 种变换方式："平移"、"旋转"、"刻度尺（比例）"、"垂直于面/曲线平移"、"沿控制多边形平移"和"极点行平面化"。此处选择"平移"类型。

④ 选择曲面。系统直接进入对话框中的"曲线或曲面"栏的"选择对象"选项，在图形区选择如图 5-198 所示的曲面。系统弹出如图 5-200 所示的提示窗口。单击窗口中的"是"按钮，曲面上出现如图 5-201 所示的可操控的极点。

⑤ 选择操控的极点。系统进入"X 成形"对话框中的"极点操控"栏的"选择对象"选项，可以对如图 5-201 所示曲面上的极点选择以便进行操控。选择如图 5-202 所示的极点。

⑥ 平移方向。在对极点操控之前，先在"平移方向"栏的"平移方向"下拉列表框中选择一个平移方向。此处选择"z↑ZC"方向。

⑦ 平移极点。在图形区用鼠标左键选中任意一个极点对已经选择的极点进行平移，如图 5-202 所示。

⑧ 单击对话框中的"确定"按钮，平移极点后的曲面如图 5-203 所示。

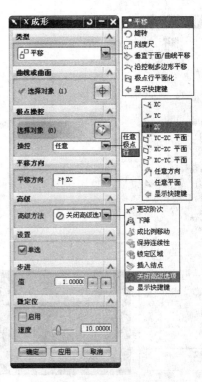

图 5-198　例 5-24 的曲面

图 5-199　"X 成形"对话框

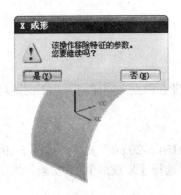

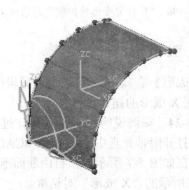

图 5-200　提示窗口

图 5-201　曲面上的可操控极点

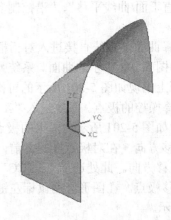

图 5-202　选择操控的极点并平移

图 5-203　X 成形操作后的曲面

5.3.16 艺术曲面

【艺术曲面】 功能，可以用任意数量的截面和引导线串创建曲面。该功能可以方便快捷地创建曲面，利用该功能创建的曲面可以改变它的复杂程度而不必重新构建曲面。下面通过一个实例来说明艺术曲面的操作过程。

例 5-25 举例说明艺术曲面的操作过程。

① 打开附带光盘中 "CDNX6.0CAD/ Examples/CH5/L5-18.prt" 文件，如图 5-179 所示。

② 在如图 5-7 所示的 "自由曲面形状" 工具栏中选择【艺术曲面】 功能，系统弹出如图 5-204 所示的 "艺术曲面" 对话框。

图 5-204 "艺术曲面" 对话框

③ 选择截面曲线。系统自动进入对话框中的 "截面（主要）曲线" 栏下的 "选择曲线" 选项，在图形区选择如图 5-205（a）所示的 "截面 1" 作为截面曲线。

④ 选择引导曲线。单击对话框中的 "引导（交叉）曲线" 栏下的 "选择曲线" 按钮，在图形区选择如图 5-205（a）所示的 "Guide 1" 作为第一条引导曲线。接着单击该栏下的 "添加新集" 按钮，在图形区选择如图 5-205（a）所示的 "Guide 2" 作为第二条引导曲线。

⑤ 创建艺术曲面。对话框中的其余参数采用系统默认值。单击对话框中的 "确定" 按钮，创建的艺术曲面如图 5-205（b）所示。

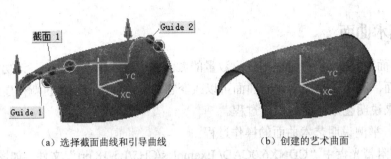

（a）选择截面曲线和引导曲线　　　　　（b）创建的艺术曲面

图 5-205　创建艺术曲面

5.4　编辑曲面

在创建曲面的过程中，往往需要对已经生成的曲面进行编辑，包括改变曲面的形状、大小、边界、阶次和法向等。UG NX 6.0 提供了两种曲面边界方式，一种是参数化编辑，另一种是非参数化编辑。参数化编辑仍然保留了曲面的参数，而非参数化编辑则会将曲面的参数移除。

5.4.1　移动定义点

【移动定义点】 功能，是一种非参数化的曲面编辑方式，可以通过移动曲面上的控制点来改变曲面的形状。下面通过一个实例来说明移动定义点的操作过程。

例 5-26 举例说明移动定义点的操作过程。

① 打开附带光盘中"CDNX6.0CAD/ Examples/CH5/L5-21.prt"文件，如图 5-205（b）所示。

② 在如图 5-8 所示的"编辑曲面"工具栏中选择【移动定义点】 功能，系统弹出如图 5-206 所示的"移动定义点"对话框。

③ 在"移动定义点"对话框中有两个选项。"编辑原先的片体"选项是在所选择的曲面上直接进行编辑，编辑后曲面的参数将会丢失。而"编辑副本"选项在编辑曲面之前，系统自动复制所选曲面，然后在复制的曲面上进行编辑。此处选择"编辑原先的片体"选项。

④ 选择要进行编辑的曲面，选择例 5-26 中的曲面。由于该曲面是一个参数曲面，因此系统弹出如图 5-207 所示的"确认"对话框，提示当前操作将会删除曲面中的特征参数。如果确认进行操作，单击"确定"按钮，在图形区立刻就显示了如图 5-208 所示的曲面的控制点，系统弹出如图 5-208 所示的"移动点"对话框。

图 5-206　"移动定义点"对话框

图 5-207　"确认"对话框

⑤ 在"移动点"对话框中，"要移动的点"有 4 种方式。"单个点"是通过选择其中的一个控制点进行编辑。用鼠标选择一个点，该点用一个小矩形框进行标示，并弹出新的"移动定义点"对话框，如图 5-209 所示。

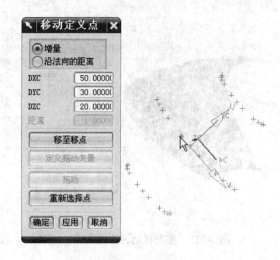

图 5-208 曲面的控制点和"移动点"对话框　　图 5-209 选择单个要移动的点及"移动定义点"对话框

⑥ 用"增量"方式可以在 DXC、DYC、DZC 三个文本输入框中输入所选择点沿三个坐标方向移动的距离。"沿法向的距离"可以在"距离"文本框中输入移动的长度，向上移动30mm（因箭头向下，所以输入–30），结果曲面变为如图 5-210 所示。还可以单击"移至移点"按钮，选择或者建立一个点代替当前所选择的点。

⑦ 将编辑后的曲面恢复原来状态。在如图 5-208 所示的"移动点"对话框中选择"整行（V 恒定）"，用鼠标选择需要编辑的某行中的一点，系统自动进行判别并标示该行（V 向）的所有点，同样是在 DXC、DYC、DZC 三个文本输入框中输入移动的距离，曲面有所改变，如图 5-211 所示。

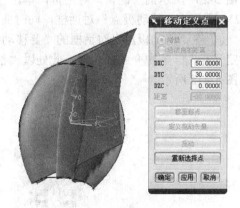

图 5-210 单个点向上移动 30mm 后的曲面　　　　图 5-211 整行移动后的曲面

⑧ 移动一列（U 向）的方法与移动一行（V 向）的方法相同。在如图 5-208 所示的"移动点"对话框中选择"整列（U 恒定）"，同样是在 DXC、DYC、DZC 三个文本输入框中输入移动的距离，曲面有所改变，如图 5-212 所示。

⑨ "矩形阵列"选项可以通过选择两个控制点作为矩形的两个对角点，该矩形范围内的控制点都被选中进行编辑。选择如图 5-213（a）所示的两点，边界结果如图 5-213（b）所示。

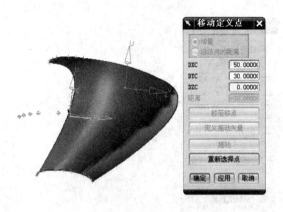

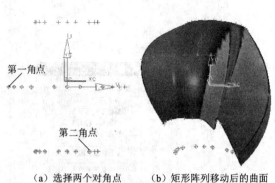

（a）选择两个对角点　　（b）矩形阵列移动后的曲面

图 5-212　整列移动后的曲面　　　　图 5-213　选择两个对角点和矩形阵列移动后的曲面

5.4.2　移动极点

【移动极点】 功能，可以通过编辑曲面的极点，从而改变曲面的形状，并且可以对曲面进行相关的分析。它是一种非参数化的编辑方式。下面通过一个实例来说明移动极点的操作过程。

例 5-27　举例说明移动极点的操作过程。

① 打开附带光盘中"CDNX6.0CAD/ Examples/CH5/L5-21.prt"文件，如图 5-205（b）所示。

② 在如图 5-8 所示的"编辑曲面"工具栏中选择【移动极点】 功能，系统弹出类似如图 5-206 所示的"移动极点"对话框。选择例 5-27 中的曲面作为要编辑的曲面，系统弹出如图 5-207 所示的"确认"对话框，单击"确定"按钮，确认进行曲面编辑，系统弹出如图5-214 所示的"移动极点"对话框，同时曲面上显示出如图 5-214 所示的极点。

③ 在"移动极点"对话框的"要移动的极点"栏中，4 个选择极点的方法与"5.4.1 移动定义点"一节中介绍的相同。此处以"整行（V 恒定）"进行说明。用鼠标选择其中一行，如图 5-215 所示。

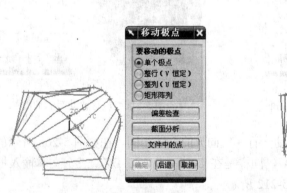

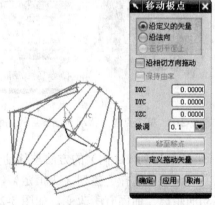

图 5-214　"移动极点"对话框一和曲面上显示出的极点　图 5-215　选择一行极点和"移动极点"对话框二

④ 在"移动极点"对话框的上部栏中列出了 3 种移动的方向，对于除了"单个极点"进行编辑的方式之外，只能用"沿定义的矢量"和"沿法向"作为移动方向。而对于"单个

极点"来说，这里的 3 种移动方向都可以使用。系统默认选择"沿定义的矢量"，这种移动方向将 Z 轴正向作为默认的矢量方向，可以在对话框中单击"定义拖动矢量"按钮，进行矢量编辑。此处保持默认的移动矢量不变。

⑤ 按住鼠标左键拖动，所选择的曲面极点沿着设定的移动方向移动，如图 5-216 左图所示。单击对话框中的"确定"按钮，完成曲面编辑，编辑后的曲面，如图 5-216 右图所示。

⑥ 步骤⑤中用鼠标直接拖动的方法可能比较难以控制极点的移动距离，那么可以在对话框中的"微调"下拉列表框中选择一种极点移动的微小距离，然后按住"Ctrl"键和鼠标左键进行拖动，就是按照设定的步距进行极点的移动了。

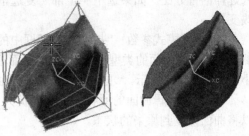

图 5-216 移动极点及移动极点后的曲面

⑦ 可以在 DXC、DYC、DZC 三个文本输入框中输入极点沿着坐标轴移动的距离，这种情况下，已经设定的移动矢量就不起作用了。例如三个坐标轴分别移动 20，15，30，单击"应用"按钮，结果如图 5-217 所示。可以多次单击"应用"按钮，那么移动的距离就是设定值的几倍了。

⑧ 如果选中"沿相切方向拖动"复选框，可以将选中的极点沿着曲面的相切方向进行移动，这可以对曲面边界进行延伸。例如选择曲面的一组边界，沿相切方向进行拖动，结果如图 5-218 所示。

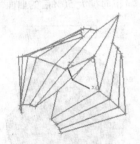

图 5-217 移动给定距离后的极点

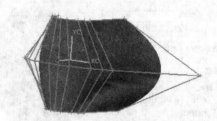

图 5-218 对曲面边界进行延伸

⑨ 如果选择曲面的第二、三行（列）进行拖动，可以选中"保持曲率"复选框，对该行（列）的移动将不会改变该行（列）的曲率。

5.4.3 扩大

【扩大】 功能，可以对未修剪过的曲面进行扩大或者缩小形成一个新的曲面。扩大曲面与延伸曲面比较类似，但是扩大曲面只能对未修剪过的曲面进行扩大或缩小，并且移除曲面的参数特征。下面通过一个实例来说明扩大曲面的操作过程。

例 5-28 举例说明扩大曲面的操作过程。

① 打开附带光盘中"CDNX6.0CAD/ Examples/CH5/L5-21.prt"文件，如图 5-205（b）所示。

② 在如图 5-8 所示的"编辑曲面"工具栏中选择【扩大】 功能，系统弹出如图 5-219 所示的"扩大"对话框。选择例 5-28 中的曲面作为要编辑的曲面，曲面上显示出如图 5-219 所示的 U、V 两个方向。

③ 调整大小参数。拖动"扩大"对话框中的"调整大小参数"栏的％ U（V）起点（终

点）4个滑块，可以在该方向扩大曲面。例如"%U起点"是在曲面的U方向相反的方向进行延伸，而"%U终点"是沿着U方向正向进行延伸。同样还可以在相应的文本输入框中输入延伸的百分比。如果选中"全部"复选框，那么拖动其中一个滑动条，其他滑动条也随之改变。

④ 设置模式参数。"扩大"对话框中的"设置"栏的"模式"选项下有"线性"和"自然"两种扩大曲面的类型。"线性"是曲面沿着曲面在边界处的斜率进行扩大，而无法进行缩小，如图5-220所示。"自然"是以曲面的曲率进行自然的扩大或者缩小，如图5-221所示。

⑤ 恢复编辑曲面的原状。单击"扩大"对话框中的"重置调整大小参数"按钮，可以将曲面恢复到原来的状态。

图5-220 "线性"模式沿V
正向扩大50%后的曲面

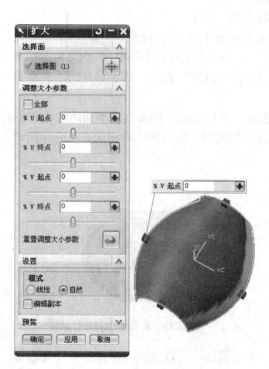

图5-219 "扩大"对话框和要编辑的曲面

图5-221 "自然"模式沿U负缩小20%、
沿V正向扩大50%后的曲面

5.4.4 等参数修剪/分割

【等参数修剪/分割】功能，可以在U、V等参数方向对曲面进行修剪或者分割。分割和修剪是通过设定U、V方向的百分比进行的，如果百分比在0~100之间，那么就是修剪曲面，如果超过这个范围，就是延伸曲面，这个功能也是非参数化编辑。下面通过一个实例来说明等参数修剪/分割的操作过程。

例5-29 举例说明等参数修剪/分割的操作过程。

① 打开附带光盘中"CDNX6.0CAD/ Examples/CH5/L5-21.prt"文件，如图5-205（b）所示。

② 在如图5-8所示的"编辑曲面"工具栏中选择【等参数修剪/分割】功能，系统弹

出如图 5-222 所示的"修剪/分割"对话框。

③ 在"修剪/分割"对话框中有两个按钮，分别是"等参数修剪"和"等参数分割"。先选择"等参数修剪"，系统弹出类似如图 5-206 所示的"修剪/分割"对话框，系统提示"选择要编辑的面"。

④ 选择例 5-29 的曲面。系统弹出如图 5-207 所示的"确认"对话框，提示当前操作将会删除曲面中的特征参数。如果确认进行操作，单击"确定"按钮，系统弹出如图 5-223 所示的"等参数修剪"对话框。

图 5-222　"修剪/分割"对话框　　　　图 5-223　"等参数修剪"对话框

⑤ U、V 两个方向的初始状态都是在 0%～100%，可以进行放大或缩小，例如进行缩小，如图 5-224 所示。

⑥ 在对话框中单击"使用对角点"按钮，可以通过确定两个对角点投影到曲面上来确定修剪的比例。在确定对角点之前最好将曲面旋转到基本上与屏幕平行的位置，提高选择的准确性。选择如图 5-225 左图所示的两个点，修剪之后如图 5-225 右图所示。

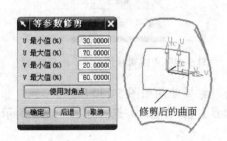

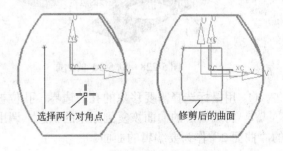

图 5-224　进行缩小修剪后的曲面　　　　图 5-225　"使用对角点"修剪后的曲面

⑦ 在如图 5-222 所示的"修剪/分割"对话框中单击"等参数分割"按钮，系统弹出类似如图 5-206 所示的"修剪/分割"对话框，系统提示"选择要编辑的面"。选择一个曲面进行分割，系统弹出如图 5-207 所示的"确认"对话框，提示当前操作将会删除曲面中的特征参数。如果确认进行操作，单击"确定"按钮，系统弹出如图 5-226 所示的"等参数分割"对话框。

⑧ 等参数分割是按照 U 向或者 V 向进行的，这个需要在对话框中选择"U 恒定"或者"V 恒定"。

⑨ 在"百分比分割值"的文本输入框中设定在 U（V）向分割的位置，单击"确定"按钮，完成分割。例如沿着 U 向在 40%位置进行分割的结果如图 5-227 所示。

⑩ 可以在对话框中单击"点构造器"按钮，接着确定一个点投影到曲面上来确定分割的比例。

图 5-226 "等参数分割"对话框

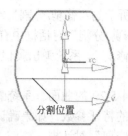

图 5-227 沿着 U 向在 40%位置进行分割的结果

5.4.5 边界

【边界】 功能，可以替换曲面的边界、移除修剪的边界以及移除曲面上的空洞。下面通过一个实例来说明边界的操作过程。

例 5-30 举例说明边界的操作过程。

① 打开附带光盘中"CDNX6.0CAD/ Examples/CH5/L5-22.prt"文件，如图 5-228 所示。

② 在如图 5-8 所示的"编辑曲面"工具栏中选择【边界】 功能，系统弹出类似如图 5-206 所示的"编辑片体边界"对话框。选择如图 5-228 所示的"曲面 1"作为要编辑的曲面。

③ 在系统弹出如图 5-229 所示的"编辑片体边界"对话框中选择一种编辑的方式。这里首先单击"移除孔"按钮。

图 5-228 例 5-30 的曲面

图 5-229 "编辑片体边界"对话框一

④ 用鼠标选择需要移除的孔的边界，孔位被填补，结果曲面如图 5-230 所示。

⑤ 将编辑后的曲面恢复到原来的状态。调用【边界】 功能，并选择如图 5-228 所示的"曲面 2"作为要编辑的曲面。

⑥ 在如图 5-229 所示的"编辑片体边界"对话框中单击"移除修剪"按钮，结果如图 5-231 所示。

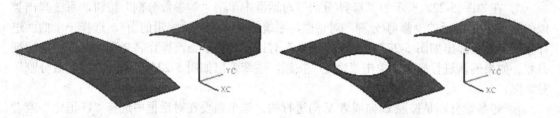

图 5-230 移除孔后的曲面　　　　　　　　图 5-231 移除修剪后的曲面

⑦ 将编辑后的曲面恢复到原来的状态。调用【边界】 功能，并选择如图 5-228 所示的"曲面 2"作为要编辑的曲面。

⑧ 在如图 5-229 所示的"编辑片体边界"对话框中单击"替换边"按钮，系统弹出"类选择"对话框，用鼠标选择如图 5-228 所示"曲面 2"的"替换的边界"所指的边界，单击

"类选择"对话框中的"确定"按钮。

⑨ 在系统弹出的如图 5-232 所示的"编辑片体边界"对话框中，单击"指定平面"按钮，接着在系统弹出的如图 5-233 所示的"平面"对话框中选择，单击"平面"对话框中的"确定"按钮，以如图 5-233 所示的"XC-ZC 平面"作为曲面的边界。

图 5-232 "编辑片体边界"对话框二

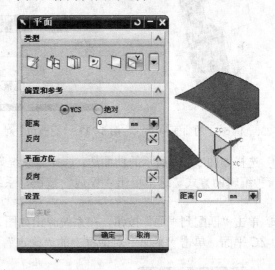

图 5-233 "平面"对话框

⑩ 可以按照同样的方式选择其他的被替换的边界。如果不需要再选择，那么直接单击对话框中的"确定"按钮。此时被编辑的曲面进行了延伸，如图 5-234 所示。用鼠标确定要保留的区域，再单击"确定"按钮，结果如图 5-235 所示。

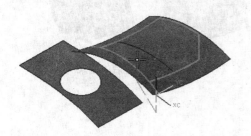

图 5-234 用鼠标确定要保留的区域

图 5-235 替换边后的结果

5.4.6 更改边

【更改边】功能，用来编辑曲面的边线。它可以使曲面的边缘与曲线重合进行边缘匹配，或者使曲面的边缘延至一平面上。该功能还可以编辑边缘的法向、曲率和横向切线。下面通过一个实例来说明更改边的操作过程。

例 5-31 举例说明更改边的操作过程。

① 打开附带光盘中"CDNX6.0CAD/ Examples/CH5/L5-23.prt"文件，如图 5-236 所示。

② 在如图 5-8 所示的"编辑曲面"工具栏中选择【更改边】功能，系统弹出类似如图 5-206 所示的"更改边"对话框。

③ 选择如图 5-236 所示的曲面作为要编辑的曲面。系统弹出如图 5-207 所示的"确认"对话框，单击"确定"按钮，确认进行曲面编辑，系统弹出如图 5-237 所示的"更改边"对

话框，系统提示："选择要编辑的 B 曲面边"。

图 5-236　例 5-31 的曲面和边

图 5-237　"更改边"对话框一

图 5-238　"更改边"对话框二

④　选择如图 5-236 所示的曲面边，选择后系统弹出如图 5-238 所示的"更改边"对话框，选择一种编辑的方式。这里单击"仅边"按钮，系统弹出如图 5-239 所示的"更改边"对话框。

⑤　单击"匹配到平面"按钮，在系统弹出如图 5-233 所示的"平面"对话框中选择 [图标]，即 YC-ZC 平面，单击"平面"对话框中的"确定"按钮，结果如图 5-240 所示。

图 5-239　"更改边"对话框三

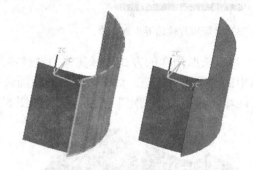

图 5-240　更改边后的结果

5.4.7　更改阶次

【更改阶次】x^{z^3} 功能，更改曲面的阶次。

增加阶次，不改变曲面的形状，却能增加 U、V 方向的控制点个数（即增加曲面的自由度），使得利用控制点调整曲面更为方便。

降低阶次，有时会导致曲面的形状发生剧烈变化，一般不建议采用。下面通过一个实例来说明更改阶次的操作过程。

例 5-32　举例说明更改阶次的操作过程。

①　打开附带光盘中"CDNX6.0CAD/ Examples/CH5/L5-21.prt"文件，如图 5-205（b）所示。

②　在如图 5-8 所示的"编辑曲面"工具栏中选择【更改阶次】x^{z^3} 功能，系统弹出类似如图 5-206 所示的"更改阶次"对话框。

③　选择如图 5-205（b）所示的曲面作为要编辑的曲面。系统弹出如图 5-207 所示的"确认"对话框，单击"确定"按钮，确认进行曲面编辑，系统弹出如图 5-241 所示的"更改阶次"对话框。

④ 在"更改阶次"对话框中的"U 向阶次"和"V 向阶次"的文本输入框中分别输入：5，7。更改阶次前后的曲面极点显示对比如图 5-242 所示。

图 5-241 "更改阶次"对话框   （a）更改阶次前   （b）更改阶次后

                                        图 5-242 更改阶次前后的曲面极点显示对比

【更改刚度】功能是通过改变曲面的阶次、不改变极点数来编辑曲面的形状。降低阶次令曲面的"刚度"减小，从而使曲面的形状与控制多边形更加接近；增加阶次曲面的"刚度"增大，降低了曲面对形状变化的灵敏度。

5.4.8 法向反向

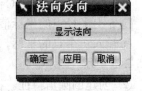

图 5-243 "法向反向"对话框

【法向反向】功能，可以将曲面的法向反转 180°。在如图 5-8 所示的"编辑曲面"工具栏中选择【法向反向】功能，系统弹出如图 5-243 所示的灰色"法向反向"对话框。系统提示："选择要反向的片体"，选择片体后，对话框高亮显示，并在图形区的曲面上显示其法线方向，单击对话框中的"确定"按钮即可使法线方向反向。对话框里仅有一个按钮，用来显示当前选中的片体的法线方向。

5.5 曲面造型综合实例

本节通过创建如图 5-244 所示的茶壶实例，说明如何使用"通过曲线网格"与"抽壳"功能来创建薄壳特征，并在绘制壶把剖面后，利用"沿导引线扫掠"功能创建壶把特征，再利用"移动对象"和"修剪体"功能修剪壶把，然后在杯口处创建倒圆角特征，最后利用布尔运算的"求和"功能将茶壶本体与壶把特征合并，完成茶壶的创建。

（1）进入 UG NX 6.0 建模功能界面

① 启动 UG NX 6.0。单击"开始"中的 UG NX 6.0 的图标 NX 6.0（桌面上为双击该图标），进入 UG NX 6.0 界面。

② 新建文件。单击 UG NX 6.0 界面下的【新建】图标，打开如图 1-5 所示的"新建"对话框。系统默认单位为"毫米"，在该对话框中选择"模型"类型，在"名称"输入栏中输入文件的名称为 ZL5-1，在"文件夹"输入栏中，单击后面的按钮，设定一个存放的文件夹，如：F:\CDNX6.0CAD\Results\CH5\。设置好后，单击

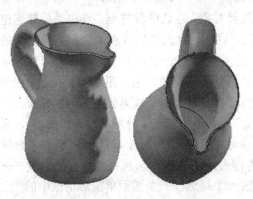

图 5-244 茶壶

"确定"按钮,系统创建文件,并进入如图1-6所示的UG NX 6.0建模模块界面。

(2)绘制构成茶壶主体的主线串

① 绘制5个圆形剖面。在如图3-1所示的【曲线】工具栏中单击【基本曲线】图标 🖉,系统弹出如图3-11所示的"基本曲线"对话框,在该对话框中单击【圆】按钮 ⊙,"基本曲线"对话框变为如图3-31所示。系统弹出如图3-27所示的"跟踪条"工具条,将"点方法"设置为"点构造器" 🧩 功能,打开如图5-23所示的"点"对话框;在该对话框的"坐标"选项组中输入圆心1的坐标为:XC=0、YC=0、ZC=0,然后单击"确定"按钮。依序输入各点(圆心点和圆上的半径点)的坐标值:

圆1上半径点的坐标值为:XC=80、YC=0、ZC=0;

圆心2的坐标为:XC=0、YC=0、ZC=100;

圆2上半径点的坐标值为:XC=100、YC=0、ZC=100;

圆心3的坐标为:XC=0、YC=0、ZC=200;

圆3上半径点的坐标值为:XC=70、YC=0、ZC=200;

圆心4的坐标为:XC=0、YC=0、ZC=300;

圆4上半径点的坐标值为:XC=90、YC=0、ZC=300;

圆心5的坐标为:XC=120、YC=0、ZC=300;

圆5上半径点的坐标值为:XC=140、YC=0、ZC=300。

每输入一个点的坐标,单击"点对话框"中的"确定"按钮一次,最终完成的5个圆如图5-245所示。

② 创建倒圆角特征。在如图3-1所示的【曲线】工具栏中单击【基本曲线】图标 🖉,系统弹出如图3-11所示的"基本曲线"对话框,在该对话框中单击【圆角】图标 ⌐,系统弹出如图3-112所示的"曲线倒圆"对话框,在该对话框的"方法"选项组中单击【两曲线圆角】图标 ⌐,接着取消选中"修剪第1条曲线"和"修剪第2条曲线"左边的复选框,然后在"半径"文本输入框中输入:50;接着按逆时针方向选择圆4、圆5作为第1曲线和第2曲线,再在要倒圆角的右上方位置单击鼠标左键,以定义参考圆心;完成定义后,系统将绘制倒圆角1;接着按逆时针方向选择圆5、圆4作为第1曲线和第2曲线,再在要倒圆角的左下方位置单击鼠标左键,以定义参考圆心;完成定义后,系统将绘制倒圆角2。设置完倒圆角的各项参数,系统将按照设置值在绘图区内绘制倒圆角特征,结果如图5-246所示。

③ 修剪曲线。在如图3-1所示的【曲线】工具栏中单击【基本曲线】图标 🖉,系统弹出如图3-11所示的"基本曲线"对话框,在该对话框中单击【修剪】图标 ⟵,系统弹出如图3-92所示的"修剪曲线"对话框,取消"修剪边界对象"左边的复选框,选中"保持选定边界对象"左边的复选框,其余选项采用系统默认,在图形区选择圆4在两个倒圆角之间的部分作为"要修剪的曲线",选择倒圆角1作为"边界对象1",选择倒圆角2作为"边界对象2"。单击鼠标中键,圆4上在两个倒圆角之间的圆弧被修剪掉。选择图5-145中圆5在两个倒圆角之间的部分,圆5上在两个倒圆角之间的圆弧被修剪掉。结果如图5-247所示。

④ 分割曲线。在如图3-75所示的"编辑曲线"工具栏中单击【分割曲线】图标 ∫,系统弹出如图3-97所示的"分割曲线"对话框,在该对话框中选择" ∫ 等分段"选项,"分段长度"选项选择"等参数","段数"文本输入框内输入:2,在图形区选择要分割的曲线——3个整圆(圆1、圆2、圆3)和2条圆弧(圆4和圆5),每选择一个圆后单击对话框中的"应用"按钮一次,被选择的圆即被分为2段圆弧,每个圆操作相同。选择圆4和圆5的圆弧时,系统弹出如图3-99所示"分割曲线"提示对话框,单击"是"按钮后,再单击对话框中的"应

用"按钮，被选择的圆弧即被分为 2 段圆弧，每个圆弧操作相同。最终结果如图 5-248 所示。

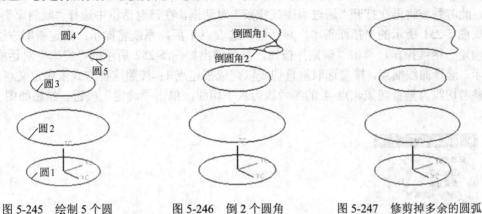

图 5-245　绘制 5 个圆　　　　　图 5-246　倒 2 个圆角　　　　　图 5-247　修剪掉多余的圆弧

（3）绘制构成茶壶主体的交叉线串

① 绘制交叉线串的参考切线。在如图 3-1 所示的【曲线】工具栏中单击【基本曲线】图标 ⬚，系统弹出如图 3-11 所示的"基本曲线"对话框，在该对话框中单击【直线】按钮 ⬚，系统弹出如图 3-12 所示的"跟踪条"工具条，将"点方法"设置为"点构造器" ⬚ 功能，打开如图 5-23 所示的"点"对话框；在该对话框的"坐标"选项组中输入水平切线起点的坐标为：XC=0、YC=0、ZC=0，然后单击"确定"按钮。依序输入其他各点的坐标值：

水平切线终点的坐标为：XC=30、YC=0、ZC=0，然后单击"确定"按钮；

垂直切线起点的坐标为：XC=0、YC=0、ZC=0，然后单击"确定"按钮；

垂直切线终点的坐标为：XC=0、YC=0、ZC=30，然后单击"确定"按钮。

输入完成后，在绘图区中将显示绘制的两条切线，如图 5-249 所示。

② 绘制交叉线串。

a. 绘制右边的交叉线串。在如图 3-1 所示的【曲线】工具栏中单击【样条】图标 ～，在系统弹出如图 3-46 所示的"样条"对话框中单击"通过点"按钮，系统弹出如图 3-50 所示的"通过点生成样条"对话框，然后单击"确定"按钮，系统弹出如图 3-51 所示的"样条"对话框，在该对话框中单击"点构造器"按钮，打开如图 5-23 所示的"点"对话框；在"类型"下拉列表中选择" ⬚ 端点"选项，依次选取如图 5-250 所示的点 1、2、3、4；然后在"点构造器"对话框中选择" ⊙ 圆弧中心/椭圆中心/球心"选项，接着选取如图 5-250 所示的圆 1，

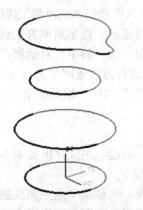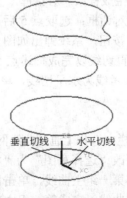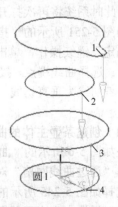

图 5-248　每个曲线被分为 2 段　　　图 5-249　绘制两条切线　　　图 5-250　定义点 1、2、3、4 的斜率

并单击对话框中的"确定"按钮，在系统弹出如图 3-48 所示的"指定点"对话框中单击"是"按钮，此时系统将再次打开"通过点生成样条"对话框，在该对话框中选择"赋斜率"按钮，打开如图 5-251 所示的"指派斜率"对话框；选取点 1 后，系统将提示：指定斜率方法或选择"确定"继续操作，单击"确定"按钮，系统弹出如图 5-252 所示的"斜率"对话框，系统提示：选择曲线端点，接着选取垂直切线以完成描述点 1；按照这种方式依序定义点 2、点 3 的参考切线为垂直切线、点 4 的参考线为水平切线，单击"确定"按钮。结果如图 5-253 所示。

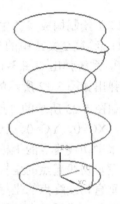

图 5-251 "指派斜率"对话框   图 5-252 "斜率"对话框   图 5-253   完成右边的交叉曲线

　b．绘制左边的交叉线串。在如图 3-1 所示的【曲线】工具栏中单击【样条】图标 ～，在系统弹出如图 3-46 所示的"样条"对话框中单击"通过点"按钮，系统弹出如图 3-50 所示的"通过点生成样条"对话框，然后单击"确定"按钮，系统弹出如图 3-51 所示的"样条"对话框，在该对话框中单击"点构造器"按钮，打开如图 5-23 所示的"点"对话框；在"类型"下拉列表中选择"／端点"选项，依次选取如图 5-254 所示的点 5、6、7、8；然后在"点构造器"对话框中选择"⊙圆弧中心/椭圆中心/球心"选项，接着选取如图 5-254 所示的圆 1，并单击对话框中的"确定"按钮，在系统弹出如图 3-48 所示的"指定点"对话框中单击"是"按钮，此时系统将再次打开"通过点生成样条"对话框，在该对话框中选择"赋斜率"按钮，打开如图 5-251 所示的"指派斜率"对话框；选取点 5 后，系统将提示：指定斜率方法或选择"确定"继续操作，单击"确定"按钮，系统弹出如图 5-252 所示的"斜率"对话框，系统提示：选择曲线端点，接着选取垂直切线以完成描述点 5；按照这种方式依序定义点 6、点 7 的参考切线为垂直切线、点 8 的参考线为水平切线，单击"确定"按钮。结果如图 5-255 所示。

（4）创建茶壶主体的曲面

　在如图 5-6 所示的"曲面"工具栏中选择【通过曲线网格】 功能，系统弹出如图 5-66 所示的"通过曲线网格"对话框，更改"选择意图"为"相连曲线"，

　选择如图 5-245 所示的圆 1 作为第一组主曲线，单击鼠标中键，完成第一组主曲线的选择，在对话框中也出现了所选择的主曲线。完成第一组主曲线的选择，在图形区出现主曲线的方向。

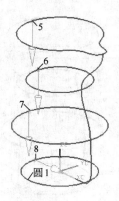
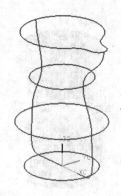

图 5-254　定义点 5、6、7、8 的斜率　　　　图 5-255　完成左边的交叉线串

在如图 5-48 所示的"通过曲线组"对话框中单击【添加新集】图标 ✦，接着选择如图 5-245 所示的圆 2 第二组主曲线，同样是单击鼠标中键完成主曲线的选择；按照同样的方法选择圆 3 作为第三组主曲线、选择圆 4 和 5 及其倒圆角圆弧作为第四组主曲线，如图 5-256 所示，要注意所选择的截面线方向的一致。在完成主曲线的选择后，在"交叉曲线"栏下单击"选择曲线"图标 ⟋ 以完成主曲线的选择，在该状态下，系统提示：选择交叉曲线，在图形区中选择如图 5-256 所示的交叉曲线 1，接着单击鼠标中键完成选择；接着按照逆时针方向依序选择如图 5-256 所示的交叉曲线 2、交叉曲线 1；完成选择后，单击"确定"按钮，完成如图 5-257 所示的网格曲面。

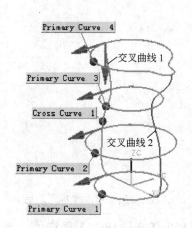
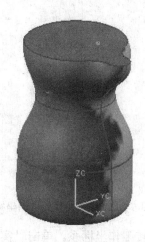

图 5-256　选取主曲线和交叉曲线　　　　图 5-257　完成网格曲面的创建

（5）创建茶壶主体的抽壳特征

在如图 4-112 所示的"特征操作"工具栏上单击【抽壳】图标 ▣，系统弹出如图 4-115 所示的"抽壳"对话框，更改"选择意图"为"单个面"，在"厚度"栏下"厚度"文本输入框内输入：5，选择如图 5-258 所示的顶面作为要移除的面，单击"确定"按钮。完成抽壳如图 5-259 所示。

（6）创建壶把

① 隐藏主曲线、交叉曲线和参考切线，单击如图 1-24 所示"实用工具"工具栏上的【立即隐藏】图标 ⟋，分别选择 4 条主曲线、2 条交叉曲线和 2 条参考曲线，即可隐藏主曲线、交叉曲线和参考切线。结果如图 5-260 所示。

图 5-258 选取要移除的面

图 5-259 完成抽壳

② 坐标系变换。

a. 移动工作坐标系。单击"实用工具"工具栏上【WCS 原点】图标 ↙，打开"点"对话框，在"类型"下拉列表中选择"╱端点"选项，接着在如图 5-260 所示的绘图区的实体特征上单击选取壶口左方的曲线端点，单击"确定"按钮，工作坐标系原点移动结果如图 5-261 所示。

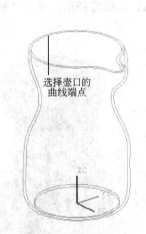

图 5-260 隐藏曲线后移动坐标系之前

图 5-261 移动坐标系之后

b. 旋转工作坐标系。单击"实用工具"工具栏上【旋转 WCS】图标 ，系统弹出如图 1-66 所示的"旋转 WCS 绕…"对话框。在对话框中选择 ◉ - YC 轴：XC --> ZC（反转 Y 轴：X 轴转向 Z 轴），接着在"角度"文本框中输入：90，单击"确定"按钮，将使工作坐标系发生旋转，结果如图 5-262 所示。

③ 绘制壶把剖面。在如图 3-1 所示的【曲线】工具栏中单击【椭圆】图标 ⊙，系统弹出如图 3-3 所示的"点"对话框，在对话框中设置椭圆的圆心坐标值为：XC=0、YC=0、ZC=0，单击"确定"按钮，打开设置椭圆参数的对话框，设置椭圆参数如图 5-263 所示。单击"确定"按钮，完成如图 5-264 所示的椭圆。

④ 坐标系旋转。单击"实用工具"工具栏上【旋转 WCS】图标 ，系统弹出如图 1-66 所示的"旋转 WCS 绕…"对话框。在对话框中选择 ◉ + XC 轴：YC --> ZC（正转 X 轴：Y 轴转向 Z 轴），接着在"角度"文本框中输入：90，单击"确定"按钮，将使工作坐标系发生旋转，结果如图 5-265 所示。

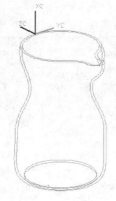

图 5-262 旋转坐标系后   图 5-263 椭圆参数对话框   图 5-264 绘制的椭圆

⑤ 绘制壶把导引线。在如图 3-1 所示的【曲线】工具栏中单击【样条】图标 ～，在系统弹出如图 3-46 所示的"样条"对话框中单击"根据极点"按钮，系统弹出如图 3-47 所示的"根据极点生成样条"对话框，然后单击"确定"按钮，系统弹出如图 3-3 所示的"点"对话框，在该对话框中设置点 1 的坐标值为：XC=0、YC=0、ZC=0，单击"确定"按钮，在绘图区中单击鼠标左键，以确定点 2、点 3、点 4、点 5、点 6、点 7、点 8、点 9，如图 5-266 所示，单击"确定"按钮，在系统弹出如图 3-48 所示的"指定点"对话框中单击"是"按钮，单击"点"对话框中的"确定"按钮，产生作为导引线的样条曲线，如图 5-267 所示。

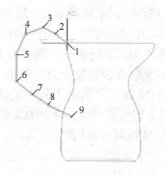

图 5-265 旋转工作坐标系   图 5-266 选取控制点

⑥ 创建壶把特征。在如图 4-1 所示的"特征"工具栏上单击【沿引导线扫掠】图标，系统弹出如图 4-61 所示的"沿引导线扫掠"对话框。在图形区选择椭圆作为截面曲线，单击鼠标中键，选择上一步创建的样条曲线作为引导曲线，在该对话框中将"第 1 偏置"与"第 2 偏置"设置为 0 后，单击"确定"按钮；即可完成壶把扫掠特征的创建，如图 5-268 所示。

⑦ 平移壶把特征。单击如图 1-85 所示的"标准"工具条上的"移动对象"按钮，系统弹出如图 1-87 所示的"移动对象"对话框，系统提示：选取要移动的对象，选取壶把，在对话框中的"变换"栏的"运动"下拉列表中选择" 点到点"选项，单击"指定出发点"右边的"点构造器"按钮，弹出"点"对话框，在该对话框里选择"相对于 WCS"选项，输入坐标值为：XC=0、YC=0、ZC=0，单击"确定"按钮，返回"移动对象"对话框。单击"指定终止点"右边的"点构造器"按钮，弹出"点"对话框，在该对话框里选择"相对于 WCS"选项，输入坐标值为：XC=－40、YC=－20、ZC=0，单击"确定"按钮，返回"移动对象"对话框，单击"确定"按钮，弹出如图 5-269 所示的移动警示窗口，单击"确定"

按钮，平移结果如图 5-270 所示。

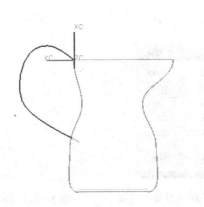

图 5-267　完成样条曲线的创建　　图 5-268　成壶把扫掠特征的创建

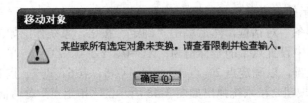

图 5-269　移动警示窗口

⑧　修剪壶把特征。在如图 4-129 所示的"特征操作"工具栏上单击【修剪体】图标，系统弹出如图 4-130 所示的"修剪体"对话框。系统提示：选择要修剪的目标体，选取壶把特征；单击鼠标中键，系统提示：选择修剪所用的工具面或基准平面，更改"选择意图"为"单个面"，然后选取茶壶的挖空面，单击"确定"按钮，完成壶把的修剪。

单击如图 1-24 所示"实用工具"工具栏上的【立即隐藏】图标，分别选择构成壶把的剖面和导引线，即可隐藏该两条曲线。单击"实用工具"工具栏上的【显示 WCS】图标，隐藏坐标系，结果如图 5-271 所示。

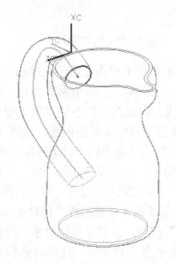
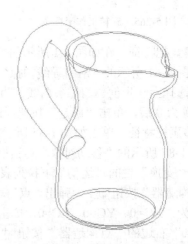

图 5-270　完成壶把平移后的结果　　图 5-271　完成壶把特征的修剪

（7）创建壶口倒圆角特征

在如图 4-2 所示的"特征操作"工具栏上单击【边倒圆】图标，系统弹出如图 4-103 所示的"边倒圆"对话框，更改"选择意图"为"面的边缘"，选取要进行倒圆角的壶口面，如图 5-272 所示。在对话框中"Radius 1"文本输入框中输入：2.5，单击"确定"按钮，完成如图 5-273 所示的壶口倒圆角特征的创建。

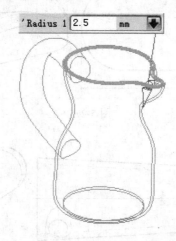

图 5-272　壶口倒圆角边线的选取

图 5-273　完成壶口倒圆角的创建　　　　图 5-274　完成茶壶主体和壶把的合并

（8）合并壶把和茶壶本体

在如图 4-121 所示的"特征操作"工具栏上单击【求和】图标，系统弹出如图 4-122 所示的"求和"对话框。系统提示：选择目标体，选取壶把特征；系统提示：选取工具体，选取茶壶主体，单击"确定"按钮，完成如图 5-274 所示的茶壶主体和壶把特征的合并。

（9）保存曲面

单击"标准"工具栏上的【保存】图标，保存创建好的曲面。

习题

5-1　利用 UG NX6.0 的曲线、草图、实体和曲面功能对图 5-275～图 5-278 的零件进行曲面造型。

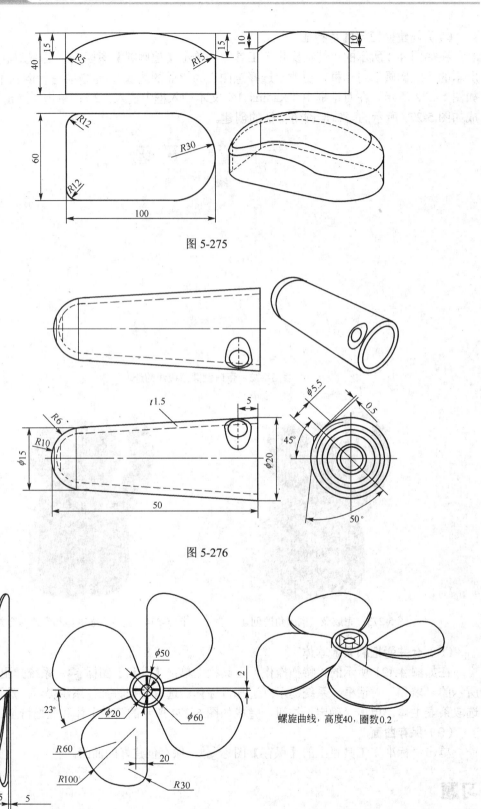

图 5-275

图 5-276

螺旋曲线，高度40，圈数0.2

图 5-277

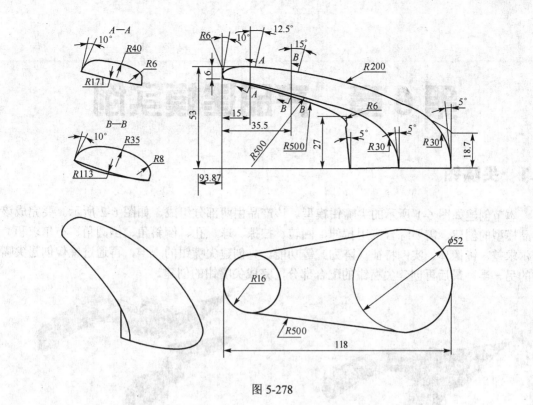

图 5-278

第6章 产品建模实例

6.1 尖嘴钳

本节创建如图 6-1 所示的尖嘴钳模型。该产品由两部分组成，如图 6-2 所示。要完成该产品模型的创建，需要综合应用拉伸、回转、扫掠、球、孔、倒斜角、倒圆角、布尔求和、布尔求差、镜像体、实例特征（阵列）等功能。先创建尖嘴钳的一半，再通过镜像创建尖嘴钳的另一半，最后再创建尖嘴钳的配合部分，完成尖嘴钳的创建。

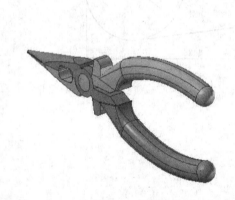

图 6-1　尖嘴钳

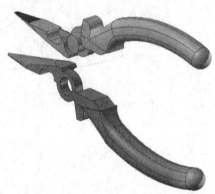

图 6-2　尖嘴钳的两部分

6.1.1 创建尖嘴钳的一半

（1）进入 UG NX 6.0 建模功能界面

① 启动 UG NX 6.0。单击"开始"中的 UG NX 6.0 的图标 NX 6.0（桌面上为双击该图标），进入 UG NX 6.0 界面。

② 新建文件。单击 UG NX 6.0 界面下的【新建】图标 ，打开如图 1-5 所示的"新建"对话框。系统默认单位为"毫米"，在该对话框中选择"模型"类型，在"名称"输入栏中输入文件的名称为 ZL6-1，在"文件夹"输入栏中，单击后面的按钮 ，设定一个存放的文件夹，如：F:\CDNX6.0CAD\Results\CH6\。设置好后，单击"确定"按钮，系统创建文件，并进入如图 1-6 所示的 UG NX 6.0 建模模块界面。

（2）用回转和拉伸特征创建尖嘴部分

① 创建回转体。在如图 4-1 所示的"特征"工具栏上单击【回转】图标 ，系统弹出如图 4-52 所示的"回转"对话框，单击"绘制截面" 按钮来新建一个草图，系统弹出如图 2-4 所示的"创建草图"对话框，在"类型"下拉列表中选择"在平面上"，在"草图平面"栏下的"平面选项"下拉列表中选择"创建平面"，在"指定平面"下拉列表中选择"XC - YC 平面" ，单击"选择参考"，在图形区选择 XC 轴，单击"创建草图"对话框中的"确定"

按钮，进入草图绘制界面，绘制 4 条直线，约束水平直线与 XC 轴共线，约束竖直直线与 YC 轴共线，并标注尺寸，如图 6-3 所示，再单击"草图生成器"上的 ![完成草图]，返回"回转"对话框。

在"回转"对话框中"轴"栏下"指定矢量"下拉列表框中选择"XC 轴" ![X]，在"指定点"选项下单击【点构造器】图标 ![+]，系统弹出"点"对话框，设置 X、Y、Z 坐标值为（0，0，0），单击"点"对话框中的"确定"按钮，返回"回转"对话框，在"限制"栏下"开始"下拉列表框中选择"值"，"角度"文本输入框中输入：0，"结束"下拉列表框中选择"值"，"角度"文本输入框中输入：180。"设置"栏下"体类型"下拉列表框中选择"实体"，对话框中的其余选项采用默认，单击"确定"按钮，创建出如图 6-4 所示的回转体。

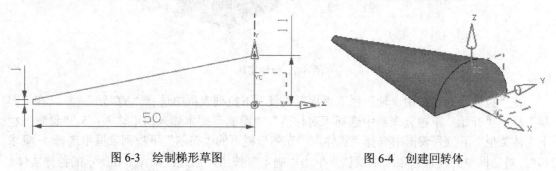

图 6-3　绘制梯形草图　　　　　　图 6-4　创建回转体

② 创建拉伸特征切割回转体。在如图 4-1 所示的"特征"工具栏上单击【拉伸】图标 ![]，弹出如图 4-40 所示的"拉伸"对话框，在对话框的"截面"栏"选择曲线"选项下选择"绘制截面" ![] 方式来新建一个草图，系统弹出如图 2-4 所示的"创建草图"对话框，采用默认选项（以 XOY 平面为绘图面），单击"创建草图"对话框中的"确定"按钮，进入草图绘制界面，绘制如图 6-5 所示的矩形草图，再单击 "草图生成器"上的 ![完成草图]，返回"拉伸"对话框。

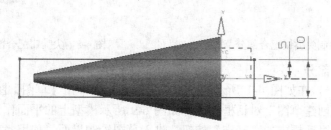

图 6-5　绘制矩形草图

在"拉伸"对话框中"轴"栏下"指定矢量"下拉列表框中选择"ZC 轴" ![z]，在"限制"栏下"开始"下拉列表框中选择"值"，"距离"文本输入框中输入：0，"结束"下拉列表框中选择"值"，"距离"文本输入框中输入：9。"设置"栏下"体类型"下拉列表框中选择"实体"，"布尔"栏下的"布尔"下拉列表框中选择" ![] 求交"，对话框中的其余选项采用默认，单击"确定"按钮，创建出如图 6-6 所示的拉伸实体。

（3）用拉伸特征创建尖嘴钳配合部分

在如图 4-1 所示的"特征"工具栏上单击【拉伸】图标 ![]，弹出如图 4-40 所示的"拉伸"对话框，单击"绘制截面" ![] 按钮来新建一个草图，系统弹出如图 2-4 所示的"创建草图"对话框，在"类型"下拉列表中选择"在平面上"，在"草图平面"栏下的"平面选项"

下拉列表中选择"创建平面",在"指定平面"下拉列表中选择"XC‑ZC 平面" 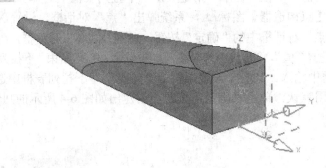,单击 "选择参考",在图形区选择 XC 轴,单击"创建草图"对话框中的"确定"按钮,进入草图 绘制界面,绘制草图,标注尺寸,并约束圆心在 XC 轴上,如图 6‑7 所示,再单击"草图生 成器"上的 ✔ 完成草图,返回"拉伸"对话框。

图 6‑6　拉伸实体

在"拉伸"对话框中"轴"栏下"指定矢量"下拉列表框中选择"YC 轴" ,在"限 制"栏下"开始"下拉列表框中选择"对称值","距离"文本输入框中输入:5。"设置"栏 下"体类型"下拉列表框中选择"实体","布尔"栏下的"布尔"下拉列表框中选择" 求 和",对话框中的其余选项采用默认,单击"确定"按钮,创建出如图 6‑8 所示的拉伸实体。

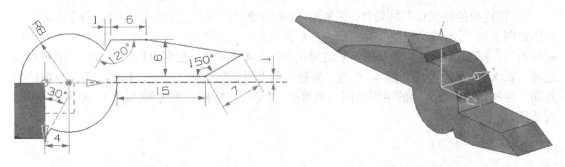

图 6‑7　绘制尖嘴钳配合部分草图　　　　　图 6‑8　尖嘴钳配合部分拉伸实体

(4)创建钳身部分

① 创建草图一。在如图 4‑1 所示的"特征"工具栏上单击【草图】图标 ,系统弹出 如图 2‑4 所示的"创建草图"对话框,选择如图 6‑9 所示模型上的平面作为草图绘制平面, 单击"创建草图"对话框中的"确定"按钮,进入草图绘制界面,使用"草图工具栏"上的 【偏置曲线】 功能,在"偏置曲线"对话框中 "偏置"栏下的"端盖选项"下拉列表框 中选择"圆弧帽形体",在"距离"文本框中输入:1,将所选择的平面边线向外偏置 1mm, 完成如图 6‑10 所示的草图。再单击"草图生成器"上的 ✔ 完成草图,退出草图。

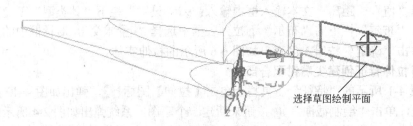

选择草图绘制平面

图 6‑9　选择草图绘制平面一

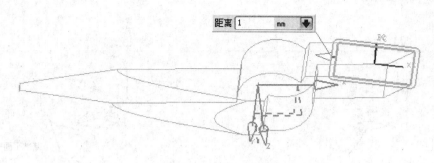

图 6-10 绘制草图一

② 创建草图二。在如图 4-1 所示的"特征"工具栏上单击【草图】图标 <i class="icon"></i>，系统弹出如图 2-4 所示的"创建草图"对话框，选择"XC-ZC 平面" <i class="icon"></i> 作为草图绘制平面，单击"创建草图"对话框中的"确定"按钮，进入草图绘制界面，绘制两段圆弧并约束圆弧左端点在上一步骤创建的草图积聚线的中点，标注尺寸，完成如图 6-11 所示的草图。再单击"草图生成器"上的 <i class="icon">完成草图</i>，退出草图。

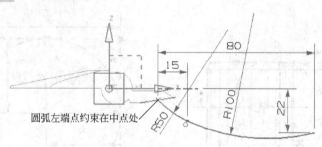

图 6-11 绘制草图二

③ 创建基准平面。在如图 4-1 所示的"特征"工具栏上单击【基准平面】图标 ，弹出如图 4-4 所示的"基准平面"对话框，在"类型"下拉列表框中选择"自动判断"，在图形区拾取上一步骤绘制的草图中右边圆弧的右端点，在"曲线上的位置"栏下"位置"下拉列表框中选择"%圆弧长"，在"%圆弧长"文本输入框中输入：100，系统将预览一个在点上产生一个曲线法线方向上的基准平面，单击对话框中的"确定"按钮，创建出如图 6-12 所示的基准平面。

再选择上一步骤绘制的草图中右边圆弧的左端点，在"曲线上的位置"栏下"位置"下拉列表框中选择"%圆弧长"，在"%圆弧长"文本输入框中输入：0，创建另一个基准平面如图 6-13 所示。

④ 创建草图三。在如图 4-1 所示的"特征"工具栏上单击【草图】图标 <i class="icon"></i>，系统弹出如图 2-4 所示的"创建草图"对话框，选择上一步骤创建的基准平面二，单击对话框中的"确定"，进入绘制草图界面，绘制矩形并倒圆角，完成如图 6-14 所示的草图三。再单击"草图生成器"上的 <i class="icon">完成草图</i>，退出草图。

⑤ 创建草图四。在如图 4-1 所示的"特征"工具栏上单击【草图】图标 <i class="icon"></i>，系统弹出如图 2-4 所示的"创建草图"对话框，选择上一步骤创建的基准平面一，单击对话框中的"确定"，进入绘制草图界面，绘制矩形并倒圆角，完成如图 6-15 所示的草图四。再单击"草图生成器"上的 <i class="icon">完成草图</i>，退出草图。

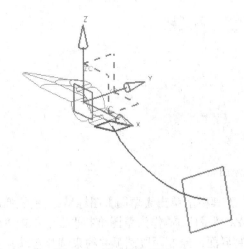

图 6-12　创建基准平面一

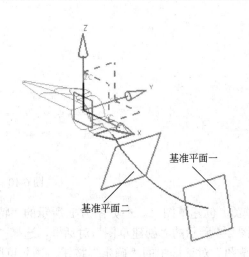

图 6-13　创建基准平面二

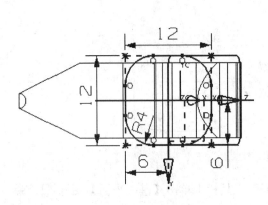

图 6-14　绘制草图三

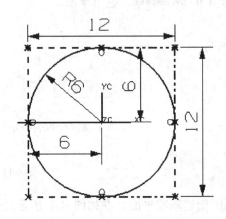

图 6-15　绘制草图四

　　⑥ 创建扫掠特征。在如图 4-1 所示的"特征"工具栏上单击【扫掠】图标，系统弹出如图 4-56 所示的"扫掠"对话框。更改"选择意图"为"相连曲线"，在图形区选择草图一作为截面线一，单击鼠标中键确认截面线的选择；在图形区选择草图三作为截面线二，单击鼠标中键确认截面线的选择；在图形区选择草图四作为截面线三，单击鼠标中键确认截面线的选择；再次单击鼠标中键，结束截面线的选择。在图形区选择草图二中的两条圆弧作为引导线，单击鼠标中键，确认引导线的选择，如图 6-16 所示。在对话框中单击"确定"按钮，创建如图 6-17 所示的扫掠特征。

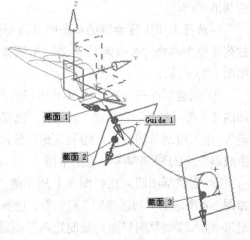

图 6-16　选择截面线和引导线

　　⑦ 创建球特征。在如图 4-1 所示的"特征"工具栏上单击【球】图标，系统弹出如图 4-38 所示的"球"对话框。选择"类型"为"圆弧"，在图形区选择上一步所创建的扫掠特征的右边顶端的边界，在"布尔"栏下的"布尔"下拉列

表框中选择"◐无",在对话框中单击"确定"按钮,创建如图 6-18 所示的球特征。

⑧ 求和。在如图 4-121 所示的"特征操作"工具栏上单击【求和】图标✦,系统弹出如图 4-122 所示的"求和"对话框。在图形区选择主体部分作为目标体,再选择扫掠特征和球体作为工具体,在对话框中单击"确定"按钮,将三部分实体结合为一个整体。

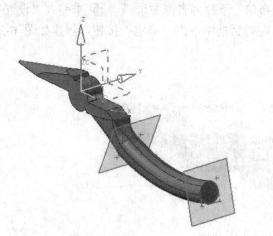

图 6-17 创建扫掠特征

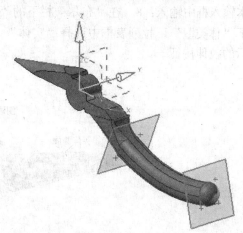

图 6-18 创建球特征

(5)创建配合部分的凸台

① 创建拉伸特征。在如图 4-1 所示的"特征"工具栏上单击【拉伸】图标▥,如图 4-40 所示的"拉伸"对话框,更改"选择意图"为"面的边缘",选择如图 6-19 所示侧边的小平面,在"限制"栏下"开始"下拉列表框中选择"值","距离"文本输入框中输入:0,"结束"下拉列表框中选择"值","距离"文本输入框中输入:9,在"布尔"栏下的"布尔"下拉列表框中选择"✦求和",在"拔模"栏下"拔模"下拉列表框中选择"从起始限制",在"角度"文本输入框中输入:5。"设置"栏下"体类型"下拉列表框中选择"实体",在对话框中单击"确定"按钮,创建如图 6-20 所示的拉伸实体。

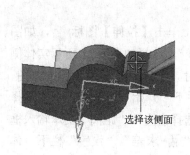

图 6-19 选择侧面

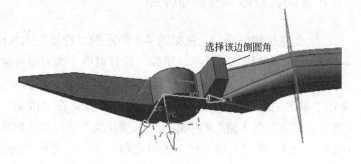

图 6-20 创建拉伸特征

② 边倒圆。在如图 4-2 所示的"特征操作"工具栏上单击【边倒圆】图标◈,系统弹出如图 4-103 所示的"边倒圆"对话框,更改"选择意图"为"单条曲线",在图形区选择刚创建的拉伸实体顶部右侧的边界线作为倒圆角的边界,在对话框中"Radius 1"文本输入框中输入:4,单击"确定"按钮,进行半径为 4 的倒圆角操作,结果如图 6-21 所示。

(6)创建尖嘴部分的开口槽

① 创建拉伸特征一。在如图 4-1 所示的"特征"工具栏上单击【拉伸】图标▥,如图

4-40 所示的"拉伸"对话框，更改"选择意图"为"特征曲线"，选择如图 6-21 所示实体侧面的平面，进入草图绘制界面，绘制一个矩形，再倒圆角，并标注尺寸，绘制如图 6-22 所示的草图。单击"草图生成器"上的 ✔完成草图，退出草图。在"限制"栏下"开始"下拉列表框中选择"值"，"距离"文本输入框中输入：0，"结束"下拉列表框中选择"值"，"距离"文本输入框中输入：8，在"布尔"栏下的"布尔"下拉列表框中选择" 求差"，"设置"栏下"体类型"下拉列表框中选择"实体"，在对话框中单击"确定"按钮，创建如图 6-23 所示的拉伸特征一。

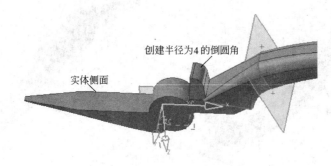

图 6-21　创建倒圆角特征

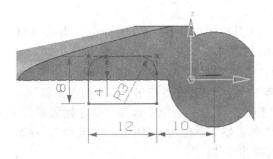

图 6-22　绘制拉伸特征一的草图

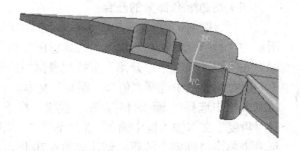

图 6-23　创建拉伸特征一

② 创建拉伸特征二。在如图 4-1 所示的"特征"工具栏上单击【拉伸】图标 ，如图 4-40 所示的"拉伸"对话框，更改"选择意图"为"特征曲线"，选择如图 6-21 所示实体侧面对面的平面，进入草图绘制界面，绘制一个矩形，并标注尺寸，绘制如图 6-24 所示的草图。单击"草图生成器"上的 ✔完成草图，退出草图。在"限制"栏下"开始"下拉列表框中选择"值"，"距离"文本输入框中输入：0，"结束"下拉列表框中选择"值"，"距离"文本输入框中输入：1.5，在"布尔"栏下的"布尔"下拉列表框中选择" 求差"，"设置"栏下"体类型"下拉列表框中选择"实体"，在对话框中单击"确定"按钮，创建如图 6-25 所示的拉伸特征二。

③ 倒斜角。在如图 4-2 所示的"特征操作"工具栏上单击【倒斜角】图标 ，系统弹出如图 4-112 所示的"倒斜角"对话框，选择如图 6-25 所示的步骤②创建的拉伸实体的内侧边。在该对话框中"偏置"栏的"横截面"下拉列表框中选择"非对称"选项后，在"Distance1"（距离 1）文本输入框中输入：1.5，在"距离 2"文本输入框中输入：2，单击"确定"按钮，在绘图区中将显示完成创建倒斜角的实体特征，如图 6-26 所示。

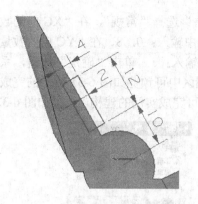

图 6-24　绘制拉伸特征二的草图

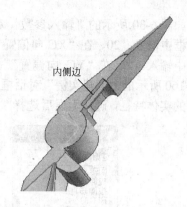

图 6-25　创建拉伸特征二

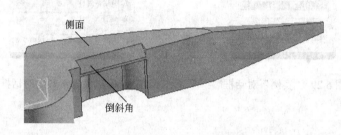

图 6-26　倒斜角

（7）创建尖嘴部分的牙槽

① 创建单个牙槽。在如图 4-1 所示的"特征"工具栏上单击【拉伸】图标 ，如图 4-40 所示的"拉伸"对话框，更改"选择意图"为"特征曲线"，选择如图 6-26 所示实体侧面，进入草图绘制界面，绘制一个三角形，并标注尺寸，绘制如图 6-27 所示的草图。单击"草图生成器"上的 ，退出草图。在"方向"栏下"指定矢量"的下拉列表框中选择"YC 轴" ，在"限制"栏下"开始"下拉列表框中选择"贯通"，"结束"下拉列表框中选择"贯通"，在"布尔"栏下的"布尔"下拉列表框中选择" 求差"，"设置"栏下"体类型"下拉列表框中选择"实体"，在对话框中单击"确定"按钮，创建如图 6-28 所示的单个牙槽。

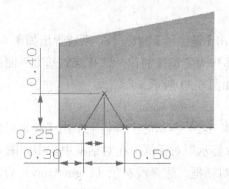

图 6-27　绘制单个牙槽的草图

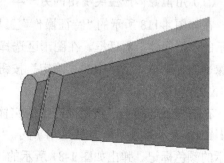

图 6-28　创建单个牙槽

② 矩形阵列。在如图 4-2 所示的"特征操作"工具栏上单击【实例特征】图标 ，系统弹出如图 4-120 所示的"实例特征"对话框。在对话框中选择"矩形阵列"方式，系统弹出如图 6-29 所示的"实例"对话框，在对话框中选择"拉伸（23）"，单击"确定"按钮，系

统弹出如图 6-30 所示的"输入参数"对话框,"方法"选择"常规",在"XC 向的数量"文本输入框中输入:20、在"XC 向偏置"文本输入框中输入:0.8、在"YC 向的数量"文本输入框中输入:1、在"YC 向偏置"文本输入框中输入:1。单击"确定"按钮,系统弹出如图 4-160 所示的"创建实例"对话框,同时在绘图区中可预览如图 6-31 所示的完成建构矩形阵列的实体特征,确认无误后选择"是"选项,即可完成实例的建构,结果如图 6-32 所示。

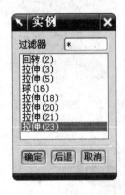

图 6-29 "实例"对话框

图 6-30 "输入参数"对话框

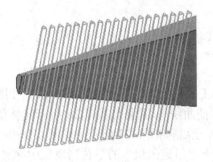

图 6-31 矩形阵列预览

图 6-32 矩形阵列结果

6.1.2 创建尖嘴钳的另一半

(1) 用镜像体产生尖嘴钳的另一半

在如图 4-118 所示的"特征操作"工具栏上单击【镜像体】图标 ,系统弹出如图 4-119 所示的"镜像体"对话框。在图形区选择整个实体作为要镜像的体,选择 XY 基准平面作为镜像平面,单击对话框中的"确定"按钮,结果如图 6-33 所示。

(2) 编辑对象显示

在图形上选择上一步镜像产生的实体,在如图 1-24 所示的工具栏上单击【编辑对象显示】图标 ,系统弹出如图 6-34 所示"编辑对象显示"对话框,在对话框中单击如图 6-34 所示的颜色标记。弹出如图 1-81 所示的"颜色"对话框,选择浅灰色(Light Gray)后,然后单击两个对话框中的"确定"按钮,则更改显示颜色,结果如图 6-35 所示。

6.1.3 创建尖嘴钳的配合部分

(1) 暂时隐藏不需要的实体

在图形区选择浅灰色实体,单击如图 1-24 所示"实用工具"工具栏上的【立即隐藏】图

标 ，即可隐藏该实体。结果如图 6-36 所示。

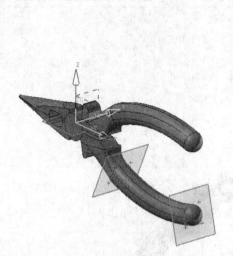

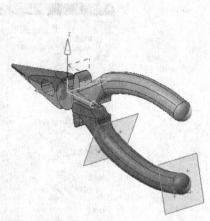

图 6-33 创建镜像体　　图 6-34 "编辑对象显示"对话框　　6-35 更改颜色后的结果

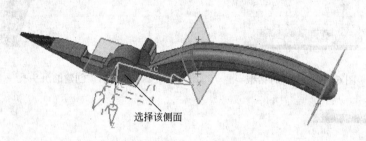

选择该侧面

图 6-36 隐藏暂时不需要的实体

（2）创建沉孔

在如图 4-1 所示的"特征"工具栏上单击【孔】图标 ，系统弹出如图 6-37 所示的"孔"对话框。"类型"选择"常规孔"，在图形区，选择如图 6-36 所示的侧面作为放置面，选择尖嘴配合部分的圆弧圆心作为"位置"的"指定点"。"成形"选择"沉头孔"，"沉头孔直径"输入：16，"沉头孔深度"输入：5，"直径"输入：10，"深度限制"选择"直至下一个"，在图形区选择另一侧面为通过面。在"布尔"栏下的"布尔"下拉列表框中选择" 求差"，在对话框中单击"确定"按钮，单击如图 1-24 所示"实用工具"工具栏上的【隐藏】图标 ，选择基准、曲线及点，分别隐藏基准、曲线及点。单击如图 1-24 所示"实用工具"工具栏上的【显示 WCS】图标 ，即可隐藏坐标系。创建的沉头孔如图 6-38 所示。

（3）导出部件一

选择【文件（F）】→【导出（E）】→【部件（P）】命令，弹出如图 6-39 所示的"导出部件"对话框，单击"指定部件"按钮，系统弹出如图 6-40 所示的"选择部件名"对话框，在"文件名"栏输入"ZL6-1-1"，单击对话框中的"确定"按钮，返回"导出部件"对话框。单击"类选择"按钮，系统弹出如图 1-78 所示"类选择"对话框。在图形区选择整个部件，选择完成后，单击"类选择"对话框中的"确定"按钮，返回"导出部件"对话框，再单击对话框中的"确定"按钮，导出一个文件名为"ZL6-1-1"的部件。

（4）显示实体

单击如图 1-24 所示"实用工具"工具栏上的【显示】图标 ，显示前面隐藏的浅灰色的实体，结果如图 6-41 所示。

图 6-37 "孔"对话框

图 6-38 创建的沉头孔

图 6-39 "导出部件"对话框

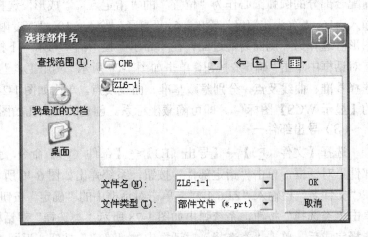

图 6-40 "选择部件名"对话框

（5）求差

在如图 4-121 所示的"特征操作"工具栏上单击【求差】图标 ，系统弹出"求差"对话框。在图形区选择浅灰色实体作为目标体，再选择其余实体作为工具体，在对话框中单击"确定"按钮，进行布尔求差运算，结果如图 6-42 所示。

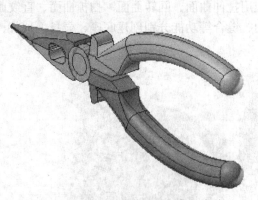

图 6-41 显示前面隐藏的浅灰色的实体　　　　图 6-42 布尔求差运算后的结果

（6）导出部件二

选择【文件（F）】→【导出（E）】→【部件（P）】命令，弹出如图 6-39 所示的"导出部件"对话框，单击"指定部件"按钮，系统弹出如图 6-40 所示的"选择部件名"对话框，在"文件名"栏输入"ZL6-1-2"，单击对话框中的"确定"按钮，返回"导出部件"对话框。单击"类选择"按钮，系统弹出如图 1-78 所示"类选择"对话框。在图形区选择整个部件，选择完成后，单击"类选择"对话框中的"确定"按钮，返回"导出部件"对话框，再单击对话框中的"确定"按钮，导出一个文件名为"ZL6-1-2"的部件。

（7）导入部件一

选择【文件（F）】→【导入（M）】→【部件（P）】命令，弹出如图 6-43 所示的"导入部件"对话框，"图层"选择"原先的"，单击"确定"按钮，系统弹出类似如图 6-40 所示的"导入部件"对话框，选择"ZL6-1-1"文件，单击"OK"按钮，系统弹出"点"对话框，输入坐标值为 XC=0、YC=0、ZC=0，单击"确定"按钮，系统导入文件名为"ZL6-1-1"的文件。创建如图 6-44 所示的完整的尖嘴钳模型。

图 6-43 "导入部件"对话框　　　　图 6-44 尖嘴钳模型

（8）保存尖嘴钳模型

单击"标准"工具栏上的【保存】图标 ，保存创建好的尖嘴钳模型。

6.2　电热水壶

　　本节创建如图 6-45 所示的电热水壶模型。该模型由 4 部分组成：底座、壶身、顶部、把手。要完成该模型的创建，需要先综合应用拉伸曲面、回转曲面、扫掠曲面、直纹曲面、修剪的片体、剖切曲面、边倒圆、网格曲面、缝合等功能分别创建底座、壶身、顶部、把手，再进行整合建模、渲染等操作。

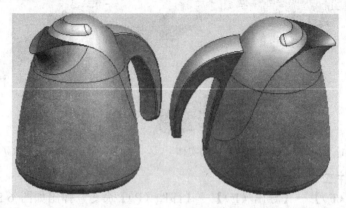

图 6-45　电热水壶模型

6.2.1　创建电热水壶的底座

（1）进入 UG NX 6.0 建模功能界面

　　① 启动 UG NX 6.0。单击"开始"中的 UG NX 6.0 的图标 🌀 NX 6.0（桌面上为双击该图标），进入 UG NX 6.0 界面。

　　② 新建文件。单击 UG NX 6.0 界面下的【新建】图标 🗋，打开如图 1-5 所示的"新建"对话框。系统默认单位为"毫米"，在该对话框中选择"模型"类型，在"名称"输入栏中输入文件的名称为 ZL6-2，在"文件夹"输入栏中，单击后面的按钮 📂，设定一个存放的文件夹，如：F:\CDNX6.0CAD\Results\CH6\。设置好后，单击"确定"按钮，系统创建文件，并进入如图 1-6 所示的 UG NX 6.0 建模模块界面。

（2）用回转特征创建底座部分

　　在如图 4-1 所示的"特征"工具栏上单击【回转】图标 🔄，系统弹出如图 4-52 所示的"回转"对话框，单击"绘制截面" 📇 按钮来新建一个草图，系统弹出如图 2-4 所示的"创建草图"对话框，在"类型"下拉列表中选择"在平面上"，在"草图平面"栏下的"平面选项"下拉列表中选择"创建平面"，在"指定平面"下拉列表中选择"YC-ZC 平面" ◁ₓ，单击"选择参考"，在图形区选择 YC 轴，单击"创建草图"对话框中的"确定"按钮，进入草图绘制界面，绘制 2 条水平直线和 1 条圆弧，约束下面的水平直线与 XC 轴共线，约束 2 条直线左边的两个点在 YC 轴上，并标注尺寸，如图 6-46 所示，再单击"草图生成器"上的 🏁 完成草图，返回"回转"对话框。

　　在"回转"对话框中"轴"栏下"指定矢量"下拉列表框中选择"ZC 轴" z↑，在"指定点"选项下单击【点构造器】图标 ⚒，系统弹出"点"对话框，设置 X、Y、Z 坐标值为（0，0，0），单击"点"对话框中的"确定"按钮，返回"回转"对话框，在"限制"栏下"开始"下拉列表框中选择"值"，"角度"文本输入框中输入：0，"结束"下拉列表框中选择"值"，

"角度"文本输入框中输入：360。"设置"栏下"体类型"下拉列表框中选择"片体"，对话框中的其余选项采用默认，单击"确定"按钮，创建出如图 6-47 所示的回转曲面。

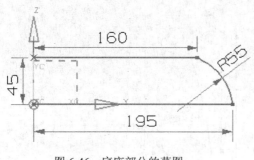

图 6-46　底座部分的草图

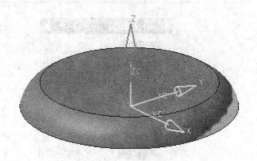

图 6-47　底座的回转曲面

6.2.2　创建电热水壶的壶身

（1）创建回转曲面

在如图 4-1 所示的"特征"工具栏上单击【回转】图标，系统弹出如图 4-52 所示的"回转"对话框，单击"绘制截面"按钮来新建一个草图，系统弹出如图 2-4 所示的"创建草图"对话框，在"类型"下拉列表中选择"在平面上"，在"草图平面"栏下的"平面选项"下拉列表中选择"创建平面"，在"指定平面"下拉列表中选择"YC- ZC 平面"，单击"选择参考"，在图形区选择 YC 轴，单击"创建草图"对话框中的"确定"按钮，进入草图绘制界面。

① 绘制草图。

a. 绘制 1 条水平直线。在如图 2-6 所示的"草图工具"工具栏中单击【直线】图标，输入直线的起点坐标为（0，40），向左绘制，直线的终点在底座轮廓之外，建立一条水平直线。

b. 创建相交曲线。在如图 2-6 所示的"草图工具"工具栏中单击【相交曲线】图标，系统弹出如图 6-48 所示的"相交曲线"对话框，选择"底座"曲面，单击对话框中的"循环解"按钮，确认生成的相交曲线在底座的左侧。

c. 将相交曲线转换成参考线。选择步骤 b 创建的相交曲线，在如图 2-6 所示的"草图工具"工具栏中单击【转换至/自参考对象】图标，将该相交曲线转换为参考线。

d. 约束水平直线的两个端点。在如图 2-6 所示的"草图工具"工具栏中单击【约束】图标，约束水平直线的右端点在 ZC 轴上，约束水平直线的左端点在步骤 b 创建的相交曲线上。

e. 绘制 2 条实线圆弧及 1 条参考圆弧。约束小圆弧的下端点与水平直线的左端点重合，约束 2 条圆弧相切，约束参考圆弧与大圆弧相切。并标注尺寸，草图如图 6-49 所示。

单击"草图生成器"上的 完成草图，返回"回转"对话框。

② 在"回转"对话框中"轴"栏下"指定矢量"下拉列表框中选择"ZC 轴"，在"指定点"选项下单击【点构造器】图标，系统弹出"点"对话框，设置 X、Y、Z 坐标值为（0，0，0），单击"点"对话框中的"确定"按钮，返回"回转"对话框，在"限制"栏下"开始"下拉列表框中选择"值"，"角度"文本输入框中输入：0，"结束"下拉列表框中选择"值"，

"角度"文本输入框中输入：360。"设置"栏下"体类型"下拉列表框中选择"片体"，对话框中的其余选项采用默认，单击"确定"按钮，创建出如图 6-50 所示的回转曲面。

图 6-48 "相交曲线"对话框

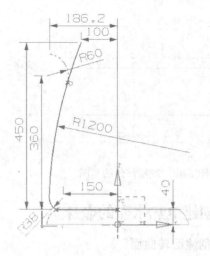

图 6-49 壶身回转曲面用草图

（2）创建拉伸曲面一

在如图 4-1 所示的"特征"工具栏上单击【拉伸】图标 ，弹出如图 4-40 所示的"拉伸"对话框，在对话框的"截面"栏"选择曲线"选项下选择"绘制截面" 方式来新建一个草图，系统弹出如图 2-4 所示的"创建草图"对话框，在"类型"下拉列表中选择"在平面上"，在"草图平面"栏下的"平面选项"下拉列表中选择"创建平面"，在"指定平面"下拉列表中选择"YC-ZC 平面" ，单击"选择参考"，在图形区选择 YC 轴，单击"创建草图"对话框中的"确定"按钮，进入草图绘制界面。

① 创建 5 个点，在如图 2-6 所示的"草图工具"工具栏中单击【点】图标 ，创建 5 个点，并标注尺寸，如图 6-51 所示。

图 6-50 壶身回转曲面

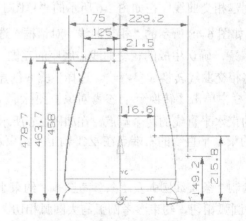

图 6-51 创建 5 个点

② 创建样条曲线。在如图 2-6 所示的"草图工具"工具栏中单击【样条】图标 。通过步骤① 创建的 5 个点，并增加如图 6-52 所示的 3 个新点。创建的样条曲线如图 6-52 所示。

可以对新创建的样条曲线进行修改。直接双击样条曲线，出现定义点，可以用鼠标拖动新增的 3 个点，调整点的位置，从而控制曲线的形状。

③ 单击"草图生成器"上的 完成草图 ，返回"拉伸"对话框。

④ 创建拉伸曲面。在"拉伸"对话框中"轴"栏下"指定矢量"下拉列表框中选择"XC轴" ×，在"限制"栏下"结束"下拉列表框中选择"对称"，"距离"文本输入框中输入：300。"设置"栏下"体类型"下拉列表框中选择"片体"，"布尔"栏下的"布尔"下拉列表框中选择" 无"，对话框中的其余选项采用默认，单击"确定"按钮，创建出如图 6-53 所示的拉伸曲面。

（3）创建拉伸曲面二

在如图 4-1 所示的"特征"工具栏上单击【拉伸】图标 ，如图 4-40 所示的"拉伸"对话框，在对话框的"截面"栏"选择曲线"选项下选择"绘制截面" 方式来新建一个草图，系统弹出如图 2-4 所示的"创建草图"对话框，在"类型"下拉列表中选择"在平面上"，在"草图平面"栏下的"平面选项"下拉列表中选择"创建平面"，在"指定平面"下拉列表中选择"YC- ZC 平面" ，单击"选择参考"，在图形区选择 YC 轴，单击"创建草图"对话框中的"确定"按钮，进入草图绘制界面。绘制一条通过半径为 *R*60 的参考圆弧下端点的圆弧，标注圆弧的下端点和半径，如图 6-54 所示。单击"草图生成器"上的 完成草图 ，返回"拉伸"对话框。在"拉伸"对话框中"轴"栏下"指定矢量"下拉列表框中选择"XC轴" ×，在"限制"栏下"结束"下拉列表框中选择"对称"，"距离"文本输入框中输入：200。"设置"栏下"体类型"下拉列表框中选择"片体"，"布尔"栏下的"布尔"下拉列表框中选择" 无"，对话框中的其余选项采用默认，单击"确定"按钮，并隐藏前面创建的拉伸曲面，新创建出的拉伸曲面如图 6-55 所示。

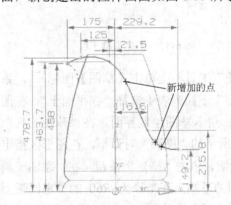

图 6-52　新增加的 3 个点和创建的样条曲线

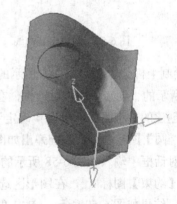

图 6-53　创建拉伸曲面一

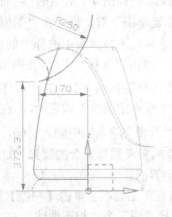

图 6-54　绘制一条圆弧

图 6-55　创建拉伸曲面二

（4）创建扫掠曲面

① 创建相交曲线。在如图 3-132 所示的【曲线】工具栏中单击【相交曲线】图标 🔲，系统弹出如图 3-132 所示的"相交曲线"对话框，选择拉伸曲面二和壶身旋转曲面，求取如图 6-56 所示的相交曲线。

② 创建基准平面。在如图 4-1 所示的"特征"工具栏上单击【基准平面】图标 🔲，弹出如图 4-4 所示的"基准平面"对话框，在"类型"下拉列表框中选择"自动判断"，在图形区拾取前面步骤绘制的半径为 $R60$ 的参考圆弧，在"曲线上的位置"栏下"位置"下拉列表框中选择"%圆弧长"，在"%圆弧长"文本输入框中输入：100，系统将预览一个在点上产生一个曲线法线方向上的基准平面，单击对话框中的"确定"按钮，创建出如图 6-57 所示的基准平面。

图 6-56　创建相交曲线　　　　图 6-57　创建基准平面

③ 绘制半椭圆。在如图 4-1 所示的"特征"工具栏上单击【草图】图标 🔲，系统弹出如图 2-4 所示的"创建草图"对话框，在"类型"下拉列表中选择"在平面上"，在图形区选择步骤②创建的基准平面，单击"确定"按钮，进入草图绘制界面。在"草图工具"工具栏上单击【椭圆】图标 ⊙，系统弹出如图 6-58 所示的"椭圆"对话框，在图形区指定中心点位置，在对话框中输入如图 6-58 所示的椭圆参数，单击"确定"按钮。在"草图工具"工具栏上单击【约束】图标 ⊿，在图形区选择椭圆的下端点和半径为 $R60$ 的参考圆弧上端点，约束重合，结果如图 6-59 所示。单击"草图生成器"上的 🔲 完成草图，退出草图绘制界面。

④ 绘制与半径为 $R60$ 的参考圆弧重合的圆弧。在如图 4-1 所示的"特征"工具栏上单击【草图】图标 🔲，系统弹出如图 2-4 所示的"创建草图"对话框，在"类型"下拉列表中选择"在平面上"，在"草图平面"栏下的"平面选项"下拉列表中选择"创建平面"，在"指定平面"下拉列表中选择"YC-ZC 平面" 🔲x，单击"选择参考"，在图形区选择 YC 轴，单击"创建草图"对话框中的"确定"按钮，进入草图绘制界面。在"草图工具"工具栏上单击【圆弧】图标 ⌒，单击"圆弧"窗口中的"三点定圆弧"按钮 ⌒，在图形区选择半径为 $R60$ 的参考圆弧的下端点作为圆弧起点，在"半径"输入框中输入：60，再选择参考圆弧的上端点为圆弧的终点，创建一条与半径为 $R60$ 的参考圆弧重合的圆弧，如图 6-60 所示。单击"草图生成器"上的 🔲 完成草图，退出草图绘制界面。

⑤ 创建扫掠曲面。在如图 4-1 所示的"特征"工具栏上单击【扫掠】图标 🔲，系统弹出如图 4-56 所示的"扫掠"对话框。更改"选择意图"为"相连曲线"，在图形区选择前面

创建的半椭圆作为截面线一，单击鼠标中键确认截面线的选择；在图形区选择前面创建的相交曲线作为截面线二，单击鼠标中键确认截面线的选择；再次单击鼠标中键，结束截面线的选择。在图形区选择步骤④刚创建的半径为 R60 的圆弧作为引导线，单击鼠标中键，确认引导线的选择。在对话框中单击"确定"按钮，隐藏拉伸曲面和基准平面，创建的扫掠曲面如图 6-61 所示。

图 6-58 "椭圆"对话框

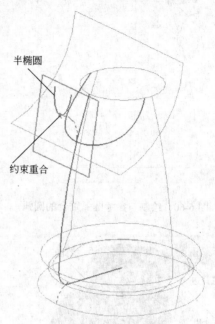

图 6-59 创建半椭圆

（5）创建延伸曲面

显示前面隐藏的拉伸曲面一，在如图 5-6 所示的"曲面"工具栏中选择【延伸】功能，系统弹出如图 5-124 所示的"延伸"对话框。单击对话框中的"相切的"按钮，系统弹出如图 5-125 所示的"相切延伸"对话框，单击对话框中"固定长度"按钮。系统弹出如图 5-126 所示的"固定的延伸"对话框。系统提示：选择面，在图形区选择拉伸曲面一。选择面后，系统弹出如图 5-127 所示的"固定的延伸"对话框，系统提示：选择边，在图形区选择拉伸曲面一的左边。选中边缘曲线后，在边缘曲线上显示了延伸的方向箭头（指向左下方），并且系统弹出如图 5-130 所示的"相切延伸"对话框，在"长度"文本框中输入：15。单击"确定"按钮，创建的延伸曲面如图 6-62 所示。

（6）创建修剪曲面

① 创建修剪曲面一。在如图 5-6 所示的"曲面"工具栏中选择【修剪的片体】功能，系统弹出如图 5-169 所示的"修剪的片体"对话框。选择步骤（4）创建的扫掠曲面作为要被修剪的目标片体，选择前面创建的拉伸曲面一和延伸曲面作为边界曲线，单击"确定"按钮，并隐藏拉伸曲面一和曲线，创建的修剪曲面一如图 6-63 所示。

② 创建修剪曲面二。显示前面隐藏的拉伸曲面二，在如图 5-6 所示的"曲面"工具栏中选择【修剪的片体】功能，系统弹出如图 5-169 所示的"修剪的片体"对话框。选择前面步骤创建的壶身旋转曲面作为要被修剪的目标片体，选择前面创建的拉伸曲面二作为边界曲面，单击"确定"按钮，并隐藏拉伸曲面二，创建的修剪曲面二如图 6-64 所示。

（7）创建缝合曲面

在如图 4-122 所示的"特征操作"工具栏上单击【缝合】图标，系统弹出如图 4-125

所示的"缝合"对话框，在图形区选择步骤（6）修剪过的两个曲面分别作为目标片体和工具片体，单击对话框中的"确定"按钮，将两个修剪曲面缝合为如图 6-65 所示的整体。

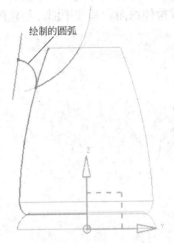

图 6-60　绘制与参考圆弧重合的圆弧

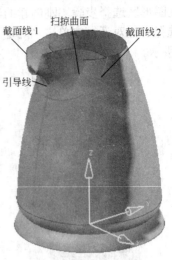

图 6-61　扫掠曲面

图 6-62　创建的延伸曲面

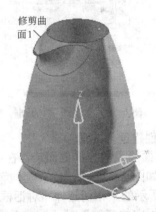

图 6-63　创建的修剪曲面一

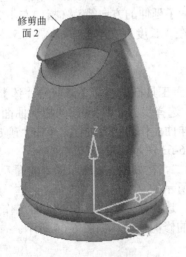

图 6-64　创建的修剪曲面二

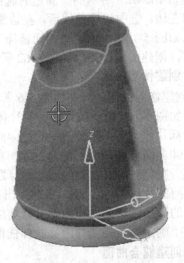

图 6-65　将两个修剪曲面缝合为整体

6.2.3 创建电热水壶的顶部

（1）创建修剪曲面

① 创建基准平面。在如图 4-1 所示的"特征"工具栏上单击【基准平面】图标☐，弹出如图 4-4 所示的"基准平面"对话框，在"类型"下拉列表框中选择"⬚ XC-YC 平面"，在"距离"文本输入框中输入：375，系统将预览一个把 XC-YC 平面向上偏置 375mm 的基准平面，单击对话框中的"确定"按钮，创建出如图 6-66 所示的基准平面。

② 创建修剪曲面。在如图 5-6 所示的"曲面"工具栏中选择【修剪的片体】◎功能，系统弹出如图 5-169 所示的"修剪的片体"对话框。选择壶身作为要被修剪的目标片体，选择步骤①创建的基准平面作为边界曲面，在"设置"栏下选中"保持目标"复选框，单击"确定"按钮，选择未修剪的壶身，按"Ctrl＋B"组合键，将其隐藏，留下修剪后的壶身，如图 6-67 所示。

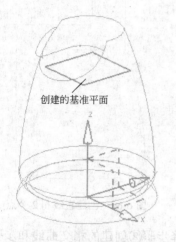

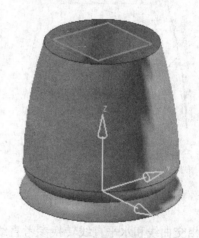

图 6-66 创建的基准平面　　　　　　　　　图 6-67 修剪后的壶身

（2）创建回转曲面

① 进入草图绘制界面。在如图 4-1 所示的"特征"工具栏上单击【回转】图标，系统弹出如图 4-52 所示的"回转"对话框，单击"绘制截面"▦按钮来新建一个草图，系统弹出如图 2-4 所示的"创建草图"对话框，在"类型"下拉列表中选择"在平面上"，在"草图平面"栏下的"平面选项"下拉列表中选择"创建平面"，在"指定平面"下拉列表中选择"YC-ZC 平面"⬚ₓ，单击"选择参考"，在图形区选择 YC 轴，单击"创建草图"对话框中的"确定"按钮，进入草图绘制界面。

② 创建相交曲线。在如图 2-6 所示的"草图工具"工具栏中单击【相交曲线】图标⬚，系统弹出如图 6-48 所示的"相交曲线"对话框，选择步骤（1）修剪后的壶身曲面，单击对话框中的"循环解"按钮⬚，确认生成的相交曲线在壶身的左侧，如图 6-68 所示。

③ 创建水平直线。在如图 2-6 所示的"草图工具"工具栏中单击【直线】图标／，输入直线的起点坐标为（0，529.2），向右绘制，角度为 0，长度任意，建立如图 6-69 所示的一条水平直线。

④ 创建 2 个点。在如图 2-6 所示的"草图工具"工具栏中单击【点】图标十，创建 2 个点，并标注尺寸，如图 6-69 所示。

⑤ 创建样条曲线。在如图 2-6 所示的"草图工具"工具栏中单击【样条】图标～，在

系统弹出如图 3-46 所示的"样条"对话框中单击"通过点"按钮，系统弹出如图 3-50 所示的"通过点生成样条"对话框，单击"确定"按钮后，系统弹出如图 3-51 所示的"样条"对话框。单击"点构造器"按钮，系统弹出"点"对话框，在图形区依次选择步骤②创建的相交曲线的上端点、步骤④创建的 2 个点、步骤③创建的水平直线的左端点，单击"点"对话框中的"确定"按钮，在系统弹出如图 3-48 所示的"指定点"对话框中单击"是"按钮，系统弹出如图 3-50 所示的"通过点生成样条"对话框，单击对话框中的"赋曲率"按钮，系统弹出如图 6-70 所示的"指派曲率"对话框，系统提示：选择一个点，在图形区选择相交曲线的上端点，单击"确定"按钮，系统提示：选择曲线端点，接着在图形区选择该点所在的相交曲线作为约束曲线，选择好后，弹出如图 6-70 所示的"指派曲率"对话框，选择水平直线的左端点作为下一个约束点，单击"确定"按钮，选择水平直线作为约束条件，单击两次"确定"按钮，创建的样条曲线如图 6-71 所示。

图 6-68 创建相交曲线

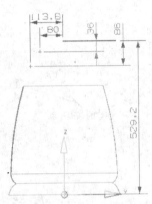

图 6-69 创建直线和 2 个点

⑥ 将相交曲线和水平直线转换参考直线。选择步骤②创建的相交曲线和步骤③创建的水平直线，在如图 2-6 所示的"草图工具"工具栏中单击【转换至/自参考对象】图标，将相交曲线和水平直线转换为参考直线。

⑦ 退出草图绘制界面。单击"草图生成器"上的 完成草图，退出草图绘制界面。

图 6-70 "指派曲率"对话框

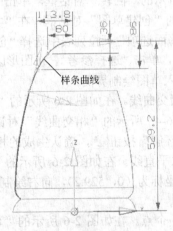

图 6-71 创建的样条曲线

⑧ 创建回转曲面。在"回转"对话框中"轴"栏下"指定矢量"下拉列表框中选择"ZC

轴”z↑，在“指定点”选项下单击【点构造器】图标⊞，系统弹出“点”对话框，设置 X、Y、Z 坐标值为（0，0，0），单击“点”对话框中的“确定”按钮，返回“回转”对话框，在“限制”栏下“开始”下拉列表框中选择“值”，“角度”文本输入框中输入：0，“结束”下拉列表框中选择“值”，“角度”文本输入框中输入：360。“设置”栏下“体类型”下拉列表框中选择“片体”，对话框中的其余选项采用默认，单击“确定”按钮，创建出如图 6-72 所示的回转曲面。

（3）创建拉伸曲面

① 进入草图绘制界面。在如图 4-1 所示的“特征”工具栏上单击【拉伸】图标⚆，系统弹出如图 4-40 所示的“拉伸”对话框，在对话框的“截面”栏“选择曲线”选项下选择“绘制截面”⚆方式来新建一个草图，系统弹出如图 2-4 所示的“创建草图”对话框，采用默认选项（以 XOY 平面为绘图面），单击“创建草图”对话框中的“确定”按钮，进入草图绘制界面。

② 绘制 1 条直线。在如图 2-6 所示的“草图工具”工具栏中单击【直线】图标╱，以原点为直线的起点，向左下方绘制，角度为 195°，长度为 250，建立如图 6-73 所示的左边直线。

③ 镜像直线。在如图 4-1 所示的“草图工具”工具栏上单击【镜像曲线】图标⚆，系统弹出如图 2-50 所示的“镜像曲线”对话框，先选择 YC 轴镜像中心线，再选择步骤②建立的直线进行镜像。单击“确定”按钮，建立如图 6-73 所示的右边直线。

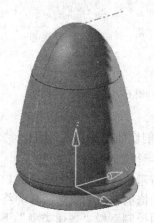

图 6-72　创建的回转曲面

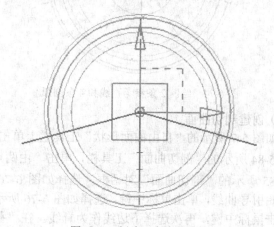

图 6-73　创建 2 条直线

④ 绘制 2 条大圆弧。在如图 2-6 所示的“草图工具”工具栏中单击【圆弧】图标╮，以原点为圆心，绘制半径为 44mm 的圆弧，圆弧的两个端点分别在两条直线上，如图 6-74 所示。按照同样的方法，建立半径为 76mm 的圆弧，并标注尺寸，如图 6-74 所示。

⑤ 绘制 2 条小圆弧。在如图 2-6 所示的“草图工具”工具栏中单击【圆弧】图标╮，圆弧的两个端点分别是步骤④创建的两条圆弧的端点，绘制半径为 16mm 的圆弧，如图 6-74 所示。按照同样的方法，建立另一侧的半径为 16mm 的圆弧，约束它们分别与两条大圆弧相切，并标注尺寸，如图 6-74 所示。

⑥ 将 2 条直线转换为参考线。选择步骤②、③创建的两条直线，在如图 2-6 所示的“草图工具”工具栏中单击【转换至/自参考对象】图标⚆，将该两条直线转换为参考直线，如图 6-74 所示。

⑦ 退出草图绘制界面。单击“草图生成器”上的🏁**完成草图**，返回“拉伸”对话框。

⑧ 创建拉伸曲面。在"拉伸"对话框中"轴"栏下"指定矢量"下拉列表框中选择"ZC 轴" z↑，在"限制"栏下"开始"下拉列表框中选择"值"，"距离"文本输入框中输入：0，"结束"下拉列表框中选择"值"，"距离"文本输入框中输入：650。"设置"栏下"体类型"下拉列表框中选择"片体"，对话框中的其余选项采用默认，单击"确定"按钮，创建出如图6-75所示的拉伸曲面。

（4）创建修剪曲面

在如图5-6所示的"曲面"工具栏中选择【修剪的片体】功能，系统弹出如图5-169所示的"修剪的片体"对话框。选择步骤（2）创建的旋转曲面作为要被修剪的目标片体，选择步骤（3）创建的拉伸曲面作为边界曲面，在"设置"栏下取消"保持目标"复选框，单击"确定"按钮，分别选择拉伸曲面和曲线，按"Ctrl＋B"组合键，将它们隐藏，留下修剪后的旋转曲面，如图6-76所示。

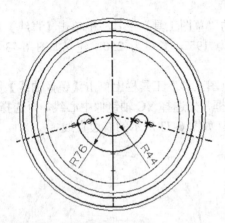

图6-74　绘制2条参考直线和4条圆弧

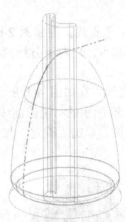

图6-75　创建拉伸曲面

（5）创建剖切曲面

在如图5-7所示的"自由曲面形状"工具栏上单击"剖切曲面工具条"图标，系统弹出如图5-84所示的"剖切曲面"工具栏，单击"由两点-半径创建截面"按钮，系统弹出如图5-85所示的"剖切曲面"对话框，选择如图6-76所示的修剪曲面的修剪缺口的下边线作为起始引导曲线，单击鼠标中键，选择如图6-76所示的修剪缺口的上边线作为终止引导曲线，单击鼠标中键，再次选择下边线作为脊线。在"截面控制"栏"规律类型"下拉列表框中选择"恒定"，在"值"文本输入框中输入：40。单击对话框中的"确定"按钮。创建如图6-77所示的剖切曲面。

（6）创建网格曲面

① 创建网格曲面一。在如图5-6所示的"曲面"工具栏中选择【通过曲线网格】功能，系统弹出如图5-66所示的"通过曲线网格"对话框，分别选择如图6-78所示的两个端点作为主曲线，每选择一个点后单击鼠标中键一次。在"交叉曲线"栏单击"选择曲线"按钮，选择剖切曲面的边线和修剪曲面的边线作为交叉曲线，如图6-78所示。在"连续性"栏中的"最后交叉线串"下拉列表框中选择"G2（曲率）"，接着选择剖切曲面作为约束曲面，如图6-78所示。单击"确定"按钮，创建如图6-79所示的网格曲面。

② 创建网格曲面二。同样的方法创建剖切曲面另一侧的曲面，如图6-79所示。

（7）创建缝合曲面

在如图4-122所示的"特征操作"工具栏上单击【缝合】图标，系统弹出如图4-125

所示的"缝合"对话框，在图形区选择剖切曲面、修剪曲面和两个网格曲面，单击对话框中的"确定"按钮，将 4 个曲面缝合为整体。

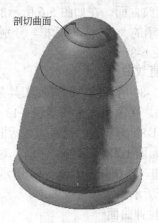

图 6-76　修剪后的旋转曲面　　　　　图 6-77　创建的剖切曲面

6.2.4　创建电热水壶的提手

（1）创建直纹曲面

① 创建直线一。在如图 3-1 所示的【曲线】工具栏中单击【直线】图标 ╱，系统弹出如图 3-25 所示的"直线"对话框，在对话框中单击"起点"栏中的"点构造器"按钮 ±，在弹出的"点"对话框中的"坐标"栏中选择"相对于 WCS"、设置 X、Y、Z 坐标值为（17，0，110），单击"确定"按钮，返回"直线"对话框。

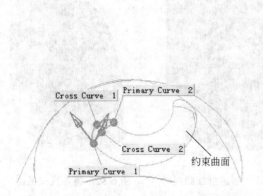

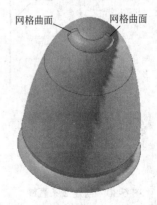

图 6-78　选择主曲线、交叉曲线和约束曲面　　　图 6-79　创建左右两个网格曲面

在"支持平面"栏中"平面选项"下拉列表框中选择"选择平面"，在"指定平面"下拉列表框中选择"XC-ZC 平面" ⬚。

在"终点或方向"栏中的"终点选项"下拉列表框中选择" ⬚ 成一角度"，在图形区选择 Z 轴作为参考方向，在"角度"文本输入框中输入：5，在"限制"栏中的"距离"文本输入框中输入：400，单击对话框中的"应用"按钮，创建了直线一，如图 6-80 所示。

② 创建直线二。在"直线"对话框中单击"起点"栏中的"点构造器"按钮 ±，在弹出的"点"对话框中的"坐标"栏中选择"相对于 WCS"、设置 X、Y、Z 坐标值为（40，300，110），单击"确定"按钮，返回"直线"对话框。在"终点或方向"栏中的"点构造器"按钮 ±，在弹出的"点"对话框中的"坐标"栏中选择"相对于 WCS"、设置 X、Y、Z 坐标

值为（40，300，510），单击"确定"按钮，返回"直线"对话框。单击对话框中的"确定"按钮，创建了直线二，如图 6-80 所示。

③ 创建直纹曲面。在如图 5-6 所示的"曲面"工具栏中选择【直纹】 功能，系统弹出如图 5-37 所示的"直纹"对话框。分别选择前面创建的两条直线作为截面线串 1 和截面线串 2。结果如图 6-81 所示。

（2）镜像直纹曲面

单击如图 1-85 所示的"标准"工具条上的"变换"按钮，系统弹出如图 1-88 所示的"变换"对话框，在图形区选择步骤（1）创建的直纹曲面，单击对话框中的"确定"按钮，系统弹出如图 1-89 所示的"变换"对话框。在"变换"对话框中单击"通过一平面镜像"按钮，系统弹出如图 1-58 所示的"平面"对话框，选择"YC-ZC 平面" 作为镜像平面，单击"确定"按钮，系统弹出如图 1-92 所示的"变换"对话框，单击对话框中的"复制"按钮，创建如图 6-82 所示的镜像直纹曲面。

（3）创建拉伸曲面一

① 进入草图绘制界面。在如图 4-1 所示的"特征"工具栏上单击【拉伸】图标，系统弹出如图 4-40 所示的"拉伸"对话框，在对话框的"截面"栏"选择曲线"选项下选择"绘制截面" 方式来新建一个草图，系统弹出如图 2-4 所示的"创建草图"对话框，在"类型"下拉列表中选择"在平面上"，在"草图平面"栏下的"平面选项"下拉列表中选择"创建平面"，在"指定平面"下拉列表中选择"YC- ZC 平面" ，单击"选择参考"，在图形区选择 YC 轴，单击"创建草图"对话框中的"确定"按钮，进入草图绘制界面。

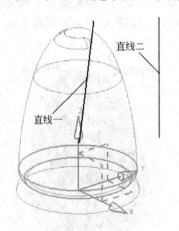

图 6-80　创建 2 条直线　　　　图 6-81　创建直纹曲面　　　图 6-82　镜像直纹曲面

② 绘制 1 条直线。在如图 2-6 所示的"草图工具"工具栏中单击【直线】图标，起点在 Z 轴上，向右方绘制一条水平直线，标注到横轴的距离为 58mm，并转换为参考直线，建立如图 6-83 所示的水平参考直线。

③ 绘制半径为 710mm 和 270mm 的圆弧。在如图 2-6 所示的"草图工具"工具栏中单击【圆弧】图标，绘制半径为 710mm 的圆弧，起点在步骤②创建的水平参考直线上，并标注尺寸，如图 6-84 所示。再绘制一条半径为 270mm 的圆弧，并标注尺寸，如图 6-84 所示。

④ 绘制两条水平直线和两个点。在如图 2-6 所示的"草图工具"工具栏中单击【直线】图标，起点为 R270 圆弧的下端点，向右绘制一条长为 11mm 的水平直线，如图 6-85 所示。

再绘制一条水平直线，起点在 Z 轴上，向右方绘制一条长度为 82.5 的水平直线，标注到横轴的距离为 401.3mm，如图 6-85 所示。

在如图 2-6 所示的"草图工具"工具栏中单击【点】图标 ➕，创建 2 个点，并标注尺寸，如图 6-85 所示。

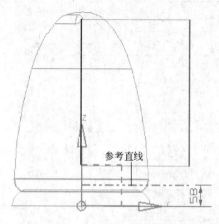

图 6-83 绘制水平参考直线

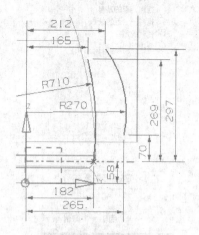

图 6-84 绘制两条圆弧

⑤ 绘制样条曲线。在如图 2-6 所示的"草图工具"工具栏中单击【样条】图标 〜，在系统弹出如图 3-46 所示的"样条"对话框中单击"通过点"按钮，系统弹出如图 3-50 所示的"通过点生成样条"对话框，单击"确定"按钮后，系统弹出如图 3-51 所示的"样条"对话框。单击"点构造器"按钮，系统弹出"点"对话框，在图形区选择步骤④创建的两条水平直线的右端点、步骤④创建的 2 个点，单击"点"对话框中的"确定"按钮，在系统弹出如图 3-48 所示的"指定点"对话框中单击"是"按钮，系统弹出如图 3-50 所示的"通过点生成样条"对话框，单击对话框中的"赋斜率"按钮，系统弹出如图 6-86 所示的"指派斜率"对话框，系统提示：选择一个点，在图形区选择长度为 82.5mm 的水平直线的右端点，单击"确定"按钮，系统提示：选择曲线端点，接着在图形区选择该点所在的长度为

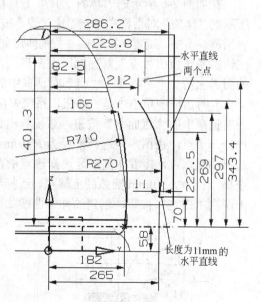

图 6-85 绘制两条水平直线和两个点

82.5mm 的水平直线作为约束曲线，选择好后，单击两次"确定"按钮，创建的样条曲线如图 6-87 所示。

⑥ 绘制圆弧。在如图 2-6 所示的"草图工具"工具栏中单击【圆弧】图标 ◟，选择步骤③创建的两条圆弧的上端点为圆弧端点，移动鼠标，使新建的圆弧与其中一条圆弧相切，如图 6-88 所示。

⑦ 绘制样条线。由于刚建立的圆弧只与其中一条圆弧相切，需要重新构建一条曲线与两条圆弧都相切。

图 6-86 "指派斜率"对话框

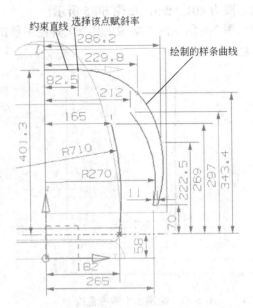

图 6-87 绘制样条曲线

在如图 2-6 所示的"草图工具"工具栏中单击【样条】图标 〜，在系统弹出如图 3-46 所示的"样条"对话框中单击"通过点"按钮，系统弹出如图 3-50 所示的"通过点生成样条"对话框，单击"确定"按钮后，系统弹出如图 3-51 所示的"样条"对话框。单击"点构造器"按钮，系统弹出"点"对话框，在图形区选择步骤③创建的两条圆弧的上端点、步骤⑥创建的圆弧上的 2 个点，单击"点"对话框中的"确定"按钮，在系统弹出如图 3-48 所示的"指定点"对话框中单击"是"按钮，系统弹出如图 3-50 所示的"通过点生成样条"对话框，单击对话框中的"赋曲率"按钮，系统弹出如图 6-70 所示的"指派曲率"对话框，系统提示：选择一个点，在图形区选择半径为 R710mm 圆弧的上端点，单击"确定"按钮，系统提示：选择曲线端点，接着在图形区选择该点所在的半径为 R710mm 圆弧作为约束曲线，同样方法选择半径为 R270mm 圆弧的上端点，选择半径为 R270mm 圆弧作为约束曲线，选择好后，单击两次"确定"按钮，创建的样条曲线如图 6-89 所示。删除步骤⑥创建的圆弧。

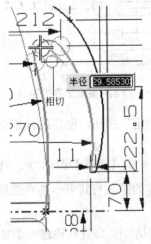

图 6-88 绘制相切圆弧

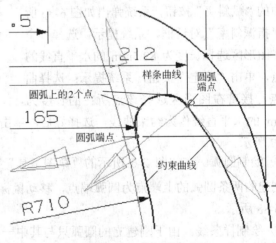

图 6-89 绘制样条曲线

⑧ 退出草图绘制界面。单击"草图生成器"上的 🏁 完成草图，返回"拉伸"对话框。

⑨ 创建拉伸曲面。在"拉伸"对话框中"限制"栏下"结束"下拉列表框中选择"对称值"，"距离"文本输入框中输入：60，"设置"栏下"体类型"下拉列表框中选择"片体"，对话框中的其余选项采用默认，单击"确定"按钮，隐藏壶身及弧顶曲面，创建出如图 6-90 所示的拉伸曲面。

（4）创建修剪曲面一

在如图 5-6 所示的"曲面"工具栏中选择【修剪的片体】 功能，系统弹出如图 5-169 所示的"修剪的片体"对话框。选择步骤（1）创建的直纹曲面、步骤（2）创建镜像直纹曲面作为要被修剪的目标片体，选择步骤（3）创建的拉伸曲面作为边界曲面，在"设置"栏下取消"保持目标"复选框，单击"确定"按钮，隐藏拉伸曲面，留下修剪后的直纹曲面和镜像直纹曲面，如图 6-91 所示。

（5）创建剖切曲面一

在如图 5-7 所示的"自由曲面形状"工具栏上单击"剖切曲面工具条"图标 ，系统弹出如图 5-84 所示的"剖切曲面"工具栏，单击"由圆角-桥接创建截面"按钮 ，系统弹出如图 5-85 所示的"剖切曲面"对话框，选择如图 6-91 所示的修剪曲面的修剪缺口的下边线作为起始引导曲线，单击鼠标中键，选择如图 6-91 所示的修剪缺口的另一下边线作为终止引导曲线，单击鼠标中键，再分别选择两个修剪曲面作为起始面和终止面。单击对话框中的"确定"按钮。创建如图 6-92 所示的剖切曲面。

（6）创建剖切曲面二

① 进入草图绘制界面。在如图 4-1 所示的"特征"工具栏上单击【草图】图标 ，系统弹出如图 2-4 所示的"创建草图"对话框，在"类型"下拉列表中选择"在平面上"，在"草图平面"栏下的"平面选项"下拉列表中选择"创建平面"，在"指定平面"下拉列表中选择"YC- ZC 平面" ，单击"选择参考"，在图形区选择 YC 轴，单击"创建草图"对话框中的"确定"按钮，进入草图绘制界面。

② 创建偏置曲线。在如图 2-6 所示的"草图工具"工具栏中单击【偏置曲线】图标 ，系统弹出如图 3-122 所示的"偏置曲线"对话框，选择步骤（3）中⑤所创建的样条曲线，在对话框中"偏置"栏下的"距离"文本框中输入：10，单击对话框中的"确定"按钮，删除不是样条曲线的水平直线部分，创建出如图 6-93 所示的偏置曲线。

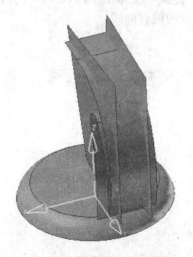

图 6-90　创建拉伸曲面

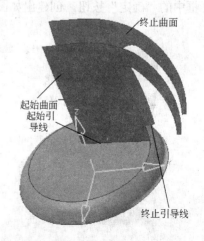

图 6-91　修剪后的直纹曲面和镜像直纹曲面

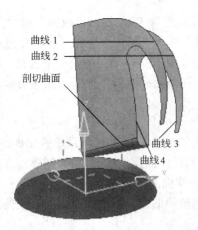

图 6-92　创建剖切曲面一

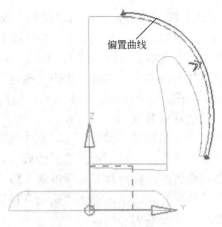

图 6-93　创建偏置曲线

③ 退出草图绘制界面。单击"草图生成器"上的 ，退出草图绘制界面。

④ 创建剖切曲面。在如图 5-7 所示的"自由曲面形状"工具栏上单击"剖切曲面工具条"图标 ，系统弹出如图 5-84 所示的"剖切曲面"工具栏，单击"由三点-圆弧创建截面"按钮 ，系统弹出如图 5-85 所示的"剖切曲面"对话框，更改"选择意图"为"单条曲线"，选择如图 6-92 所示的曲线 1 作为起始引导线，单击鼠标中键，选择如图 6-92 所示的曲线 2 作为终止引导线，单击鼠标中键，选择步骤②创建的偏置曲线为内部引导线，单击鼠标中键，继续选择步骤②创建的偏置曲线为脊线。单击对话框中的"确定"按钮。创建如图 6-94 所示的剖切曲面。

（7）创建剖切曲面三

① 进入草图绘制界面。在如图 4-1 所示的"特征"工具栏上单击【草图】图标 ，系统弹出如图 2-4 所示的"创建草图"对话框，在"类型"下拉列表中选择"在平面上"，在"草图平面"栏下的"平面选项"下拉列表中选择"创建平面"，在"指定平面"下拉列表中选择"YC- ZC 平面" ，单击"选择参考"，在图形区选择 YC 轴，单击"创建草图"对话框中的"确定"按钮，进入草图绘制界面。

② 创建偏置曲线。在如图 2-6 所示的"草图工具"工具栏中单击【偏置曲线】图标 ，系统弹出如图 3-122 所示的"偏置曲线"对话框，选择步骤（3）中⑥和⑦所创建的两条圆弧和一条连接样条曲线，在对话框中"偏置"栏下的"距离"文本框中输入：7，向内部偏置，单击对话框中的"确定"按钮，创建出如图 6-95 所示的偏置曲线。

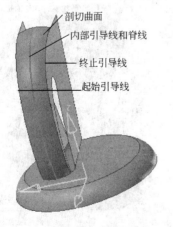

图 6-94　创建剖切曲面二

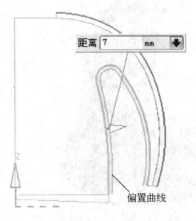

图 6-95　创建偏置曲线

③ 退出草图绘制界面。单击"草图生成器"上的 ![完成草图]，退出草图绘制界面。

④ 创建剖切曲面。在如图 5-7 所示的"自由曲面形状"工具栏上单击"剖切曲面工具条"图标 ![图标]，系统弹出如图 5-84 所示的"剖切曲面"工具栏，单击"由三点-圆弧创建截面"按钮 ![图标]，系统弹出如图 5-85 所示的"剖切曲面"对话框，更改"选择意图"为"相切曲线"，选择如图 6-92 所示的曲线 3 作为起始引导线，单击鼠标中键，选择如图 6-92 所示的曲线 4 作为终止引导线，单击鼠标中键，选择步骤②创建的偏置曲线为内部引导线，单击鼠标中键，继续选择步骤②创建的偏置曲线为脊线。单击对话框中的"确定"按钮。创建如图 6-96 所示的剖切曲面。

（8）创建拉伸曲面二

① 进入草图绘制界面。在如图 4-1 所示的"特征"工具栏上单击【拉伸】图标 ![图标]，如图 4-40 所示的"拉伸"对话框，在对话框的"截面"栏"选择曲线"选项下选择"绘制截面" ![图标] 方式来新建一个草图，系统弹出如图 2-4 所示的"创建草图"对话框，在"类型"下拉列表中选择"在平面上"，在"草图平面"栏下的"平面选项"下拉列表中选择"创建平面"，在"指定平面"下拉列表中选择"XC-ZC 平面" ![图标]，单击"选择参考"，在图形区选择 XC 轴，单击"创建草图"对话框中的"确定"按钮，进入草图绘制界面。

② 绘制 1 条半径为 45mm 的圆弧。在如图 2-6 所示的"草图工具"工具栏中单击【圆弧】图标 ![图标]，绘制一条半径为 45mm 的圆弧，约束圆心在 Z 轴上，标注尺寸，如图 6-97 所示。

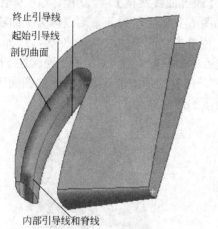

终止引导线
起始引导线
剖切曲面
内部引导线和脊线

图 6-96　创建剖切曲面三

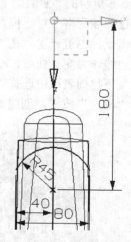

图 6-97　绘制 1 条半径为 45mm 的圆弧

③ 退出草图绘制界面。单击"草图生成器"上的 ![完成草图]，返回"拉伸"对话框。

④ 创建拉伸曲面。创建拉伸曲面。在"拉伸"对话框中"限制"栏下"开始"下拉列表框中选择"值"，"距离"文本输入框中输入：230，"结束"下拉列表框中选择"值"，"距离"文本输入框中输入：340。"设置"栏下"体类型"下拉列表框中选择"片体"，对话框中的其余选项采用默认，单击"确定"按钮，隐藏壶身及弧顶曲面，创建出如图 6-98 所示的拉伸曲面。

（9）创建修剪曲面二

在如图 5-6 所示的"曲面"工具栏中选择【修剪的片体】![图标] 功能，系统弹出如图 5-169 所示的"修剪的片体"对话框。选择前面除步骤（8）以外步骤创建的提手上各曲面作为要被修剪的目标片体，选择步骤（8）创建的拉伸曲面作为边界曲面，在"设置"栏下取消"保持目标"复选框，单击"确定"按钮，得到如图 6-99 所示的修剪曲面。

再次调用【修剪的片体】 ⬚ 功能，选择步骤（8）创建的拉伸曲面作为要被修剪的目标片体，选择前面除步骤（8）以外步骤创建的提手上各曲面作为边界曲面，在"设置"栏下取消"保持目标"和"输出精确的几何体"复选框，单击"确定"按钮，得到如图 6-100 所示的修剪曲面二。

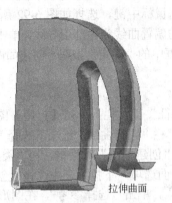

图 6-98　创建拉伸曲面二

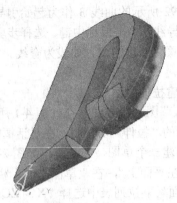

图 6-99　修剪一次得到的修剪曲面

（10）创建网格曲面

在如图 5-6 所示的"曲面"工具栏中选择【通过曲线网格】 ⬚ 功能，系统弹出如图 5-66 所示的"通过曲线网格"对话框，分别选择如图 6-100 所示的两个端点作为主曲线，每选择一个点后单击鼠标中键一次。在"交叉曲线"栏单击"选择曲线"按钮 ⬚，选择如图 6-100 所示的两条边线作为交叉曲线，每选择一条线后单击鼠标中键一次。在"连续性"栏中的"最后交叉线串"下拉列表框中选择"G2（曲率）"，接着选择如图 6-100 所示的曲面 1 作为约束曲面。单击"确定"按钮，创建如图 6-101 所示的网格曲面。

图 6-100　创建修剪曲面二

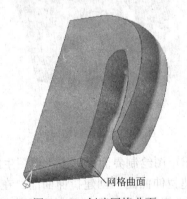

图 6-101　创建网格曲面

（11）创建缝合曲面

在如图 4-122 所示的"特征操作"工具栏上单击【缝合】图标 ⬚，系统弹出如图 4-125 所示的"缝合"对话框，在图形区选择提手的所有曲面，单击对话框中"确定"按钮，将提手的所有曲面缝合为整体。

（12）倒圆角

在如图 4-2 所示的"特征操作"工具栏上单击【边倒圆】图标 ⬚，系统弹出如图 4-103 所示的"边倒圆"对话框，更改"选择意图"为"相切曲线"，在图形区选择合并后的曲面中所有有棱角的边线，在对话框中"Radius 1"文本输入框中输入：5，单击"确定"按钮，进行半径为 5 的倒圆角操作，如图 6-102 所示。

6.2.5 电热水壶整体的曲面整合

（1）创建修剪曲面一

显示壶身曲面，如图 6-103 所示。在如图 5-6 所示的"曲面"工具栏中选择【修剪的片体】功能，系统弹出如图 5-169 所示的"修剪的片体"对话框。选择前面合并后的提手上各曲面作为要被修剪的目标片体，选择壶身曲面作为边界曲面，在"设置"栏下取消"保持目标"复选框，单击"确定"按钮，得到如图 6-104 所示的修剪曲面。

（2）创建修剪曲面二

显示拉伸曲面，如图 6-105 所示。在如图 5-6 所示的"曲面"工具栏中选择【修剪的片体】功能，系统弹出如图 5-169 所示的"修剪的片体"对话框。选择壶身曲面作为要被修剪的目标片体，选择刚显示的拉伸曲面作为边界曲面，在"设置"栏下取消"保持目标"复选框，单击"确定"按钮，得到如图 6-106 所示的修剪曲面。

图 6-102 倒圆角

图 6-103 显示壶身曲面

（3）创建修剪曲面三

显示顶部和修剪后的壶身曲面，如图 6-107 所示。在如图 5-6 所示的"曲面"工具栏中选择【修剪的片体】功能，系统弹出如图 5-169 所示的"修剪的片体"对话框。选择顶部和修剪后的曲面作为要被修剪的目标片体，选择拉伸曲面和壶嘴作为边界曲面，在"设置"栏下取消"保持目标"复选框，单击"确定"按钮，隐藏拉伸曲面，得到如图 6-108 所示的修剪曲面。

图 6-104 创建修剪曲面一

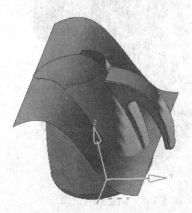

图 6-105 显示拉伸曲面

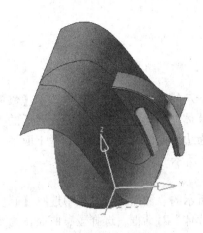

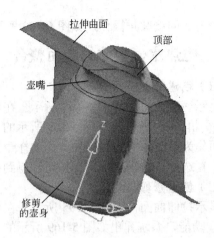

图 6-106　创建修剪曲面二　　　　　图 6-107　显示顶部、修剪后的壶身曲面

（4）显示整个电热水壶模型

在"实用"工具栏上单击【显示】图标 ，系统弹出"类选择"对话框，在图形区选择底座。显示如图 6-109 所示的整个电热水壶模型。

（5）给电热水壶模型添加材料

① 在"视图"工具栏上选择【艺术外观】图标 ，将显示模式设置为"艺术外观"。

② 在主菜单上选择【视图（V）】→【可视化（V）】→【材料/纹理（M）】命令。在图形区选择电热水壶模型上的所有曲面。

③ 在左侧弹出式菜单中单击【系统材料】图标 ，并展开"金属"栏，如图 6-110所示。

④ 在"金属"栏中选择"stainless steel（不锈钢）"，将其拖动到电热水壶模型上。增加材料后的电热水壶如图 6-111 所示。

（6）保存电热水壶模型

单击"标准"工具栏上的【保存】图标 ，保存创建好的电热水壶模型。

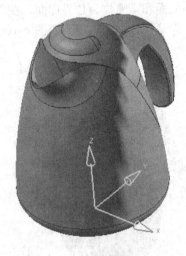

图 6-108　创建修剪曲面三　　　　　图 6-109　显示整个电热水壶模型

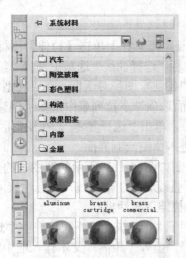

图 6-110　展开"金属"栏　　　　　　图 6-111　增加材料后的电热水壶

6.3　手机

本节创建如图 6-112 所示的 NOKIA 手机模型。该模型由如图 6-112 所示的上壳、中壳、下壳 3 部分组成。要完成该模型的创建，需要综合应用拉伸曲面、扫掠曲面、修剪的片体、边倒圆、修剪体、抽取、抽取曲线、投影曲线、通过曲线组、偏置曲面、变换、缝合等功能分别创建上壳、中壳、下壳。在创建这 3 部分之前需要首先创建手机整体模型。

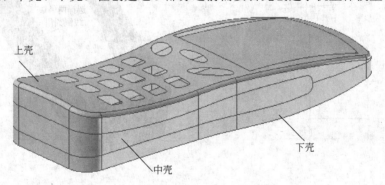

图 6-112　NOKIA 手机模型

6.3.1　创建手机整体模型

（1）进入 UG NX 6.0 建模功能界面

① 启动 UG NX 6.0。单击"开始"中的 UG NX 6.0 的图标 NX 6.0（桌面上为双击该图标），进入 UG NX 6.0 界面。

② 新建文件。单击 UG NX 6.0 界面下的【新建】图标，打开如图 1-5 所示的"新建"对话框。系统默认单位为"毫米"，在该对话框中选择"模型"类型，在"名称"输入栏中输入文件的名称为 ZL6-3，在"文件夹"输入栏中，单击后面的按钮，设定一个存放的文件夹，如：F:\CDNX6.0CAD\Results\CH6\。设置好后，单击"确定"按钮，系统创建文件，并进入如图 1-6 所示的 UG NX 6.0 建模模块界面。

（2）创建第一个拉伸曲面

① 进入草图绘制界面。在如图 4-1 所示的"特征"工具栏上单击【拉伸】图标 ，如图 4-40 所示的"拉伸"对话框，在对话框的"截面"栏"选择曲线"选项下选择"绘制截面" 方式来新建一个草图，系统弹出如图 2-4 所示的"创建草图"对话框，在"类型"下拉列表中选择"在平面上"，在"草图平面"栏下的"平面选项"下拉列表中选择"创建平面"，在"指定平面"下拉列表中选择"XC - YC 平面" ，单击"选择参考"，在图形区选择 XC 轴，单击"创建草图"对话框中的"确定"按钮，进入草图绘制界面。

② 绘制草图。调用"直线"和"圆弧"功能绘制如图 6-113 所示的草图，约束半径为 $R100$ 的圆弧圆心在 YC 轴上，约束长度为 65 的水平直线和 XC 轴共线，并标注尺寸。

③ 单击"草图生成器"上的 完成草图 ，返回"拉伸"对话框。

④ 创建拉伸曲面。在"拉伸"对话框中"轴"栏下"指定矢量"下拉列表框中选择"ZC 轴" ，在"限制"栏下"开始"下拉列表框中选择"值"，"距离"文本输入框中输入：0，"结束"下拉列表框中选择"值"，"距离"文本输入框中输入：50。"设置"栏下"体类型"下拉列表框中选择"片体"，"布尔"栏下的"布尔"下拉列表框中选择" 无"，对话框中的其余选项采用默认，单击"确定"按钮，创建出如图 6-114 所示的拉伸曲面一。

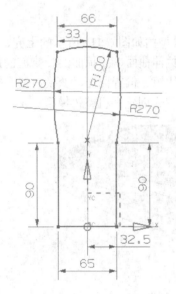

图 6-113　绘制草图

图 6-114　创建拉伸曲面一

（3）创建倒圆角

在如图 4-2 所示的"特征操作"工具栏上单击【边倒圆】图标 ，系统弹出如图 4-103 所示的"边倒圆"对话框，更改"选择意图"为"单条曲线"，在图形区选择如图 6-114 所示的刚创建的拉伸曲面的两条边线作为倒圆角的边界，在对话框中"Radius 1"文本输入框中输入：150，单击"确定"按钮，进行半径为 150 的倒圆角操作。

（4）创建第二个拉伸曲面

① 进入草图绘制界面。在如图 4-1 所示的"特征"工具栏上单击【拉伸】图标 ，系统弹出如图 4-40 所示的"拉伸"对话框，在对话框的"截面"栏"选择曲线"选项下选择"绘制截面" 方式来新建一个草图，系统弹出如图 2-4 所示的"创建草图"对话框，在"类型"下拉列表中选择"在平面上"，在"草图平面"栏下的"平面选项"下拉列表中选择"创建平面"，在"指定平面"下拉列表中选择"YC -ZC 平面" ，单击"选择参考"，在图形区选

择 YC 轴，单击"创建草图"对话框中的"确定"按钮，进入草图绘制界面。

② 绘制草图。调用"直线"和"圆弧"功能绘制如图 6-115 所示的草图，以原点为起点，绘制一条水平线，以及一条相切圆弧，并标注尺寸。

③ 退出草图绘制界面。单击"草图生成器"上的 ✔完成草图，返回"拉伸"对话框。

④ 创建拉伸曲面。在"拉伸"对话框中"轴"栏下"指定矢量"下拉列表框中选择"XC 轴" ⬚，在"限制"栏下"结束"下拉列表框中选择"对称"，"距离"文本输入框中输入：80。"设置"栏下"体类型"下拉列表框中选择"片体"，"布尔"栏下的"布尔"下拉列表框中选择"💣无"，对话框中的其余选项采用默认，单击"确定"按钮，创建出如图 6-116 所示的拉伸曲面二。

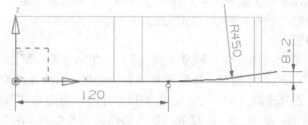

图 6-115　绘制草图

（5）创建扫掠曲面

① 绘制草图。隐藏前面创建的两个拉伸曲面。在如图 4-1 所示的"特征"工具栏上单击 【草图】图标 ⬚，系统弹出如图 2-4 所示的"创建草图"对话框，在"类型"下拉列表中选择"在平面上"，在"草图平面"栏下的"平面选项"下拉列表中选择"创建平面"，在"指定平面"下拉列表中选择"YC- ZC 平面" ⬚，单击"选择参考"，在图形区选择 YC 轴，单击"创建草图"对话框中的"确定"按钮，进入草图绘制界面。

调用"圆弧"功能绘制如图 6-117 所示的两条圆弧，约束两条圆弧相切，并标注尺寸。单击"草图生成器"上的 ✔完成草图，退出草图绘制界面。

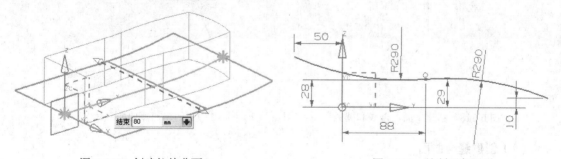

图 6-116　创建拉伸曲面二　　　　　　　　　图 6-117　绘制两条圆弧

② 创建 XZ 平面。单击"曲线"工具条中的【平面】图标 ⬚，系统弹出如图 1-58 所示"平面"对话框。在对话框的"类型"栏下选择"XC-ZC 平面" ⬚，在"距离"文本输入框中输入：0。单击"确定"按钮，创建一个如图 6-118 所示的 XZ 平面。

③ 绘制直线和圆弧曲线。在如图 3-1 所示的【曲线】工具栏中单击【直线】图标 ⬚，系统弹出如图 3-25 所示的"直线"对话框，以步骤②创建的平面和步骤①创建的草图交点为起点，在 ZC 轴上建立长度为 250mm 的向下竖直直线，单击"确定"按钮，完成如图 6-118 所示竖直直线的创建。

在如图 3-1 所示的【曲线】工具栏中单击【圆弧/圆】图标 ，系统弹出如图 3-33 所示的"圆弧/圆"对话框，选择"类型"为" 从中心开始的圆弧/圆"，以刚创建的竖直直线下端点为圆心，以刚创建的竖直直线与步骤①创建的圆弧的交点为圆上一点，选择步骤②创建的平面为支持平面。在"限制"栏下取消选中"整圆"选项。在"限制"栏下"起始限制"下拉列表框中选择"值"，"角度"文本输入框中输入：−45，"终止限制"下拉列表框中选择"值"，"角度"文本输入框中输入：45。单击"确定"按钮，完成如图 6-118 所示圆弧的创建。

④ 创建扫掠曲面。在如图 4-1 所示的"特征"工具栏上单击【扫掠】图标 ，系统弹出如图 4-56 所示的"扫掠"对话框。更改"选择意图"为"相连曲线"，在图形区选择步骤③创建的圆作为截面线，单击鼠标中键确认截面线的选择；再次单击鼠标中键，结束截面线的选择。在图形区选择步骤①创建的草图作为引导线，单击鼠标中键，确认引导线的选择。在对话框中单击"确定"按钮，创建的扫掠曲面如图 6-119 所示。

（6）创建修剪曲面

显示前面隐藏的两个拉伸曲面，隐藏步骤（5）创建的草图、平面、直线和圆弧。在如图 5-6 所示的"曲面"工具栏中选择【修剪的片体】 功能，系统弹出如图 5-169 所示的"修剪的片体"对话框。选择步骤（2）、（3）创建的拉伸曲面作为要被修剪的目标片体，选择步骤（4）创建的拉伸曲面、步骤（5）创建的扫掠曲面作为边界曲面，在"设置"栏下取消"保持目标"复选框，单击"应用"按钮。再次选择步骤（4）创建的拉伸曲面、步骤（5）创建的扫掠曲面作为要被修剪的目标片体，选择步骤（2）、（3）创建的拉伸曲面作为边界曲面，在"设置"栏下取消"保持目标"复选框，单击"确定"按钮。得到如图 6-120 所示的修剪曲面。

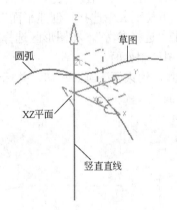

图 6-118　创建平面、直线和圆弧

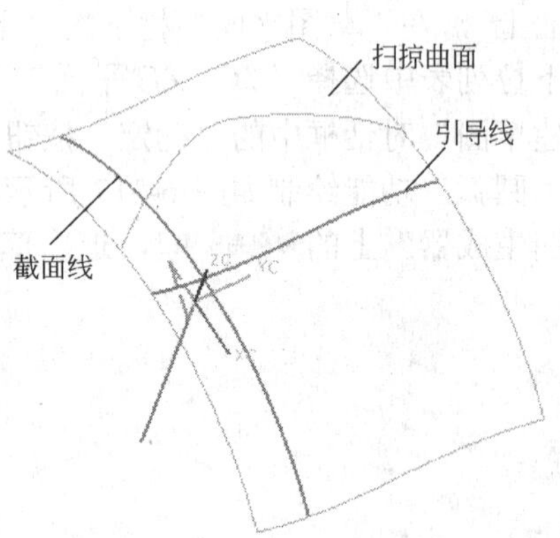

图 6-119　创建扫掠曲面

（7）创建缝合曲面

在如图 4-122 所示的"特征操作"工具栏上单击【缝合】图标 ，系统弹出如图 4-125 所示的"缝合"对话框，在图形区选择如图 6-120 所示修剪后的 3 张曲面，单击对话框中的"确定"按钮，将修剪后的 3 张曲面缝合为整体。

（8）创建倒圆角

① 创建半径为 R12 的倒圆角。在如图 4-2 所示的"特征操作"工具栏上单击【边倒圆】图

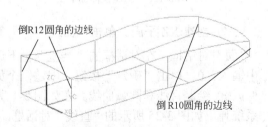

图 6-120　创建的修剪曲面

标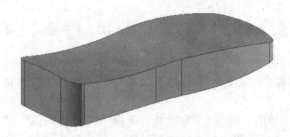，系统弹出如图 4-103 所示的"边倒圆"对话框，更改"选择意图"为"单条曲线"，在图形区选择如图 6-120 所示倒 R12 圆角的 2 条边线，在对话框中"Radius 1"文本输入框中输入：12，单击"应用"按钮，进行半径为 12 的倒圆角操作，结果如图 6-121 所示。

② 创建半径为 R10 的倒圆角。再在图形区选择如图 6-120 所示倒 R10 圆角的 2 条边线，在对话框中"Radius 1"文本输入框中输入：10，单击"确定"按钮，进行半径为 10 的倒圆角操作，结果如图 6-121 所示。

（9）保存手机整体模型

选择主菜单中的【文件（F）】→【另存为（A）】命令，系统打开如图 1-13 所示的"另存为"对话框，在对话框里选择保存路径为 F:\CDNX6.0CAD\Results\CH6\，输入文件名为 ZL6-3-1。单击对话框中的"OK"按钮。保存创建好的手机整体模型。

图 6-121　创建半径为 R12、R10 的倒圆角

6.3.2　创建手机模型中壳

（1）隐藏手机整体模型

在图形区选择手机整体模型，单击如图 1-24 所示"实用工具"工具栏上的【立即隐藏】图标，隐藏手机整体模型。

（2）创建拉伸曲面

① 进入草图绘制界面。在如图 4-1 所示的"特征"工具栏上单击【拉伸】图标，系统弹出如图 4-40 所示的"拉伸"对话框，在对话框的"截面"栏"选择曲线"选项下选择"绘制截面"方式来新建一个草图，系统弹出如图 2-4 所示的"创建草图"对话框，在"类型"下拉列表中选择"在平面上"，在"草图平面"栏下的"平面选项"下拉列表中选择"创建平面"，在"指定平面"下拉列表中选择"YC -ZC 平面"，单击"选择参考"，在图形区选择 YC 轴，单击"创建草图"对话框中的"确定"按钮，进入草图绘制界面。

② 创建两个点。调用"点"功能绘制如图 6-122 所示的两个点，两个点的坐标为（0，22，0）和（91，18，0），调用"约束"功能，约束两个点为"固定"。

③ 创建一条圆弧。调用"圆弧"功能，选择"三点定圆弧"类型，先选择步骤②创建的两个点，创建一条半径为 R290 的圆弧，标注尺寸，如图 6-122 所示。

④ 创建一条竖直的参考直线。调用"直线"功能，在 ZC 轴的左方绘制一条竖直直线，调用"自动判断尺寸"功能，标注直线和 ZC 轴之间的距离为 17mm，调用"转换至/自参考对象"功能，将该竖直直线转换为参考线，如图 6-122 所示。

⑤ 延伸圆弧到参考直线。调用"快速延伸"功能，选择圆弧，将圆弧延伸到参考直线，如图 6-123 所示。

⑥ 创建一条圆弧。调用"圆弧"功能，选择"三点定圆弧"类型，以步骤③创建的圆弧右端点为起点,创建一条与该圆弧相切、半径为 R290mm 圆弧,标注尺寸,如图 6-123

所示。

⑦ 绘制两条直线，调用"配置文件（轮廓）" 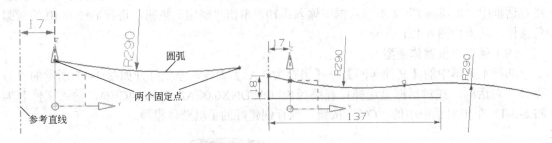 功能，绘制一条与 ZC 轴重合的竖直直线以及一条与 XC 轴重合的水平直线,竖直直线的起点为圆弧的左端点，标注尺寸，如图 6-123 所示。

图 6-122 创建 2 个固定点、圆弧和参考直线　　　图 6-123 圆弧延伸、一条圆弧和两条直线

⑧ 创建一条圆弧。调用"圆弧" 功能，选择"三点定圆弧" 类型，以步骤⑦绘制的水平直线右端点为起点，创建一条与该直线相切、半径为 R290mm 圆弧，标注尺寸，如图 6-124 所示。

⑨ 创建一条圆弧。调用"圆弧" 功能，选择"三点定圆弧" 类型，起点在步骤⑥创建的圆弧上方，终点在步骤⑧创建的圆弧的下方，半径为 R60mm 圆弧，确定圆弧的方位，标注该圆弧到 ZC 轴之间的距离为 150mm，如图 6-124 所示。

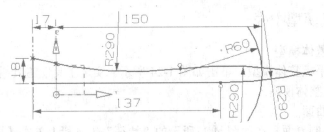

图 6-124 创建两条圆弧

⑩ 倒半径为 R4 的两个圆角。调用"圆角" 功能，在步骤⑥创建的圆弧与在步骤⑨创建的圆弧之间倒半径为 R4mm 的圆角；在步骤⑧创建的圆弧与在步骤⑨创建的圆弧之间倒半径为 R4mm 的圆角。结果如图 6-125 所示。

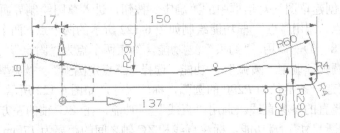

图 6-125 倒半径为 R4 的两个圆角

⑪ 单击"草图生成器"上的 完成草图 ，返回"拉伸"对话框。

⑫ 创建拉伸曲面。在"拉伸"对话框中"轴"栏下"指定矢量"下拉列表框中选择"XC 轴" ，在"限制"栏下"结束"下拉列表框中选择"对称"，"距离"文本输入框中输入：50。"设置"栏下"体类型"下拉列表框中选择"片体"，"布尔"栏下的"布尔"下拉列表框

中选择"　无"，对话框中的其余选项采用默认，单击"确定"按钮，创建出如图 6-126 所示的拉伸曲面。

（3）显示手机整体模型

单击如图 1-24 所示"实用工具"工具栏上的【显示】图标　，显示前面隐藏的手机整体模型，如图 6-127 所示。

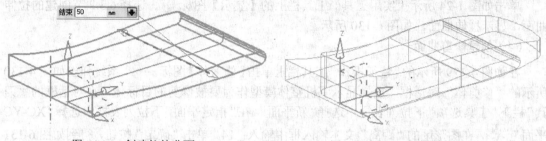

图 6-126　创建拉伸曲面　　　　　　　图 6-127　显示手机整体模型

（4）创建修剪曲面

在如图 4-129 所示的"特征操作"工具栏上单击【修剪体】图标　，系统弹出如图 4-130 所示的"修剪体"对话框。选择显示手机整体模型作为要被修剪的目标体，选择步骤（3）创建的拉伸曲面作为工具面，单击"确定"按钮。隐藏拉伸曲面，得到如图 6-128 所示的修剪曲面。

（5）抽取侧面

在如图 4-91 所示的"特征"工具栏上单击【抽取几何体】图标，系统弹出如图 4-92 所示的"抽取"对话框，选择步骤（4）产生的修剪曲面周围的侧面，抽取出周围的曲面，如图 6-129 所示。

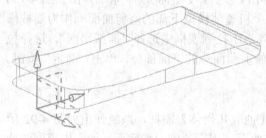

图 6-128　修剪曲面　　　　　　　　　图 6-129　抽取出周围的曲面

（6）保存手机中壳模型

选择主菜单中的【文件（F）】→【另存为（A）】命令，系统打开如图 1-13 所示的"另存为"对话框，在对话框里选择保存路径为 F:\CDNX6.0CAD\Results\CH6\，输入文件名为 ZL6-3-2。单击对话框中的"OK"按钮。保存创建好的手机中壳模型。

6.3.3　创建手机模型下壳

（1）隐藏手机模型中壳

在图形区选择手机模型中壳，单击如图 1-24 所示"实用工具"工具栏上的【立即隐藏】图标　，隐藏手机模型中壳。

（2）导入手机整体模型

选择【文件（F）】→【导入（M）】→【部件（P）】命令，弹出如图 6-43 所示的"导入部件"对话框,"图层"选择"原先的",单击"确定"按钮,系统弹出类似如图 6-40 所示的"选择部件名"对话框,选择"ZL6-3-1"文件,单击"OK"按钮,系统弹出"点"对话框,输入坐标值为 XC=0、YC=0、ZC=0,单击"确定"按钮,系统导入文件名为"ZL6-3-1"的文件,如图 6-130 所示。

(3)显示拉伸曲面

单击如图 1-24 所示"实用工具"工具栏上的【显示】图标 ,选择 6.3.2 节创建的拉伸曲面,显示拉伸曲面,如图 6-130 所示。

(4)创建修剪曲面一

在如图 4-129 所示的"特征操作"工具栏上单击【修剪体】图标 ,系统弹出如图 4-130 所示的"修剪体"对话框。选择显示手机整体模型作为要被修剪的目标体,在对话框的"刀具"栏下"工具选项"下拉列表框中选择"新平面",在"指定平面"下拉列表框中选择"XC-YC 平面" ,在图形区的"距离"文本输入框中输入:14。单击"确定"按钮,得到如图 6-131 所示的保留手机整体模型下部的修剪曲面。

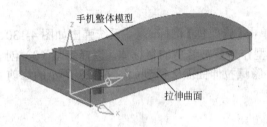

图 6-130 导入手机整体模型和显示拉伸曲面　　　图 6-131 创建保留手机整体模型下部的修剪曲面一

(5)创建修剪曲面二

在如图 4-129 所示的"特征操作"工具栏上单击【修剪体】图标 ,系统弹出如图 4-130 所示的"修剪体"对话框。选择步骤(4)创建的手机整体模型下部的修剪曲面一作为要被修剪的目标体,在对话框的"刀具"栏下"工具选项"下拉列表框中选择"面或平面",选择拉伸曲面作为工具面,单击"反向"按钮 ,保留修剪曲面一的下面部分,单击"确定"按钮。隐藏拉伸曲面,得到如图 6-132 所示的修剪曲面二。

(6)抽取侧面

在如图 4-91 所示的"特征"工具栏上单击【抽取几何体】图标,系统弹出如图 4-92 所示的"抽取"对话框,选择步骤(5)产生的修剪曲面二周围的侧面和底面,抽取出周围的曲面和底面,如图 6-133 所示。

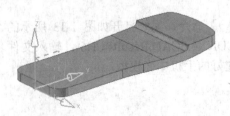
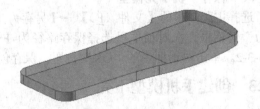

图 6-132 创建的修剪曲面二　　　　　　　图 6-133 抽取出周围的侧面和底面

(7)保存手机下壳模型

选择主菜单中的【文件(F)】→【另存为(A)】命令,系统打开如图 1-13 所示的"另存为"对话框，在对话框里选择保存路径为 F:\CDNX6.0CAD\Results\CH6\，输入文件名为 ZL6-3-3。单击对话框中的"OK"按钮。保存创建好的手机下壳模型。

6.3.4 创建手机模型上壳

（1）隐藏手机模型下壳

在图形区选择手机模型下壳，单击如图 1-24 所示"实用工具"工具栏上的【立即隐藏】图标 ，隐藏手机模型下壳。

（2）导入手机整体模型

选择【文件（**F**）】→【导入（**M**）】→【部件（**P**）】命令，弹出如图 6-43 所示的"导入部件"对话框，"图层"选择"原先的"，单击"确定"按钮，系统弹出类似如图 6-40 所示的"选择部件名"对话框，选择"ZL6-3-1"文件，单击"OK"按钮，系统弹出"点"对话框，输入坐标值为 XC=0、YC=0、ZC=0，单击"确定"按钮，系统导入文件名为"ZL6-3-1"的文件，如图 6-130 所示。

（3）显示拉伸曲面

单击如图 1-24 所示"实用工具"工具栏上的【显示】图标 ，选择 6.3.2 节创建的拉伸曲面，显示拉伸曲面，如图 6-130 所示。

（4）创建修剪曲面一

在如图 4-129 所示的"特征操作"工具栏上单击【修剪体】图标 ，系统弹出如图 4-130 所示的"修剪体"对话框。选择显示手机整体模型作为要被修剪的目标体，在对话框的"刀具"栏下"工具选项"下拉列表框中选择"新平面"，在"指定平面"下拉列表框中选择"XC-YC 平面" ，在图形区的"距离"文本输入框中输入：14。单击"反向"按钮 ，单击"确定"按钮，得到如图 6-134 所示的保留手机整体模型上部的修剪曲面一。

（5）创建修剪曲面二

在如图 4-129 所示的"特征操作"工具栏上单击【修剪体】图标 ，系统弹出如图 4-130 所示的"修剪体"对话框。选择步骤（4）创建的手机整体模型上部的修剪曲面一作为要被修剪的目标体，在对话框的"刀具"栏下"工具选项"下拉列表框中选择"面或平面"，选择拉伸曲面作为工具面，单击"反向"按钮 ，保留修剪曲面一的上面部分，单击"确定"按钮。隐藏拉伸曲面，得到如图 6-135 所示的修剪曲面二。

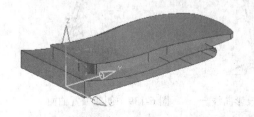
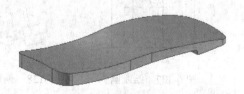

图 6-134 创建修剪曲面一　　　　　　图 6-135 创建修剪曲面二

（6）抽取侧面和顶面

在如图 4-91 所示的"特征"工具栏上单击【抽取几何体】图标，系统弹出如图 4-92 所示的"抽取"对话框，选择步骤（5）产生的修剪曲面二周围的侧面和顶面，抽取出周围的曲面和顶面，如图 6-136 所示。

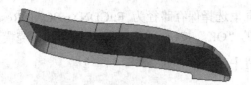

图 6-136　抽取出周围的侧面和顶面

（7）创建通过曲线组曲面

① 绘制圆弧一。在如图 4-1 所示的"特征"工具栏上单击【草图】图标 ，系统弹出如图 2-4 所示的"创建草图"对话框，在"类型"下拉列表中选择"在平面上"，在"草图平面"栏下的"平面选项"下拉列表中选择"创建平面"，在"指定平面"下拉列表中选择"XC-YC 平面" ，单击"选择参考"，在图形区选择 XC 轴，单击"创建草图"对话框中的"确定"按钮，进入草图绘制界面。调用"圆弧" 功能，选择"圆心和端点定圆弧" 方式，绘制如图 6-137 所示的圆弧，调用"约束" 功能，约束圆弧圆心在 Y 轴上，并标注尺寸。单击"草图生成器"上的 完成草图 ，退出草图绘制界面。

② 创建投影曲线一。在如图 3-129 所示的【曲线】工具栏中单击【投影曲线】图标 ，系统弹出如图 3-129 所示的"投影曲线"对话框，选择步骤①绘制的圆弧一作为被投影曲线，选择步骤（6）抽取的顶面作为投影曲面，单击"确定"按钮，创建投影曲线一如图 6-138 所示。

③ 创建偏置曲面。在如图 5-6 所示的"曲面"工具栏中选择【偏置曲面】 功能，系统弹出如图 5-163 所示的"偏置曲面"对话框。选择步骤（6）抽取的顶面作为要偏置的曲面，在"偏置 1"文本输入框中输入：2，单击"反向"按钮 ，使顶面向下偏置 2mm，单击"确定"按钮，创建偏置曲面如图 6-139 所示。

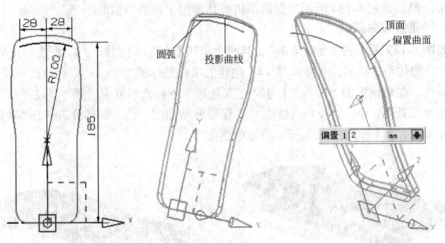

图 6-137　绘制圆弧一　　图 6-138　创建投影曲线一　　图 6-139　创建偏置曲面

④ 绘制直线。在如图 4-1 所示的"特征"工具栏上单击【草图】图标 ，系统弹出如图 2-4 所示的"创建草图"对话框，在"类型"下拉列表中选择"在平面上"，在"草图平面"栏下的"平面选项"下拉列表中选择"创建平面"，在"指定平面"下拉列表中选择"XC- YC 平面" ，单击"选择参考"，在图形区选择 XC 轴，单击"创建草图"对话框中的"确定"按钮，进入草图绘制界面。

调用"直线" 功能，在 X 轴上方绘制一条平行于 X 轴的直线，并标注尺寸，如图 6-140

所示。单击"草图生成器"上的 ![完成草图]，退出草图绘制界面。

　　⑤ 创建投影曲线二。在如图 3-129 所示的【曲线】工具栏中单击【投影曲线】图标 ![图标]，系统弹出如图 3-129 所示的"投影曲线"对话框，选择步骤④绘制的直线作为被投影曲线，选择步骤（6）抽取的顶面作为投影曲面，单击"确定"按钮，创建投影曲线二如图 6-141 所示。

　　⑥ 绘制圆弧二。在如图 4-1 所示的"特征"工具栏上单击【草图】图标 ![图标]，系统弹出如图 2-4 所示的"创建草图"对话框，在"类型"下拉列表中选择"在平面上"，在"草图平面"栏下的"平面选项"下拉列表中选择"创建平面"，在"指定平面"下拉列表中选择"XC-YC 平面" ![图标]，单击"选择参考"，在图形区选择 XC 轴，单击"创建草图"对话框中的"确定"按钮，进入草图绘制界面。调用"圆弧" ![图标] 功能，选择"圆心和端点定圆弧" ![图标] 方式，绘制如图 6-142 所示的圆弧，调用"约束" ![图标] 功能，约束圆弧圆心在 Y 轴上，并标注尺寸。单击"草图生成器"上的 ![完成草图]，退出草图绘制界面。

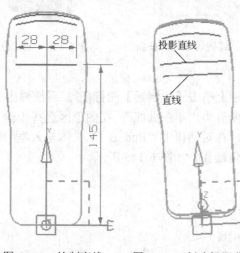

图 6-140　绘制直线　　　图 6-141　创建投影曲线二

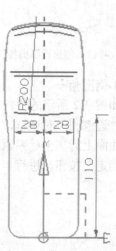

图 6-142　绘制圆弧二

　　⑦ 创建投影曲线三。在如图 3-129 所示的【曲线】工具栏中单击【投影曲线】图标 ![图标]，系统弹出如图 3-129 所示的"投影曲线"对话框，选择步骤⑥绘制的圆弧作为被投影曲线，选择步骤（6）抽取的顶面作为投影曲面，单击"确定"按钮，创建投影曲线三如图 6-143 所示。

　　⑧ 创建通过曲线组曲面。在如图 5-6 所示的"曲面"工具栏中选择【通过曲线组】 ![图标] 功能，系统弹出如图 5-48 所示的"通过曲线组"对话框。依次选择前面创建的 3 条投影曲线作为截面线，在"连续性"栏下"第一截面"和"最后截面"下拉列表框中选择"G1（相切）"，单击"第一截面"下的"选择面"按钮 ![图标]，在图形区选择顶面作为第一截面线的相切面，单击"最后截面"下的"选择面"按钮 ![图标]，在图形区选择步骤③创建的偏置曲面作为最后截面线的相切曲面。单击对话框中的"确定"按钮，创建如图 6-144 所示的通过曲线组曲面。

　　（8）创建拉伸曲面一

　　① 抽取曲线。在如图 3-137 所示的【曲线】工具栏中单击【抽取曲线】图标 ![图标]，系统弹出如图 3-137 所示的"抽取曲线"对话框，单击"边缘曲线"按钮，系统弹出如图 3-137 所示的"一条边曲线"对话框，在图形区选择步骤（7）创建的通过曲线组曲面的 4 条边缘线，单击"确定按钮"，抽取出 4 条边缘线。

　　② 创建拉伸曲面。在如图 4-1 所示的"特征"工具栏上单击【拉伸】图标 ![图标]，系统弹

出如图 4-40 所示的"拉伸"对话框，选择步骤①抽取出的 4 条边缘曲线，向上拉伸 10mm，拉伸成曲面，隐藏所有曲线，如图 6-145 所示。

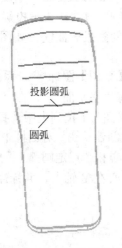
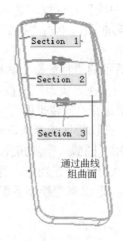

图 6-143　创建投影曲线三　　　图 6-144　创建通过曲线组曲面　　　图 6-145　创建拉伸曲面

（9）倒圆角一

在如图 4-2 所示的"特征操作"工具栏上单击【边倒圆】图标 ，系统弹出如图 4-103 所示的"边倒圆"对话框，更改"选择意图"为"单条曲线"，在图形区选择步骤（8）创建的拉伸曲面上远离坐标系原点的两条棱线，在对话框中"Radius 1"文本输入框中输入：5，单击"确定"按钮，进行半径为 5 的倒圆角操作，如图 6-146 所示。

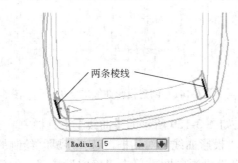

图 6-146　倒圆角一

（10）修剪曲面三

在如图 5-6 所示的"曲面"工具栏中选择【修剪的片体】 功能，系统弹出如图 5-169 所示的"修剪的片体"对话框。选择步骤（6）创建的抽取曲面作为要被修剪的目标片体，选择步骤（8）创建的拉伸曲面、步骤（9）创建的倒圆角曲面作为边界曲面，在"设置"栏下取消"保持目标"复选框，单击"应用"按钮。再次选择步骤（8）创建的拉伸曲面、步骤（9）创建的倒圆角曲面作为要被修剪的目标片体，选择步骤（6）创建的抽取曲面作为边界曲面，在"设置"栏下取消"保持目标"复选框，单击"确定"按钮。得到如图 6-147 所示的修剪曲面。

（11）倒圆角二

在如图 4-2 所示的"特征操作"工具栏上单击【边倒圆】图标 ，系统弹出如图 4-103 所示的"边倒圆"对话框，更改"选择意图"为"相连曲线"，在图形区选择顶面曲面的上边线，设置半径的控制点，并输入不同的半径数值，单击"确定"按钮，进行变半径的倒圆角操作，如图 6-148 所示。

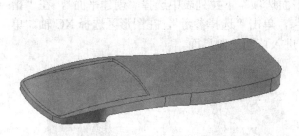

图 6-147 创建修剪曲面三

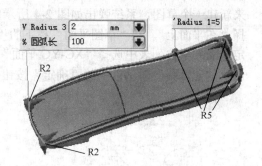

图 6-148 倒圆角二

（12）创建拉伸曲面二

① 绘制草图。在如图 4-1 所示的"特征"工具栏上单击【拉伸】图标 ⟦⟧，系统弹出如图 4-40 所示的"拉伸"对话框，在对话框的"截面"栏"选择曲线"选项下选择"绘制截面" ⟦⟧ 方式来新建一个草图，系统弹出如图 2-4 所示的"创建草图"对话框，在"类型"下拉列表中选择"在平面上"，在"草图平面"栏下的"平面选项"下拉列表中选择"创建平面"，在"指定平面"下拉列表中选择"XC-YC 平面" ⟦⟧，单击"选择参考"，在图形区选择 XC 轴，单击"创建草图"对话框中的"确定"按钮，进入草图绘制界面。

a. 绘制椭圆一。在"草图工具"工具栏上单击【椭圆】图标⊙后，系统弹出如图 2-36 所示的"椭圆"对话框，在图形区确定椭圆中心，"大半径"文本输入框中输入：10，"小半径"文本输入框中输入：4，在"限制"栏下选择"封闭的"，单击"应用"按钮，绘制如图 6-149 所示的正中椭圆，约束椭圆圆心在 Y 轴上，并标注椭圆圆心到 X 轴的距离为 100mm。

b. 绘制椭圆二。在图形区确定椭圆中心，"大半径"文本输入框中输入：12，"小半径"文本输入框中输入：4，在"限制"栏下选择"封闭的"，在"旋转"栏下的"角度"文本输入框中输入：45，单击"应用"按钮，绘制如图 6-149 所示的右边椭圆，并标注尺寸。

c. 绘制椭圆三。在图形区确定椭圆中心，"大半径"文本输入框中输入：10，"小半径"文本输入框中输入：5，在"限制"栏下选择"封闭的"，在"旋转"栏下的"角度"文本输入框中输入：－30，单击"确定"按钮，绘制如图 6-149 所示的右边椭圆，并标注尺寸。

d. 单击"草图生成器"上的 ⟦⟧ 完成草图，退出草图绘制界面。

② 创建拉伸曲面。在"拉伸"对话框中"轴"栏下"指定矢量"下拉列表框中选择"ZC 轴" ⟦⟧，在"限制"栏下"开始"下拉列表框中选择"值"，"距离"文本输入框中输入：0，"结束"下拉列表框中选择"值"，"距离"文本输入框中输入：50。"设置"栏下"体类型"下拉列表框中选择"片体"，"布尔"栏下的"布尔"下拉列表框中选择 " ⟦⟧无"，对话框中的其余选项采用默认，单击"确定"按钮，创建出如图 6-150 所示的拉伸曲面。

（13）修剪曲面四

在如图 5-6 所示的"曲面"工具栏中选择【修剪的片体】⟦⟧功能，系统弹出如图 5-169 所示的"修剪的片体"对话框。选择抽取曲面顶面作为要被修剪的目标片体，选择步骤（12）创建的拉伸曲面作为边界曲面，在"设置"栏下取消"保持目标"复选框，单击"确定"按钮。隐藏拉伸曲面，得到如图 6-151 所示的修剪曲面。

（14）创建拉伸曲面三

① 绘制草图。在如图 4-1 所示的"特征"工具栏上单击【拉伸】图标 ⟦⟧，如图 4-40 所

示的"拉伸"对话框,在对话框的"截面"栏"选择曲线"选项下选择"绘制截面"  方式来新建一个草图,系统弹出如图 2-4 所示的"创建草图"对话框,在"类型"下拉列表中选择"在平面上",在"草图平面"栏下的"平面选项"下拉列表中选择"创建平面",在"指定平面"下拉列表中选择"XC-YC 平面"  ,单击"选择参考",在图形区选择 XC 轴,单击"创建草图"对话框中的"确定"按钮,进入草图绘制界面。

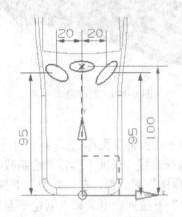

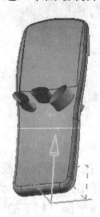

| 图 6-149 绘制 3 个椭圆 | 图 6-150 创建拉伸曲面二 | 图 6-151 创建修剪曲面四 |

调用"矩形"  功能,绘制长度为 12mm、宽度为 9mm 的矩形,调用"圆角"  功能,在矩形的 4 个角倒半径为 *R*2mm 的圆角,并标注尺寸如图 6-152 所示。单击"草图生成器"上的  ,退出草图绘制界面。

② 创建拉伸曲面。在"拉伸"对话框中"轴"栏下"指定矢量"下拉列表框中选择"ZC轴"  ,在"限制"栏下"开始"下拉列表框中选择"值","距离"文本输入框中输入:0,"结束"下拉列表框中选择"值","距离"文本输入框中输入:50。"设置"栏下"体类型"下拉列表框中选择"片体","布尔"栏下的"布尔"下拉列表框中选择"  无",对话框中的其余选项采用默认,单击"确定"按钮,创建出如图 6-153 所示的拉伸曲面。

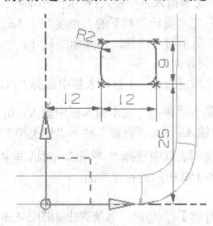

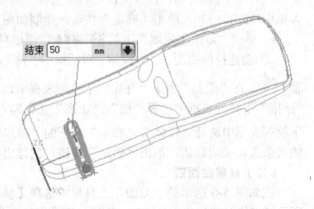

| 图 6-152 创建倒圆角的矩形 | 图 6-153 创建拉伸曲面三 |

(15)矩形阵列

单击如图 1-85 所示的"标准"工具条上的"变换"按钮,系统弹出如图 1-88 所示的"变换"对话框,在绘图区选择步骤(14)创建的拉伸曲面,然后单击对话框中的"确定"按钮,系统弹出如图 1-89 所示的"变换"对话框,单击"矩形阵列"按钮,系统弹出"点"对话框,在拉伸曲面的下边线上选择一点作为阵列的原点，连续单击"确定"按钮两次，系统弹出如图 6-154 所示的"变换"对话框，输入相应的参数如图所示，单击对话框中的"确定"按钮，系统弹出如图 1-92 所示的"变换"操作选项对话框，在对话框中单击"复制"按钮，创建如图 6-155 所示的矩形阵列。

（16）修剪曲面五

在如图 5-6 所示的"曲面"工具栏中选择【修剪的片体】 功能，系统弹出如图 5-169 所示的"修剪的片体"对话框。选择抽取曲面顶面作为要被修剪的目标片体，选择步骤（14）创建的拉伸曲面和步骤（15）创建的矩形阵列曲面作为边界曲面，在"设置"栏下取消"保持目标"复选框，单击"确定"按钮。隐藏拉伸曲面和矩形阵列曲面，得到如图 6-156 所示的修剪曲面。

（17）保存手机上壳模型

选择主菜单中的【文件（F）】→【另存为（A）】命令，系统打开如图 1-13 所示的"另存为"对话框，在对话框里选择保存路径为 F:\CDNX6.0CAD\Results\CH6\，输入文件名为 ZL6-3-4。单击对话框中的"OK"按钮。保存创建好的手机上壳模型。

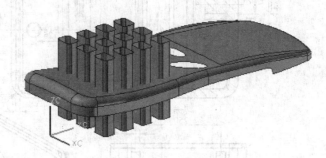

图 6-154 "变换"对话框   图 6-155 创建矩形阵列

（18）显示手机完整模型

单击如图 1-24 所示"实用工具"工具栏上的【显示】图标 ，选择手机下壳和中壳模型，显示手机完整模型，如图 6-157 所示。

（19）保存手机完整模型

选择主菜单中的【文件（F）】→【另存为（A）】命令，系统打开如图 1-13 所示的"另存为"对话框，在对话框里选择保存路径为 F:\CDNX6.0CAD\Results\CH6\，输入文件名为 ZL6-3。单击对话框中的"OK"按钮。保存创建好的手机完整模型。

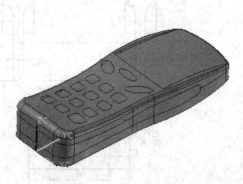

图 6-156 创建修剪曲面五   图 6-157 手机完整模型

习题

6-1 利用 UG NX6.0 的曲线、草图、实体和曲面功能对图 6-158～图 6-160 所示零件进行模型的创建。

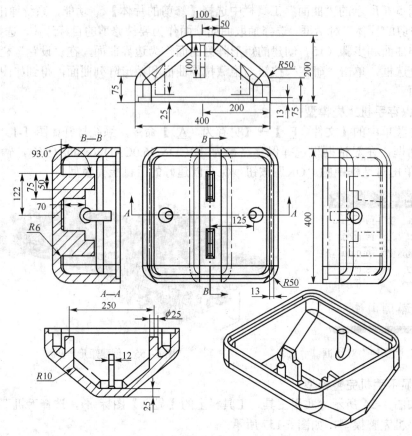

图 6-158

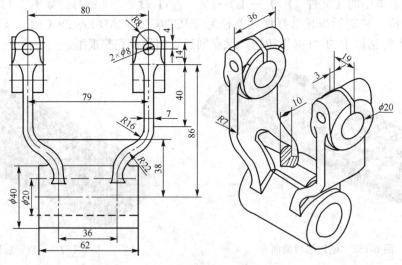

图 6-159

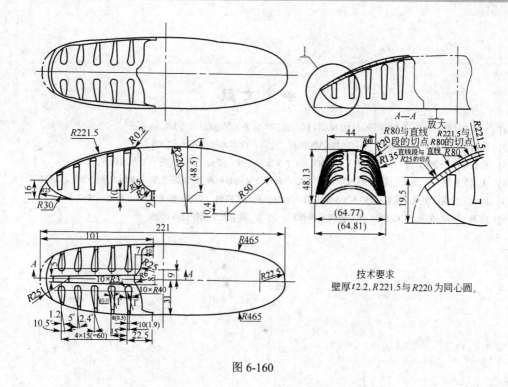

图 6-160

技术要求
壁厚 t2.2,R221.5 与 R220 为同心圆。

参 考 文 献

[1] 吴明友. 数控加工自动编程——UG NX 详解. 北京：清华大学出版社，2008.

[2] 吴明友. 数控加工自动编程——CATIA V5 详解. 北京：清华大学出版社，2008.

[3] 高长银，王金凤，王利红等编著. UG NX 5.0 中文版完全学习手册. 北京：电子工业出版社，2008.

[4] 卫兵工作室，王卫兵主编. UG NX 5.0 中文版产品设计案例导航视频教程. 北京：清华大学出版社，2007.

[5] 腾龙工作室，谢龙汉编著. UG NX 5 中文版曲面造型及应用实例. 北京：清华大学出版社，2007.

[6] 康鹏工作室 编著. UG NX 4 产品建模实例教程. 北京：清华大学出版社，2006.